南阳作家自选集

满眸春色

宋云奇　著

中原出版传媒集团
大地传媒
大象出版社
·郑州·

图书在版编目(CIP)数据

满眸春色 / 宋云奇著.— 郑州 ：大象出版社，
2016.9
(南阳作家自选集)
ISBN 978-7-5347-8941-0

Ⅰ.①满… Ⅱ.①宋… Ⅲ.①中篇小说—小说集—中国—当代②短篇小说—小说集—中国—当代 Ⅳ.①I247.7

中国版本图书馆 CIP 数据核字(2016)第 158050 号

南阳作家自选集
满眸春色
宋云奇 著

出 版 人 王刘纯
责任编辑 张 涛
责任校对 裴红燕
装帧设计 王晶晶

出版发行 大象出版社(郑州市开元路 16 号 邮政编码 450044)
发行科 0371-63863551 总编室 0371-65597936
网 址 www.daxiang.cn
印 刷 北京汇林印务有限公司
经 销 各地新华书店经销
开 本 787mm×1092mm 1/16
印 张 18.75
字 数 250 千字
版 次 2016 年 9 月第 1 版 2016 年 9 月第 1 次印刷
定 价 45.00 元

总　序

南阳是国家历史文化名城,文化底蕴厚重,文化资源丰富,文化名人辈出。理清南阳文化发展的脉络,才能更好地探寻南阳文化发展的道路与方向。通过这几年对南阳的了解与感受,我认为文化是南阳最突出的城市符号,是南阳未来发展的宝贵资源。

南阳是汉文化的昌盛之地,其标志性无可取代。早在战国时期,南阳就是全国的冶铁中心,农业、手工业都十分发达。西汉时,南阳“商遍天下,富冠海内”,为全国五大都市之一。东汉时,光武帝刘秀发迹于此,故南阳有“南都”“帝乡”之称。经济的繁荣有力地推动了文化艺术的发展和昌盛。两汉三国时期南阳名人荟萃:张衡的科学成就举世称誉,因而他被列为“世界十大文化名人”之一;以“医圣”张仲景为代表的汉代医药文化是中华民族乃至世界医药文化宝库中的瑰宝;足智多谋的军事家诸葛亮成为人类智慧的化身。南阳的文学、乐舞、绘画、雕刻等艺术门类异彩纷呈,各领风骚,在整个汉代文化艺术中占据着举足轻重的地位。特别是最能反映汉代艺术水平的南阳汉画像石和汉画像砖,朴素而不单调,豪放而不粗疏,被世人称为“东方艺术宝库”。

南阳是河洛文化、荆楚文化和秦巴文化的荟萃之地,其多样性特色鲜明。南阳文化既有河洛文化的典重质实,又有荆楚文化的清奇灵巧，还有秦巴文化的苍凉豪放。这是南阳自古以来优越的自然环境、发达的水陆交通和良好的社会经济环境决定的。南阳境内山川秀丽，河流纵横，分属长江、黄河、淮河三大水系。从春秋战国时期起，南阳郡为秦、楚等国与中原各国的交通枢纽，由关中向江淮此乃孔道，由伊洛向荆襄此乃要冲，既是南北交通的咽喉，又是西北通往东南的必由之路。发达的水陆交通和优越的自然环境不仅为南阳的经济繁荣提供了得天独厚的条件，更为河洛文化、荆楚文化和秦巴文化在这里的交融与发展奠定了基础。

南阳是文脉相承的兴旺之地，其稳定性十分罕见。得益于优越的自然环境和区位优势，并且较少受到战争的影响，自古以来南阳文化都十分发达，兼容并包，千姿百态。兴旺的文脉如长河奔流滔滔不息，从未中断。自两千多年前到现在，南阳可谓“江山代有才人出，各领风骚数百年”。以“科圣”张衡、“医圣”张仲景、“商圣”范蠡、“智圣”诸葛亮这四圣为代表的历史文化名人灿若群星；“二十四史”里有记载的南阳历史文化名人超过 800 人。到了现当代，南阳名人仍然层出不穷。目前，仅南阳籍两院院士就有 19 人，占河南籍两院院士的三分之一。另外，还有以姚雪垠、二月河等为代表的南阳作家群等。

先辈留下的丰厚文化资源为我们开展文化建设提供了得天独厚的有利条件。我们要在传承和保护南阳厚重文化的基础上更好地创新与发展，充分发挥文化引领风尚、教育人民、服务社会、推动发展的作用，使文化成为实现南阳跨越式发展的新动力，成为南阳城市发展的终极竞争力,这是我们共同的历史使命。人类前行到今天,“文化是根,文化是魂”的共识更有力地彰显出文化本来应有的鲜明印记。如果说文化是人类在社会历史发展过程中所创造的物质财富和精神财富的总和,那么,一个国家对民族精神的塑造肯定是文而化之的结果。在这个过程中,文学无疑充当着十分重要的角色。它不仅是民族精神最形象、最直接、最生动的体现,而且代表着人类社会发展的文明程度。毫无疑问,南阳作家群在南阳文化建设方面发挥着积极的推动作用。南阳现有国家级作协会员 30 人、省级作协会员 340 人、市级作协会员 450 人,其中在全国知名或有相当影响的就有十数人。南阳作家群以整齐的阵容、众多的人数、独特的作品在中国当代文坛筑起一道亮丽的风景线,不仅成为文学豫军的重要力量,而且在中国文坛具有相当大的影响,是南阳当之无愧的文化名片和南阳人的骄傲,堪称南阳文化建设的一面旗帜。

近年来,南阳市委、市政府高度重视并支持南阳作家群的发展。为建设人才队伍,培养文学新人,南阳成立了南阳文学院,加强了《躬耕》杂志、《南阳日报·白河副刊》等文学阵地的建设,为南阳的文学创作营造了良好的环境。全市广大作家坚持以人民为中心的创作导向,深入生活,扎根群众,创作了一批精品力作。这次我们从南阳老中青三代作家中遴选出 35 位代表,将其优秀作品以“南阳青年作家丛书”和“南阳作家自选集”两套丛书的形式结集出版,这是南阳文学发展史上空前的举措,旨在助推南阳文学创作,全面系统地展示南阳当代作家的整体实力，为南阳转型跨越、绿色崛起提供强大的精神动力和文化支撑。希望这种助推能够成为南阳作家投身文学创作的新动力，期盼各位作家在个性化的文学创作中获得更大的成功。

中共南阳市委常委、宣传部长　王新会

2015 年 11 月 19 日

目　录

爱与死 ____ 1

火神 ____ 32

魔魇 ____ 40

笑祸 ____ 60

失重 ____ 71

喜丧 ____ 79

绝症 ____ 93

体验爱情 ____ 116

与美女同行 ____ 132

城市里的狗 ____ 145

恍然若梦 ____ 182

人狗之间 ____ 232

花癫或者追求爱情的女人 ____ 238

满眸春色 ____ 266

爱与死

接到母亲的电报,我顾不上向系里的老师说上一声,只简单跟寝室里的同学交代了几句,让他们代为请假,便着急忙慌地登上了归家的列车。

列车长鸣一声,驶出车站,坠入无际的黑暗之中。笼罩在无际暗夜里的中原大地显得空阔辽远、静寂而幽深。急速飞驰的快车,轰轰隆隆哐哐当当地狂暴焦躁尖厉地啸叫着,在幽远深邃的夜的幽深空间里奔向远方……

在经过了漫长等待的烦恼憋闷之后,乘客们大都在列车快意冲刺的过程中渐渐进入昏昏沉沉摇摇欲睡的梦境。而我却彻夜难眠,我的脑际装满了母亲发来的电报的内容和关于蓉姐的记忆碎片。幼年的往事,似缠绵浓烈的漫漫水雾一般朝我罩来……

一

"蓉蓉出大事了,急盼你速归。"母亲的电报这样说。

手捧电报,我迟疑又震惊:像蓉姐那般聪明伶俐的人,能出啥大事儿呢?可是,如果没有大事儿,母亲怎么会让正在紧张准备期末考试的我立马回去呢?我揣摩再三,怎么也揣摩不出个所以然来。可母命难违，亲情的牵连使我不得不抛下功课，毅然踏上归途。

一个身穿红花袄、头扎羊角辫儿，约莫十来岁的清秀女孩儿，蹦蹦跳跳地朝我飘来……这就是我最初记忆里的蓉姐——约莫比我大七八岁的姑家表姐。我和蓉姐小时候同住一村，我家在村头，她家在村尾。蓉姐的上边还有一个比她大四五岁的哥哥。可能因为蓉姐是个女娃儿，姑姑又过早亡故，她在家里便常受姑父的白眼和表哥的欺负。于是，蓉姐有事无事，便常常往我家跑，有时甚至十天半月都吃住在我家，姑父和表哥也不来喊她。于是，我和蓉姐从小就玩得很熟，跟亲姐弟差不了多少。

也许是小时候缺少亲情抚爱的缘故，蓉姐从小就具有一种男娃子的性格。我小时候胆小怕事儿，我们一起出去玩儿时，她就是我的保护伞。遇到有人欺负我，蓉姐总要和人家拼个你死我活，就是打不过，她也死不认输，摔趴下再爬起来，咬着嘴唇再往上扑，那种咬牙切齿披头散发一副不要命的疯劲儿，让再强大的对手也不战自溃。正因为如此，我最喜欢跟着蓉姐出去玩儿。我常常吸溜着似乎永远都吸溜不净的黄鼻涕，光着一双沾满灰土的褐黄色小脚儿，像个跟屁虫儿似的整日撵在蓉姐的后面。我们一起在开满杜鹃花的山坡上追蝴蝶逮蚂蚱，一起去荆棘丛生、虫蛇出没的山沟里拾柴火剜野菜……蓉姐去哪儿我就跟到哪儿。母亲找我，只要看见蓉姐的影子，就算找着我啦。

蓉姐在镇里上初中时，因为路途远，大都吃住在校。有一次上自习课时，蓉姐向周围的几个男生问问题却无人理茬儿，于是她便寻机报复。当天晚上，熄灯铃响过，宿舍里的男生都按时熄灯睡了。此时正值盛夏暑天，许多男生热得都只穿一条裤衩儿，甚至还有不少人干脆一丝不挂，光溜着身子躺在凉席上。正惬意时，突然门开灯亮，蓉姐装成老师的样子背抄两手立于门口，憋粗嗓门儿大声喝道："你们为啥都不盖东西？都这么不讲文明啊！嗯？"一声喝叫，只唬得一个寝室里的男生，都像马蜂窝儿炸营一般，一个个东奔西突上蹿下跳，胡乱抓起一件不管是单子还是被子之类的东西，从头到脚捂了个严严实实。另有一些慌乱之中找不着东西遮身的男生，干脆一头钻到床底下，抖抖索索半天不敢露出脑袋来。自此以后，男生们再也不敢轻易怠慢、欺负蓉姐了。

然而，蓉姐毕竟是个女孩子，长到十五六岁就有了男女的意识。蓉姐初中毕业后没有再上高中，回到村里之后，就再也不跟男孩子们玩了。此时的蓉姐已经出落成一个有模有样的大姑娘了：她那原本平平的胸脯鼓了起来；草黄色的瓜子脸上不知不觉间洇出了好看的胭脂色；两只睫毛很长的大眼睛再瞅人时，已不再是直愣愣地看，而是灵光一闪欲看还羞，朝外散射着令人神魂颠倒的无尽春韵；一条合成一股又粗又长的大辫子垂在腰际，走路的时候飘飘忽忽左右摇曳，叫你情不自禁地想伸出手去捉住捏摸一阵；整个人儿变得凸凹有致、丰润鲜亮、袅袅娜娜、娉娉婷婷，让人生出无尽的梦幻般的温馨遐想。

这时我已经八九岁了。已经初懂世事的我，再跟着蓉姐下地拾柴剜菜时，就常常忘了手里正在忙着的活儿，只顾傻乎乎地瞅着她看。蓉姐发觉了，就笑着问我："小奇，傻看个啥？姐头上有花儿呀？"

我醒过神儿来答道："姐头上不用插花儿，姐就是一朵好看的花儿呀！"

蓉姐听罢，红着脸笑了，笑着抓起我的胳肢窝儿，旋起一个又一个诗意的圆圈儿。我也不由得咯咯地笑了。

这时候，蓉姐来我家更勤了。她到我家更勤，主要是来跟我母亲学纺花织布、缝衣绣花儿之类的女红活儿的。我最爱看蓉姐在我家学纺花织布的模样。蓉姐纺花的时候，无比优雅地坐在白玉米苞儿编成的蒲团上，一手摇纺车，一手捏花捻儿，两只大眼不瞅纺车只跟着线走；随着棉线的抽长，那柔美纤细的腰身也扇面儿似的半歪半扭地无限舒展，那白皙细嫩的小胳臂愈扯愈远愈伸愈高，等远到尽头高到不能再高了，就手儿轻轻一回，纺车就将抽出的长长的棉线轻轻地缠绕到了线穗儿上。她嗡嗡——吱儿、嗡嗡——吱儿地纺着，那铁轴上的线穗儿一会儿就胖大粗圆起来……我看得入迷了，常常故意捣蛋地伸出手指，将蓉姐正在纺着的线拉断。蓉姐见了也不恼，只是笑着白我一眼，就又投入地纺线了。然后我就还去拉，我还想再拉的目的，是还想再看蓉姐的“白眼儿”啊！

蓉姐学织布的时候，就坐在我家那架织布机高高的横板上，两手间的木梭像一条清溪里逆流而上勇敢追逐配偶的小鲫鱼儿，在密密匝匝的棉线排列成的狭窄河道里不知疲倦地来回穿行；她双脚蹬着织布机的踏板儿，一上一下咔嗒有声；秀美的腰身随着梭子的潜游，也一左一右地悠荡着；那秋水般忽闪的双眸，那恬静贤淑的神情，那细若游丝的蜂腰，那奔突颤动的胸脯，那随身摇摆的发辫儿，那饱满突兀的臀部……这一切的一切，简直妙不可言，常叫在一旁偷看的我灵魂出窍，浮想联翩。

每当母亲看到我这副傻样儿，就不声不响地走至近旁，冷不防拍了我一下，还故意绷着脸假装生气地嚷道：“你是个男娃儿，咋恁没出息啊！只顾一个劲儿傻看个啥？你不认得你姐呀？”

我缩着脑袋忍着疼痛，转身拔腿朝外就跑，边跑边还不服气地辩解道：“我就是不认得，谁叫蓉姐……她越长越好看哩！”

母亲听罢笑了。蓉姐也笑了。我却摸着被敲得生疼的头，一肚子委屈地哭了。

我边哭边在心里傻想着：等我将来长大了，要是能娶上蓉姐做媳妇儿该多好呀！

二

从明港车站下了火车，又坐上去毛集铁矿的火车，再换乘去桐柏县城的长途汽车，然后下车再步行二十几里，就回到我魂牵梦萦的家乡了。

几年过去，家乡已经发生了不小的变化。山还是那葱绿青翠的山，水还是那淙淙潺潺的水，路还是那崎岖盘绕的路，人还是那般勤谨忙碌的人。一路上两旁村庄的墙壁上,“斗私批修”“批林批孔”“阶级斗争一抓就灵”等烙着强烈时代印记的标语口号,依然历历在目。但是人们的脸上,已经没有了往日的呆滞与茫然,而是露出了从来没有过的兴奋、生动和喜悦;人们身上的衣着,虽然仍以灰、蓝、黑三色居多,但已经出现了不少的红、黄、绿、橙等鲜丽的亮色;村上的房屋也在悄悄地发生着变化,不少陈旧的土墙草屋已被拆除,一幢幢红砖到顶的两层小楼正在拔地而起。这一切都清晰确切地昭示着一个新时代的到来。

远远地看见古村村头那棵儿搂粗的大桑树了,我的心不可抑制地兴奋起来:就是在这棵大桑树下,我度过了天真烂漫、无忧无虑的童年时光。我和蓉姐还有儿时的小伙伴儿们,常常趁着朦胧的月色,在这棵大桑树下玩“狼背猪”“藏老闷儿”“叨鸡”“摔跤”“野鸡翎砍大刀”“指星星过月月儿”的游戏。“指星星过月月儿”是一种比较文雅的游戏:充当“月月儿”的人被蒙上眼睛,叫“星星们”做着各种不同的动作,从他的面前一一经过。主持人在一旁喊道:“盘线的过去了,叨鸡的过去了,挑担的过去了,推小车的过去了……”过完之后,去掉蒙眼布,叫“月月儿”猜“星星们”谁是干啥的。只要猜中一个,被猜中的人就得去当“月月儿”;如果都没猜对,原来的“月月儿”就还得继续当下去……

“野鸡翎砍大刀”则是一种勇敢者的游戏:玩游戏的小伙伴儿们分成两队,各自拉着手远远地站开,这边喊:“野鸡翎,砍大刀,你的人马任我挑!”那边问:“挑谁哩?”这边答:“×××!”于是,那边的×××就站出队列,加速拼力地朝这边冲来。如果他能冲开这边的阵形,就可以带走这边一个人;如果没能冲开,他就留在这边的队伍里了。最后哪一方的队伍没有人了,就算输了。玩“野鸡翎砍大刀”游戏时,我经常和蓉姐排在一队,我冲阵的时候常常冲不开,老是落在人家那里。于是下一回蓉姐冲阵时,就一定更加用劲儿更加勇猛:她那两条纷乱的羊角儿小辫儿扑棱棱挓挲着,两条细瘦的胳膊飞快地前后摆动,红底碎花儿小褂儿向后扯起飘飞的风帆，两只黑瘦的光脚腾起一道灰黄色的尘雾，“嗷”的一声冲进对方的阵形，对方的人链就被她冲开了。我就被她“夺”了回来……

大桑树后面是伟哥的卫生所，伟哥的卫生所曾经是我们那一茬儿后生们最爱去的地方。伟哥是我们古村唯一的一个高中生，在县城上高中时读过很多古书，后来只因为他家成分不好而没能上成大学，回村后就自学成才办起了卫生所。伟哥是个娃子头儿，闲暇无事，或阴雨天气，或晚黑儿时间，最喜欢给我们讲古书上和民间流传的爱情故事。当年，我们就是在伟哥绘声绘色的讲述和循循善诱下，开始最初的性爱启蒙教育的……

卫生所后面就是古村的村部和小学校了，我们小时候常在那里看县剧团和乡电影队的巡回演出，看古村文艺宣传队的节目排演……只是，一想到古村文艺宣传队的节目排演，我就变得耿耿于怀起来：我就是在看宣传队排演节目时，不经意间发现了蓉姐的“不良行为”；正是这一不经意的发现，使我与蓉姐之间产生了“芥蒂”……那是一个文艺事业特别繁荣的时期，当时小靳庄赛诗会和毛泽东文艺宣传队正风行全国城乡。古村虽然地理位置偏僻，但在上级的催逼下，也办起了自己的文艺宣传队。山里的男娃女仔们，有模有样的不多，具有初中文化的更少，像蓉姐这般身段、容貌俱佳的人，自然就成了宣传队的主角儿。

宣传队排练节目多在夜晚，利用学生不上学时在教室里进行。他们排练节目时，我经常悄悄地坐在墙角处，静静地偷看蓉姐表演。蓉姐自小聪颖，再加上县文化馆来的老师的细心点拨，她慢慢地演起节目来，居然跟县剧团和电影里演的样板戏里的人物差不了多少。

蓉姐几乎把革命样板戏里的女主角儿都演遍了，她演的小常宝、铁梅、江水英、柯湘，常博得观众们的阵阵掌声。蓉姐的嗓音美极了，比桐柏山里黄莺、百灵等善唱的鸟儿的叫声还好听；蓉姐的身段美极了，那舞台之上的柔韧飘然袅娜韵致，比在我家学纺花织布的感觉更美十分；蓉姐的扮相美极了，天生青春俊美加上油彩化妆的艺术效果，使得她比古装戏曲中的嫦娥、昭君等古代美女更动人可爱；蓉姐的动作美极了，她演戏时那一顾一盼、一颦一笑、一招一式都做得恰到好处出神入化，撩拨得人们的心头一痒一颤，接连不断的喝彩叫好声此起彼伏连成一片。我坐在角落里看蓉姐演节目，常常忘情忘我地跟着观众叫好鼓掌，人家的掌声都停了，我的巴掌还在拍哩！于是常惹得周围的观众和演员看着我吃吃发笑。尴尬之中，我的脸便又红了……

那段时间，我真为有这样一个漂亮俊美、出类拔萃的蓉姐感到骄傲和自豪。但是后来，我突然又不为她自豪了，因为我在不经意间发现了她“不可告人”的秘密。

那是在一次节目排演之后，我突然寻不见蓉姐的影子。别的演员和围观的人都走完了，我还是没有见到她。后来我就四处寻找，学校周围和卫生所都没有，最后找到桑树边，才听到了蓉姐和另外一个人小声说话的叽叽咕咕的声音。于是，我站住了。我听见蓉姐极力地压低着声音愠恼地说：“往后你别再来找我了，要是叫人瞅见了，对我不好，对你更不好。”

另一个声音无比急切地辩解道：“我，我不管，我管不了那么多。我真是忍不住，真是忍不住啊！我是真心喜欢你，一天看不见你，我就……”

蓉姐激动地打断他的话：“我也是，我也跟你一样，可是眼下不中呀，等再过一两年……”

那个声音更加急切地说：“不不不，那样我宁可死。我绝对忍受不了，我……”

下边就没有声音了。不，不是没有声音了，而是没有说话的声音了。没有说话的声音了，却突然又有了另外一种声音，一种口唇相接肌肤相亲的窸窸窣窣的声音，一种叫人怦然心动浑身燥热的声音。我眼中的蓉姐变“坏”了，我心中的偶像倒了！我再也忍受不住了，便气呼呼扔下蓉姐，自己一个人回家了。

我听出那个声音是谁了，那是家住上庄的何新生。听母亲说，我们古村原来就一个大庄子，就是我家和蓉姐家现在住的大庄子，后来又添了上庄和下庄两个小庄子。上庄和下庄都只有六七户人家，离大庄子也都有十几里远。不同的是下庄离出山的大路近些，住的都是些由大庄子搬出去的有头有脸的人；上庄的位置更僻远，简直可以说就在山腰上，住的都是些老实巴交的山里人。何新生家就住在上庄。何新生家原来也住在大庄子，只是后来被撵到了上庄。何新生家之所以会被从大庄子撵到上庄，就因为他家是地主成分。

说到何新生家的小地主成分，还有一段戏剧性的历史典故哩！我曾经听母亲叹着气说："咱古村就你蓉姐跟何新生俩娃儿命苦。你蓉姐就不用说了，新生硬是叫他爹给坑苦了呀！"我问："那是为啥？"母亲告诉我：原来，何新生的祖上也跟古村大多数人家一样，穷得没有一垄地，光靠给人家打长工度日。何新生他爹是条硬汉子，硬是凭着一条扁担两只筐，蹚水翻山几十里，往返去镇上担柴卖，俭省得头发、胡子长长了都舍不得花钱剃，只用剪子剪短就了事，好不容易攒钱开了一个小染坊，后来又买了几亩地，总算混出了一点儿人样儿，却正好赶上土地改革丈量土地划成分。全古村当时分了俩名额，扒过来算过去，就开药铺的伟哥家和何新生家田地多，工作队就把他们两家定成了小地主。何新生他爹当时就气得一病不起，几年之后和老伴一命呜呼，留下何新生一根独苗儿，替他挨斗受气十几年，不知道遭了多少罪。何新生的"新生"两个字，就是老师给他起的新名字，就是叫他忘掉过去，重新做人的意思。

母亲的叙说让我的心里沉甸甸的，像坠了一块生铁砣。但沉了一阵子就又轻松了，因为苍天有眼乾坤轮回，三十年河东转河西，社会发展到了不论阶级成分的年月，何新生竟然如鱼得水，如虎归山，又学着他爹的样儿做起了小生意。他先是在庄上重开染坊，一根扁担颤悠悠挑着布挑儿四处走。后来干脆扔了扁担，买了辆黑明透亮的飞鹰牌加重自行车，满山飘荡挨庄飞。那时节在庄里，有件手表、自行车这样的东西可是个稀罕玩意儿！何新生整日手表明晃晃、车子黑亮亮地挨庄走，一下子便在四乡八野出了名儿。虽然当时何新生的重新发迹还没有得到乡里、村里的肯定，但是古村小青年们的目光，尤其是大姑娘小媳妇们的复杂的目光，已经被他吸引得滴溜溜团团乱转了。

大概何新生就是在这个时候和蓉姐好上的。我那时还不是十分懂事儿，只觉得蓉姐不该和他好。虽然我对何新生印象不错，他一米七多的个头儿，白白净净的脸儿，见人总是先笑后说话，当然见我的时候就笑得更甜了，可是不知道咋回事儿，我就是觉得蓉姐不该跟他好。不管咋说，他当时还是地主娃儿呀！再说了，要是他俩好上了，我还怎么跟蓉姐玩啊？

那天晚上，我气呼呼地独自回家。母亲诧异地问我："咋啦，你蓉姐哩？"

我懊恼地说："谁知道哩！我上床睡了。"

不一会儿，蓉姐回来了。我听见她问母亲："小奇回来了没有？"

母亲回道："早回来啦！"

蓉姐说："他咋不吭一声儿，害得我好找。"

当时，我真想爬起来揭穿她的老底儿，但又怕事情穿帮，让她受不了，母亲也会因此而对她生气，就忍住了没说。

后来蓉姐来到我的床前，轻轻地拍了拍我。我偷偷地睁开眼，乜斜了她一下，只见她脸红扑扑的，像刚涂了一层胭脂；双眸亮晶晶的，充满了晶莹透明的水质；胸脯微微地起伏，头发有些零乱，一脸幸福地对着我笑。

我心里更有气了，故意又闭了眼睛，装睡着了不理她。蓉姐无奈地摇了摇头，叹了口气走了。我却在被窝里哭了……

三

我步行二十几里山路回到家已是傍晚掌灯时分了。

两鬓落满银霜的母亲正在张罗晚饭。昏黄的灯光下,简陋的灶房里柴烟弥漫呛人,母亲羸弱瘦细的身子像个影子一样在弥漫的烟气里飘晃挪动。我的喉头一阵发紧,哽咽着叫了一声“妈”。母亲转过身来,看见是我,并无太大的惊喜,只是慈爱地指了指外边:“灶屋里呛死人,你去堂屋里待着吧!立马咱就喝汤(吃晚饭)。”

晚饭做好了,一菜一汤。已经在大学里吃了两年半精米细面的我,又尝到了家乡的粗菜淡饭,竟然觉得无比香甜。吃饭中间,母亲只简单地问了我的生活与功课,便心事重重地缄默不语了。空气显得凝重而沉闷。

我率先提起电报和蓉姐的话题。母亲的眼睛立时红了,她用衣襟儿揠着眼泪说:“蓉蓉也真是……人家都说她杀了陈旺财,又杀了何新生,就……这事儿谁也想不到哇!”

蓉姐杀人啦?她杀了陈旺财,又杀了何新生,这可能吗?她一个弱女子,如何将两个与她命运息息相关的男人杀掉啊!我用疑惑的目光询问着母亲。母亲用她那凝重悲悯的神情告诉我:这是毋庸置疑的事实!

我不由又陷入了深深的回忆。陈旺财和何新生像两个皮影戏中的小人儿,在我的脑海中交替出现。这两个人中,一个是蓉姐的合法丈夫,一个是她的旧日相好;一个长得短矮粗壮,一个长得俊拔倜傥。这两个人中,若论感情和相貌,蓉姐是完全应该跟何新生结婚成家的,可是该死的命运的安排,让她嫁给了与其极不相配的陈旺财。蓉姐之所以会违心地嫁给陈旺财,完全是姑父的一意孤行。姑父之所以会坚决地叫蓉姐嫁给陈旺财,完全是为了给表哥换媳妇,为了不叫他家的香火烟绝根断。

这实在是一场荒唐可笑而又可悲的婚姻。婚姻不是来自爱情,人变成了可以随意交换的牲畜!可在当时,古村人对这桩荒唐透顶的婚姻却是首肯的。为啥?就因为古村地处深山,山僻地偏,只见村上的姑娘一个一个往山下跑,却很少见有山下的姑娘嫁到山上来的。此外,由于姑姑早亡,缺少料理的姑父家就更显得比别人家零乱破败贫困寒苦,天生羸弱单薄的表哥快三十岁了,还没有说上媳妇。眼瞅着可怜巴巴的表哥和零乱破败的穷家,姑父焦急得头发胡子都早早地白了。

万般愁苦绝望之中,姑父就把赌注押在了蓉姐身上,决意用闺女为儿子换一房传宗接代的媳妇。于是,他四处打听合适的人家,最终把赌注压到了下庄的陈旺财家。陈旺财家的情况和姑父家有些相似,上有一个多病的老母,下有一个跟蓉姐年龄差不多的妹妹。陈旺财也是三十多岁了,还没有娶上媳妇,主要也是年龄和相貌的问题。让蓉姐嫁给他,真是委屈啦!可是,陈旺财的妹妹虽没有蓉姐长得漂亮,但也是青瓜嫩水容光照人,人家能同意做自家的儿媳妇,咱还有啥话说哩?姑父千思万想拿定了主意,谁也别想劝他回头。

我的脑际又浮现出了蓉姐出嫁前后,以及我所知道的她和陈旺财一起生活的一些片段。我的心中突然涌满了欲哭无泪欲泣无声的悲苦情愫:蓉姐嫁给陈旺财真是太苦太屈啦!尽管陈旺财因为小时候爬树时腰窝受过伤,走路有点儿一肩低一肩高的颠簸耸动;尽管他生得短矮粗壮,相貌还不算太丑,但这人最大的毛病是当惯了“干部”,养成了游手好闲不务正业的恶癖。

陈旺财的出身正好与何新生形成鲜明的对比。听母亲说,陈旺财的祖上才真是有田有地有钱有势的大地主,正因为有钱有势,才从先前住的大庄子搬了出去,在靠近大路的地方另批宅基起房盖屋,慢慢就发展成现在的下庄。也是世事循环,物极必反,到了陈旺财父亲辈儿上,不知怎么染上了大烟瘾,一来二去就将原本兴旺发达的家业吸败了。到解放时,只剩下两间破草房,其余的田地房产全都卖给了别人。因此,定成分时,陈旺财家就无比侥幸地被划成了贫农。在以后的十几年里,陈旺财免受了许多皮肉之苦和精神之苦。由于他泼皮胆大能说会道,能踢能咬能打能挨,就在民兵排长、治保委员之类的村干部职务上一直干了下来。

虽然陈旺财歪打正着，尝到了不少的甜头儿，但却没有从他父亲那里学到什么最基本的生活技能，只学到了游手好闲不务正业。所以到了20世纪80年代农村实行家庭联产承包责任制，干部由村民选举，陈旺财无可奈何地下台之后，他的日子便一下子变得拮据窘困起来。当然，蓉姐和他换亲的时候，他还在“干部”的位子上，他的家境还算勉强说得过去。尽管如此，他的年龄、他的相貌、他的人品、他的一切，咋能跟青春漂亮俊俏能干的蓉姐相配呢！

我记得，蓉姐一听说让她给表哥换亲，要她嫁给陈旺财时，一下子像从天堂掉进了地狱，立马就病倒了，一连几天躺在床上不吃不喝。姑父急得上蹿下跳，就来请我母亲去劝。我母亲领着我去了，好不容易才叫开蓉姐的房门。一到床前，蓉姐就扑到我母亲怀里哭晕了过去。我母亲掐了半天人中，她才从昏迷中醒来，醒来后只说了一句话：“妗子呀，我的命咋恁苦啊！”母亲只能紧紧地搂住她，像抱着半岁婴儿般轻轻地拍打着她的脊背，悄无声息地陪着她泪流满面，末了也只说了一句话：“娃儿啊！你都认了吧！这都是咱做女人的命啊！”

我记得那天在送亲的路上，我作为蓉姐娘家的送亲人，一直半步不离地陪伴在她的左右。她自始至终一句话不说，只是紧紧地拉着我的手，一脸茫然地远望着重重叠叠的大山，任眼中的泪水滂沱如雨顺脸流下。我走在蓉姐的身边，望着她那悲苦至极欲哭无声的绝望情状，真想问她一句：“蓉姐，你为啥不嫁给何新生，而偏要同意嫁给陈旺财呢？”然而，我只能这样想却不能这样说，因为陈旺财就跟在我的身后；再者，我也不想让蓉姐正在流血的伤口再受创伤……

我记得蓉姐新婚的那天晚上，她早早地就叫担任“压床”任务的我跟她睡下了。婚宴散完，送走客人，陈旺财醉醺醺地歪进新房，一见我睡在婚床上“压床”立时就恼了，一把抓起我就往外走。蓉姐却哭着死死搂住我不放手。我成了蓉姐和陈旺财拼命争夺的对象。最后，还是陈旺财力气大，将我抢走抱进了他娘住的偏房。我哭叫着跳下陈旺财老娘的床，疯了似的冲过去捶打蓉姐新房的门，可是里面却被死死地插上了。我只能无可奈何地听着从里面传出的激烈的推拉撕扯的声音,听着蓉姐咬紧牙关拼命压抑着的细若游丝的低泣声,听着陈旺财野牛一般的低哑哞叫和老风箱一般的粗重喘气声,听着那架椿木打制的婚床发出的打摆似的一阵紧似一阵的咯吱声,怀着对陈旺财大如天深似海的无比仇恨,绝望而又痛苦地陪着可怜的蓉姐哭泣……

我记得半年后学校放麦假,母亲叫我去看蓉姐。我去时她那里的麦子已经熟了,家家户户都在收割。蓉姐看见我喜出望外,吃饭时特意为我煮了俩鸡蛋。陈旺财见我却如同路人,只是哼哈两声了事儿。吃过晚饭,蓉姐还要跟我说话儿,陈旺财却催着蓉姐早点儿睡觉。蓉姐红着脸瞪了他两眼,他就像发情的公狗一样,从这屋跑到那屋,又从那屋跑到这屋,竖拧着眉毛黑丧着脸,踢凳子摔碗,弄得满屋子都是响声。蓉姐忍无可忍,就先安排我睡了。那时陈旺财的老娘已暴病而亡,我就睡在她睡过的床上。我听见蓉姐和陈旺财进了他们的房间,并发生了激烈的争吵……天快亮时,我被蓉姐说话的声音惊醒:"天快亮了,赶紧起来割麦去!"陈旺财哼哼两声,有了穿衣下地的声响,然后是他出门走了。随后蓉姐也拿着镰刀下地走了。等到日上三竿儿,蓉姐却一个人黑丧着脸回来了。我问蓉姐:"陈旺财人呢?"蓉姐登时眼圈儿红了,又气又急地骂道:"又不晓得钻到哪里睡觉去啦!"看着蓉姐伤心落泪的样子,我实在无心再玩下去,吃过早饭就回家了。回家后,我把看到的一切给母亲说了,母亲又去给姑父说了。姑父却不阴不阳不冷不热地说道:"管好自家事儿就中了,操人家恁多心弄啥哩?"母亲讨了个没趣儿,一言不发地拉着我走了……

我记得又一年的一天下午,像害过一场大病似的蓉姐突然一个人跑了回来,跪在我母亲的面前,让我母亲看她颈上、脸上、胸上、大腿上的伤痕,然后哭着对我母亲说:"陈旺财他不是人,简直是头牲口哇!我两年生了俩妮儿,他不说他自己,硬是说我不中用,恼上来就往死里掐我、打我,打过之后,还要天天夜里干那事儿!说是非要生个带把儿的不中。妗子呀,我实在是受不了啦!你不管咋着得救救我,替我跟我爹说一声，叫他退了这门亲吧！”母亲始终一言不发，只默默地摸着蓉姐身上的伤痕流泪。我看着蓉姐真是可怜，也在一旁帮她说话：“你就帮帮蓉姐，跟姑父说一说吧！”谁想一向慈爱温和的母亲却突然恼了，她黑丧着脸对我嚷道：“大人说事情，你小小年纪接啥茬儿哩？快给我滚一边儿去！”我吃了一惊，惊惧地乖乖去了外间。蓉姐也吃了一惊，跪在那里呆愣了半晌，才慢慢地从地上站了起来，不声不响地擦了擦眼角的泪，耷拉着脑袋出门走了。母亲瞅着蓉姐的背影，又搂着我无声地哭了：“泼出去的水，收不回来了。这都是你蓉姐的命啊！”

后来听说，蓉姐回到家里，又被姑父狠狠地打了一顿。当天下午，姑父将蓉姐两手反绑，像押送犯人一样，将她送到了陈旺财家里……

从那以后，蓉姐就很少回来了，就连逢年过节也是一样。母亲也不敢再叫我去瞧蓉姐。我和蓉姐之间，几乎完全断了消息，只能从表嫂子（蓉姐换亲换来的嫂子）的口里，偶尔听到有关蓉姐的情况。

只有一回例外，那是 1977 年国家恢复高考制度，我高中毕业回乡当了五年农民之后，又幸运地参加考试并被郑州大学录取。蓉姐不知怎么听到了消息，她后面跟着一个、手里拉着一个、怀里还抱着一个小妮子，亲自跑到我家，将五十元皱巴巴的票子塞到我手里，然后流着眼泪说：“小奇上了大学，一定要好好学习，要有出息，千万不要像你姐我……”话没说完就又哭了起来。

我不由得愣住了，要知道在那个年月里，尤其在古村这地方，五十元钱需要多少时日和汗水积攒哪！

我无比感激地凝望着蓉姐，猛然惊异地发觉才二十七八岁的她，脸上却早已失去鲜润的红色，变得严霜打过似的枯黄消瘦，上面已经出现了蚯蚓一般曲曲弯弯的皱纹；双眸也失去了晶莹透明的水质，变得混沌而茫然；那两条原本黑亮如漆的长发辫儿，如今也被剪成了短发，头发丝儿干涩稀黄，里边甚至有了许多不协调的白发；整个人已经憔悴衰老得像有四十多岁的样子；她浑身上下，一身带补丁的土织老蓝布汗渍斑斑，脚上一双手纳的带襻儿黑布鞋，竟有两处裂开了口子；

两大一小三个小女孩儿,或扯着她的衣襟儿,或抱着她的腿,或钻在她的怀里怯生生地瞅着我……这一切都清晰地昭示着她生活得无比艰辛和困苦!

我的心里一阵悸痛,痛得像要裂开来滴血!我坚决要将那五十元钱还给蓉姐。蓉姐却推拒着嘤嘤地哭了。蓉姐嘤嘤哭着对我说:"小奇,你要不收姐这钱,就是看不起你姐啊!"说罢,扔下钱就往外走。我和母亲醒过神来追到门外,叫她留下吃饭,她却带着三个孩子一溜烟走远了。

我手里攥着蓉姐用艰辛的血汗凝成的五十元钱——不,应该是蓉姐的一颗心哪!有千言万语无法向蓉姐诉说,只任满胸的情潮波涛汹涌,汇成泪河在脸上肆意奔流……

四

古村的夜晚宁静得有些瘆人。全村黑黝黝的没有一丝一毫的灯光,也没有一丝一毫的声息,只有星星点点的萤火虫忽明忽暗地闪着光,还有漫山遍野的松涛在夜风中呜呜作响,似有千千万万的阴间兵马,在扯旗呐喊没命地狂奔!

由于当时还没有通电,自然也没有电视机、电唱机之类的玩意儿,就更不用说有什么文化娱乐活动了,人们吃罢晚饭之后就早早地上床睡了。我和母亲说了一会儿蓉姐,她也叫我早早地睡了。

我躺在床上,望着窗外星星点点的萤火虫,听着漫山遍野呜呜作响的松涛声,辗转反侧难以入睡。"人们都说你蓉姐杀了陈旺财,又杀了何新生……可我咋就不信哩!你见她得问个究竟,也可能只有你能帮她啦……"母亲的话一遍又一遍地在我耳边回响着,让我感到责任如山又疑窦丛生,理不出丝毫的头绪来。

我半闭着眼睛假寐着,脑子却在一刻不停地思忖着:若按常理,在遭受到不堪忍受的屈辱和痛苦时,蓉姐忍无可忍奋起反抗,一怒之下将牲口一般的陈旺财杀掉，这是完全可能的。我过去的所见所闻，使我坚信这一点！可是，何新生是蓉姐的相好哇，我知道她跟何新生秘密交往已非一日，两人之间的亲密程度也绝非一般的恋人，她怎么可能杀他呢？更何况，蓉姐和何新生还曾有一个刻骨铭心的诀别之夜哩……

我的思绪又回到了如烟如梦的过去。

那是蓉姐出嫁的前一天，母亲领着我去给蓉姐装嫁妆。一直坐在床上双眸含泪不吃不喝呆若木偶任人摆布的蓉姐，突然招手叫我过去，塞给我一张字条儿，附在我耳边对我小声说："小奇，现在只有你能帮姐了。今儿个你不管咋着……也得把这张字条儿交给何新生。"

我知道，自从定好和陈旺财换亲之后，蓉姐就没有和何新生见过面。那时，我对何新生已经没有了"仇恨"，和蓉姐也已经没有了"芥蒂"，而且反而对他俩的情感充满了一种真心的同情。于是，我就很懂事地接受了蓉姐的任务。从古村大庄子到上庄，也就十来里的路程，我半晌时光就跑到了。

何新生家的院子里一片荒凉破败的样子，凉架上挂的布匹都落满了灰尘，染缸、漂池的水面上结了一层绿色的水锈，朝外散发着一股浓重的臭味儿，可见不少天都没有换过了。

好不容易才找到何新生，他正窝在一间小房子里，蒙着被子睡大觉哩！

听见人声，他探出头来，把我吓了一跳：原本丰满白净的他突然间瘦下去了一圈儿，头发又长又乱，颧骨又尖又高，眼窝深陷，双目无光，整个脸瘦成了一条荡刀布儿！他皱着一张青黄脸，看完了蓉姐给他的字条儿，才像打了一针强心剂似的，脸上有了些许血色。他强打着精神爬下床，煮了两碗荷包蛋，叫我和他分着吃过，就拍拍我的后脑勺叫我回了。

下午天挨黑儿时，出嫁的嫁妆准备就绪。蓉姐忽然对姑父说："爹，我明日就要出门了，这会儿想跟小奇一块儿到我妈坟上道个别，也不亏她生我养我这一场。”

姑父看看蓉姐又瞅瞅我，好像忽然动了感情，就摆摆手默默应允了。

蓉姐拉着我的手走出家门，朝姑姑的坟的方向走，但走了不远，就拐向了上庄的方向。我站住问蓉姐：“不是去姑姑坟上吗？”

蓉姐把我拉到怀里，亲着我的脸蛋儿说：“好小奇，今晚黑儿的事儿我知你知，你可谁都不敢告诉啊！”

我猛然想起上午蓉姐叫我送给何新生字条儿的事儿，小大人似的点头同意了。

走出古村不远，就远远看见何新生正站在“野猪林”旁边朝这边张望哩！这“野猪林”实际是“野竹林”，是古村人跟着《水浒传》里面的“野猪林”叫串了。“野猪林”依山傍路，翠竹耸天，胳膊粗细的竹子遮盖了半座山。春、夏、秋三季，桐柏山里水旺，从太白顶水帘洞（寺）泻下来的清瀑涨满了清溪，古村人就砍了修竹，捆扎成竹排顺水而下，运到淮源镇或桐柏县城，卖点钱或换些油盐酱醋布过活。当然，一到春秋凉爽季节，这里就成了年轻姑娘和小伙子约会的好去处。何新生和蓉姐肯定也在这儿约会过，不然，他俩为啥会选择这个地方哩。

来到竹林边，蓉姐小声吩咐我“站岗放哨”，随后她就一下子扑到了何新生的怀里，两个人互相搂抱着朝竹林深处走去。我只好选择在一块大石头上坐下，孤零零地担负起“放哨”的任务。

天渐渐黑了下来，山野里刮起呼呼的夜风。竹林里的竹枝窣窣摩挲着，竹叶发出一片声响。我坐在那里想象着蓉姐和何新生的“约会”，却又听不见他们半点儿的声息，只觉得百无聊赖、孤寂难当，时间不长就迷迷糊糊地睡着了。不知道过了多久，忽然被一阵说话声惊醒了。我忙睁眼细听，却是蓉姐跟何新生争吵的声音。两个人的声音里都充满了尽力压抑着的激动与怨怼。

“蓉啊，你跟我走吧！不管咱们一起到新疆，到青海，到东北，到哪儿都中。我真是再也不想……”

“不中。”

“为啥?”

“我要是走了,我哥咋办? 那我爹还不得气死呀!”

“看来在你的心里,还是你爹你哥重要。你原来和刚才说的话,都是骗人的啊!”

“我……”

“你,你是真想跟陈旺财这样的半吊子过一辈子呀?”

……

寂静,死一般的寂静。只有夜风撕扯着竹叶在无奈地悲鸣。风声歇下去的时候,竹林里又有了声音,但这一回是蓉姐先开的腔儿。

“……新生哥,都是我对不住你。你,你干脆要了我吧! 我明儿个就,就是陈旺财的人了啊!”

“不。”

“……我有时候想到绝处,真想一死了事。可是又一想:我死了又能咋着? 再说,还有我爹我哥……我知道你心里恨我,可我真是没法子哇! 咱俩好歹好一场,今生今世我都在心里记着你,可是,我……你,你就要了我吧!”

“哼!”

“……新生哥你别这样子,要恨你就恨咱俩今生无缘吧! 我,我求求你就要了我吧! 要了我,你就……我也……”

“啪——”

一声脆响,不知是谁的手打在了谁的脸上。紧接着,何新生咻咻喘着粗气冲了出来,一阵风似的向上庄方向跑去。

过了许久,蓉姐才无声哭泣着,耷拉着脑袋来到我身边,默然拉起我朝家里走去……

第二天蓉姐出嫁时,全古村的男女老幼都来看热闹。人们议论纷纷,说啥的都有。有说还是人家蓉蓉懂事儿,为了她哥不打光棍儿才……有说这朵山茶花算是插到牛粪上了,她往后的日子可咋过哩……我站在人群里,四处寻找何新生,却没有看见他的人影儿!

送亲的唢呐响起来,蓉姐满脸是泪一步三回头。她是在留恋生她养她的父老乡亲,依恋哺育她长大的古村山水,还是在寻觅她眷恋的心上人?

第三天,何新生就卷起铺盖卷儿去了新疆,而且是一去八年没有音信,谁也不知道他在那里干什么。

现在问题的关键是:你既然走了,还回来弄啥哩?八年哪!八年之后,一切都成了定局,你现在回来,这不是明摆着要生事吗?!

五

次日清晨,我又去姑父家里坐了一会儿。两年不见,原本身体健康硬朗的姑父,仿佛猛然老了十岁,板直的腰背弯了下来,头顶的白发掉落得只剩下稀稀疏疏的几根了。说到蓉姐的事儿,他有气无力地指了指偏房,只是一个劲儿地摇头叹气,老泪顺着布满沧桑沟壑的脸膛哗哗地流淌。原来,看似倔强蛮横的姑父,其实也不是铁石心肠啊!我在心里悄悄原谅了他。

表哥表嫂的偏房门依然关着,想必这对儿换亲而成的小夫妻还在睡着"春眠不觉晓"的懒觉哩!听母亲说,这对小夫妻刚结婚也是过不成,三天两头怄气吵架。表哥软弱腼腆,表嫂子泼辣急躁,水火难容也得容,风火性儿的表嫂子自然老占上风。尤其是蓉姐那边生了气,一抱着孩子回娘家,表嫂子也立马针锋相对以牙还牙,挽起小包袱就走人,老弄得姑父、表哥急得团团转,忍气吞声没办法。最后,只得一边是姑父怒骂吆喝强行送蓉姐回去,一边叫表哥备礼请罪请表嫂回家。好在时间是最好的治伤良药,日子长了,表嫂子也磨得没了脾气没了性儿,慢慢地变得安生了。如今两人生了一男一女,日子似乎过得挺幸福的。只是我觉得,他俩的内心现在未必平静如水。试想:给他们换来"幸福"的两个人——亲妹和亲哥,一个进了监牢,一个死于非命,他俩的心里能够微波不起、平静如水吗？

里间传出一阵稚嫩的叫喊声："姥爷，我要撒尿，我要撒尿！"姑父摇了摇头，叹口气站起来往里间走。我也不由自主地跟了进去。

一张大床上坐着三个光着肩膀、头发散乱、一脸灰垢的小女孩儿。她们依次约有六七岁、四五岁和两三岁的样子。我在两年前见过她们，她们的模样儿没有太大的变化，只是略微大了一丁点儿。这是蓉姐的三个女儿，这就是已经失去了家庭、没有了娘亲，但还不知少年愁滋味的三个小人儿。

她们看见我进来，都一个个瞪大眼睛不出声了。我一张一张地抚摸着这些跟蓉姐小时候几乎一模一样的小脸蛋儿，内心的情潮像决堤的洪水一般汹涌地奔流。我祈愿这些小蓉蓉长大之后，不再遇上蓉姐那样令人可恐可怖的无可奈何的悲剧！

照顾完三个小人儿，我和姑父又回到堂屋。我自然而然地提起了何新生的事儿。

一提起何新生，姑父立马吹胡子瞪眼地恼怒起来："都是这个小鳖孙！不是他，你蓉姐她咋会……早些年他勾引蓉蓉，事儿过去也就算啦！可是你娃子去了新疆，又回来弄啥哩？眼瞅着蓉蓉跟陈相公慢慢和睦了，谁想他鳖娃儿一回来，事情就……"

从姑父的口里，我知道了何新生从新疆回来的目的：他果然是回来寻爱的。八年之间，他只身一人闯荡新疆，一定经历了不少艰难困苦，经历了不少情感冲突。然而，他却始终没能忘记曾经深深相爱过的蓉姐，又毅然决然地抛却一切回来寻爱，此点真是难能可贵！可是，这爱你能寻找回来吗？你所爱的人心已经死啦！她已经建立了家庭，背上了沉重的十字架，她还能爱你吗？而且，你就是能唤醒蓉姐的心，陈旺财会怎么想呢？他会让蓉姐跟你走吗？你真是聪明反被聪明误，到最后……最后悲剧还是发生了。

只是这令人感慨万千唏嘘不已的悲剧，真的是不可避免的吗？……

六

我终于又一次见到了蓉姐。

隔着冰冷的铁窗,我和蓉姐静静地对视着。她的外表跟和我最后一次见面时没有太大的变化。依旧是短发零乱、粗布烂衫。她的眼神依旧惶惑而茫然,然而惶惑茫然之中,却似乎有了几点闪烁跳跃的光点儿;她的脸色依旧苍老而疲惫,但苍老疲惫里,却没有了原先的慌乱与匆忙,而是换上了一种充分歇息之后的宁静;面庞上也没有了几年前那种饥馑窘迫的菜色,而是隐隐约约地泛出了淡淡的红潮。是这里的生活待遇比家里好,还是她彻底地摆脱了精神和生活两大重压之后,重又回归宁寂与平静的一种返照?我不得而知。

我首先单刀直入地提出了我的问题:“蓉姐,你告诉我,陈旺财跟何新生,是否都是你杀的?”

蓉姐不答,却反过来问我:“小奇,你不在大学里读书,老远地跑回来弄啥?”

“我想弄清楚事情的真相。”

“弄清楚了又能咋样?”

“或许我能救你出来。”

“救我!救我弄啥?我早就活够了,这一回正好……”

“这真是你的心里话吗?你死了当然干净了。可是,你想没想过,你死了之后,三个侄女咋办哩呀?”

“我——”

蓉姐语塞了。她无力地垂下头去,似乎在痛苦地思索着什么。许久许久,她才慢慢地抬起头来,双眸里霍霍跳荡着火花儿,脸色冷峻宁静得出奇——她已经做好准备接受我的任何发问。

“你为啥杀了陈旺财?”

“我没有杀他。”

“那何新生呢?”

“他也不是我杀的。”

“那他们……”

“虽然我恨他们——恨陈旺财,更恨何新生,可是我真没有杀他们。他们是……”

“你为啥说你恨陈旺财,更恨何新生?”

“我恨陈旺财,是因为他无羞无耻;我更恨何新生,是因为他太精太刁,专门拿刀往我心里扎。八年前,我情愿给他,他不要;八年后,他却要千方百计挖窟窿打洞地想……我早就看出他想什么来啦,就故意不搭理他,谁知道他竟然会……”

蓉姐说着说着哭了。我却对蓉姐更佩服更同情了,这真是个聪明绝顶又柔情似水的可爱可亲的女子哟! 只可惜……只可惜她命运不济,才落得这般悲怆凄苦的境地。

蓉姐一边轻轻地啜泣着,一边给我讲述她那令人心酸心碎的故事。

随着蓉姐的讲述,我的眼前清晰地出现了何新生八年之后的影像:

八年之后的何新生,已经没有了八年前的那份青春俊逸、风流倜傥,额上已被大漠的霜剑风刀刻上了许多沟沟壑壑,一圈儿浓密的络腮胡子,像条飞舞的黑龙锁住了半个粗糙的面庞,使得他那原本棱角分明结实有力的脸膛,更显得钢铸铁凿石雕木刻般老练成熟了许多。但是他那种英气仍在,那种为了所爱不顾一切的执拗仍在,那种不达目的誓不罢休的倔强仍在。只是,在这种英气、这种执拗、这种倔强上面,多了不少的圆滑世故和老谋深算……这就是八年之后的何新生吗? 这就是一气之下,去大漠边塞奔波苦斗八年之后,为了寻找心中所爱又不顾一切蓦然回头,重新杀入情爱角斗场中的何新生吗?

历经八年的舍命奔波,始终没有找到生命归宿的何新生,终于又回到了生他养他的古村。何新生回来后没有再回上庄,而是怀着某种不能告人的深藏在心里的目的,专门安营扎寨住在了下庄。为了这个深藏在心里的目的,他用八年里挣下的血汗钱为村希望小学捐了款,资助村民们修通了出山的路,博得了下庄群众的认同。他想尽办法千方百计寻找机会接近蓉姐,蓉姐却不给他任何可以接近的机会。于是,何新生就把主意打在了陈旺财身上,开始没黑没白地泡在下庄的牌场上。

此时的古村已经实行家庭联产承包责任制一年多了。村民的吃饭问题已得到了根本的解决,再加上古村地处深山,春夏的山野菜和秋冬的干山果可以拿去山下变卖,又保证了人们的零花钱。于是闲暇时节,古村几乎家家都设牌场儿,无论大人小孩男女老幼,都会来几手麻将、牌九之类的玩意儿!而且每个村庄都有几个主家最爱来牌、人们最爱光顾的"牌场子",古村下庄的陈旺财家就是其中之一。

当然,此时的陈旺财已经不是村干部了,失去权力和补贴的陈旺财真可谓脱了毛的凤凰不如鸡。他无任何发家致富的一技之长,只好将一应活计全交给蓉姐,自己一天到晚泡在牌场和麻将桌上。眼见得政策放宽后,那些有一技之长的精明人,一个个将原来的茅草棚子翻盖成了新房,自家还住着那早已破旧不堪的老瓦屋,蓉姐急得心里起火头上冒烟,可是陈旺财却优哉游哉不急不忙,孙女穿她奶的鞋——老样儿!两口子没少为这事儿生气窝火儿。不过,别看陈旺财干别的不行,打麻将玩牌却是一把好手,古村很少有人玩得过他。何新生泡牌场儿碰上他更不是对手,往往比别人输得更多更惨。别人跟陈旺财来牌,输过几盘之后就不来了。何新生却怪得很,他是输了不服气,越输越要来。对于这样的"傻瓜",陈旺财自然是乐此不疲、愿意接受的。于是,天长日久,何新生和陈旺财就成了麻将桌上最常交锋的"铁杆儿"牌友……

经过了无数次的惨败之后,何新生再一次坐到了陈旺财家的牌场上。上场之前,何新生专门请陈旺财和庄上的几个牌友喝了不少的酒,直喝得大家伙儿心跳脸热脚底不稳,一个个摇晃蹒跚如晕头鸭子一般。席间,何新生借着酒劲儿对陈旺财说:“旺财,旺财哥,以往你,你光是赢我,今夜黑儿我要赢,赢你。”

陈旺财听罢一愣,随后哈哈大笑了起来,笑着拍着何新生的肩膀说:“但,但愿如此,我还真想输,输兄弟一把哩!”

众人也笑了,笑着对二人起哄道:“新生要能赢旺财哥,俺们都大头儿朝下走路!”

何新生最后一次坐到陈旺财家牌桌上的这天晚上,陈旺财家显得格外冷。深秋的冷风夹着山野里的凉气,顺着他家老土墙上的裂缝飕飕地灌进来,把屋里搞得冷得坐不住人。这时,对陈旺财啥事儿不干只顾玩牌一贯恼恨万分,而且又对何新生心怀鬼胎居心不良的“阴险举止”横眉冷对一贯不理的蓉姐,已经领着孩子去里间早早睡了。堂屋里就剩下陈旺财、何新生和庄上的几个老牌友就着昏黄的油灯,围着一张破烂不堪的旧方桌铺牌鏖战。

几圈下来,原本没有几个钱的几个老牌友,几输几赢之后就掏光了口袋,不得不离开牌桌儿坐到了一边。后来就只剩下何新生还有钱和陈旺财玩了。

两人单兵相搏,何新生仍是一味地输。不久,何新生面前的一沓子人民币就又进了陈旺财的腰包。

人们都以为何新生也把口袋里的钱输完了,纷纷站起身来哈欠连天地准备回家了,不提防何新生又从内衣口袋里掏出两大沓新崭崭的票子,啪的一声甩在桌子上,血红着眼睛对陈旺财道:“旺财哥,咱俩再,再来一盘。哥要是再赢了,这些钱都,都是你的。不过,兄弟要是赢了……”

陈旺财那贪婪的目光,在那两大沓人民币上足足盯了三分钟,然后才移向何新生嚅动着的嘴巴,听他还往下说什么。何新生却停住不往下说了。众人都在一旁催促:

“新生你往下说啊!”

“你咋不往下说啦?”

“常败将军还想赢哩,做梦娶媳妇吧!”

“哈——”

瞅着何新生欲言又止欲罢还休的难受样儿,陈旺财咧嘴笑了,笑着拍着何新生的肩膀说:“兄弟你,往下说,你说啥哥都依你。”

何新生这才吭吭哧哧,似乎无比艰难地说道:“我,我要是赢了,今夜黑儿……哥得把嫂子让,让给我……”

寂静,可怕的寂静。整个堂屋里寂静得掉根针都能听见落地的声响。众人瞅瞅何新生,再看看陈旺财,幸灾乐祸的目光在他俩的脸上来回地睃巡。脑袋已经被酒精烧得轰轰作响的陈旺财脸色通红,小老鼠眼儿直直地在那两大沓钱上盯了好一阵,又慢慢地移向他那八面漏风的老瓦房,心下思忖:这两沓钱就是两万块啊!我要是赢了这些钱,就是把这破瓦房翻盖成两层楼儿也绰绰有余呀!要真是这样,我在这下庄也不低人一头,叫人家光捣脊梁骨啦!只是,要万一他何新生赢了哩?——不,他不可能赢!他跟我来过了多少回了?少说也有百十回了吧,可曾赢过一回?嗤!最后,陈旺财将目光转向何新生,皮笑肉不笑地盯了一阵,突然哈哈大笑起来:“哈哈——中,中,兄弟你要真能赢了哥,哥我就照你说的办!”

这是一场性命攸关的苦斗,这是一场拼尽心力的较量!紧张而又沉闷的气氛,使陈旺财的额上渗出了一层密密匝匝的汗珠儿。他的两手不自觉地颤抖起来,手里的纸牌变得重若千斤,该起的纸牌儿回都起不到手里,起到手里的牌又老是往下掉……

相比之下,何新生却显得平静多了,他面色淡淡的,不瞅陈旺财,更不瞅观战的牌友,只专心致志地算计着手里的牌……

不知道为什么,陈旺财这盘牌起得特别臭,手里的牌不是缺这就是少那,根本连不到一块儿!牌不好吧,他还老是出错张儿,刚把一张看似无用的牌扔下去,再起一张却是跟它紧挨着的好牌!他只得后悔不迭地再把它扔出去……

反之,何新生这盘牌却起得特别好,起完牌就有了对子和连环码儿。再经几起几扔吃和碰，他只等着陈旺财扔出来或自己起到一张“3”或“9”，他就赢牌收兵了……

陈旺财大概已从何新生打出的牌张中算出了他正等着什么牌，于是就坚决不打“3”和“9”。他的牌已经没有赢的希望了，就决定破釜沉舟，宁可不赢，也不能叫何新生赢牌啊！

何新生见陈旺财不打他要的那两张牌，就把希望寄托在还没有起的底牌上。可是起来起去，偏偏就起不到那两张好牌……

这盘牌来得缓慢而沉闷，这场赌下得滞重而艰难。最后，只剩下一张牌了。陈旺财和牌友们都紧张起来。何新生闭目敛神，深深地吸气，慢慢将那张牌拈到手里，拉近，翻开，天哪——居然是一张红桃“9”！

那一刻，房间里的空气好像凝固了，地球也仿佛一下子停止了转动。昏黄的灯光下，陈旺财似瘫了一般仰倒在椅子上，脸上的汗珠密如雨下，双目呆愣愣地瞪着，就像突然死去了一般。围在四周观战的牌友也一下子变愣变傻了，他们被眼前发生的出乎意料的一切惊得目瞪口呆恍若梦中。

在众人目瞪口呆和陈旺财死过去一般的眼光注视下，何新生慢慢地站起，沉稳而有力地转过身来，迈着民族英烈慷慨赴难那样的从容不迫的步子，大义凛然地走向蓉姐睡着的里间……

该发生的一切终于发生了。是福也好是祸也罢，谁也逃脱不了命中注定的劫数。

我知道下面该发生什么了。我的心不由自主地激跳起来……

七

……

“当我被一阵粗重有力的猛烈摇撼惊醒时，我气得差点儿晕了过去。我凭女人的直觉察觉到：此时压在我身上的男人不是陈旺财，而是……我连做梦都不会想到，屡屡想接近我都被我坚决挡回的何新生，竟然会用这样下三烂的办法来要我。他的良心和过去对我的感情，都叫狗吃了啊！他的聪明和心计，怎么全用在那个事儿上了？我在他的心里还是个人吗……

“这时候，我没有别的选择，只有坚决地反抗。我在他的脸上狠狠地打了一巴掌，随即猛然起身，将他无情地掀下床去。然后我穿上衣裳，点亮油灯，正想劈头盖脸对着何新生斥骂一顿，然而，正跪在床下边的何新生痛不欲生的可怜模样儿，又把我吓住了……

“昏暗的灯光下，何新生可怜巴巴地跪在地上，满是络腮胡子的瘦长脸痛苦万状地扭曲着，两条亮晶晶的泪流，从他那深陷、青黑的眼窝里流出，顺着瘦骨嶙峋的深深凹进去的脸颊流淌……他的两手一左一右狠狠地扇着自己的嘴巴，一边猛抽一边懊悔不迭地骂着自己：‘我该死，我真浑；我真浑，我该死……’巴掌声声短促而响亮，滴滴鲜血从他的嘴角流出，随着频频闪动的巴掌四处飞溅。句句痛苦至极的忏悔和着四处飞溅的鲜血，一下一下地猛击着我的心，我的心也战栗着流血了……

“只听何新生又说：‘蓉啊，你跟我走吧！我在新疆混了八年，也结识过三个女人，可是不知道为啥，我自始至终都不能忘掉你。不能忘记，彻夜相思，越往后来想得越很，想到最后都快要发疯了！快要发疯的我，实在忍受不了就回来了！我知道你跟我一样活得百无聊赖，活得痛苦万状，活得生不如死。我回来，就是想把你带走重新开始生活的，没想到你竟然变得麻木不仁，变成了正人君子，变得我都快不认识了，变得对我置之不理啦！我真是痛苦极了伤心极了，夜里一个人蒙着被子，不知道哭过多少回！我顿顿茶饭不思食之无味，夜夜通宵难眠噩梦连连，每回梦里都能见到你，可是见到的你，心却已经死了……早上从噩梦中醒来，赶忙偷偷跑到你家，远远地看着你，见你在忙碌着，我真想扑上去一把抱住你，摸一摸你那颗原本活蹦乱跳的心，是不是真的已经死了！可是我又怕……我实在是被逼得没有办法了，才苦苦地想出如此下策，想出如此的馊主意！蓉蓉，求你能够原谅我。我不为别的，只求能够跟你面对面地诉诉离别之苦，掏心窝子说说知心话儿！谁知道我，我会昏头地……蓉蓉，别再犯傻了，就跟我走吧！咱不去新疆了，随便去哪里都中。就凭咱俩的脑子和勤谨，不管咋着也比在家里强百倍呀……'

"当时，我也是鬼迷心窍，不知是同情可怜何新生那惨不忍睹的模样，还是被他那痛彻肺腑的言语打动了，我竟然控制不住自己，起身下床，将他从地上轻轻地搀起来。谁想这时，何新生竟像小孩子一样经不得招惹，他竟然一下子把我抱住了，我想推他，却使不上力气。可能是我怀念跟何新生在一起时的两情相悦，可是失去的已经找不回来啦！谁叫我爹……我哥……还有我……我模模糊糊地，仿佛又回到了和何新生在一起相处时的美妙时光，居然忘却了生活的现实，忘掉了世上的一切……

"也许是正应了'乐极生悲'这句古时候的名言吧！正当我情不自禁地渐渐被何新生的爱情之火淹没的时候，梦境中突然听见一声尖锐的脆响。这是一种金属磕碰异物时的声响啊！我一个激灵睁开两眼，就看见陈旺财双手攥着一把长长的铿亮的杀猪刀，一头乱发披散着，一张鲇鱼嘴歪扭着，咬牙切齿地破门而入，摇摇晃晃地奔了过来。我一下子吓呆了，记得当时尖叫一声，何新生却没有丝毫的反应。于是，我拼命地捶他推他，却觉得使不上半点儿的力气……就在我终于将何新生推开打醒，他有所警觉地扭头回顾时，陈旺财手里的那把闪着寒光的尖刀，已经深深地扎进了他的后心。我不由一声惊叫，当即晕了过去……

"我被一阵猛烈的挤压和击打惊醒过来，睁开两眼一看：何新生正扭曲着身子，在地上痛苦地抽搐着。那把染红了血的杀猪刀，正半截儿露在外边。已经丧失理智的陈旺财，正恼羞成怒地压着我，一只手疯狂地打我的脸，另一只手在下边撕我的内衣，喷着酒气的臭嘴里还不停歇地叫骂着：'你个不要脸的破鞋，还真是跟他勾搭上了啊！……'

“我被一股强烈的从来没有过的羞辱和气愤激怒了。我没有想到陈旺财会这样无耻，这样不要脸！今夜黑儿的事儿，虽然是何新生处心积虑策划的，可却是你陈旺财同意的啊！是你陈旺财把我‘卖掉’的啊！既然你为了钱财，可以出卖自家的老婆，我为啥就不能跟以往的相好叙叙旧情哇？以前你打我骂我欺负我，为了我爹我哥，我都忍了。可是这回不一样，这一回你当着恁多人把我‘卖’了，过后了又骂着‘破鞋’，再来羞辱我作践我，我……我开始拼命地反抗，拼命地拽他的头发，抓他的脖子，拧他的软肉，打他的脸。我已经横下一条心，决不能够叫他得逞……

“我没想到我的激烈反抗会叫陈旺财火上浇油越发恼怒，以至于彻底失去人性。他将一颗被我打掉的牙齿，连牙带血呸的一口吐到我的脸上，然后翻身下地，骂骂咧咧地从何新生身上拔出那把长长的血淋淋的杀猪刀，又摇晃挥舞着朝我扑来。我吓蒙了，绝望里又迸出一股拼死的决心。我伸出双手，紧紧攥住他那拿刀的手，拼命地推拒扭扯，那把刀的刀尖儿就在我和他之间来回地变换着方向，一会儿对着陈旺财，一会儿对着我。渐渐地，我支撑不住了，那锋利的刀尖开始直对着我，闪着寒光压下来。我绝望之中死撑着胳膊，用指甲狠掐陈旺财的手背，随后两手死命用劲儿……也许是陈旺财喝得太多了，醉酒的眩晕使他抵挡不住我的狠劲儿，最后迫使刀尖儿再一次地转向他……

“小奇，我给你说实话，那一刻我真的恼了，真的起了杀心，真想一刀宰了这个畜生。杀了陈旺财，一切都干净了。可是，我一个弱女子，怎能将他一个大男人杀了哩？就在这时，就在我想杀他而没有力量杀他的那一刻，陈旺财的身体不知为啥突然失去了平衡，整个人像一堵墙一样倒了下来，他那赤裸的胸脯，正对着那把杀猪刀的尖利刀锋，那锋利无比的刀尖儿正好就刺进了他赤裸着的胸口，一股腥热的鲜血“噗”的一声，喷了我一身一脸……

“我被这突如其来的变故吓呆了，惊恐万状地爬起身朝下一看：娘呀,原来陈旺财的两腿,是被何新生死死地拽住了啊！真不知道已经失去知觉的何新生是什么力量驱使着他,使他又拼命挣扎着爬起来,死死地拽住了陈旺财的双腿。何新生在弥留之际,还在记挂着我,还在拼力地救我啊……

“瞅着趴在地上一动不动的何新生,还有翻滚到一边扭动抽搐的陈旺财,我禁不住放声大哭起来。这哭,是为何新生,也是为陈旺财,更是为了我自己！你想想,这一切的一切,都是因我而起啊！是我把何新生和陈旺财害了啊……”

蓉姐的话终于打住了。

蓉姐讲完她的故事,已经哭得泪流满面。

我松开已经满是汗水的冰凉的手掌,一颗一直悬着的心也慢慢地落了下来。与此同时,另一个坚定的信念已在我的心底浮起。

隔着冰冷的铁窗,我和蓉姐四目含泪相对,两手真情相握,千言万语都在这泪光里脉脉地倾诉,无限真情都在这紧握的双手中传递。

我想对蓉姐说的话太多太多,但我此时此刻只想对她说一句:“蓉姐,请你放心,我会用在古村之外学到的法律武器,为你申冤,为你辩屈,还你清白,还你自由,还你应该得到的一切……”

八

半个月时间眨眼间过去了。

在我做完我认为应该为蓉姐做的一切,并得到法院的肯定答复之后,我便安然地离家返校,去应付那令人讨厌的复习考试了。

一个月后,我接到母亲的来信。母亲在信中告诉我:你姐出来了,出来之后就回到了古村,又和你姑父、表哥以及孩子们住到了一起。更重要的是,经历这回变故之后,一家人过得和和睦睦,再也没见他们生气啦。

读完母亲的来信,我如释重负地长啸一声,心里忽然一阵酸楚,眼中无端地漫上一层迷蒙的水雾。

盈盈泪光中，我双手合十，朝着家乡的方向默默地祈愿：祈愿可亲可爱又命运多舛的蓉姐，在后半辈子的人生旅途中，一路走好……

火　神

一

倘若不是那部该死的《红土地》，小魏是断然不会出事的。

小魏已经很久没有写东西了。他很久没有写东西的原因，是因为该死的职称评定冷了他的心，让他看透了世事，不想再拼命创作了。

小魏是N市文化局戏剧创编室的一名编剧。本来这次职称评定，要按他的创作成果和在本市文艺界的名气，最起码也该给他定个三级编剧。然而就因为他刚从农村招来转正时间不长，最后只被定了个四级编剧。可是像小崔那样一不会写戏二不会辅导作者，只会写个戏报、新闻之类豆腐块儿文章的小混混，却被定了个三级编剧。三级编剧是中级职称，工作中可以独当一面；而四级编剧是助理级，只能协助人家进行创作。这让小魏如何受得了？评定结果宣布后，小魏虽然表面上没表现出明显的不满，但却不止一次地在心里大骂小崔：你凭的啥？不就是有一个当官儿的好爹、一个给领导开小车的老公和一张不值钱的函授大专文凭吗？以后你想领导我，等着做你的春梦吧！

然而偏偏就在这个时候，《剧本》编辑部给小魏来了一封信，信中说他原先寄去的七幕话剧《红土地》已过三审，只需稍稍改动一下即可发表了，并嘱咐他一定要在半月之内改完交稿，如果超过发稿时间，以后的命运就很难说了。小魏读过信后,哀叹良久犹豫再三,最后还是决定再拼一次:这部《红土地》可是他面壁五年十次修改的心血啊! 要是它能在《剧本》上发表,那他在全省全国戏剧界就有名气了。假若真能这样,他就有可能跳出 N 市,到省城或者北京去拓展更大的空间。如果真能跳出 N 市,那他就再也不受小崔这等占着茅坑不拉屎的家伙们的污浊气了!

二

那天晚上,小魏在他那套刚搬进去的小单元宿舍里,挥汗如雨挑灯夜战,最后改定他那部七幕话剧《红土地》时,电灯却突然熄灭了!小魏懊恼沮丧地放下笔,掀开窗帘看了看别的楼房,人家那楼上怎么还是灯火辉煌啊? 整个目及之处就只有他们这座 N 市文艺界人士杂居的破旧小楼,独独地呈现出黑乎乎的一片。又是保险丝烧断了!

小魏已经记不清楚这是他搬来之后的第几次人为断电了。

小魏居住的这座 N 市文艺界人士杂居的小楼,由于年久失修,已经破烂不堪。渐渐地,有权势的领导和有头脸的光棍儿,都先后搬到了新建的宿舍楼,只留下像小魏这样的道行不深的初来者和没有特大权势与特殊门路的低阶层者,仍然无可奈何地住在这座破败的小楼里继续水深火热。这座小楼里的电路尤其陈旧,已经多年没有更换了,经常出现电路冒火的危险情况。电路冒火了,就叫电业局派人来修理一下,人们就这样凑合着生活着。后来就出现了偷电现象,有人违规使用电炉,有人将零线接到水管子上,这样就形成了电压失衡和负载过大,电路冒火甚至烧断的事故更加多了起来。电业局的人烦了恼了,干脆不派人维修了。电业局不派人维修了,小楼上的人就自己东扯西拉地乱修乱接,结果就使电线排拉得更加混乱。电路冒火、烧断造成停电的事故更加频繁,人们几乎是在停停修修、修修停停,一半黑暗一半光明的日子中艰难度日的。就是这样艰难的不正常的苦日子,人们也都熬过来了啊！可见我们中国人真能吃苦啊！

如果说过去的那些无数次的人为停电，小魏还能像其他人一样忍气吞声默默忍受的话，那么这次他是再也无法忍受了。编辑部规定的发稿时间已经快到了，他过几天就得准时将修改稿寄出去，可是这电……是可忍孰不可忍，小魏终于爆发了。他摔下笔拍案而起，怒不可遏地冲出门去。

“谁家又烧电炉啦——”

小魏冲上楼梯双手拤腰怒气冲冲地大叫，声音之响音量之大震得楼道嗡嗡直响，头顶上本来就没有粘牢的石灰簌簌直掉。然而令小魏失望的是，整座小楼竟然犹如一座空楼，没有半点儿回应。

“烧电炉的人家你听着，要再烧我就到电业局去揭发你，叫你吃不了兜着走！”

小魏撑着劲儿壮着胆子又吼了两声，楼道里依然是死一般的寂静。

小魏的心就有点发沉发凉，忽然觉得十分后悔：别人都不怕停电就你怕停电吗？停电了你点个蜡烛不是还可以将就吗？再说你知道谁家烧电炉啦？有这口热气还是留着自己暖肚子吧！

三

小魏终于有气无力地回到屋里，心神不定地点亮一支蜡烛，想接着往下改稿子，但却无论如何也改不下去了。睡觉吧，可是真去睡觉了却又睡不着，脑子里仍然乱七八糟地想着稿子和烧电炉导致停电的事儿。小魏只好双手垫在脑袋下，身子直挺挺死了一般，圆瞪着双眼盯着昏黄的屋顶生闷气儿。

小魏正生闷气，忽听房门有笃笃的轻响。深更半夜谁又来捣乱啊？小魏气急败坏地下床开了门，门口站着四五个鬼鬼祟祟的人影儿。借着昏黄的烛光一看，是老张、老王、大李和小黄，都是一个单位的同事,都是同在这座小楼里居住的苦命人。小魏就闪身把他们让进屋来。

“小魏,刚才你在外面喊叫,我们都听到了!”

“真是想不到也看不出,你还有这种勇敢精神啊!”

“你这一喊叫,真算是给我们出了一口恶气啊!”

“你知道是谁家烧的电炉吗?就是二单元一楼的小崔呀!”

“她家是烧电炉的老手了,也不晓得害得大家摸了多少黑儿,挨了电业局多少骂!”

“我们来找你,就是想一起合计合计,看生个啥子好法儿,狠狠治治……”

“她老公大胡正好今黑儿不在家,不如今晚我们……”

小魏默默地听着大伙的话,好长时间没出声,心里却有些热起来:看来刚才自己是错怪大家了,事情还不是自己想象的那个样子嘛!世上还是有公理在的嘛!哼,原来是你小崔呀!你这不是专门跟我作对吗?你做你的“中级”,我做我的“助理”,咱井水可以不犯河水啊,你何故要与我过不去?既然是你有初一,就别怪我小魏十五啦!

小魏心内一阵发狠,斩钉截铁拿定了主意,就和老张、老王、大李和小黄认真商量起整治小崔的方案来。最后终于拿出了万无一失的计划:众人都预先埋伏在小崔家的近旁,然后由一个人出面叫门,门开后大家一拥而进,抄出她家正在使用的电炉子,看她以后还敢不敢再使用。

“我看,咱们大家去埋伏,就叫小魏喊门吧!”

“不中不中,我来时间不是很长,咋能叫我……”

“你就别推辞了,小魏!正因为你来时间不长,我们才叫你喊门哩!你想我们这些熟人熟嗓儿,她一听还不先把电炉藏起来啊?”

“可是我们一个科室的,她也能听出我的声音的。”

“她听出声音怕啥啊,一个科室她才没有戒心啊!”

……

小魏沉吟为难了好一阵,看实在没有别的什么好办法,就默默点头应允了。

四

嘭嘭嘭！众人按照计划埋伏好,小魏先出两步敲响了小崔的房门。

“谁呀,找谁?”屋内小崔答应道。开门的却是小崔的老公胡某某。

“我,我是四楼的,跟小崔一个科室,想找小崔……”

“她睡觉了。有事明天再说吧!”

“哎哎,别,别关门。我得给小崔……”

“你——要真有事就告诉我,我再给她说也行啊!”

“不中啊,这事非得面对小崔说。”

“你,你到底想干什么啊?”

“我,我要见小崔。”

“再不走老子就……”

“哎,你怎么骂人呀?你……”

啪！还没等小魏把话说完,他脸上就真的挨了一拳。他被重重地击倒了。但他在就要倒地的同时,也极神速地拽住了对方的胳膊,将其也拽倒在地。两人随即滚到了一起。

“你家偷烧电炉坑害大家,还敢骂人打人。走,咱找个地方说理去!”

小魏在地上挣扎着,扯着喉咙大声喊叫。这是正义的呼声,意在唤醒仍在梦中麻木沉睡的小楼的人们,共同行动对错误宣战;这是求援的信号,意在呼唤埋伏在周围的同盟军即时出现,冲进门去抄出电炉,此事就大功告成了!

“谁家烧电炉啦?我看你是肉痒了嘴贱了。来来来,我正好给你治一治!”

小崔的男人压在小魏的身上恼羞成怒地咆哮着，两只巴掌左右开弓，上下翻飞猛烈抽击着小魏的脸部。他那扇子一样的大屁股，还一上一下狠命地朝小魏的腹部砸着。

小魏咬着牙关，手脚并用乱蹬乱踢，拼命抵抗着对方的打击，一分一秒地坚持着，万分焦急地等待着局势的突变，等待着希望和奇迹的出现。

然而，小魏失望极了，他所希望的那支援兵自始至终悄无声息，一点儿也没有要出现的迹象。小魏突然感到一阵虚脱，感到一种极度的晕眩和疲劳，他不由身子一软瘫在了那里。

五

最后，还是小崔出来解救了小魏。

小崔把几近疯狂的男人从已经停止抵抗的小魏身上拉起，虚张声势地拍打数落着把他推进屋里，当然临关门时，仍没有忘记对还在地上死人一般躺着的小魏扔出一串难听的话："都是一个单位的，抬头不见低头见，何必这样找事儿呢？谁看见我们烧电炉啦？有能耐把电炉从我家里掂出来呀！今天晚上是我在家里，要是我不在家啊，哼，不要你好看才怪哩！"

"你——烧没烧电炉你自己清楚，我没有看见有人看见啦！"

小魏忍着浑身剧痛，挣扎着从地上爬起来，擦了擦嘴上的鲜血反击道。虽然小魏已经在心里承认，自己是彻底失败了，但他在心里问自己：你在这次行动中，充当的是个什么角色啊？是玩偶？是傀儡？是伟人？是君子？不管属于哪一种，都是被出卖的悲剧人物啊！尽管失败了，尽管被出卖了，但他也不能嘴上认输啊！

"你说，谁看见我家烧电炉啦？"小崔进了房门又走回来，立在小魏跟前质问道。

"是老张、老王、大李、小黄他们看见了。他们说……"

小魏在做着最后的抵抗,他这是给自己解脱,也是对小崔的回击。但是还没有等他把话说完,就被从四周黑暗里突然射出的语弹打断了。

“小魏你咋能无根无据乱说哩?”

“是呀,谁给你说看见小崔家烧电炉啦?”

“好汉做事好汉当嘛,别把屎盆子尽往别人头上扣!”

“哼,刚来时看着还像个安分人,真没想到原来是这号货!”

……

正在孤军奋战做最后抵抗的小魏惊呆了,就像被雷电击中似的惊呆了!他那已经受伤流血的伤口上,又被撒上了一大把颗粒状的盐。他清楚这些向他发射语弹的人都是谁。然而一刻钟前,这些人又是怎样对他说的啊!小魏忽然觉得自己变成了一个被人引诱被人蹂躏而后又被人骂为妓女的少女,变成了一个被人出卖而后又被人斥为叛徒的无辜者。不不,简直连妓女和叛徒还不如……

小魏就这样一动不动地在无边的黑暗中呆立着,也不知道立了多长时间。啊——哈哈——突然,他歇斯底里地爆发式地大笑起来。小魏在瘆人的笑声中,慢慢像跳抽筋舞一般蹒跚起步,摇摇晃晃手舞足蹈地扑向这座破旧小楼的电表箱,一边口中含糊不清地喊叫着什么,一边对着那束入箱电源线乱扯猛拽起来。

骤然,电表箱迸出一朵蓝色的火花,一朵在黝黑的夜空里显得格外明亮、格外绚丽多彩的蓝色的火花,把小魏定格在黏稠滞重、撕不开扯不断的令人气闷窒息的黑暗中……

六

小魏变成了N市文艺界的福音。

小魏之死引起了有关领导的高度重视。领导怒曰:N市文艺界的生活居住条件如此之差,如何有利于文艺事业的繁荣?遂专门下令,让城建部门对小楼粉刷一新,命电业局将小楼的电路重新排了一遍。自此之后,小楼就变得像新楼一样,小楼上的人们也再不用受停电之苦了。

奇怪的是,小楼居民在享受新生活快乐的时候,却很少有人提到小魏。不知道他们是已经把他忘了呢,还是没有胆量提起他?

魔 魇

一

有句俗话说得好,“人逢喜事精神爽”。N 市文化局文物科科员刘鹏,眼下就处在这样的心态中。

刘鹏不仅人长得精神帅气,还天生一副好嗓子,工作之余常爱哼哼唧唧,唱些正在走红的流行歌曲。每逢局里举行节日晚会,或被文化关系户请去歌舞厅里玩玩什么的,就更是刘鹏大显身手的时候,他往往一展歌喉,就赢得一片热烈的喝彩和掌声。如果是高兴的时候,刘鹏唱得就更勤了,几乎处处时时都能听到他那充满磁性质感和穿透力的歌声。

这不,这阵子刘鹏又高兴起来了,他上班到单位在喉咙眼儿里小声唱,下班回家对着话筒放声大唱,出去办事骑着车子还要声音不大不小地哼着唱。他在家里唱,唱得妻子苏梅直捂耳朵;他在科室里唱,唱得坐在对面的女同胞小丁光朝他翻白眼儿;他在路上唱,直惹得旁边的行人都扭头瞅他,想这人是不是神经了。

刘鹏他有啥喜事儿?他有啥值得高兴的?知道内情的人都明白,是刘鹏所在的文物科刚走了两位老科长:科长老冯升了副局长,副科长大胡被提为办公室主任。那别人提升了与他有啥相干哩?正因为两位老科长挪了窝儿,才下雨不打伞——轮(淋)到他头上啦！咋轮到他头上了？他们文物科总共就五个人,提了两个,就剩下他跟小丁、小孙了。这三个人中只有刘鹏是老资格的业务骨干,小丁、小孙都是才分来两年的大学生,你说下一步提拔新科长,不轮着刘鹏还能轮着谁呢？

其实,不用别人说,刘鹏自己也感觉良好。刘鹏清楚自己的实力和条件:大学本科历史系考古专业毕业五年,在古墓发掘和文物研究方面做出了不少的成绩,曾有十余篇论文在省市级刊物上发表或在理论研讨会上获奖。说句不该说的话,该科两位老科长那几个论文成果,还都是在他的悉心指导下完成的呢!

两位老科长是高中或中师学历,后又公费上了党校办的大专班,专业方面先天不足,若非刘鹏的神助,敢说他俩连一篇论文也发不出来哩！当然了,两位老科长对刘鹏也是没说的。他俩不仅平时对刘鹏放心、信任地大胆使用,而且在前不久局里风传要提拔老冯和大胡的时候,他俩还先后找着刘鹏表了态。老冯拍着胸脯对刘鹏说:“我要是真的提了副局长,就非推荐你当科长不中,要不就对不住你对我多年的支持!”大胡甚至指天戳地发誓道:“咱哥儿俩相处多年,老弟对我真没说的。我若是提了正科,要不力荐你提副科,就叫天打五雷轰!”

两位老科长的话,直说得刘鹏心里热乎乎的。

传闻很快变成了事实。组织部果真来人对老冯和大胡进行考核了。刘鹏作为老冯和大胡长期相处的同事,被列为重点谈话对象。当刘鹏被叫去谈话的时候,他就想着他们俩对他许过的愿和以往对他的千般好处,于是就把他俩夸成了两朵花。刘鹏说他们两个如何有水平有能力有魄力,如何将工作搞得样样出色,不仅如此,他们在专业研究方面也有许多的建树,还热情地指导我也出了不少的成果呢！刘鹏事后扪心自问,觉得自己真是对得起他们了。同时他也坚信,他俩也一定会对得起自己的。

果然,在宣读老冯和大胡的提拔文件时,局长老贾同时也宣布了文物科由刘鹏暂时负责的决定。刘鹏悄然望了望老冯和大胡，他俩都在朝他心有灵犀地看呢！刘鹏不由心里一阵激动：叫自己暂时负责文物科，这都是老冯和大胡鼎力举荐的结果啊！

二

在最初等待的日子里，刘鹏真可以说是心花怒放了。局长老贾那天会上说的话时时在刘鹏的耳畔回响。现在叫我"暂时负责"，等下一份文件一下，我不就变成正式负责了吗？刘鹏在心里美滋滋地想："我今年二十九岁，如果提了科长，就是局里最年轻的科级了。果真如此，本人在学历、年龄和专业成果三个方面的优势，在全局中层里就无人能比了。"

刘鹏甚至想到了美好的未来，想到了他由副科升正科，正科升副局，副局升……想到最后，刘鹏竟有些心摇神荡了。

刘鹏由于心里高兴，下班回家对妻子亲热的次数也多了起来。刘鹏的妻子苏梅是新华书店的营业员，人生得娴静端庄大方。俩人是在一次文化系统的联欢晚会上认识的，并且一见钟情地坠入了爱河。婚后，刘鹏和苏梅一直你恩我爱相敬如宾，在文化局的年轻人里面，堪称最稳固最恩爱最让人羡慕的温馨组合。俩人从来没有拌过嘴吵过架。然而再完美的东西也有它的缺憾处。刘鹏与苏梅之间的缺憾是俩人夫妻生活不和谐。是不是俩人之间谁有什么毛病？非也。造成此故的原因是刘鹏太爱加班学习，夜里喜欢读书或写些研究文章什么的，一陷进书中或文章的思索，就忘了苏梅的存在和做丈夫的义务。

可是，近段时间就不一样了，刘鹏显得前所未有的亢奋，上班的时候也像换了个人似的。过去上班的时候，科里的人都庄重严肃得像开追悼会。因为科长老冯是个不苟言笑的温吞水儿，整天戴着老花眼镜坐在那里不吭不哈地对谁都不理不睬。跟老冯坐对面的副科长大胡虽然与刘鹏有些共同语言，但他却与老冯面和心不和，也整天绷得像只闷葫芦儿。大家一上班就各坐各位各干各的事,很少有起来说说笑话的时候。实在闷得受不了啦,刘鹏就跟坐对脸的小丁使个眼色,两人就一前一后地溜出来,到别的科室乱侃一阵,不然的话,也许早就憋出病来了呢!如今就不同了,如今再没有两座沉默大山的重压了呀!刘鹏的心突然前所未有地好起来。刘鹏心情一好,无事时就特爱盯着坐对脸的小丁看,就特想跟她开两句玩笑。

小丁是个极有性格的城市现代派姑娘,长得小杨树般挺拔漂亮,还像夏天的风一般热情奔放,常爱跟相处融洽的同事嘻嘻哈哈地开些大胆而无伤大雅的玩笑,弄得你心里小手抓挠般地舒坦,又丝毫不越雷池半步。但是,她对她不喜欢的人却又轻慢孤傲冷若冰霜,常常小斗鸡般扬起漂亮的秀脸,轻易不给你半句好话。小丁就坐在刘鹏的对面,两人可以说是相处得最好最密切的同事,也可以说是形影不离无话不谈的异性知己。两人工作上是最好的搭档,学历、学识、年龄和思想的相近,常使二人心有灵犀一点就破,使工作取得事半功倍的效果;在晚会和舞厅里,两人又是最理想的舞伴和对唱伙伴,二人高低相当舞技娴熟配合默契旋转自如,常把其他的舞伴儿比得相形见绌黯然失色不得不悄然退下场去。玩到高兴处,两人都爱开些大胆而又风趣的玩笑。

刘鹏最爱说的玩笑话是:“小丁啊,我看咱俩真是郎才女貌最最般配的一对儿!只可惜我已经结婚了,不然的话……”

小丁踱着舞步仰着脸对着刘鹏笑着说:“是吗?我咋也有同感呢!不如你干脆离婚算了,离婚后咱们来个重新组合。怎么样?你有没有这个胆量?我只怕你是光嘴里张狂,心里头怕还舍不得苏梅嫂子吧!”

刘鹏就更紧地揽着小丁柔软的腰肢嘿嘿地坏笑道:“笑话,我有啥舍不得离婚的。你没看现在社会上离个婚就像喝凉水似的,我是嫌离婚太麻烦影响不好,不如你就做我的情人算啦!”

小丁就也毫不在乎、毫不示弱地迎头痛击道:“想得倒美,白日做梦吧!我做事就爱光明磊落,要么全部得到,要么忍痛割爱,不做偷偷摸摸的苟且之事。怎么样,你敢离婚吗?你敢离,我就……”

小丁的大胆挑战,常常使刘鹏无话可说、无可奈何地哼哼哈哈支吾着败下阵来。

三

这天,心情不错的刘鹏上班后,又痴痴地对着对面的小丁看了起来。正在看报的小丁自然也很快发觉了刘鹏对她注目的憨态,就绽了粉面秀目一闪地问他:“刘鹏,你老是瞪着眼瞅我是何居心,快快从实招来!”

刘鹏惊觉过来掩饰地笑道:“谁叫你愈来愈漂亮了呢?爱美之心人皆有之,我看看总不犯法吧?”

小丁红了桃腮欲擒故纵地悄声道:“你是不是又把我想象成你的情人啦?”

刘鹏被揭了短,索性老着面皮说:“是呀,我正在想着咱俩啥时候处一段时间试试哩!”

小丁就装作恼怒地站起来嗔道:“你们男人都是贪得无厌的坏货,家有贤妻夜夜相伴,还吃着碗里看着锅里。看我不将你的丑恶行径告诉嫂子,叫她好好收拾你一回。”说罢就真的去拨电话号码。

刘鹏知她是诈,就将错就错过来拦阻。两人就你扯我拽地搅在了一起。就在此时,小孙不合时宜地从外边破门而入。

从外边破门而入的小孙,自然而然就看见了刘鹏与小丁拉扯的一幕。他已经不可能退回,就索性装作开玩笑道:“我可是啥也没看见,我可是啥也没看见啊!”

小孙这句话本也得体,但叫刘鹏、小丁听起来就有些不对味儿了:你没看见啥呀?我们做啥事了吗?这样一想,本来没啥却又好像有啥事了。于是两人就都红着脸离开电话,回到了各自的座位。

小孙甚觉尴尬地走近刘鹏说:“我,我来找你借点儿资料看看……”

刘鹏木虎着脸，从柜子中取出他要的资料给他。

小孙接过，又无趣地对二人说：“你们继续忙……我走了啊！”说着话就兔子般匆匆逃出门去。

望着小孙的背影，刘鹏不由悻悻地哼了一声。小丁甚至冲动地啐了一口，道：“简直一个神经病！”说罢，两人埋下头各干各的事，再也没有开玩笑的兴致了。

平时，刘鹏和小丁就有点瞧不起小孙。为啥？因为刘鹏和小丁都是正规大学本科毕业生，小孙则是高中毕业后委培进修的大专生；刘鹏和小丁进文化局凭的都是专业对口和论文成果，小孙则是凭关系从后门进来的。此外，小孙还生得又瘦又小，走路像个女人那样一扭一扭地悄无声息，简直像个鬼影一样，连说话都软声软气一股子女人腔儿。

小孙虽然说话又软又细，但却五音不全，不会唱歌。有次晚会上，在大伙怂恿下也忸怩着唱了首《十五的月亮》，那忽高忽低阴阳怪气的嗓音，差点没叫小丁笑岔气儿了。当然，小孙跳舞更不行了。他虽然也在下面偷偷练了三步、四步和一步摇，但是一上舞场就全乱了套。有回机关联欢，小丁被他请了三次，才勉强同他跳了一曲，谁知他竟然慌得不知咋走步了，只顾屁股拉得远远的，一个劲儿瞅着脚下，要不就光踩小丁的脚，气得小丁一曲没完，就扔下他下场了。

小孙来得比小丁稍晚些。小孙来时，文物科办公室的两个窗口，已经被老冯、大胡、刘鹏、小丁四人四张桌子，分成两对儿组合占满了。于是，小孙就挨着刘鹏和小丁的侧面，横着放了张桌子坐了。三人虽然一处办公，平时刘鹏和小丁却不多理会他。也许正由于此，小孙对他俩也就敬而远之，有事无事老往两位科长那里凑。这使得刘鹏和小丁更瞧不起他了。但是你瞧不起归瞧不起，人家小孙却活得比谁都称心如意。他虽然在科里只能干些送信、打印之类的跑腿活儿，但这人却出奇地勤快，常帮大小领导和老同志们干这干那，为此得了不少的人缘。

这不,他刚进单位两年多一点儿,就超过刘鹏和小丁,发展成了党员。现在,又不知咋鼓捣了个去党校带工资进修本科的指标,又堂而皇之地上学去了。小孙已经有段时间没在机关露面了,他刚才的突然出现,使刘鹏的心绪陡然变得不好起来。

四

自那天见到小孙之后,刘鹏的心情就没有好起来。而且随着时间的推移,变得一天比一天坏。刘鹏之所以会这样是他原来以为很快就会下发的关于提升他任文物科副科长的文件,却迟迟没有按他的愿望发下来。慢慢地,他那充满磁性质感和穿透力的歌声愈唱愈少愈唱愈低,最后干脆住了声儿。

刘鹏感到了一种从来没有过的压抑、苦闷、懊恼和惆怅,真不知道该怎么办好。他始终不明白为啥迟迟不下文件,现在文物科的工作,就剩下他和小丁顶着干了呀!刘鹏实在忍受不了这种光叫马儿跑,不叫马儿吃饱草的难受劲儿,就去找了他的老科长老冯——他是副局长啊,总要知道些情况吧!

老冯在他的办公室里热情地接待了刘鹏。他给刘鹏热情地让座倒水,关心地问了科里的情况。最后,当他听完刘鹏的苦闷、烦恼和疑问时,才像忽然想起什么似的敛去了笑容,陷入了深深的沉思。

老冯沉思着对刘鹏说:"是啊,刚开始我给老贾推荐你时,他也没表示异议呀!后来咋就不听吭声了哩?"

老冯皱着眉头想了一会儿,忽然问刘鹏道:"老贾调来这段时间,你有没有得罪过他的地方呢?"

刘鹏细想了想说:"没有啊,我一直都很尊重他呀!"

"那——你平时是不是主动跟他接近少了哩?"

"这——我平时是主动接触他不多。我是想,咱一个小科员,只要把工作干好就行了,没有事儿老往人家局长办公室跑啥哩。再说去了也没有啥话说啊!”

“不是我批评你,这就是你的不对了。当领导的都有个毛病,就是喜欢部下常去汇报寻求帮助,这样才显得你眼里有他心里依靠他,遇着事儿才会给你办得干脆利索。不然的话,你就是拼死累死,工作干得再好也是枉然,不但一般的好事轮不到你,就是该办的事儿也不马上给你办,这样一拖再拖慢慢就拖凉了。这是我参加工作多年的经验啊!你今后定要多去老贾办公室坐坐。我遇机会再对他提提这事儿!”

老冯的教诲使刘鹏受益匪浅,这时他才意识到自己过去太过清高,只知道拼命干不知道去表现,主动接近局长老贾的次数太少了。

老贾是半年前从某县县委书记位置上平调回市的老干部。他长期在基层工作,晚年可能想找个安生的去处,上边兴许考虑他很早在部队上干过文工团团长,就把他调到了文化局。也许是长期担任行政领导,养成了唯我独尊、居高自傲的习惯吧,老贾到文化局上班后很少到处走动,见了谁也不主动搭话,别人打招呼他至多面无表情地嗯一声,或是点一下头就算了事。

刘鹏觉得老贾这人官架子太大,不平易近人而且还有点盛气凌人的感觉,于是就犯了知识分子清高孤傲的毛病,见了老贾也不打招呼了。现在想来,刘鹏认为自己真是犯了一个错误:人家老贾见面不主动说话是领导风度,你一个小科员不主动说话就不同了啊!你这不是狂妄自大目无领导了吗?领导会给你个啥印象呢?怪不得他那件事拖着迟迟不办哩,原来船在这里弯着啊!刘鹏真为自己往日里的不善表现痛心极了。

按照老冯的吩咐,刘鹏就真的找时间去老贾的办公室谈了几回。

他诚心诚意地对老贾说了许多诸如自己年轻思想简单,希望领导多帮助之类的话,老贾的脸色果然就比往常平和了许多。他平和地对刘鹏说:“我来的时间不是很长,对局里的情况了解不深。我们过一段时间商量一下，只要班子成员都同意，我会有啥意见哩？”

五

有了老贾的许诺，刘鹏的心情才有些好转。

但是过了几个星期，刘鹏就又烦躁起来。刘鹏又烦躁起来的原因是仍然迟迟不见任何动静却实在闹不清楚这是怎么回事儿。他甚至怀疑是不是因为老贾太忙而把这件事情忘了。于是，刘鹏忍不住又去找老冯探听消息。老冯对刘鹏说：“你那事儿，我前些天对老贾提了，他答应说过两天就研究，可又不见有啥动静。哎，是不是上星期我没在家，他们研究过了？你现在去问问大胡，他是办公室主任，这样的文件都是他经手起草上报的。”

中午快下班时，刘鹏在办公室门口堵住了大胡。大胡见他神秘兮兮的样子，就关了房门热情地问他：“老弟，有啥指示尽管吩咐。”

刘鹏苦笑了一下，就直接问道：“怎敢指示老兄呢！只是想问老兄一下，最近有没有上报我的材料？”

大胡有些惊疑地问：“你的什么材料？”

刘鹏说：“我的……”

大胡见他迟疑，才明白是说提升的材料，就更为惊疑地问道：“没有人叫我报啊！”

一听大胡这话，刘鹏就来了气。他像是自言自语又像是对大胡发问：“那到底咋回事儿呢？是不是我不够格？”

大胡愣了一下劝他道：“老弟，你别着急，你不够格谁够格啊？现在，文物科就靠你了呀！无论咋说都轮到你了。我在班子会上也对老贾提过，他也没意见哪！他只是说过段时间，再专门研究一下……”

“那为啥到现在……”

也许是过去两人有些共同语言的缘故，刘鹏终于控制不住自己了，就把两个多月来的压抑、苦闷、愤懑、懊恼，毫不掩饰毫无节制地一股脑儿全向大胡倒了出来。

作为往日的同事和朋友,大胡很能理解刘鹏此时的心情。他默默地听着刘鹏的发泄,一次次地为他起身续茶。等他尽情地发泄完毕之后,大胡才轻轻地拍了拍刘鹏的肩膀说道:“老弟呀,你此刻的苦痛我完全能够理解。但是恕老兄直言,老弟你把事情想得也太简单了。当然应当首先肯定,你的事情是完全应该办而且应该马上办的。可是现在拖着迟迟没办,这到底是为什么呢?对于你来讲,此事拖着不办当然是大出意料之外,但是在我看来,却又是在情理之中。”

听着大胡的话,刘鹏吃惊地瞪圆了双目,惊异得差点没有从座位上站起来。

大胡按了他一下,不动声色地往下说:“老兄我说句不该说的话,老弟你也太清高自负了,对现在的社会了解得太浅太少了。我们现在所生活的社会正处于一个特定的历史时期。这个社会里的许多事情的发生和发展,都是无规无矩无法控制的,也不会按照人的意志进行。你认为不该办的事情,却又一件件地办了而且全办成了。在我们的周围我们的身边,这样的事情发生得还少吗?”

刘鹏完全被大胡入木三分的话语惊呆了:现在也真是这样啊!他不禁打了一个激灵,迷迷糊糊地问大胡:“你说的我们身边,指的是……”

大胡没有正面回答刘鹏,只是顺着自己的思路往下说:“现在许多事情的办与不办或者能否办成,关键的问题不是应该不应该办,而是在于给不给你办。譬如你的问题,我和你都认为无论从工作需要还是先来后到,都应该马上解决了。但是为啥不能马上解决呢?我认为关键是缺乏一种外在的动力。”

“动力?”

“这种动力可分为两种:权力和金钱。比如你的事儿,假如说你有位在市委当常委的后台,给局领导打个招呼,也许事情马上就给办了。或者你放弃个性,夹紧尾巴,千方百计地巴结领导投其所好,亦或直截了当地向其送钱,送得多了,他就会觉得心中有愧,就会觉得不给你办事对不起你,这样才能使事情又快又好地办成。这方面的工作,不知道你做得咋样?”

“我,根本就没有……”

“噢,怪不得哩!不过亡羊补牢为时未晚,现在还来得及。我看老贾也非贪得无厌之人,你多少买些东西,抽空儿去他家里坐坐,也略微表示一下那个意思。人非草木,岂能无情?你这样一促,说不定很快就办了哩!”

大胡的精辟分析和指点令刘鹏醍醐灌顶,立即从迷茫中警醒过来。刘鹏真没有想到现在的事情,竟有如此纷繁复杂的路数。看来要想尽快解决问题,是非得按照大胡指点的路走不可了。

可是给人家送什么呢?送得少了太难堪,送得多了又拿不起。刘鹏和苏梅都是靠死工资吃饭,又刚刚集资买了新房,外加双方都有生病的老人,两人在经济上相当紧张。而且,即便是送得起,他又怎样给人家送啊?他从来没有给人送过礼,真要是拿着东西去了贾局长家,他可怎么开口说话呀?

刘鹏真有点被这事难住了。

六

中午,老婆苏梅在店里值班,刘鹏也懒得回家做饭了,独自一个人在街上随便吃点了事。下午上班,小丁见刘鹏愁眉不展魂不守舍的样子,就跟他开玩笑道:“咋了,是不是昨晚上跟嫂子吵架了?”

刘鹏不语。小丁又笑问:“是不是中午回家挨训啦?”

刘鹏仍然不吭声。小丁也不笑了,低头闷想了一会儿仰脸问道:“那你——是不是还为那事犯愁哩?”

刘鹏终于忍不住了,就把老冯和大胡的话讲了个大概。

小丁听完,颦了秀眉问刘鹏:“那你打算咋办?”

刘鹏说:“我……还拿不定主意哩!”

小丁站起来,长发一甩道:“要叫我说呀,咱排场他哩! 我的意见是有钱咱花,有好东西咱用。不就一个副科长吗,用得着下那个劲儿?再说了,这是秃子头上的虱子明摆着的事儿,不管咋着都轮着你了。别人谁也别想。难道还能从别科来人不成? 我丑话先说头里,要是你干,我还认账,要是换了第二个人,我叫他一天都干不成!”

小丁推心置腹的话语,又把刘鹏说得有点动摇了。

晚上下班回家,刘鹏只喝了半碗粥,就丢下筷子唉声叹气。苏梅见状,就问他咋啦。刘鹏于是又把犯难的原因及老冯、大胡、小丁的话都简略说了一遍。

苏梅听完,颦眉长思了一阵,最后问他:“你是不是非想要当这个副科长?”

刘鹏气道:“不是想当,是应该我当。”

苏梅就平静地说:“要真是这样,还是送点礼好。不然的话,将来别人当了科长,你不还是窝在后头生气? 只要事能办成,花俩钱算个啥。钱就是叫人花的,花完了还能再挣。可事情耽误了,就补不回来啦! 咱虽然穷,这俩钱还花得起。咱不为别的,不就为争这口气嘛!”

苏梅的话又把刘鹏说得心里一酸一酸的,差点没有掉下泪来。

过了两天,恰是周末。刘鹏咬咬牙接过苏梅递给他的六百元钱,上街买了四条红塔山烟和一箱全兴大曲酒,趁着朦胧的夜色,真的去局长老贾家坐了坐。好在那天晚上老贾有事出去了,不然刘鹏真不知道该怎么跟老贾说呢!

那晚,只有老贾的爱人一个人在家。老贾的爱人曾去文化局找过老贾,在走廊里与刘鹏碰过面,现在见了还有印象,知道是文化局的人,就很热情地递烟倒水让座。刘鹏坐下就问:“贾局长没在家?”

贾夫人说:“除了吃饭睡觉,人家就在家里待不住。这不刚放下碗就又出去了。”

刘鹏接道:“当领导也真是忙啊!”往下就找不着话说了。

在人事局当科长的局长夫人为打破沉闷，一边打着毛衣一边看着电视，中间还穿插催促刘鹏抽烟喝茶。刘鹏心中焦急如坐针毡，苦苦思索就是找不到合适的话说，好不容易咳咳两声，憋出来两句话："贾局长来文化局后，一直对我很关照。早就想来家里坐坐，就是东差西错抽不出空儿！今黑儿终于挤了点时间过来，贾局长又……"

局长夫人立即笑着接话道："你说得可不对。当领导的不对下属好点儿，他还怎么工作哟！老贾刚到文化局不久，这人脾气躁些，可心眼儿还是蛮好的。你还得多支持他的工作啊！"往下二人又无话说了。

刘鹏想想该说的已经说了，再坐下去也没意思了，就要起身告辞。

局长夫人客气地让了让，也没有再留，送到门口，忽然望着刘鹏道："看我这脑子，咋忘了问你叫啥名字了哩。"

刘鹏心里就感叹：人家不愧是干人事工作的，话说得多巧妙啊！这是叫你留下名字哩！于是就吭吭哧哧把自己的名字讲了。

临出门时，刘鹏忍不住又朝那放在沙发旁的四条红塔山烟和一箱全兴大曲恋恋不舍地望了望，那可是他夫妻二人一个多月的工资啊！他心中默祝这些"投资"能给他带来好运。

七

送过礼之后，刘鹏的心里就像吃了定心丸，觉得不知咋的就安稳踏实了许多。刘鹏细心观察，局长老贾也似乎对他热情多了。过去见到他，就像没有看见似的，至多是点一下头。现在再碰面，不但点头微笑，而且还要说句话。

很快，就从老冯那里传来了消息："局领导班子刚刚研究了你的问题，正式决定上报你为副科长。"大胡也悄悄给刘鹏通了"电话"，说老贾正式通知他，叫他起草关于提拔刘鹏的上报材料哩！

刘鹏的心里便又高兴起来了。刘鹏的心里高兴，上班到单位，忍不住又对漂亮妩媚的小丁开起了玩笑，气得小丁直拿白眼翻他："刘鹏，你那两天咋不高兴呢？”

刘鹏反唇相讥道：“正因为那两天咱俩情话说得少了，现在才多说点补补哩！”小丁就敛了笑脸正色道：“我给你说刘鹏，咱说是说笑是笑，你心里可别高兴得太早了。如今的事情变幻莫测反复性大，文件不下来都不能算数的啊！我听说也有人活动着，想要占这个位置哩！”

“是谁？你哪儿来的消息？”刘鹏一惊，忙抓着小丁的手问。

“是谁你自己猜，哪儿来的消息也不能告诉你。反正你要真想当这个副科长，还得加紧活动才是。”小丁打掉刘鹏的手说。

小丁的一番话，又把刘鹏说得心都缩在了一起。

刘鹏于是就不敢高兴了。刘鹏不敢高兴了，就开始琢磨小丁的话：是谁也在活动着想占这个位置呢？除了小孙，还能是谁？这小子的胃口也太大了，咋能轮着你哩？就是我不干，也该是小丁，也轮不到你呀！你娃子等着吧，等文件下了看我咋整治你！

刘鹏就在忐忑不安、恍恍惚惚的心境中，默默等待着文件下达的消息。

八

忽一日，局长老贾把刘鹏叫到办公室，拿出一份文件给他。

刘鹏接过一看，是省文化厅下发的关于召开全省文物工作“双先”表彰会的通知，于是不解地望着老贾。

老贾笑着说：“是这样的，这些年经过你们的努力，在古墓保护和发掘以及文物研究方面做出了不错的成绩，咱们市文化局被评为全省文物工作先进单位，上面要求我们派代表参加会议哩。”

刘鹏心里一热：是不是想叫我去哩？

刘鹏心里这样想，口里却装作很随便地问道：“局里准备……”

老贾说：“我们简单议了一下，还没最后定下来。因为这次会议要参观考察秦始皇陵兵马俑、马王堆汉墓以及云冈石窟等许多名胜，所以……”

刘鹏差点没有喊出声来:“这可是一次考察学习的好机会啊！参加工作以来,回回出外参观考察都是老冯和大胡,这次能叫我去该多好呀!”但是他不能这样喊,只能眼巴巴地等待着局长的下文。

“本来,这次会议我是想带着你去的。可是,老冯在会上说他应该去。老冯说他主管文物工作,又是文物科老科长,文物科的成绩都是在他领导下取得的,他最应该去。”

“那……”

“你先别急,叫我往下说嘛！我还没考虑好哩,大胡又找到我说他应该去。大胡说老冯其实狗屁不通,当科长是光说不干,成绩都是他大胡领着干下来的,只有他去才合情合理。”

“他们……我……”

“你不用说。文物科的情况我也了解了一点。我知道老冯是说得多干得少,大胡也只是吆喝着指挥指挥,具体工作都是你领着干的,特别是深层次的文物研究方面更是如此。听说他们两个的那几篇论文,还是你帮着整理发表的哩！是这样吗?”

“是……这样的……”

“所以,我就对他俩说:如果我要去参加会议,你俩还争不争啦?他俩就都不吭气了。最后我又笑着说:‘当然我是不会争着去的,我的意见是我们都别争着去了,还是叫人家刘鹏去吧！以后文物科就是他负责了,总得叫他先开开眼界啊……’”

刘鹏激动得心都快跳出来了,真想蹦起来大喊一声:“局长万岁!”刘鹏完全没有想到:他原来以为古板僵化官僚自大的贾局长,居然这样体察下情善解人意。贾局长可真是个既有个性又值得信赖的好局长噢！这样的好伯乐好领导,现在还有几个啊?

刘鹏终于如愿以偿地参加全省文物工作“双先”表彰会去了。

刘鹏在会上真可谓开了眼界长了见识。刘鹏随同全省各地的“双先”代表参观了秦始皇陵兵马俑、马王堆汉墓、云冈石窟等古迹,觉得他以前的三十年真是白活了。他过去的那些论文也都变成了小儿科。这次实地参观考察对他的震动很大。

他感到已有好几个极好的论文构思在脑间酝酿成形。他此刻觉得自己思想开阔文思泉涌。他捋胳膊挽袖子地在心里想:回去非要大干一场不可,不把 N 市文化局弄成全国文物工作先进单位誓不罢休。

九

二十多天之后,刘鹏兴致勃勃地满载而归。第二日,刘鹏春风满面地上班去了。刘鹏带着满面的笑容,热切希望能和同事侃侃此行的见闻和感受,却惊异地发觉人们看见他都远远地避开了。

刘鹏疑惑地走进文物科,想对数日不见的小丁来几句无伤大雅的玩笑话,却发现小丁已经挪到了原来老冯坐的位子上。刘鹏的脑袋不由一下子蒙了,一种不祥的预感袭上心头。

小丁看到刘鹏进来,就离开座椅走了过来,夸张地伸出手故作热情地叫道:“欢迎老兄凯旋!”话没说完,脸却先自红了起来。

刘鹏没有伸手也无心伸手,只是像刚刚认识小丁似的死死地盯着她看。

小丁很不自然地收了手,给刘鹏倒了杯热茶,然后坐下说道:“老兄可能也看出啥了,前天下午宣布的文件。我也不知道是咋回事儿。问局长们咋会变了名字,他们又都不说。我这个人你也知道,既无意当官也不会在别人背后下刀,尤其咱们这样的关系。我托人打听了一下,好像是……”

刘鹏没听小丁说完,就气急败坏地逃了出来。小丁的话证实了他的预感。他实在无法接受这样的事实。他想知道事情变化的根根秧秧。他首先怒气冲冲地去找了大胡。

刘鹏怒气冲冲地走进局办公室,大胡正在同几个人玩纸牌,脸上都贴着长长的纸条儿。见刘鹏进来,那些人都讪讪地打个招呼,拽下纸条溜之乎也。

大胡让他坐下,倒上茶水,然后对他郑重地说:“几时回来的?有件事早晚得跟你说,你可不要激动啊!”

“我已经知道了。”

“噢,那我就不说了。可你知道事情变化的原因吗?”

“我正想问你哩!”

“确切的原因我也说不出。反正我报的材料上是你,谁知道下文件时咋会变了哩。据可靠消息说,是有人下了比你大得多也重得多的投资,所以……”

刘鹏从大胡那里出来,疑惑地又去了老冯的办公室。大胡的话使他半信半疑:如大胡所言,那比他投资大得多也重得多的人一定是小丁了。可是小丁不是这样的人哪!他还想从老冯那里得到进一步的证实。

老冯的表情比大胡更沉重。老冯为刘鹏倒罢水就同情而又惋惜地对他说:“刚回来吗?看你的脸色,想必已经知道那事儿了。”

“我是刚刚听说。”

“知道变化的原因吗?”

“不清楚。”

“作为一个老朋友,我可以私下告诉你,好像是有人在上面把你告了,说你作风坏,爱接近女同志。我早就跟你说过,你是结过婚的人了,说话办事要注意分寸,可你不听,就好跟小丁嘻嘻哈哈的。我听说人家是想跟小丁谈朋友的,你这样搅扯着,人家就不恨你?平常不说啥,关键时候戳你一下就受不了。要不这事咋会……”

刘鹏一下子蒙了,再也不知道老冯还说些啥,就迷迷糊糊地走了出来。

老冯的话使刘鹏又惊又怒:怎么会出现这样的事呢?假如在上面告黑状,此人只能是小孙了。然而和小丁的几句玩笑话,怎能说是作风问题呢?就算上面不明真相问下来,你们局领导去解释一下不就行了吗？刘鹏最后想听听局长老贾的说法。

老贾正要锁门下班，见刘鹏走来，就寒暄几句，又开了门把他让了进去。

老贾简单问了会议情况，就默默地抽着烟沉思起来。后来还是刘鹏憋不住了，就颤声说道："贾局长，我的事你都说过……咋会又……"

老贾这才语气沉重地对刘鹏说道："刘鹏哪，这事是我对不住你，是我不该叫你去开会的啊！"

刘鹏惊道："贾局长，你说这话的意思……"

贾局长说："我也是从事情的发展猜测的。你想啊，当初班子研究提拔你时，没有人提反对意见哪！可是为啥你开会一走，就有人变卦了呢？人家轮番着朝上反映情况，说你狂妄自大目无领导，说你生活随便作风不正。结果上面就来问我：这样的人咋能提拔哩？我说：这都是没有影子的事啊！上面就说：没有影子，你们班子里咋有反映哩？这样的人还是先放一放好。你的事就这样被搁下了。我怀疑，是因为你去开会引起了谁的不满。也可能是我们那次谈话被谁偷听了，而引起人家的恼怒。在没有办法的情况下，出于工作上的考虑，我才又选择了小丁。不过你也不要灰心，等过了这段时间……"

十

刘鹏也不知道自己是怎样从老贾的办公室里出来的。刘鹏跌跌撞撞回到家里，苏梅已经把饭做好。刘鹏也不去吃，倒下蒙头便睡。

苏梅问他咋了，他也不吭。苏梅正要吵他，电话铃却响了。苏梅拿起听筒，是小丁的声音，就把话筒给他。刘鹏只好坐起来和小丁说话。

小丁在电话里说："老兄一定还在生我的气吧？"

刘鹏说："我咋敢生大科长的气哩！"

小丁说："老兄要是这样说话，我也就不说了。我只想告诉你一句话:你和我都是这件事情的受害者。”

刘鹏吃惊道:“你怎么是受害者呢?请说明白点儿。”

电话里沉默了一会儿,像是在思索犹豫什么,最后小丁似乎长叹了一声,然后说道:“好吧,我可以把知道的都告诉你。”

小丁说:“这件事情其实是个不大不小的阴谋。让你去开会,只是这个阴谋的第一步。当然,他们开始报的也确实是你,问题的关键是有人知道报你之后,立即采取了行动。此人对上大造你的舆论,主要反映你生活作风不正;对下全体收买局领导班子,老贾、老冯、大胡可能都收过人家的重礼。于是事情就发生了逆转。可是你在家守着,他们又不好动作。正好,省里开‘双先’会,他们就把你支了出去。之后就重新换了别人。当然他们的如意算盘也没能实现,之所以如此的原因,是上面对文物科的情况有所了解,就说如果刘鹏不能使用,那某某就更不行了,他根本就不懂考古专业嘛!局领导也没有了办法,可是文物科总得有人负责呀!于是,双方经过协商研究,才决定赶鸭子上架,叫我先干这副科长。老兄也知道我这个人的性格,我根本就不稀罕这个小职务,更不想操心管这个闲事儿。我已经给局头儿说了,想叫我干,必须也把你提了。局头儿也答应了,说过一段时间再去反映反映。我的态度是:要干咱俩一起干。他们要不报你,咱就叫文物科瘫在这儿……”

十一

刘鹏没有等小丁说完,脑袋就变成了一锅粥。小丁的话使他如雷轰顶,他怎么也没有想到会有这样的细节变化。可是,又怎能证明小丁的话是真的呢?上午大胡、老冯、老贾说的话听着也很有道理啊!到底该信谁的呢?刘鹏的思绪被罩进一团无边的雾中。

然而,无论他们的话谁真谁假,刘鹏都永远无法澄清也无须澄清了。因为他现在面对的事实,是那个职位已经与他无缘。至于以后的许诺,他也已经不再相信。他因为以前太相信了,现在才不相信了。这也许是刘鹏在这次升职纠葛中得到的最大启示。

刘鹏以后该怎么办?是心甘情愿跟在小丁后面,继续老老实实当一名好兵呢,还是死活咽不下这口气,干脆离开文化局跳槽另谋职业呢?他自己现在还没有去想。刘鹏现在只觉得心里堵得难受。他想哭想笑想蹦想跳想跟人吵架想与人拼个你死我活头破血流。

刘鹏悲苦欲绝、烦恼至极地转身寻找发泄的对象,却发现妻子苏梅泪流满面地站在身边。他不禁一下子瘫软了,不由得也涕泪迸流地与苏梅抱作一团。

刘鹏病倒了,病得很厉害,一直精神恍惚高烧不退,口里不停地狂呼乱骂。老贾、老冯、大胡、小丁来看他,他都不认得了,还把他们骂得面红耳赤、哑口无言,人家只好对苏梅劝慰几句就走了。至于刘鹏的病何时能好,病好之后还在不在文化局上班,谁也说不清。

笑　祸

一

本来夫唱妇随和谐美满的刘明、肖兰小两口儿，却因为刘明被提拔重用，关系突然变得紧张起来。小两口儿关系紧张的原因是什么呢？其实就为一个简单的“笑”字。

刘明没被提拔为戏工室主任之前，家里确实是充满笑的。那时，刘明不在其位不谋其政，无官一身轻，赤条条来去无牵挂，上班早走一会儿晚去一会儿关系不大。有时候单位里无事，就干脆不去上班了，待在家里看看书爬爬格子，乐得自由自在。刘明的老婆肖兰在商店工作，下班经常很晚。刘明在家有空闲，就早早把饭做好了。肖兰下班回来，正饿得前心贴后心呢，一见有热腾腾的饭菜等着，那个高兴劲儿就别提了。有这等蜂蜜般甜美的小日子，他俩咋能不笑不乐呢？

然而，刘明当了戏工室主任后就没有这份潇洒了：上班时别人可以晚去他不能晚去，下班时别人可以先走他不能先走。如果他也像别人那样先走了，万一局长们找你有个事情可咋办啊！至于待在家里，悠闲地看书爬格子这类美事儿，就更不敢想了。如此一来，肖兰下班后就吃不到可口的饭菜了，肚子饿得再很也得亲自下厨做饭，心里自然就生出不少的怨气。但是气归气，饭总是得吃啊！再说也不能光叫人家做饭哪！人家当了主任，工作自然忙多了，哪能还像从前那样早早做好饭？肖兰还算明理，反过来想一想也就消了气，只是两人吃饭的时候却有些沉闷，全没了原先的欢声笑语。日子久了渐渐习惯，肖兰也不再为此事怨恨怄气。

可是，她不想恼却偏得恼，她不想怄气却偏得怄气。她想气想恼的原因，是刘明那忽然变得呆板僵硬没有了一丝一毫笑意的脸。有一天，她实在忍不下去了，就朝刘明开了火儿。

“今儿又咋啦，单位里有啥不顺心的事儿？”

“没有啊，咋啦？”

“是路上和谁吵架了？”

“也没有啊，咋啦？”

“那是我有啥惹着你啦？”

“没有的事儿，你这到底是……”

“哼，少给我装迷瞪，你自己去照照镜子就晓得啦！”

刘明丈二和尚摸不着头脑，疑疑惑惑来到穿衣镜前面一照，自己就先吓了一跳：一个横眉死眼、五官呆愣、面部紧绷、表情僵硬的陌生面孔出现在眼前。妈呀，我咋变成了这副模样啊？刘明终于明白了肖兰恼怒生气的原因，心内顿时好生诧异。他用手拍拍脸颊，想努力挤出一点儿笑，但却没有挤出半点儿来。他不死心，又用手狠劲儿地揉搓面部，直到把脸弄疼了，才勉强挤出一点点儿。可是那表情叫笑吗？那笑真是比哭都难看。

刘明有些害怕了：莫非我得了什么病？他回到正间，想问问肖兰他这种样子多久了，还没有等他发话哩，肖兰却先他开了腔：“都看清楚了吧，你这样子有些时日了。脸是人的晴雨表，我知道你心里想的啥。当初咱俩谈恋爱，我就说你是大学生，我是中专没毕业，咱们俩之间差距大。你却说只要人好别的不重要。到现在我还觉得你说的不是心里话。这不嘛，你刚刚被提了个芝麻绿豆大的官儿，就狐狸尾巴露出来了吧！其实想开了也没啥，终究过不成还不如早离呢。我想回娘家住几天，你也自己好好想想吧！想好了给我回个话儿，咱们也好合好散啊！”

“你，你咋说这种话哩？我……”

刘明听完肖兰的话，不禁大惊失色，忙拦了肖兰的话头儿想解释点什么。可是解释什么呢，一切都无从谈起啊！

就在刘明惶惑无措欲辩无词时，老婆肖兰已掂起小包儿走掉了。

二

刘明气急败坏地坐到沙发上，说：真是乱弹琴！牙和舌头还打架呢，夫妻之间哪能没有一丁点儿的磕碰？气了一会儿又不气了，心想老婆这回又是耍小性子。这样的情况过去多次有过，为屁大个事儿吵了两句，她就火冒三丈回了娘家。但是女人的气生得快消得也快，不出三天她就又从娘家回来了，这一回保准也是如此。天要下雨，妻要生气，咱有啥办法啊！

刘明自解自劝消了火气，做饭吃罢照常上班。晚上独占一张大床，却迟迟难以进入梦乡。后半夜好不容易睡着了，却又与老婆梦游巫山仙境播云洒雨尽兴而归。早晨梦醒，见怀里搂着绣花枕头一个，哪里有半个娇妻的影子。刘明甚感窘迫地苦笑起来，心底泛起无尽的惆怅。

这人也真是活见鬼了。平日里老婆常在身边，也没有觉得有多么稀奇珍贵。但是猛然不在时，倒觉得有些眷恋不已。肖兰走后三天，刘明竟然一连三夜春梦不断，早晨起来就精神不振神思恍惚，上班时间还不时忘事走神儿，直惹得坐在他对面的副主任大杨好几回用异样的眼神儿睃他，弄得他几度脸热心跳，尴尬不堪。

五天过去了，肖兰没有回来。刘明有些忍耐不住，但他还是忍住了。他实在不想在外人面前落个离开女人五天就忍受不了的名声。

十天过去了，肖兰还是没有回来。这回刘明再也忍不住了。饥渴至极、疲惫至极、烦闷至极、懊恼至极的刘明，简直就像到了世界末日一样，觉得生活全没有了丁点儿的意思。还是有位作家说得好：男人的一半是女人。时至今日，刘明才真正体味到了这句至理名言的绝妙之处。他终于决定放下男子汉大丈夫的臭架子，负荆请罪到岳父家去请老婆了。

然而就在动身之时，刘明却又犹豫了：就我现在这副面孔，怎么去请肖兰呢？她就是被我这副面孔气走的啊！要去也得先找找“小弗洛伊德”，叫他瞧瞧我是不是真得了啥病。若能找到病根儿药到病除，将我这板脸儿变成笑脸儿，再去请老婆岂不是事半功倍？说不定不请她自己就回来了哩！

于是，刘明强制自己忍下焦渴，先去找“小弗洛伊德”看病去了。

三

“小弗洛伊德”何许人也？

此人原是刘明的中学同学，后来又一起考上了省城的大学。不同的是刘明进了中文系，“小弗洛伊德”进了医学院。“小弗洛伊德”的祖父是位老中医，他自小跟随祖父挖药制药，耳濡目染，到中学时已懂得了不少的药理。尤其是他遵循祖训，上了五年医学本科，攻读了西医，接触了气功，还精心研究了弗洛伊德的精神分析学说，因而如虎添翼学业大进。他认为中西医学各有所长，主张中西融汇，触类旁通，因病施治，心药并用，方能达到行医治病的最高境界。他的见解得到了许多同学、导师的一致认同，因而被大家戏称为“小弗洛伊德”。

大学毕业后，“小弗洛伊德”被分配到市医院上班。行医过程中他敢于打破传统不墨守成规，中西医结合外加气功、精神疗法，因人而异因病施治，不让病人花很多钱就治好了病，因而深得病人们的信任。前来找他看病的络绎不绝，同时也受到同行们的嫉妒。评职称时，和他同时进院的同学大都晋了主治医师，甚至还有晋副主任医师的，而他却因平时清高孤傲不善逢迎还是个最低的医士。“小弗洛伊德”一气之下辞了工作,自办诊所当起了个体医生。记得当时刘明还取笑过他呢！说你小子放着结实的铁饭碗不端,偏要去冒风险端泥饭碗干个体,是不是脑子进水出了毛病啊？谁料想这小子辞了公职干个体竟如蛟龙入水、猛虎添翼,半年时间便名震市区声闻省外,来找他看病的妇孺老幼、官员百姓四面八方应接不暇,因此被病人冠以“半仙儿”“鬼手儿”“大师”之类的美誉,直令刘明等昔日同窗好友惊诧不止感叹不已。

刘明来到“小弗洛伊德”的诊所,这小子正西装革履黑发油亮端坐如笔,宽额下戴一副玳瑁黑边深度近视镜,一手握笔一手把脉做沉思状,给病人瞧病呢！刘明站在门口叫了一声,“小弗洛伊德”才从沉思中抬起头来。他见刘明神色慌张满脸是汗的样子,知其定有急事,就放下钢笔缓缓起身,并礼貌地对病人说了句:“对不起,请稍候!”这才引刘明进了内室。

“小弗洛伊德”一进内室,就放下了“大师”的架子,一下子和刘明抱在了一起,边捶着他的肩膀边笑骂说:“你这国家大干部都整天忙啥呢,怕早把我这落难的兄弟忘了吧？这么长时间咋不来看我啊？”

刘明指了指外面排队的病人说:“我敢多来吗？我来多了影响了你的生意,你心里不骂死我才怪哩!”

“小弗洛伊德”敛笑正颜道:“人生自古情义重,追名逐利是浮生。我开诊所不为挣钱敛财,实为普救芸芸众生。不然的话,我挣恁多钱干啥啊？百年之后我能带走一分吗？你来了正好,我今天不看病了,等一会儿咱找个地方,大块吃肉大口喝酒,咱来个畅叙人生一醉方休如何？”

刘明见“小弗洛伊德”真忙,就不再跟他过多寒暄,直接跟他讲了看病的请求和自己面部表情病变的过程。“小弗洛伊德”不动声色地静听着,刘明讲完后,他才凝神入定地盯着刘明,足足看了刘明两分钟,只看得刘明心里发毛脑袋发蒙。

“小弗洛伊德”看完后,扑哧一声笑出了声,叫刘明更加摸不着北了。

“恭喜老兄啊!”

“恭喜我啥啊?”

“老兄近来可是升官儿啦?”

“哦哦,是……”

“你最近在单位里是否笑得多了一点儿?”

“这——”

刘明不觉大惊失色:这小子真是神了!我提拔了他怎么知道啊?

面对神医,刘明只得道出实情:自他被提拔成戏工室主任后,在单位里确实是笑得多一点儿。见了局长们要笑,见了科长们要笑,见了老同志要笑,见了年轻同志更要笑。对局长们的笑,是一种敬重;对科长们的笑,是一种亲切;对老同志们的笑,是一种谦逊;对年轻同志们的笑,是一种感激。你想想啊,全局四十几位同志中,比咱资格老、阅历深、交际广、后台硬的人多得是,这次提拔咋能轮到一无靠山二无根基的咱啊!这还不都是局长们器重、科长们抬举、老同志谦让、新同志拥戴的结果吗?

其实刘明不知道,他这次之所以被提拔,完全是一个偶然,一次无奈之中的平衡,一个天上掉下来的馅饼儿。不管是按照老惯例,或者按照别的什么特殊的条件,这次提拔无论如何都是轮不到他的。正如他自己所言,局里四十几位同志中,比他资格老、阅历深、交际广、后台硬的人真的多得是啊!别的先不讲,就他们戏工室的大杨和大胡,各方面条件就比他强得多。而且这次的提拔,就是因为大杨和大胡激烈竞争,你有政府大员的电话我有市委领导的招呼,你挖我的鼻子我抠你的眼睛,两人都想提升为主任,竞争到了白热化的地步,甚至不择手段打压对方,欲使对方退出竞争的行列,以达到自己的目的而后快。大杨和大胡的竞争让局长们很棘手,他们都应该提拔但却都不能提拔,提拔了这一位就会得罪另一位,而他们每一位的后面,都站着一位市里的领导啊!想来想去,无计可施。局长建议,干脆他俩都不提拔,就让也符合条件但不如他俩实力强的刘明当吧！这是个不是办法的好办法,事到如今也只好如此了。副手们自然一致通过。结果大杨和大胡都落了空,却让刘明捡了个便宜。以上就是这次提拔的内幕,刘明当然是蒙在鼓里的。

刘明说:“原先咱一个小编剧,肩上无职一身轻,想笑就笑,想板脸就板脸,谁也不会注意你。可是现在不同了,现在室里局里的同志们,人人都瞪着眼睛瞅着你,你不笑行吗？不笑人家就会说你目无领导自高自大忘恩负义想翘尾巴啊！咱刚刚被提拔成主任,无论如何不能叫人家说二话啊!”

“小弗洛伊德”道:“这就对了,问题之症结就在于此。”

“此话怎讲啊?”

“其实也很简单。你细想一想啊,一个人站久了就想坐一坐,躺得久了就想动一动。你在单位里长时间地保持一种不变的笑态,面部肌肉已经相当疲劳了,回到家里没有了顾忌,自然就想放松一下,然而一放松就变成了呆板僵硬的状态。这实际上是你的面部神经自我调节休整的一种正常功能。只是嫂子不知道事情的来龙去脉,对你产生了误解罢了。”

“这种情况能不能治好,用不用吃药?”

“不用吃药就能治好,只是……”

“只要能治好就中,你快说咋个治法吧!”

“每天下班后,你按照我说的按摩这些穴位,坚持十分钟就行。只是这办法不能常用,用久了以后就……”

“以后再说以后吧,先解了燃眉之急再说!”

刘明不等“小弗洛伊德”说完,连谢都没顾得说上一声,就飞身出门驱车而去。回到家里,刘明按照“小弗洛伊德”说的穴位按摩了一会儿,板脸儿果然变成了笑脸儿。

“‘小弗洛伊德’万岁!”刘明兴奋异常地大叫了一声,就又飞车朝肖兰的娘家奔去。

四

肖兰的娘家就在城区的另一边，两处相距不过十几里。刘明不到半小时就到了。

这天的中午饭自然是在肖兰家吃的。吃饭中间岳父岳母自然讲了不少糟糠之妻不可弃最亲还是结发妻的大道理。刘明自然是满脸愧疚、恭顺谦逊，说千错万错都是我的错。肖兰见刘明态度诚恳、可怜兮兮，指天戳地要痛改前非，早已深受感动、动了恻隐之心，吃罢午饭二老一劝就半推半就地跟着刘明回去了。

此后的一段时间里，刘明切记"小弗洛伊德"的嘱咐，坚持每天的按摩必修课，果真上班保持笑，下班继续笑，做到了单位家庭两不误。肖兰见他真跟换了个人儿似的，也就和往常一样亲他爱他。小两口儿那个亲热劲儿，就是新婚夫妇、热恋中的男女见了也要觉得脸红呢！

遗憾的是好景不长，刘明和老婆肖兰的美满日子没过多久就又出现了变故。这次变故的原因依然出在那该死的笑上。那日单位里传达调工资文件，刘明因为新提正科比别人多长了一级工资，科里的同事叫他请客，刘明心里高兴就欣然应允了。

酒足饭饱回到家中，刘明乘着酒劲儿想跟肖兰亲热，肖兰一看他的脸，竟然吓得"妈呀"一声怪叫起来。

刘明不知怎么回事儿，不由对肖兰发起了冲天怒火："你，你这是——咋啦？"

此时，肖兰仍然不敢看刘明的面容，只得一手蒙脸，一手拿过床头旁的小镜子，递给刘明说："我——你还是先看看自己再说吧！"

刘明疑惑地接过小镜子，只看了一眼，就呆住了：我咋又成了这副尊容啊？小镜里的刘明仍然在笑，但已不是正常的笑，而是一种傻乎乎的呆笑、木愣愣的苦笑、弥勒佛一般的干笑、阴谋得逞时的淫笑、比哭还要难看的怪笑。

刘明恼怒地在那脸上掴了一掌,那脸依然在笑;他气急败坏地连掴几下,那脸还是在笑。他怒不可遏地将小镜子摔在地上,一张可恐、可怜、可笑的笑脸粉碎了,但他自己的那张笑脸还依然如故地傻笑呢!

一场本该情切切意绵绵的欢爱不欢而散。刘明和肖兰背对着背各睡一头儿,互不理睬地蜷曲在床上。两人都在痛苦懊恼委屈地思索着,寻找着这次突然变故的原因所在。

刘明忽然想到:是不是"小弗洛伊德"捉弄我啊?上次他说话吞吞吐吐半留半露,莫非其中有啥隐情?解铃还须系铃人。他决定明天去找"小弗洛伊德"算账。

五

次日拂晓,刘明起身就去找"小弗洛伊德"。

这次刘明不去诊所了,诊所人多,我这副尊容如何去得?不如及早去家里堵他,有啥话也好敞开来说。

"小弗洛伊德"好像知道刘明要去找他,也已经早早坐在书房里等他了。看见刘明怒不是怒、哭不是哭、笑不是笑的怪脸儿,"小弗洛伊德"先自笑了起来,"我已经算定老兄要来,故此在家专等。请坐吧!"

"哼,还有脸笑呢,都是你小子做的好事儿!我上次找你的时候,你吞吞吐吐半留半露,故意不把话说完,害得我……"

"且慢。请容我先问一句:上次是我没有把话说完,还是你没有听完就走了呢?哼,你自己心急听不得人细说,现在却又倒打一耙,说是我故意害你。好好,你这事儿我不管了,这总可以了吧!""小弗洛伊德"打断刘明的话,故作怒态地叫道。

刘明闻听此言,自知问罪无理,就先软了半截儿,叹了口气说道:"那就请将上次的话说完吧!"

"唉,我上次所讲之法,仅仅是一个供你救急的权宜之计而已,偶尔用之尚可,用得多了就不灵了。而且,如果遇到强烈的刺激,还会出现意想不到难以控制的后果……”

“那我现在的情况，是不是就是……”

“是的，但还仅仅是个开始，时间久了就不好办了。”

“那你——你快想个办法，给我治一治啊！”

“我对此病目前亦无甚妙方。木弯过度则折，绳拉过限则断。你上班下班一天到晚都保持一种不变的笑态，面部神经如何承受得了？这种情况若不改变，你极有可能要形成脸神经麻痹，变为永远笑嘻嘻的笑面人儿！”

“果真有这——这样严重吗？”

“我这绝非危言耸听。”

刘明惊得说不出话来。他完全被“小弗洛伊德”所说的可怕后果吓坏了。他近乎绝望地一把抓住“小弗洛伊德”的手，像抓住一根救命稻草似的求告道：“难道你一点办法都没有了吗？求你看在老同学的分上，给我想一个办法……”

“办法倒是还有一个，就怕老兄不肯采用。”

“你快说！啥办法我都肯用的！”

“辞职不做，仍当编剧。”

“啊，这——”

“人生在世，命已天定。有人堪为官，有人堪为士。以兄之心气禀性，应该是为士之人，当官不但当不好，反而还要为官所累；然而若为士则能如蛟龙入水，做出一番不平常的大事业来。恕弟直言，兄莫怪罪。何去何从，还请老兄斟酌定夺。”

刘明又一次被“小弗洛伊德”石破天惊的话语惊呆了。

刘明扪心自问自答：他的话也许切中了我的性格，但是事已至此，你叫我如何挽回啊！你辞官有什么理由呢？那个理由你能说出口吗？可是你不说理由，局长和同事们会怎么想呢？人家会让你辞职吗？但是若不辞职，真要像“小弗洛伊德”所言，以后要出现脸神经麻痹的严重后果，那样岂不是更糟吗？

刘明想呀想的,脑袋都想蒙了,还没有想出个头绪来。他只是在心里一遍一遍问自己:我到底该怎么办好啊?

失 重

一

“如今这世道，真是越变越不像个样子啦，你瞅瞅这老鼠多到个啥样子，简直要蹦到人头上拉屎撒尿啦！过去的老鼠可不是这个样儿，那时……”

那时的老鼠是个啥样儿？是多是少？是善是恶？胡主任、胡协理员也说不上个子丑寅卯来，他压根儿就无暇去顾及这些。他那时只顾日日夜夜四处奔波，一心一意呕心沥血为党的文化事业操心劳神哩，哪里有时间研究这些芝麻绿豆鸡毛蒜皮儿的小事儿呢！这是他从一线退下之后无事可做，忽然心血来潮要把住室卫生彻底清扫一番，从而发现室内老鼠之多危害之严重而后发出的一声浩然长叹。

胡主任原来是市里主管文化工作的三等小局的办公室的一把手，只因在机构改革中他的年龄超过了规定杠杠半岁，口袋里又没有那个护身安命的价值连城的宝贝文凭，而被从主任的宝座上请了下来，摇身变成了在编无权的协理员。虽然办公室里他原来坐过的桌子、椅子原封没动依然如故地放在那里，新主任多次诚恳表示随时欢迎他扶持指导，但他退下之后，就再也不想去那间他已经待了二十年之久的办公室了。

胡协理员不想看见他原来的部下，那个嘴上无毛办事不牢的毛头小伙儿，拿着主人的架子发号施令。他不愿再碰上那些过去见面总是点头笑脸相迎，如今却哼哼哈哈的应景腔调和哭不是哭笑不是笑的尴尬表情。于是，他只好不去上班，整日待在他那间十二平方米的住室里。

但是，胡协理员坐在住室里没有电话，没有请示，没有那使他应接不暇、精神亢奋的迎来送往、日常事务，没有那看不完的报纸、圈不完的文件和大大小小各种各样你不想去开但不得不开的一系列会议。他突然感到一种孤独、一种寂寞、一种无法形容的酸溜溜的感觉。他觉得他就像是一个被人家使唤够了玩弄腻了之后，被毫不留情地抛弃了的老女人。他感到委屈，感到伤心，感到一切都对不起他，就连身居其中的这间十二平方米的住室也不禁使他动气：像我这个年龄这个级别，如今哪个不是住着五十平方米以上的单元房？真是棋错一步呀！千不该万不该，就怪我错跳进了文化局，害得我到了退休年龄，老婆孩子还是清一色的农村户口。上边的头头儿成天张口精神文明第一，闭口文化工作重要，可是落到实处啥样好处也轮不上主管这方面工作的部门。你瞅瞅工商、财政、人事、税务、电业、城建这些单位，连看大门的门卫、做饭的大师傅都能把家属转成市民，可我这堂堂科级，干了三十多年工作的国家干部，竟然依然是独身一个守着一间十二平方米的小屋！

胡协理员想着想着，真想跳起来跑出去指天戳地大骂一通，出出心里这口怨气。但是骂谁呢？骂啥呢？想来想去觉得还是应该骂自己。于是他不跳了，坐下来喘了一通，思了一番，大事化小，小事化了，最后又不生气了。过去的情况也是这样，为啥自己就不知道生气？这都是太闲了无事干，于是就无事生非。于是，他就想找点事干，想来想去又无事可干。忽然想起住房的东西多少年来从未好好收拾过，他心里一动就当真动手彻底清理起来，这才发现住室的角落、暗处、墙根、地下布满了数不清的鼠洞，桌、箱、柜、橱各样家具上无不印着老鼠噬咬的疤痕。最使他伤神恼火的是这些小动物竟敢咬破木箱,凿透橱柜,把它们那骚臭熏人的大小便撒在他只有重大节日才穿的咔叽呢纯蓝色中式大衣和标志他半生工作劳绩的一大卷红红绿绿的奖状上。

这一发现真是非同小可,它使得胡协理员那刚刚熄灭了的由于被迫下台而引发的火气,又呼一下蹿上了喉头:这可真是无权无势受人欺呀！过去我在位之时,哪曾受过这等窝囊气？如今下台了,人们不那么理睬我了,这些无名鼠辈居然也爬到头上欺负起我来啦！人是同类,我当然奈何他们不得,可这些依靠躲躲藏藏偷偷摸摸过日子的小东西,难道我也奈何你们不得？胡协理员越想越气,越想越恼,只气得浑身颤抖、咬牙切齿,恨不能将室里的老鼠一网打尽,用牙齿一个个咬上几口。盛怒之中,胡协理员立即查找资料,拜访专家,详细制定了铁笼、钢夹、灌水、油砂、特制灭鼠胶剂粘捕、电子灭鼠器击杀等多种灭鼠战术方案,对屋子内的老鼠发起了猛烈的攻势。

胡协理员以迅雷不及掩耳之势,似狂涛铺天盖地,确使屋里的老鼠受到了沉重的打击。然而,这些老鼠就像和胡协理员干上了似的,并没有因此而后退,它们还舍不得就这样离开这块风水宝地。它们在挫折面前痛定思痛,总结经验教训,很快调来了更多的兵力,利用各种灭鼠器的局限,采用迂回战术,避实就虚,声东击西,对主人展开了针锋相对的报复性反击。

胡协理员初战告捷,心中颇为得意。但是,当他发现屋里的老鼠越捕越多,破坏也越来越严重时,心情又一下子变得忧郁闷烦起来。如何才能制服这些无法无天、胆大至极、可憎可恨的小东西呢？

二

一连几天,胡协理员都在为这个棘手的问题费脑伤神。

可恶的老鼠把他折腾得白天吃不好饭,夜里睡不好觉。无论何时,只要他一闭上眼睛,耳朵里就会响起老鼠啃咬东西的吱吱声;他刚坐下想休息一下，老鼠马上就会从他眼前刺溜跑过。这天，他被肆无忌惮的老鼠的捣乱逼迫得再也忍受不了了，一气之下索性不管了，甩手拉上房门走上街头闲逛，心想：眼不见心不烦，屋里的东西老子不要啦！

胡协理员故作悠闲地随处转着，来到一个空阔背静处，忽见黑压压一圈人墙，不觉好奇地近前一看，原来是传授祖传最佳灭鼠秘方的。

胡协理员来得正是时候。那位传授祖传最佳灭鼠秘方的是个土里土气、慈眉善目的乡村后生，正在不紧不慢地侃侃而谈。他先从老鼠如何可恶、危害如何之大说起，再讲消灭老鼠如何重要，根除老鼠如何迫切，然后是当前社会上流行的各种灭鼠工具的局限，最后才说他有一个家传十代的灭鼠秘方。此方灵验至极，威力无边，一用此法那老鼠便屁滚尿流，没命逃匿。不论什么身份、哪个年龄、何种工作，只要不是反革命，只消花上三毛钱就可以轻易地拿到并学会这个秘方。一次学不会的可以免费再学。得到秘方者不可泄露机密，不准说出声来，若是说出来，泄露了机密那就是小人之辈等云云。

胡协理员站在那里听了一阵，起初还有些半信半疑，但后来渐被后生那慷慨激愤、痛切之情所动，也逐渐信以为真。于是他便按照那后生的吩咐，耐着性子站了个把钟头的长队，终于拿到一张二指宽的纸条，上边歪歪扭扭写着十六个大字："要想灭鼠，最好养猫；汽车站外，有人专售。"乖乖，原来是这！到了此时，胡协理员才如梦方醒，方知上了大当，实在有些哭笑不得：谁不晓得灭鼠最好用猫，用得着你娃子来专门传授？如今这人也真是越变越不像话，连这样老实本分的农村娃儿，都学着用这种歪法子坑钱骗人了，这真叫人心寒哪！

胡协理员有心走过去对那娃儿来一顿思想教育，又怕人家不买账，自己在大庭广众面前丢脸，还落个"小人之辈"的骂名。于是他只好揉揉肚子，咽下这口闷气，自认倒霉地朝家的方向走去。但他走到半路又停住了，心里转念道：唉，三毛钱买了个卖猫的地点也算值得呀！你以前之所以也知道灭鼠最好用猫但一直没有养猫，不就是因为没有地方买猫吗？现在可有地点卖猫了，为啥不去买它一只回来哩！

胡协理员主意拿定，便一转身急急忙忙去了车站。到那里一看，果有一个身材瘦小的农村老汉圪蹴在地上，身旁放着两只装着多种颜色、又脏又小的猫咪的铁丝笼子。他问了价钱，倒吸一口凉气：价格竟比猪娃儿还贵！到底买不买呢？他犹豫半天，挑来拣去，最后忍着心疼，掏出二十五元的高价，才买了一只又瘦又小、比老鼠大不了多少的小花猫。

三

到底猫是老鼠的天敌。胡协理员抱着小花猫回到家里，那花猫只喵喵地叫了两声，那些正在屋里兴风作浪的老鼠便惊慌四散地躲藏开去。只是因为花猫太瘦太小，才没有把那个逃在最后的家伙捉住。

"它实在是太瘦弱了啊，这个样子怎么能捉住老鼠呢？"胡协理员扶起因追捕老鼠过猛太急而摔倒在地上的小花猫，充满同情、怜悯和惜爱地叹道。当即参考资料列了食谱，买来鱼、肉、蛋等，对小花猫实施快速催肥。

这只小花猫也真不辜负胡协理员的精心养育，就像是充气的皮球，个把月工夫便发育成一只身长体胖的大花猫了。花猫一有了力气，便施展天威，全力报恩。它见鼠就捉，闻声就动，不分白天黑夜地守着墙角、暗处连续作战，只用了短短半个月时间，就将屋里的老鼠撵的撵，捉的捉，扫了个干干净净。

四

说来也巧，时值市里正在大张旗鼓地开展灭鼠运动，市政府成立了"领导灭鼠运动委员会"，各级都成立了领导小组，大街小巷都贴满挂满了花花绿绿的大标语，层层发动群众，广泛动员力量，掀起了轰轰烈烈的灭鼠竞赛热潮。

机不可失，时不再来。胡协理员就将花猫捕杀的老鼠的尾巴收集起来，上交市“领导灭鼠运动委员会”办公室，没想到马上被树为典型，授予“灭鼠标兵”荣誉称号。这一下胡协理员可在全市出了名，各级灭鼠领导小组纷纷请他去传经验，做报告。

有人来请，自然要去。这是胡协理员巴不得的好事情。但是去了都讲些什么内容呢？胡协理员根据过去实际工作的经验，心想：就讲那么四点吧！第一，学习市委文件，端正思想认识；第二，联系实际，制定具体措施；第三，不断总结经验教训，扩大战果；第四，坚持到底，取得全面胜利。胡协理员积半生工作之经验，尽力发挥，真像是鱼儿入水，鸟儿入云，直讲得各级领导、大小头头点头称道，笑逐颜开。

为了表彰胡协理员在灭鼠运动中的突出表现，市政府特发给奖金一百元，并下文聘其为市“领导灭鼠运动委员会”副主任。

这一突如其来的任命，简直使胡协理员青春焕发精神振奋，仿佛一下子年轻了二十岁。

他谢过市政府领导，当即回到家中，卷起铺盖行李，搬到市“领导灭鼠运动委员会”主任办公室去寝办合一，以便能随时随地指挥灭鼠战斗，用实际行动回报领导的信任。

五

再说那只忠于职守的花猫，原以为给主人扫清了鼠害，有这个功劳在手，定会得到比刚来时更高更好的待遇哩，哪里想到主人竟然会扔下它离家而去。

开始，它饿了还能寻些主人留下的残饭剩馍充饥。后来饿极了就想出去找食吃。可是门和窗都上死啦！它就这样一天一天地饿着，最后直饿得连叫一声的力气都没有了，只好一动不动地趴在地上，上气不接下气地喘气。

那些被花猫赶走的胡协理员屋里的老鼠，也并没有真正心甘情愿地离开这块宝地。它们时常偷偷地来到附近，远远地窥探这里的情况。

这几天，老鼠们忽然发现屋子里没有了动静，便偷偷摸摸地钻了进去，见花猫一动不动地趴在那里，不叫又不撵，就放开胆子活动起来。它们对花猫恨之入骨，但却不敢靠近花猫，于是便把刻骨的仇恨转嫁到了屋里的东西上面，以十倍的兵力、百倍的疯狂，展开了前所未有的、空前绝后的破坏活动。

它们夜以继日地掏、挖、咬、嚼，扒开面桶，在米面上拉上屎尿；咬破衣箱，把衣服撕成细条儿；钻透柜子，将书本、奖状嚼成碎片……凡是能够咬得动够得着的东西一概不予放过。最后，就连胡协理员那幅写有金光闪闪“灭鼠标兵”四个大字的玻璃镜框也被咬断挂绳儿，摔到了地上，碎成了千百个小碎片儿。

六

胡协理员自从当上市“领导灭鼠运动委员会”副主任后，真可以说得上是竭尽全力、废寝忘食，几乎是豁上了老命狠干了一阵子。可惜的是，他的忘我工作并没有取得什么实质性的成绩，只不过是浪费了不少的人力、财力、物力，使灭鼠运动的声势更热烈、规模更大些罢了。

于是不久，市政府领导便又以关心胡协理员身体健康，怕他只顾工作累坏了身体为理由，“劝”他回家去“休息休息”。

胡协理员又提着行李卷儿，回到了自己那间十二平方米的住房。他一夜之间仿佛一下子又老了十岁，有气无力、无精打采地掏出钥匙，打开房门，一股又湿又霉的气浪迎面扑来，差点没把他熏倒。他摸索着找到灯绳，拉亮电灯，不由得“啊”的一声呆住了：这哪里还是他的住室，简直是一个地地道道的老鼠窝啦！屋里的地上、墙上、桌上、床上落满了厚厚的灰尘，上面横七竖八地布满了老鼠的脚印，到处是纸屑儿、布片儿、碎草和老鼠的粪便。家具上被掏出一个个新的鸡蛋大小的破洞，衣服、布料、纸张一缕一片地从洞子里挂出来，像美国纽约联合国大厦前的万国旗。米面桶的盖子滚在地上，里面早已变成了老鼠的厕所……

“花猫，我的花猫哩？”

胡协理员呆呆地瞅着面前的一切，傻愣愣地站了好久。突然，他扔掉了手里的行李，尖声大嗓地惊叫起来。

胡协理员终于看见他的花猫啦。它一动不动地躺在地上，身子已经僵硬了。它的身边，是那面市政府“领导灭鼠运动委员会”奖给他的但已经摔成了碎片的题有“灭鼠标兵”四个金字的大镜框。

胡协理员一步一步地走过去，踏着镜框的碎片，双手把已经僵硬了的花猫从地上捧起来，紧紧地抱在怀里。

“啊——”

胡协理员站起身来，蹒跚着走到门口，扬了扬手臂，长长地叫了一声，似乎想对人们、想对世界说些什么。他能向人们、向世界说些什么呢？

喜　丧

一

龙山县常务副县长钟长鸣,这些天忙得脚都快踢着后脑勺了。他的老婆刘桂花却一连三遍打电话,非叫他今天下午回趟老家不可。你说这不是忙上添乱嘛!

钟副县长的老家就在靠山屯。靠山屯离县城一百八十里,是全县最偏远的山乡。虽然老家地偏路差,但是坐小车一个多钟头也就到了。钟副县长的老家里,除了老婆刘桂花,还有个七十多岁的老娘。平时,钟副县长也总要隔三岔五地抽空回老家看看的。可是这会儿,他是实在走不开啊!

钟副县长在忙啥哩?钟副县长在忙命啊!拿命咋忙呀?人不是常说,命运都在自己手里掌握着吗?人的命运有好有坏,但是不可抗拒的某些因素除外,很大程度上还是取决于本人的运作。这会儿,钟副县长就是在为自己的命运忙碌运作哩!他能不能顺利地当上正县长,就看后天啦!

龙山县关于县长人选的人大表决会已经开过两次了。几个候选人中票数领先的,就是常务副县长钟长鸣和城建副县长李玉军了。两个人真可谓是棋逢对手将遇良才,旗鼓相当各有千秋。论资历比沉稳,钟副县长居上;论年龄比魄力,李副县长占优。钟副县长在龙山工作了二十多年,为全县的经济发展做出的贡献有目共睹,并与中年以上的乡镇干部建立了深厚的情谊。李副县长虽然来龙山相对时间较短,但他性格外向,善于交际,在青壮年干部中结交了不少的铁杆儿朋友。再加上他善于抓面子工程,这几年城镇建设成绩显著,赢得了一定的口碑。人大代表们在这两位候选人中权衡来比较去,就是难分伯仲举棋不定。两次投票结果不仅相差无几,而且均未超过半数。无奈之下,主席团只好决定休会两天,让代表们分组充分酝酿讨论,然后再进行最终表决。今天,是分组酝酿的第一天,后天就要决胜负了！钟副县长和他的支持者们,这会儿正在抓紧有限的时间紧锣密鼓地运筹操作争取选票,你说他能走得开吗?

这天下午,刘桂花第一次打来电话的时候,钟副县长就正在和秘书小潘以及几个关系较深的乡镇长,商量着再去几个薄弱乡镇做做工作拉些选票。电话铃响,钟副县长还以为是哪个得力部下给他汇报“活动”情况哩！拿起话筒一听,却是老婆刘桂花的声音,顿时烦躁不已,立时没好气儿地训道:“这会儿打电话有啥事儿?”

“我……你今儿个……回来一趟吧!”刘桂花像有点害羞似的在电话里嗫嚅道。

“这几天没空儿,改日再说吧!”钟副县长说完,就“叭”的一声挂了电话。

然而过了不久,刘桂花就又打过来了。钟副县长一接,她还是那句话,只是语气明显地硬了许多:“你今儿就是再忙,也得抽空回来一趟。”

钟副县长怒道:“我跟你说了走不开,有啥事儿过两天说不中吗?”说完,又将电话挂了。

大约又过了十分钟,电话铃声又骤然响起。钟副县长一接又是刘桂花,登时恼了,怒不可遏地说道:“你,你给我添啥乱啊,你说你到底想弄啥吧?”

这一回,大概刘桂花也生气了。电话那头儿声音很大地嚷道:“你那儿啥事儿恁关紧?这会儿要你妈死了,你回来不?”

“你妈死了”这四个字,不仅将钟副县长震住了,就连在场的潘秘书和几个乡镇长也被震住了。还是年龄最小的潘秘书最先反应过来,急忙从钟副县长手里拽过电话,准备再向刘桂花询问证实时,电话里已是忙音一片了。

众人不约而同将目光投向钟副县长:这两件可都是急事儿,可是这两件急事儿,咋就这么巧地挤到一起了呢?唉!

二

一辆黑色桑塔纳轿车驶出龙山县城,迎着西斜的余晖,朝着靠山屯的方向高速疾驶。

钟副县长黑丧着脸坐在小车里,心里头像吃了五味子,苦涩酸辣咸啥味儿都有。他万万没有想到,老娘会在这个节骨眼儿上出事儿!也万万没有想到,他的仕途生涯会在这里画上句号!

钟副县长曾经是不相信命运的。他信奉“将相出寒门”这句古话。他认为寒门之后之所以能够后来居上出人头地,并非他们有什么胜过别人的才能,而是得益于他们不甘人后的奋斗精神和忍辱负重的吃苦精神。这些年来,他钟长鸣就是凭着这两种精神,一步一个脚印地走过来的。现在,终于接近正县长的位子了。这可是他钟长鸣朝思暮想的目标,也可能是他一生之中最后的机会啊!谁承想,在这竞选决胜的关键时刻,他的老娘会突然出事儿了!百善孝为先。他只能撤离竞选会。虽然他在临走之时,对潘秘书和几位铁哥儿们乡镇长做了安排,让他们加紧“工作”多拉选票,但是人在人情在啊!你在关键时刻离开了县城,谁还会真心为你流汗出力!钟副县长心里悸痛着,已感到竞选正县长的希望渺茫了。

现在钟副县长的心已经基本上转移到老娘的身上来了:老娘怎么

会突然出事儿了呢？他两个月前回去看她，她不是还好好的吗？是不是上回得的那场痢疾，没有好彻底，又复发严重了？老娘那次得痢疾还没有好利索，就非叫他回县里不中，说他官职在身，忠孝不能两全，公家的事儿要紧。他拗不过只好走了，谁知这一走，竟成了娘儿俩的永诀了啊！钟副县长在心里骂自己：那一回，为啥不等着老娘的病好了再走哩！钟副县长的眼泪不由自主地流了下来，泪眼蒙眬中他仿佛看见：父亲早死后，母亲为了将他养大成才，笔直的秀腰累成了驼背，满头的青丝熬成了白发，光洁的脸庞爬满了沟壑，柔美的手指僵成了枯枝……母亲为他付出了多少哇！然而，他又为老娘做了些什么呢？他曾经异常迫切地想将老娘接来同住，也好涌泉相报老娘的养育之恩。可是，刚参加工作时，娘说他住的那间房子住不下俩人；结婚生子后房子变成了两间，娘又说四口人挤在一起不方便；在乡里工作时，成天往外跑，他担心老娘跟着活受罪；到县里工作后，天天住在宾馆里，他又怕老娘住着不习惯……他知道自己欠着老娘一笔账，只想着等以后在县城盖了房，再将老娘和刘桂花都从老家接来一起住……可是，哪里还有以后，他以后再也见不到自己的娘了呀！

钟副县长在心里哭诉自责着，禁不住又愤愤地骂起老婆刘桂花来：刘桂花你个好不晓事的臭婆娘，你都尽的啥责任哪！我叫你在家照顾老娘哩，你却把老娘看没了啊！我知道你对我心里有气儿，气我没把你转成市民带到城里来。可是，你也不想想你大字识不了一箩筐，到城里你能干个啥？就是在村里当个妇女主任兼乡计生宣传员，人家还是看我的面子哩！你老说嫁了我算倒了八辈子霉，可你咋不撒泡尿照照自己那个样儿，要长相没长相，要身段没身段，除了我你还能嫁给谁？要不是当年老娘死活不同意，说不准大学毕业我就把你蹬了哩！你还老说想见我，过一段不见我心里挂念得慌。咱两个娃儿，一个上了大学，一个当兵去了，就剩我一个大男人有吃、有喝、有穿、有住，要你操啥心？我本想让你现在替我尽尽孝，等老娘百年之后你好好来城里享清福，谁知道你，你却把老娘看没了！刘桂花呀刘桂花，见了面我再跟你算总账！……

三

钟副县长此时此刻完全沉浸在老母亡故的伤痛里，全然不知就在他的身后面，就在他刚刚离开的县城里，一个以他回家奔丧为起因的活话剧，正在如火如荼地上演着。

钟副县长老母病逝的消息，首先在县委、县政府两个大院传开了。县委赵书记闻讯，立即和人大刘主任、政协张主席、李玉军副县长取得联系（原县长调往外县当了书记，常务副县长钟长鸣是当事人，政府这一块只能找李玉军副县长了），研究商议治丧吊唁的事儿。商议决定由李副县长牵头负责，由县政府办公室马主任具体安排组织治丧的事宜。

县政府马主任一向以办事干练利落闻名。他接到任务后，很快拟出治丧活动的具体步骤。报请李副县长同意后，立即向全县各乡镇各局委通报了钟副县长母亲亡故的消息，通知他们购置花圈，安排车辆，准备参加明天早上县里统一组织的吊唁活动。

平日与钟副县长关系密切的局委领导和乡镇长们，接到通知自然十分踊跃，纷纷在电话上联络通气儿，或者私下里几人互相商议，都说钟副县长为人正派，工作实干，原来当乡长、书记时是咱们的老伙计，当县长这几年又给咱办了不少的实事儿！如今他老娘谢世，咱们可都得好好表示一下心情呀！于是各自积极行动，备车辆，买花圈，扯挽联，置丧礼，四下里忙活开了。

然而，也有不少对此不很热心的单位，主要是那些平日跟钟副县长关系一般，而又和李副县长处得密切的那些人。他们说："老钟这货太死板，光敲梆子不卖油，干起工作豁上命，一说办事儿就出溜！就说这回县长选举吧，本来他升正县是下雨不打伞——轮（淋）他的事儿！可是选了两回，都跟李县长差不多。哼，说不准下回再选，他还下来了哩！咱现在巴结他干啥哩！”可是，也有人反对，说：咱们要是不去吊丧，往后见了他咋说话哩？两下争来争去，还是拿不定主意，就去请示李副县长。

李副县长此时正在焦心后天县长人选投票的事情，为钟副县长母亲吊丧的事儿，他并没有认真多想，都交给马主任全权办了。现在属下前来请示，他才认真思考起来。他大口大口地吸着精装香烟，在办公室里走了十二个来回，才严肃而又认真地对他们说道：“钟副县长是咱们县的功臣元老，他曾经为龙山做出过极大的贡献。他的母亲谢世，你们怎能不去吊丧哩！不但你们要去，我明天还要去哩！不仅如此，你们还要发动你们的二级单位、三级单位都要去，要尽可能地多去些人，多去些车，要尽量把钟副县长母亲的丧事办得隆重些！”

众人见李副县长如此吩咐，自然都不敢再怠慢，急忙抓紧时间准备去了。

四

就在龙山县各个单位积极为钟副县长的老母谢世准备吊丧礼品的时候，钟副县长已经回到了靠山屯。

钟副县长怀着无比沉重悲痛的心情走下桑塔纳轿车，走向老家那几间瓦房的时候，忽然从心底升起一丝犹豫和疑惑：这家里怎么冷清清的，没有半点儿办丧事儿的样子哩？既没有蒙白鞋扎孝布的亲戚族人，也没有来来往往张罗帮忙的远朋近邻……及至走进院子，又发现满头银丝的老娘，正颤巍巍地站在屋门口喂鸡哩。钟副县长不禁更疑惑了：这到底是咋回事啊？

钟副县长带着疑惑走近老娘，哽咽着叫了一声“娘”。

老娘转过身来，见是钟副县长，忙双手抓住他的手道：“鸣娃儿，这阵子不忙了？要是忙，就别老惦记着娘。娘身子骨没事儿哩！”

钟副县长搀扶着老娘坐下，正要问刘桂花哪儿去了。刘桂花已经从里屋奔了出来,走到跟前又不好意思地站住了,有点喜出望外又有点羞赧地嗫嚅道:“长鸣……”

钟副县长看见桂花,气就不打一处来。他丢下老娘,一把抓住刘桂花,将她一溜跟头扯到屋里头,凶巴巴地质问道:“你给我说清楚,这到底是咋回事儿?”

刘桂花被钟副县长凶神恶煞般的样子吓傻了,有些迟疑又有些迷茫地反问道:“啥子咋回事儿呀?”

钟副县长愈加恼怒道:“你,你叫我回来到底干啥啊?”

刘桂花嘻嘻地笑了,但笑了半截儿又顿住了,扭着身子偷看着钟副县长嘟哝道:“你……你都俩多月没回来啦!俺心里总想着你忙,也就算了,可今儿忽然想起这是咱俩结婚的日子,你总该……俺就……就再也忍不住啦,就到村里给你打了电话。”

啪!刘桂花话还没说完,脸上就挨了重重的一巴掌。钟副县长怒气冲冲地指着刘桂花的鼻子骂道:“都忙得火烧着屁股了,你却在这儿骚情哩!我把你个……”

“你——”刘桂花两手捂着火辣辣的脸愣住了。但是片刻之后,她就呜呜地哭了起来,边哭边抹着眼泪鼻涕对钟副县长嚷道:“钟长鸣,你……你凭啥打我?我干啥对不起你的事儿啦?你成天说你工作忙忙忙,难道我就不忙吗?你在城里住着宾馆吃香喝辣享清福,我在家里受的罪你知道吗?我雪里雨里,风刮日晒,伺候了你小的,又伺候你老的!我跟着你享啥福了啊?我知道你嫌弃我文化浅水平低,土黄瓜上不了高架子;知道你要不是害怕影响坏,难说早就把我蹬了哩!你要真想蹬,现在还不晚,反正我土里刨食吃,不管咋着饿不死。你年到五十一枝花,不晓得多少城里漂亮女人等着你哩!不过咱先把丑话说前头,蹬了我后你把你妈接城里。往后你走你的阳关道,我过我的独木桥,咱俩井水不犯河水,看谁过得更爽利!走走走,咱这会儿就去乡里离婚去。”

刘桂花哭着嚷着,就上来扯拽钟副县长。钟副县长又气又急又恼,扬起手来又要打,不想老娘从屋外闯进屋来,横在两人中间护住了刘桂花。老娘用两手攥住钟副县长的手嚷道:“鸣娃儿,你要是再敢打桂花,就先把我打死算了。哼,别看你当的是县长,我也没跟你享啥福。要不是桂花亲闺女一样伺候我,你早就没有娘了啊!你小时候,我把你一把屎一把尿拉扯大,是盼你能混出个人样儿来,没想到你当了官儿别的本事没学来,倒学会骂人打人了呀!好好好,你要是嫌我跟桂花娘儿俩烦,就还给我回城里去吧!也省得家里墙倒屋塌样儿的丢人现眼!”

老娘说着说着也哭了,抽回手来撩起衣襟儿抹眼泪。钟副县长见状只得住了手。刘桂花看婆婆木匠斧子一面砍——光护着自己,也不好意思再闹了,就哭着跑回自己的房里去了。

钟副县长气呼呼地坐在堂屋里,瞅着老娘和女人,一个哭哭啼啼去卧房,一个靠着门框抹眼泪,不由心里一阵发软,气也就消了不少。他想着老娘和女人刚才说的话,不禁也有点内疚起来:想想这些年,也还真亏得刘桂花啦。要不是她在家里替自己伺候两个儿女和老娘,要是叫他们跟着自己下乡进城围着转,自己能轻轻松松自由自在地甩开膀子干,能有今天的进步吗?虽然她文化浅没本事,现在跟自己不般配,可是她跟自己订婚时,自己还没有考上大学啊!如果自己没有考上大学,没有后来的进步发展,自己现在还会嫌弃她吗?……

钟副县长想着想着,忽然觉得自己可恶可憎可怜起来。

钟副县长心里怀着深深的内疚,很想进内房去劝慰一番刘桂花,但又实在放不下架子来。他想跟老娘扯几句亲情家常话,老娘却又扭头去了厨房。

看着老娘去了厨房,钟副县长方才发现天色已近晚。他忽然又想起了后天投票选举的事儿,心想:既然家里没发生啥事儿,那就赶紧还回县城吧!也不知道县里的情况变化如何。

钟副县长正要往外走,却见院子里又来了几个人,细一瞅都是村里和乡里的驻村干部,他只得在心里暗暗叫苦:看来今天晚上是回不了县城啦！

五

次日清晨，钟副县长八点多钟才迟迟醒来。

钟副县长昨天夜里睡得太晚了：他先是跟村里、乡里的干部吃饭喝酒到很晚，然后又到老娘房里拉家常拉到半夜，最后才去老婆房里劝解安慰刘桂花。他本想女人都是水做的，你稍稍说上几句好话她就融化了。哪想到刘桂花一头撞到南墙上，非叫他赔礼道歉作揖不可。钟副县长百般劝解，千般抚慰，不但没有得到她的原谅，反而又燃起了刘桂花的炽热情欲。没办法，钟副县长只好配合了。

钟副县长洗漱完毕，仍惦念着选票的事儿，刘桂花做好了早饭他也不吃，正要开车速回县里，却听得几声喇叭脆响。正疑惑着呢，就见马主任和潘秘书已经走进院里来。

钟副县长不禁惊诧地问："你们俩来恁早找我，有啥关紧事儿啊？"

马主任和小潘看看钟副县长，又瞅瞅院里和周围，两人交换了一下眼色反问道："钟县长，大娘没……没出啥事儿呀？"

钟副县长这才想起昨天下午刘桂花往县里打电话的事儿，不禁苦笑着摇了摇头，重重地叹了口气笑笑说："哦哦，没有出啥事儿！走，咱们一起回去吧！"

"回去！怎么回呀？"小潘急得直拍大腿，紧张得话都说不囫囵了，"我们俩只……只是打个前站，后面的大队人马由李县长压阵，马上就要到了呀！这可怎……怎么办哪！"

钟副县长闻言一惊："什么大队人马？"

马主任将钟副县长拉进屋里，将县里各乡局领导听说他老娘谢世，都纷纷致礼前来吊丧的来龙去脉，简明扼要地说了一遍。

钟副县长的脸色立即变了，由黑红色变成了青灰色。他铁青着脸在原地转了两圈儿，然后立定对马主任和潘秘书训斥道："过去和现在,你俩都是我的秘书。我的为人准则和脾性,你们都知道个大概。这么大的事情,你们咋不阻拦哩!”

马主任诉苦道:“这件事情,一是“四大家”领导的决定,二是乡局长们的心情,我们怎么拦得住啊!”

钟副县长强撑着精神问:“有多少人和车?”

马主任道:“光车就有一百多辆,人有多少就很难说啦!”

钟副县长惊道:“怎么这么多啊!”

潘秘书道:“有很大一部分是李副县长亲自动员来的,他说要尽量把大娘的葬礼办得隆重些!”

“噢——”钟副县长似乎明白了什么,脸色一下子由青灰变成了青白色。这是一场阴谋,一场要把我整倒搞臭的阴谋,一场要将我彻底击败置于死地而后快的阴谋啊!

钟副县长在心里怒吼着,气急败坏地冲进厨房,将正在厨房忙活的刘桂花扯倒在地,一手揪住她的头发,一边手脚并用对她拳打脚踢,边打边声嘶力竭地吼道:“都是你这个婆娘办的好事儿!都是你这个婆娘办的好事儿!”

马主任和潘秘书冲过去将两人拉开,刘桂花还不知道为什么挨这冤枉打。她瞅瞅钟副县长,又看看马主任和小潘,全不清楚发生了什么事儿。小潘把她拉到一旁,将事情给她简要说了一遍。刘桂花也登时脸色发白,差点没有吓晕过去:我的娘啊,想不到一句气话,就招来这么大的麻烦,这下子可咋办哪?!

钟副县长气迷了。刘桂花吓蒙了。潘秘书变傻了。马主任急疯了。几个人走马灯似的在堂屋里团团转,谁也想不出什么救急的方法来。

庄上的邻居跑来了。村里的干部聚来了。乡里的驻队干部拢来了。人们都来看望他们的钟副县长,却不知道钟副县长遇到了难办的事儿!

六

一阵悲怨凄厉的唢呐的尖音,伴随着噼噼啪啪的鞭炮声,从县城方向的公路上隐约传来。远远看见一股由庞大车队带起的滚滚黄尘,在半空中翻卷延伸,来这里吊丧的大队人马愈来愈近。

正在堂屋里如困兽般团团乱转的钟副县长一下子抱着脑袋蹲在了地上:完了,一切都完啦!这场荒诞不经的吊丧闹剧,将把我多年的辛苦努力毁于一旦哪!

潘秘书焦急万分地走过来,对钟副县长建议道:“事已至此,别无他法,不如迎头把车队拦住,说明事情真相,也许还有转机。”

钟副县长摇了摇头说:“木已成舟,拦有何用?由此造成的恶劣影响,如何消除?”

刘桂花一溜小跑儿走到钟副县长身边道:“不中了,咱就错打错出来,干脆叫咱娘装死算了,说不准还能糊弄住哩!”

钟副县长“呼”地站起来,眼睛血红地瞪着她,巴掌扬了几扬,最后又放了下来,只是摆了摆手,又抱着脑袋蹲下了。

此时此刻,只有马主任显得异常冷静。他一个人在一旁来来回回地踱着小步,忽然站定将村里和庄上的干部们叫进堂屋问道:“这两天咱们这儿有没有去世的老年妇女呢?”

几个村组干部面面相觑,互相耳语了一阵,摇摇头说:“没有呀!”

马主任又对乡里的两个驻队干部问:“咱们全乡呢,有没有类似这样的情况?”

两个乡干部紧张地交换着意见,末了其中一个回答道:“离这儿十五里的鸭脖岭,前天夜里倒是死了一个,估计这会儿正准备出殡哩!”

“叫啥名字?”

“张玉珍吧!”

“多大年纪啦?”

“八十多。”

“是啥身份?”

“单身五保户。”

“不对,你反映的情况不准确。”马主任好像突然被注射了一支兴奋剂,显得格外激动起来。他打断了乡干部的话,对屋里的干部和门外边聚拢来的群众大声地说:“这个张玉珍的情况我熟悉。当年我在靠山屯搞‘社教’时看过她的档案。她实际上是个老革命啊!土地革命时期斗过地主,抗日战争时期为八路军做过军鞋,解放战争时期抬着担架上过前线……而且——”马主任讲到这里顿了一下,放缓了语气,走到门外对大家继续说道:“我还要告诉大家一个秘密:这位张玉珍大娘还是咱们钟副县长的干娘哩!这是钟副县长在靠山屯中学读书时,学校请张大娘来作革命传统报告时认识的。那次报告之后,钟副县长就认她做了干娘。这些年来,钟副县长就是在张大娘的革命精神鼓舞下,全身心投入龙山的农业发展,并做出突出业绩的。钟副县长无论事情再多工作再忙,每时每刻都在惦记着这位老干娘,经常派我们下来看望她。钟副县长这一次百忙中抽空回来,就是要参加他干娘的葬礼的。”

听着马主任的讲述,潘秘书惊呆了,刘桂花惊呆了!乡里村里的干部和庄上的群众惊呆了,就连钟副县长自己也惊呆了!人们惊异而又兴奋地议论着,议论着这件鲜为人知的充满传奇色彩的事情,打心眼儿里佩服他们的老县长。

“同志们,张大娘葬礼的时间就要到了,大家听我指挥。”马主任又发话了,声音变得缓慢而沉重,“现在,潘秘书和村里的干部,马上去迎接李县长和大队吊丧队伍;庄上的干部留在这里接应、接待和带路;我和钟副县长还有乡里的干部,立即去鸭脖岭,组织和安排葬礼事宜。大家立即分头行动吧。”

真是快刀斩乱麻,四两拨千斤。一个看来似乎无法解决和收场的难题儿,就在马主任从容而又巧妙的安排下迎刃而解了。一群无头苍蝇一般嗡嗡乱转的人们，霎时间化成几条小溪儿，向着几个不同的方向急急流去。

众人之中，只有钟副县长的动作有些犹疑与迟缓。他在被马主任扶进车里的时候，脸色难看得吓人。不过除了马主任，谁都没有在意。大家都还以为他这是过度悲伤痛苦所致的哩！

七

鸭脖岭、靠山屯，包括整个龙山县在内，谁都没有见到过这么盛大、这么隆重的丧礼。

那天上午，鸭脖岭这个不大不小的山村里，全被前来吊丧的百余辆各色各样大大小小的汽车停满了。村后山坡墓地上摆放的花圈和挽联，将半座山都变成了雪一样的颜色。送葬时燃放的鞭炮，足足响了四十分钟。鞭炮炸响时放出的烟雾，在半空中形成了一团像原子弹爆炸时那样的蘑菇云。前来吊丧的干部和看热闹的群众，黑压压的蚂蚁一般围了个大圆圈儿，像农村三月三赶庙会看社戏一样热闹非凡。

整个葬礼在李副县长的亲临指导和马主任的直接协调指挥下，显得庄严肃穆而又井然有序。钟副县长在潘秘书和刘桂花的搀扶下，好像没有了意识和知觉。他只是觉得心里很苦、很累、很无奈、很悲哀，无奈悲哀得直想放声痛痛快快地大哭一场。于是，他就痛痛快快地哭了起来，直哭得青山垂泪河水断流，哭得涕泗滂沱一塌糊涂，哭得自始至终都没有直起腰来，哭得干哑失声浑身瘫软。

钟副县长那悲恸哀切的哭声，感染得周围围观的群众都流下了同情的眼泪。就连那许多不知从哪里冒出来的报社、电台、电视台的新闻记者，也都被感动得忘记了手中的笔和摄像机的镜头，一个个木头人儿一般呆在那里，就只剩下陪着流泪的份儿啦！

这场葬礼的结果可想而知，当天下午和晚上，钟副县长的名字就响遍了鸭脖岭和靠山屯。第二天早晨，整个龙山县城都在传颂钟副县长为革命老干娘奔丧送葬的事儿哩！人们都说，钟副县长为他老干娘送葬，哭得都昏死过去了。啧啧！这样的好人，如今上哪儿找哇！

八

伴随着纷纷扬扬的钟副县长给革命老干娘奔丧送终的传闻，龙山县人大关于县长人选的第三次投票如期举行。投票的结果既出乎人们的意料又在人们的预料之中：钟副县长的票数，以较大优势超出李副县长并超过半数，如愿当上了县长；李副县长的票数大幅度锐减，以明显的劣势落败。

选举结果出来之后，知情人传出独家消息，说办事从来滴水不漏、酒量大得惊人的李副县长，那天晚上却一个人喝得烂醉如泥，而且还边喝边抽自己的嘴巴，光酒桌上那漂亮雅致的高脚玻璃酒杯就被他摔碎了十几个。

绝　症

一

这个周末，P县文化局艺术科科长吴梅比任何人下班走得都早。今天，是她和刘运生县长结婚十周年纪念日，她已经和老刘约好，今晚要好好庆贺一下。她不早点儿回来准备准备怎么行呢？

回到家里，正在读小学的儿子刘劲已经回来了，正在缠着小保姆英子下跳棋哩！看着儿子清秀可爱的面庞，吴梅的心里更高兴了：这可是她和刘县长的爱情结晶啊！想到自己和刘县长的婚恋历程，吴梅不禁噗的一声笑了起来。

吴梅遥想当年，她那时还在县剧团演戏，她的丈夫在广播电视局开小车，因车祸身亡，当时县政府办公室的冯主任（现在的冯副县长）介绍她跟也是刚刚丧偶的刘副县长见面，她还嫌人家年龄大呢！现在想来，她如果当年不和刘副县长结婚，而是继续在剧团干下去，最终是不会有好结果的。吴梅清楚自己的自然条件，除去身材长相尚可之外，嗓子和悟性均属二流，无论如何也是唱不出名堂的。况且，就是唱出名堂又能咋样？赵俊英、李倩云可比她唱得好，她们都唱成了名角儿，唱成了红人，唱成了高级职称、剧团团长、人大代表、政协委员，现在还不是几个月发不下来工资？还不是年年来家里找她，托她给老刘做工作,年底多给剧团拨点儿钱?吴梅庆幸自己最终答应了刘县长。结婚之后,她就很快调出了剧团,进入文化局,并且步步高升,从办事员一直升到正科。如果没有和刘县长结婚,她吴梅能有今天吗?

吴梅就怀着这样的兴奋心情,也不喊保姆英子帮忙,自己进厨房剥葱择菜,切肉剖鱼,不大工夫,就弄出八个色香味俱佳的冷热拼盘儿来。

菜做好时间不长,刘县长也如约按时而归。这使得吴梅好感动好感动:这可是少有的准时哟!在吴梅的记忆里,老刘可几乎没有一回是按时回家的啊!他每天早上一走,这一天就没了影儿,晚上不知道啥时候才能回来。有时候县里开会、下乡调研或者接待上面的领导,他甚至几天几夜不归家。这些,吴梅已经习以为常了。可是今晚,老刘他肯定还有很多事情没有处理完哩,然而他却按照约定,七点钟准时而归。由此可以看出:老刘他仍像当年那样,还在深深地爱着她呀!

吴梅简直为刘县长准时守信的举动激动得心跳如鼓。她几乎是颤抖着声音,喊儿子收棋罢兵,叫英子抹桌摆椅,然后亲自踮着当演员时练的舞台碎步儿,将几个菜盘儿次第端出,拿出香槟,摆上高脚杯,请老刘上座,自己与儿子刘劲陪着,英子坐下首倒酒添菜。酒过三巡,吴梅就叫儿子和英子吃完饭之后各回各自的房间去了。她又和老刘频频举杯,边谈边饮,直喝到脸红心跳方才作罢。

收拾完厨房,来到卧室,吴梅那已经酝酿良久的柔情立时浪潮般漫卷上来。她忍不住轻轻来到正靠在床头看书的老刘身旁,默声不响地为他做起按摩来。两人结婚后,吴梅就经常给老刘做这样的按摩。尤其是老刘过罢知天命之年,吴梅的按摩就做得更勤了。今天晚上,受一种知恩图报情感的涌动,吴梅的按摩特别柔软轻盈。她一边轻轻按摩刘县长的肩背,一边细细端详他微闭双目惬意享受的舒坦样儿,心内不由生出无尽的感慨:不经意间,老刘已经老了,头上出现了不少白发,脸上也有了许多皱纹,肌肤也不似原先那般光滑,变得有些粗糙起来……突然,吴梅在老刘颈部触摸到了一个不软不硬的块状物。她不禁惊异地住了手,有些慌乱无措地叫道:“老刘,你这儿怎么啦?”

刘县长也从无比惬意中惊醒过来,不解地反问吴梅:“哪儿……我什么怎么啦?”

吴梅哆嗦着拉过刘县长的手,向那个不软不硬不痒不痛的块状物摸去。登时,刘县长也愣住了:“这儿怎么会有这么个硬东西?这是什么时候有的事儿啊?”

二

刘县长得了绝症的消息,霎时间就在P县政府大院传开了。这消息都是从县公疗医院传出去的。

本来,发现那个硬块儿之后,吴梅是想叫刘县长去市里或者省里的大医院检查检查的。可是刘县长却说:“还是先在县公疗医院看看吧!”

吴梅开始没同意。吴梅清楚县公疗医院的人员素质和设备情况,那里的医护人员都是县医院精简下来,后来又托关系走后门进来的,而且设备也不及县医院。这样的地方看点儿小病还行,大病难病能看得了吗?

刘县长说:“还不知道这硬块儿是个啥东西呢,就跑市里省里叫县里花钱,影响多不好哇!”

吴梅气道:“影响,到这个时候了还说影响!你瞅瞅别的领导,哪个不是有个头疼脑热,就跑到市级省级大医院一住就是个把月,可是你……”

刘县长恼了,对着吴梅嚷道:“人家是人家,我是我,我就是这么个秉性,花老百姓的血汗钱心疼。反正是福不是祸,是祸躲不过。县公疗医院省事儿,而且也有好医生嘛!”

吴梅拗不过刘县长,只得跟他去了县公疗医院。

县公疗医院院长、著名老中医庞大夫亲自为刘县长诊查。他看过刘县长颈部的硬块儿,似乎很随便地问道:“刘县长平时吸不吸烟?”

吴梅说:“不吸。”

刘县长纠正道:“只能说一般不吸。有时候出外开会办事儿,陪同会吸烟的上级领导,也吸三两根的。”

庞大夫又问:“那——你平时喝不喝酒?”

吴梅又说:“不喝。”

刘县长又补充道:“只能说在家不喝。但是出外参观、开会、送上迎下,酒却是少不了的。有时候甚至一天两场,或者同时几场,喝多喝醉的时候也是有的。”

庞大夫沉吟片刻,再问:“那——刘县长最近几个月来,可有啥子不顺心的事儿?”

吴梅的头摇得像个拨浪鼓儿,紧接庞大夫的话说:“没有哇,没听他说有啥不顺心的事呀!就是……”

吴梅本来是想说就是近来有些长吁短叹的,但她猛然发现老刘的脸色一沉,就半道儿止住不说了。

庞大夫也觉察到了刘县长的神情变化,但他只当没看见,只是不动声色地望着他,看他如何作答。

刘县长迟疑着,一时竟无法回话。他能说什么呢?他的家庭生活和工作,基本上都是顺顺溜溜的,真的没有什么烦心的事儿啊!如果硬要说不顺心的话,那件事算不算一件呢?

那件事是去年年底,刘县长去市里开会时,市委组织部梁部长和他的一次谈话。梁部长告诉他说:“明年春上,你们县委李书记可能要来市委当秘书长。按照常例,是应该提你当书记的,可是事不凑巧,省委要下来一位处级干部挂职锻炼,市委考虑来考虑去没地方安置,最后就选择了你们县。让他当你们书记,你还当县长配合他工作,那里没有你这个实干家,市里不放心哪!反正你我同岁,今年都五十六了,再升能升到哪里去?就是提了书记又不涨工资,有多大意思?还不如在县长任上一竿子插到底哩!你说是不是?……”

听罢梁部长的话，刘县长真有些接受不了。他真想和梁部长吵两句。他想说全市十五个县市区，为啥要来我们县？想说五十六岁怎么了，五十六岁就不能提书记啦？市里省里的领导们，五十多岁不还照提不误吗？想说我不升书记也没有啥大碍，可是我那些同僚和下属会咋说？我回去怎么往他们面前站？我日后还怎么去工作？但他最后想了想又忍住了：这都已经板上钉钉了，你再吵又有什么用？你只能落个觉悟不高，不服从领导，跟组织讨价还价的罪名……唉，还是消气儿好生，揉揉肚子咽了吧！你觉得委屈吗？孔繁森比你官儿还大哩，他不也得两进西藏，带病工作，最后还牺牲在了阿里。比比人家，你这点委屈算个啥？

梁部长大概也看出刘县长心里的不快，忙安慰他道："老刘，你要是有意见，我可以做做工作，安排你到市人大或市政协，当个办公室主任一级的，你看这咋样？"

刘县长摇摇头，什么也没说就出门走了。

回到县里，刘县长就像什么都没发生过似的，像往常那样尽职尽责地工作开了。可是，刘县长想通了，别人却又想不通了。这个忽然想不通了的"别人"，就是刘县长的老部下——他和吴梅的结婚介绍人，原先的县政府办公室主任、现在的常务副县长小冯。

"这个小冯，怎么会对我有意见了呢？"

起初，刘县长对小冯的突然变化也有些始料不及：想一想你小冯从办公室主任到副县长，又从副县长到常务副县长，哪一步不是我亲自推荐，亲自安排考核的。为什么你过去对我那么尊重，见面总是礼让三分毕恭毕敬，凡是大事总要首先请示再做决定，逢年过节总要登门拜望问寒问暖，可自从梁部长跟我谈话之后，就忽然对我有隔阂了，见面不似从前尊重、热情了，也轻易不来家里串门了，工作上更不征求意见了，而且就连有些我老刘亲自安排的工作，到了你那里也推推诿诿拖拖拉拉，造成许多不该有的浪费与损失。有时候，刘县长气极了，真想把小冯的反常表现跟县委李书记和市委组织部反映一下，但他想了想又作罢了：他可是我一手提拔起来的红人儿，我如果那样干，不是自己打自己的脸吗？

刘县长虽然决定不往上反映小冯了，但却在心里窝了一股窝囊气。这股无法解释难以消散的窝囊气，整日让刘县长寝食难安唉声叹气。是不是这股久郁不散的窝囊气，叫我得上了什么肿瘤呢？刘县长想到此处，额上早已惊出一层密密细细的汗粒儿。

看到刘县长头上冒汗，在一旁搀扶的吴梅急了。她焦躁不安地对庞大夫道："你就别问那么多了，倒是说说他有没有事呀！"

庞大夫不满地看了吴梅一眼，慢条斯理地说道："依我之见，刘县长还不至于……"

吴梅截断庞大夫的话头道："不至于什么？看看他头上的冷汗都冒出来了，你敢肯定他没事儿？"

庞大夫不高兴了，脸色冷下来道："当然我不敢十分肯定，咱们县公疗医院条件差，能看出个什么来？刘县长，你还是先去大医院检查一下吧！"

三人都不说话了，诊断室里冷了场。最后还是刘县长起来打圆场道："依我看，还是庞大夫说得对，像我这样的身板儿能有啥事儿？不如这样吧，我们先回去观察观察，有啥情况了再来找你，庞大夫你看怎么样？"

庞大夫这才缓和下来道："这样也好。不过，还是得抓紧时间看哪！"说罢，将刘县长和吴梅送到门口，就径自回病房去了。

三

从县公疗医院回到家里，刘县长少不了将吴梅数落了一顿："庞大夫是全县知名的老中医，我过去有病都是他看的。他看病历来八九不离十，你怎能那样对人家说话哩？你也别大惊小怪的，我的身体我有数，不光庞大夫说没事儿，我说也不会有啥事儿……"

听着老刘的数落，吴梅心里又疼又怜、又怨又气，忍不住愤愤还口道："我还不是为你着急，怕你的病耽误了啊！"

刘县长还要再说，忽听外边门铃骤响，刘县长就进书房去了。这是他当官之后形成的习惯。当官之后来找他的人太多了。比当官之前不知多了多少倍：谈工作的、办私事的、走后门的、托关系的，就连没当官时从不登门的八竿子都打不着的穷亲戚，这会儿也一个一个背着红薯、玉米糁儿摸上门来，请你贷款，叫你拨钱，求你给孩子找工作安排事儿！日子久了刘县长受不了啦，就跟吴梅定了规矩：再有门响，他就先进书房暂避。待吴梅开门看过是谁，然后根据她的信号暗示，再决定是接待还是拒见。这不，外边门铃一响，他就又按约定躲避了。吴梅走过去开门一看，原来是县委新来的范书记，还有县里"四大家"的其他领导，都来看老刘来啦！吴梅便立即咳嗽了几声。

刘县长在书房听到信号，正要出来相迎，早被几双热乎乎的大手摁住了。县委范书记、人大马主任、政协赵主席和冯副县长等人，一个个脸色沉重表情肃穆，依次轮流和刘县长握手，每个人说的话都简约明了，多是"真没想到""怎么会""保重""珍惜""别操心工作""好好检查治病"之类的安慰话，但握手的时间之长、力度之大是平时所不可比拟的。这种与平时见面打哈哈的截然不同的握手方式，让刘县长心里很温暖很感动。尤其是冯副县长，两手使劲地攥住刘县长的手，握得刘县长的手生疼生疼；那双刘县长再熟悉不过的眼睛里，红红的似乎盈满了泪水，好像随时都会掉下来。刘县长无比感动地回握着冯副县长的手，简直有点怀疑自己几个月来的感觉了：难道是我错怪他啦？

就在刘县长家的客厅里，县里"四大家"领导召开了临时联席会。会上首先听取了吴梅关于刘县长在县公疗医院检查的情况汇报。听完，范书记恼了，马主任恼了，赵主席恼了，冯副县长恼了。"四大家"领导一齐动怒的原因是：你老刘怎么可以在县公疗医院检查呢？县公疗医院是什么级别、什么水平啊！这病虽然得在你身上，牵动的可是全县人民的心哪！你老刘不要忘记了，你的身体不是自己的，而是全县五十万人民的啊！最后，县委范书记拍板定案：“刘县长的病，一定要去省城的大医院诊治。要诊就诊个水落石出，要治就治个斩草除根。具体赴省检查事宜，由冯副县长负责安排。有什么困难随时直接向我汇报。”

冯副县长也当即拍胸脯保证：“刘县长的病是当前P县的第一大事。即使县里财政再困难，也要千方百计解决老县长的治病费用；无论付出多大的代价，也要将老县长的病治好。”

范书记和冯副县长的表态，让吴梅感动得差点儿落下泪来。

四

有县里“四大家”领导研究拍板，刘县长也只得同意去省里大医院检查治疗。但是，在用钱的问题上，他又和吴梅发生了争执。

吴梅说：“既然范书记和冯副县长都表了态，这回去省里的全部费用，就向县财政要得了！反正将来都要报销的。”

可是，刘县长却不同意这样做。刘县长还是那句话：“还没查出是啥病哩，就扯旗放炮向县里要钱，这样影响不好。咱们县是个穷县，财政特别紧张，干部和教师工资都几个月没发了，咱咋能随便张口乱要哩？况且，如果检查没有问题，检查费也用不了多少，你要恁多钱弄啥哩？如果检查之后确需住院手术，再向县里要钱也不迟啊！所以，去省里的钱，还是咱们先垫了好。”

吴梅嚷道：“咱们手里哪有钱哪！这几年你爹妈去世，老大、老二、老三上学、工作、结婚，事儿一件接一件，咱们攒那几个钱儿，都花在他们身上啦！这回去省里医院，检查费能有几个？可是一干人吃的住的，加在一起数目就大啦！而且，如果万一需要做手术，那钱数就……”

刘县长恼了：“你咋光往坏处想，怎么就不往好处想想哩！我给你说，这回去省里的所有费用，一分钱都不准向县财政要。一切等检查清楚之后再说。要是咱们手里紧,也可以叫老大、老二、老三他们凑点儿,咱们日后再还他们嘛!”

刘县长说完,气呼呼地去卧房休息了。

吴梅无奈,只得轮番给老大、老二、老三打电话,将刘县长身上发现可疑肿块儿,需要上省里医院彻底诊治,想让兄妹几个先凑一点儿钱的事说了一遍。

听得老爷子得了瘤子,兄妹几个都大吃了一惊,半晌没有回过神来,好一会儿才像从梦中醒来似的,慌慌张张地说:“哦,知道啦,我们马上就去!”

兄妹几个差不多是前脚跟后脚地一齐到了,又一齐拥进老爷子的房间,很是关心体贴地询问安慰了一番。但是,从老爷子的房间里出来后,却又都怨气冲天地乱嚷开来。

老大刘涛首先说道:“哼,我就知道老爷子迟早要得这种病!瞅瞅如今当官的有谁像他?人家都是当一天和尚撞一天钟,凑合着工作支应过去算啦,背地里都在给自己捞实惠找退路,哪一个不是一人得道鸡犬升天,连八竿子打不着的亲戚都跟着沾光!这老爷子可倒好,一天到晚就是工作工作,恨不得把命都豁上,还能不累出病来?可是咱们兄妹们的事儿,他却从来不管不问,想想他都关心过谁。到这个时候了,才想起咱们兄妹们啦!反正我是下岗职工,我是没啥宽裕的钱……”

老二刘明紧随其后发言:“老爸把当官儿太当回事儿了,简直跟焦裕禄差不多了。可在咱们兄妹几个的问题上操过多少心?譬如我们外贸局,这几年效益不行了,只要他打个招呼,我就能调到国税局了,可他就是死活不答应。他把咱们兄妹几个的心都伤透了,现在又来……”

老三刘萍也有怨气,但说得比较委婉:“要说老爸两袖清风为官清正,本也无可非议,这是他们那一代人的人生追求嘛!问题是现在人们的价值观变了,你当官如果光大公无私、清正廉洁,不为自家和下边的人谋点小利益，人们就会说你二百五、假正经，谁还跟着你干哩？老爸就是在这个问题上转不过弯儿来！就说我吧，前年卫校毕业，县医院情愿要我，他却说我学历低，去了受罪，非让我去社区诊所不中。这不，今年都快过完了，我们工资才发了半年。我手里紧得连衣裳都不敢买……”

听着兄妹几个的牢骚，吴梅心里很不是滋味儿。她能够理解他们的苦衷。平时她也认为老刘当官当得太苦太累太认真了，对孩子们的事是管得太少了。不仅如此，就连她自己想当文化局副局长的想法，他听了之后也是置若罔闻不管不问。她曾几次劝他多管管孩子们的事儿，可他就是不听，说他既然为官，就想当个清官，当个不让老百姓戳脊梁骨的好官。而对于孩子，只要把他们养大，帮他们成家立业，就算尽到了义务。其他的事情不可多管，管得太多太宽了，那是坑他们害他们哪！老刘就是这样认死理。时间久了，就造成了与孩子之间的裂痕。

然而同时，吴梅又不能原谅这三兄妹：不管咋说，你们的父亲是爱你们的啊！他对你们要求严格不言听计从，也真是为你们好哇！天底下的父母，哪一个不亲自己的孩子，不希望自己的孩子往好处走哇？你爸对你们要求严格，是要锻炼你们的生存自理能力哪！别看他对你们的事儿不管不问，实际上他恨不得把心都掏给你们吃了哩！可如今——当把你们养大成人的父亲，需要你们回报养育之恩的时候，你们却说出这样绝情无义的话来，你们的良知何在？于心何忍？

吴梅此时真想抹下脸来，将这三个不懂事的兄妹狠狠数落一顿。但是囿于自己的“阿姨”身份，又不能将脸撕破。她只能忍气吞声，在心里生气落泪。

就在此时，就在吴梅有痛难诉、有气难发的当口，她的亲生儿子刘劲不知道何时溜了进来，也跟在他同父异母的哥哥姐姐们的后面开了腔儿：“听着大哥、二哥、三姐的话，我也联想着很多事儿来。现在有些当官的，为后代安排得可好啦！就说我们班的孙平平，今年才十一岁，就在他那局长爸爸下属的公司里领上工资啦！还有我座位后边的任亚伟，年龄比我还小哩，他那主任妈妈就在单位上，给他分好了单元房！可是我现在，还什么都……”

刘劲的这一炮，可让吴梅抓着了泄火的机会，她一把扯得刘劲几个趔趄，然后指着他的鼻子厉声骂道：“这儿都是大人说话，有你插的什么腔儿？你那些同学狗屁不通的事儿，碍着你哪根筋儿啦？你爹娘老子真是白养白亲你啦！还不滚回你的房间去！”

刘劲含着泪水回了房间。家庭会议自然开不下去了。老大、老二、老三都听出吴梅话里的话，不由得你看看我，我看看你，之后一个个掏裤兜摸口袋，把身上带的钱都尽数掏出放在茶几上，说了声“我回去再想点儿办法”，就灰溜溜地相跟着溜走了。

吴梅拿起茶几上的钱数了数，才一千元多一点儿，她登时傻了：这一回我咋跟老刘交代啊！

五

自从刘县长得病之后，一直陪伴左右跑前跑后的秘书小田，耳闻目睹了这个家庭会议的前前后后，联想到刘县长为官两袖清风奉公为民，廉洁得连亲生儿女都不愿为他看病出钱，不由得心里好一阵心酸：如今像刘县长这样的好官儿，真是太少太少了啊！无论如何不能耽误他治病啊！小田望望独自坐在沙发里发愁垂泪的吴梅，一个不太成熟的想法猛然涌上心头。

小田轻轻走近吴梅，对她安慰道：“事情已经这样了，吴姨你也别太愁了，我这里有一个办法，或许可以救急。”

吴梅抬起泪眼蒙眬的素脸，向小田问道：“你有什么好办法啊？”

小田说：“刘县长堂堂正正刚直不阿，从来不拉帮结派任人唯亲，但是也提拔过一批确有真才实绩的局级干部，你看是不是把刘县长要去省里治病的事儿，给他们打个招呼。他们没多的有少的，肯定都会表示的，你看这事儿咋样？”

吴梅点点头，又摇摇头说：“这事儿行是行，只是不知道他们心里愿意不？”

小田道：“这有啥不愿意的？滴水之恩当涌泉相报。刘县长把他们提拔起来，他们巴不得找个机会报答呢！再说这都是私人之间的感情，绝对没有后遗症。”

吴梅又道：“要是这些钱花不完呢？”

小田急道：“如果不是癌症，光检查费当然花不完；但如果是癌症，需要动手术，恐怕还不够哩！”

吴梅再问：“要是真的花不完呢？”

小田沉吟一下道：“那就放你们手里算啦！刘县长当官这么多年，手里竟然没有积蓄，这真是奇闻怪事儿！让人看着真是既敬服又心酸。就留这点钱也不算个啥！”

吴梅道：“那绝对不行。”

小田想了想道：“那就日后还他们算啦！”

吴梅仍然有些迟疑道：“就算这样能行，也得跟老刘说一下啊！”

小田忙阻拦道：“千万不可。你一跟刘县长说就没戏了。他肯定不叫这样做。况且，你一跟他说，子女们都不想凑钱，他也一准会伤心的。此是其一。其二，恐怕这样一来，事情就又拖延下来了。可是，如果刘县长身上的肿块儿，万一是恶性肿瘤，那可是万万拖不得的啊！”

吴梅这才瞪大了眼睛，最后下了决心道：“那就这样办吧！只是……”

小田忙问：“还有什么？”

吴梅道：“这事儿我咋跟老刘说呢？”

小田道：“你就说兄妹几个都很懂事，都急着回家凑钱去了。明天钱到手了，就说是他们兄妹几个凑的，这不就行啦！”

吴梅又道：“这样说是中。可是这事谁出面哩？”

小田道：“吴姨你放心，这事儿我来办。你只管明天拿到钱就是了。”

吴梅再无话说，只得由小田操办去了。

六

次日，小田果然将九万多元钱交到了吴梅手里，并附上谁拿钱多少的名单，上面有财政局局长、卫生局局长、电业局局长、计委主任、教委主任等。

吴梅将钱和名单收好，马上告诉刘县长：“他们兄妹几个凑的钱都送来了，咱们收拾一下明天就去省城吧！”

刘县长听罢，脸上宽慰了许多，点头道：“那就去吧！”

第二天，县里派出一部小车和一辆面包车，县公疗医院一名医生和一名护士跟随，外加吴梅、小田和老三刘萍，一行七八个人直奔省城而去。

到了省城，在黄河宾馆安顿下来，就赶紧去省人民医院挂号、看病。两天之后才住上院，然后才开始值班医生初诊、专家专诊、全科室会诊……又一连折腾了三天，才确诊出结果。这个结果令人哭笑不得：那个硬东西根本不是什么瘤子，而是由气滞血瘀形成的块垒。

医生只开了几盒顺气活血的中成药，嘱咐按说明定时服用，外加清心静养调理，过一段时间它自己就消了。

七

从省城回到县里，刘县长不是癌症的消息又不胫而走，迅速传遍县政府大院。

县委范书记、人大马主任、政协赵主席、政府冯副县长和各个局委的头头脑脑，纷纷前来看望祝贺。刘县长虽然经过省人民医院的一番折腾和千里旅途的劳顿，身体十分疲劳虚弱，但心里却是异常轻松。

这一番折腾和劳顿,毕竟吹散了他和全家人心头的阴云啊！唯一让刘县长感到诧异与不快的是:他觉得冯副县长脸上的笑容,似乎没有别人那般由衷、自然,而是有一种掩饰不住的僵硬与做作。这又是为了什么呢?

儿女们听说父亲得的不是癌症,也都纷纷领着孩子带着礼品前来看望。他们有时是一家独来,有时是两家一齐来,一大家几代人聚在一起,欢闹嬉笑,其乐融融。一连好几个周末都是这样。回忆起自他得病以来儿女们的亲情举动,刘县长心里很内疚也很感动:这可是多少年都没有的事情啊！他们虽然对我有怨气,但归根结底还是血浓于水啊!

又是一个周末的晚上,老大、老二、老三带着家属一起来看父亲。刘县长心里高兴,吩咐吴梅和英子上街采购,专门为他们做了一桌丰盛的菜肴。一家十几口人欢聚一席,祖孙、父子之间唠了不少家常。由于高兴,刘县长和吴梅都喝了不少的酒。几个儿女喝得更多,差不多都有些醉了。也许正是趁着这种醉劲儿,兄妹几个就像事先商量好了似的,忽然接二连三地对刘县长发起难来。

又是老大刘涛首先发言。他红脖子涨脸地对刘县长道:“老爸,咱们一家人聚这么齐不容易。俺兄妹仨早就想跟你说说知心话了。你以前对我们要求严,那都是为俺们好,所以俺们也都没有说过啥。只是这病好之后,老爸你也应该想开点了,凡事没必要那样认真啦！千里去做官,为的吃喝穿。有权不用,过期作废。老爸你也得管管俺们的事儿啦！就说我吧,下岗都一年多了,联系过几家单位,都有点意思,其实这事儿,您只用说句话不就中啦……”

老二刘明声音稍低些,但也明显充满着怨恨:“我们外贸局现在工资都发不下来了,人家国税局也愿意接收我,就是害怕挨你批评。这事儿您打个招呼不就结了……”

老三刘萍低着头,声音轻如蝇蚊,但又异常清晰:“我们诊所现在效益差得很,工资低不说,还经常不及时发。人家县医院说,只用你说句话,他们就……”

听着几个儿女的“酒话”,刘县长脸上的笑容逐渐消失了。他似乎发现了一个预先布置好的“阴谋”。他一个一个地审视着他的不争气不成器的儿女,面色开始发黄,继而发青,发灰,发白。他气得不由得站起身来,用手指轮流点着他们的脑袋。他想对他们说:作为父母,我们把你们养大成人结婚生子,就算尽到了责任和义务。谁能跟你们一辈子啊!他想对他们说:你们光知道有难处了来找老爸,不就是因为老爸是一个县长有点权吗?可是你们想过没有,那些和你们一样的下岗职工和甚至不如你们的乡下农民,他们去找谁啊?他想对他们说:人生在世,最终要靠个人奋斗。千万别眼气别的人“一人得道,鸡犬升天”那些事儿。那样的人升得再快再高,最终还都得掉下来摔死啊!只有凭自己本事走出的路,才最踏实最稳当啊!他想对他们说:可怜天下父母心,做父母的谁不希望儿女往好地方去呀!但是这一切都要靠自己努力。可是看看你们,都长大成人了,还这么不明理、不自重、不争气,还想躺在父母的树荫下纳凉享受。你们,你们都……

刘县长想对儿女们说的话很多很多,但是还没有说出一句话来,就忽觉胸部一阵闷堵,手捂住心口歪在沙发里。

吴梅一惊,赶忙扶住他连声直叫:“老刘,老刘,你怎么了,你怎么了啊?”

刘县长面色青灰,眉心紧皱,颤巍巍地抬起一只胳膊指向门外,口里只艰难地吐出两个字:“医院——”

吴梅一边搀扶着瘫痪如泥的刘县长,一边歇斯底里地尖声大叫:“快打‘120’,叫县医院救护车!”

保姆英子最先反应过来,飞速奔向电话机抓起话筒。

老大、老二、老三和他们的家属全都吓傻了,站在那里好一阵儿都没有缓过神来。

八

幸亏没有耽误太多的时间，到县医院急诊抢救室抢救了一阵子，刘县长就慢慢缓过劲儿来。心血管病专家张大夫告诉吴梅，要是再晚来一会儿，恐怕就危险了。张大夫的这句话，又让吴梅后怕得出了一身冷汗。

在县医院住了三天，刘县长的病情基本稳定住了。张医生对吴梅说："可以出院了。但回去之后一定要卧床歇息一段时间。刘县长目前的身体状况不稳，血压太高，心脏不好，无论如何不能太劳累了，不能再受太大的刺激了。"临出院时，又给刘县长开了不少降压、稳压和速效救心丸之类的药物，叫回去之后按时吃上一阵。

从医院回来，吴梅就给田秘书联系，叫他替老刘请假休息。然后嘱咐英子，所有来请示汇报工作和探视的人，一律不叫进门。同时又打电话告诉刘涛、刘明、刘萍，近段时间别再回来叫老爷子生气了。随后她也请了事假，专门在家伺候老刘。

这样休息调养了一个星期，刘县长觉得身体已好，就开始惦记工作，吵着要去上班。吴梅力劝无效，只得千叮咛万嘱咐，叫他注意身体，别太劳累，这才放他走了。

九

刘县长大病初愈，怀着愉快的心情，轻轻松松地上班了。来到机关，少不了串门儿和同事寒暄了一阵。然后到自己办公室坐定，泡杯热茶，翻开报纸，刚要细读一下近日的新闻，从外面进来两个陌生人。两人掏出证件，自我介绍说是市纪委和检察院的。其中一人从包里掏出一份材料，欠身递给刘县长，让他说明一下具体情况。

刘县长接过材料，一看傻眼了，这不就是一封检举信吗？这封信上检举他无病装病,借看病之名向下属索贿受贿,一行数人到省城住宾馆逛商场,挥霍完了又无病而归。此事严重违反了党纪国法,在P县造成极坏影响。务请上级纪检、检察部门派人调查处理等。

刘县长看完材料头都大了,这怎么可能呢?这封故意捕风捉影夸大其词歪曲事实真相的信件用意何在?这不就是一个陷阱,一个欲置我于死地而后快的陷阱吗?这个陷阱的设计者是谁呢?是什么人这般无缘无故无中生有地恨我害我呢?刘县长在脑子里遍寻过去与自己工作相处过并存有根本利害冲突的人,但却没有结果。最后,他想到了一个人,但又摇头否定了:他怎么可能这样整我呢?刘县长实在无法解释这封信上的指控。他只能冷静温和而又诚恳地对市里的两位同志说:"关于我生病的情况是真是假,你们可以到县公疗医院和县医院调查核实。至于我索要贿赂的事情,我还得回去问一问家属。等明天上午,我再给你们回话可以吗?"

两位同志交换了一下目光,齐说:"可以。"

下班回到家,刘县长二话没讲就把吴梅叫到跟前,直接质问索要贿金是怎么一回事儿。吴梅愣了一下,很快就反应过来,知道借钱的事情露了马脚,就断断续续将那天晚上老大、老二、老三凑钱不多,她和小田怕他伤心,没有跟他说出实情,而是另生一计,临时向几个局委领导借钱的事儿讲了一遍。

刘县长听完登时恼了,对着吴梅怒斥道:"咱俩都已经一起生活了十年,你怎么还不知道我的脾气?儿女们凑不够,咱可以再向亲朋好友借呀!我就是病死家中,也不可以向下属要钱哪!这可是违背原则坏规矩的事啊,你怎么这样糊涂这么昏头哇……"

吴梅从来没有见过老刘发这样大的火儿,她简直被吓坏了,吓得连一句囫囵话儿都说不出来。她想说:你还恼哩,这还不是怕耽误你的病,还不是因为你不叫向县财政要钱吗?再说,谁知道那些局长会露馅了呢?……但她说出来的只是几个字:"我……你……钱……"

刘县长怒道:"钱都在哪儿?还有多少?"

吴梅嗫嚅道:“在我手里都存上了。用了一部分,还有七万多元。原想事后就还的,谁知道……”

刘县长更来气了:“谁知道后来就忘了是不是?我给你说,这钱咱一分都不能要。你明天就把钱取出来,再想办法原数补齐,咱就是贷款,也得把钱给人家还上。”

吴梅简直要哭出来了:“这事都怪我,都是我……”

刘县长烦道:“你啥也不用说了。去把小田给我叫来!”

吴梅抹了抹脸上的泪水,就去给小田打电话。

小田很快就来了。小田进门一看见刘县长气呼呼的样子,就猜出是哪个局长出了问题,于是坐也不敢坐,只是低着头战战兢兢立在一边。

刘县长瞪着他道:“你也把借钱的事情讲一遍。”

小田不敢有丝毫的隐瞒,只得将事情的来龙去脉细述一遍。

刘县长强压着怒气对小田道:“小田呀,你都跟我工作几年了,还不清楚我的为人和办事原则?我之所以将那几位同志提起来,只是因为他们正派能干,而根本没有别的任何想法。你怎么可以利用这件事情,想出这样的歪点子啊!”

小田自知理屈,诺诺应道:“刘县长,您批评得对,这事是我错了!”

刘县长生了一阵子闷气,又放低语气问小田道:“那依你看,这件事是谁向市里反映的呢?”

小田略加沉思,随后说道:“极有可能是冯副县长。”

刘县长心里一震,故意不动声色地问:“何以见得?”

小田反问:“除了他还有谁呢?前天有事朋友喝酒,好像还听卫生局局长的司机说,最近冯副县长的秘书还去他们单位查过账呢!我当时没在意,现在想来,是不是孙局长把那钱变通入了账,引起了什么人怀疑,冯副县长就顺藤摸瓜下手啦?”

刘县长嗯了一声,半晌黯然无语,许久才又自言自语道:“下步该咋办哩?”

小田知道是在问他，就也轻声建议道：“你是不是找冯副县长谈一次。解铃还须系铃人哪！”

十

这天晚上，刘县长没吃晚饭就出去了。临走时他对小田和吴梅说：“你们今晚都别跟着，我想一个人见见小冯。”

刘县长在县政府招待所单独约见了小冯——他一手提拔起来的红人，当年的办公室冯主任、现在的冯副县长。

两人见面后，多少有些生分和尴尬，但都又表现得十分客气，互相握手拍肩递烟倒水。刘县长问工作，冯副县长问身体，之后要了酒菜，二人边吃边喝，碰杯喝了不少的酒。只是喝酒中间话不投机，几句闲话之后，就是一阵沉默。谁也找不到感兴趣的话说。

后来，还是刘县长打破尴尬，充满感情地对冯副县长说道：“小冯，咱俩搁伙计多年，你说老哥待你咋样？”

冯副县长低下头去，片刻又抬头直视刘县长，眼里竟然闪着盈盈的泪光，声音有点哽咽地说道：“你老哥对我，胜过亲生父母。没有你的关爱，就没有我冯某的今天！”

刘县长道：“那你给我说句实话，往市里写信检举我的，是不是你？”

冯副县长又一阵低首沉默，然后昂首铿锵言道：“是我。”

刘县长觉得心中的血液“呼”的一下蹿上了头顶，但又被他压了下来。他依然平静如初地问道：“这都是为了啥呢？”

冯副县长红着眼睛说道：“我想让你下台。”

刘县长简直要暴怒起来，但他最后又忍住了，仍然心平气和地说：“能不能说详细一点？”

冯副县长声音异常冷静地说：“行。我之所以要这样做，是因为你挡了我的路。当然，你过去对我好，我都知道，并将终生不忘。但恕我直言,老兄你在处理许多问题时,太相信自己的感觉了,却很少考虑别人的感受。也许你认为自己没有再升的希望了,就想在正县位置上混几年算啦!可是你怎么不替我想想啊!我今年已经四十七岁,又已经干了三年常务,如果一年儿半载能升正县,将来说不定还能升副市哩!可是,去年梁部长让你去市里,你却不同意去。你不去市里,我就不能升正县。你今年五十六岁,六十岁才退休,这一压就是四年哪!四年之后,我就五十一岁了,五十一岁还有升正县的机会吗?……"

刘县长听到这里,反而觉得轻松多了。他想起了半年多来,他对冯副县长别扭的感觉;想起了他初认为得了癌症时,冯副县长那发自内心的感伤;想起了他在省里确诊无病回来时,冯副县长脸上笑容的僵硬与牵强;想起了……他还曾怀疑这是自己的感觉错了哩!现在谜底终于揭开了:原来是嫌我挡了他的路哇!

想到此处,刘县长笑了,他笑吟吟地对冯副县长道:"小冯,你这番话说得好,说得透,说得实在,说得一针见血,你这一说我就明白了。可是,我有个担心,你这回能把我告倒吗?"

冯副县长平静地说:"能。"

刘县长进一步问道:"为啥恁有把握?"

冯副县长答道:"我有人证物证。"

刘县长再问:"难道非告不行吗?"

冯副县长答:"量小非君子,无毒不丈夫。我不告你,就等于放弃了自己的前程。"

刘县长再一次问:"你把我告倒之后,真能顺利升成正县吗?"

冯副县长答:"能。我有这个信心和能力。"

刘县长沉默了好长一会儿才叹口气说:"咱俩把话谈到这个份儿上,我也不想再说啥了,就想给你说句心里话。"

冯副县长怔道:"老县长有话请讲。"

刘县长慢慢地道:"这想来想去呀,我还真有点后悔了,后悔当初……"

冯副县长怔道:“后悔当初不该提拔我?”

刘县长正色道:“不,是后悔没有答应去市里。”

冯副县长被刘县长的正直坦诚深深地感动了,就也忍不住对刘县长道:“其实想想啊,我心里也真有点对不住你。我也有句真心话想跟你讲……”

刘县长问:“是什么话啊?”

冯副县长道:“就在前两天,我还在心里想,你当初得的那癌症,要是——”

刘县长问:“要是什么?”

冯副县长道:“要是……真的,才,才好哩。”

“哈——”刘县长突然歇斯底里地大笑起来,笑得上气不接下气,笑得满脸涕泪横流,笑到最后,忽然双手抱了脑袋,斜着身子滑下椅子,倒在地上……

十一

刘县长又被送进了县医院。这是他一个月来第三次被送进医院了。

当天夜里,吴梅和小田分别接到冯副县长的紧急电话,急急忙忙赶到县医院时,刘县长已经停止了呼吸。值班医生说:“刘县长得的是突发性脑溢血,已经无法救治。”

冯副县长满脸泪痕,内疚万分地对吴梅道:“今晚的事情都怨我,怨我没有照顾好刘县长。我本来劝他早点休息的,可是他谈得太高兴、太兴奋了,根本不听我的话,还喝了不少二锅头。谁知谈着谈着,就突然……唉!”

吴梅不等冯副县长说完,就疯了一般冲进急救室,扑倒在刘县长身上恸哭起来。

冯副县长和小田意味深长地对视一眼,也不声不响地跟了进去。

两天后,P县县委、县政府为刘县长举行了隆重的追悼大会。追悼大会由县委范书记主持。冯副县长代表“四大家”领导和全县人民为刘县长致悼词。冯副县长致的悼词情真意切感人肺腑。冯副县长说:“老县长是我们P县的孔繁森和焦裕禄。他心里装的都是工人、农民的疾苦,就是没有他自己;老县长是全县五十万人民的老黄牛,吃的是水和草,挤出的却是奶和血啊!老县长是我们全县干部群众学习的好榜样,他的精神永远激励着我们生命不息,奋斗不止;老县长他不是病死的,而是为我们P县的经济发展,活活累死的啊!”

讲到后来,冯副县长干脆脱了讲稿,泣不成声地说起当年老县长如何关心他、爱护他、激励他,帮助他成长的事例来。最后,他甚至声泪俱下地大呼:我今生永世都忘不了,忘不了老县长生前对我的关爱!我们P县全县人民都忘不了,忘不了老县长为我们创下的业绩啊!冯副县长那感伤悲戚催人泪下的悼词,直叫吴梅等刘县长的家属们百感交集痛哭失声,直叫会场上为刘县长送行的数千干部群众泪雨纷纷唏嘘不已。

送走刘县长,冯副县长又有了出人意外之举,在县委书记的同意下,做出了几件意料之外又令人惊奇的事情来。

第一件,以所谓的检举材料纯系乌有查无证据为由,据理力争送走了来P县调查刘县长索贿案件的市里调查人员。

第二件,为刘县长的三个生活困难的成年子女重新调整了工作,老大刘涛进了电业局,老二刘明去了国税局,老三刘萍如愿进了县医院。

第三件,刘县长的夫人吴梅由文化局艺术科科长升为副局长。

第四件,刘县长生前的秘书小田,升任县政府办公室副主任。

除了小田,吴梅和刘涛、刘明、刘萍都对冯副县长的安排感激涕零,自觉无以为报,一连几次请冯副县长来家吃饭,都被他婉言谢绝了。

十二

冯副县长以他的出色表演和几件出人意料之事,为他赢得了极高的声誉。他的那种滴水之恩、涌泉相报的义行侠举,成为P县大街小巷广为流传的美谈!

两个月后,冯副县长被任命为代县长。

六个月后,冯代县长又被任命为县长。

两年之后,冯县长再荣升为N市副市长。

冯副市长出发去N市这天,P县万人空巷前来送行。

已是县文化局局长的吴梅和刘涛、刘明、刘萍兄妹,将冯副市长送得很远很远。一直到冯副市长的专车都走得没影了,他们还在向着冯副市长摇手哩!

这次冯副市长升调赴任仪式唯一的遗憾是,刘县长生前的秘书、现任县政府办公室副主任的小田,没有前来为冯副市长送行。

体验爱情

一

许静如走在霓虹如昼的大街上,她的身心被一种久违了的轻捷畅快和灼热的情绪鼓荡着。她皓面如月长发飘逸,高挑细软的腰身飘摆摇曳,高耸的胸部向外透射着醉人的魅力,一袭洁白的连衣裙玉装素裹,在橘红色的霓虹光中显得尤为妖娆迷人,招惹得一街两旁晚饭后散步的异性公民频频回头,眸中朝外射出着暧昧贪婪的紫光。

感受着这种异性侵略者们的目光,许静如不由在心里暗暗得意,爱美之心人皆有之,这些目光证明自己美貌依旧、风韵犹存,依然具有征服异性的迷人魅力。想到此处,她在心里不由得再一次地感谢起章一平来:是他将她带出了不幸婚姻的梦魇,使她重新焕发了青春,让她脱胎换骨,重新变成了另外一个人。也许就是这种感激心情的作用吧,一连几个晚上她总是做和他幽会的梦。他和她在梦里的言语举动,让她心跳,令她脸红,使她浑身燥热,叫她激情奔涌。梦醒后,她不止一次地骂自己不知羞耻自甘堕落。可是骂过之后,她又不自觉地回味起两人梦中幽会的那种如诗如歌、如痴如醉、欲死又生、妙曼无比的韵味来。

好几次,许静如都忍不住想打电话给章一平,要和他真实地约会一次。可是她最终又忍住了。因为还不到他和她约会的时间。若是自己提前约他,岂不是证明自己是被他迷住而主动约他了吗?女性的自尊与矜持使她没有这样做。尽管如此,她依然相信在不久的将来,也许就在下次约会,她和他就有可能发生梦境中那种事情了。这是她的第六感告诉她的。想到她和章一平的梦中情事,许静如不由忍俊不禁。她羞红了秀美的脸庞,窃窃地想:自己和岳勇结婚数年,为何没有那种如醉如仙、奇妙无比的感觉呢?

许静如叹了一口气,轻轻抖了抖如瀑布的秀发,像大树抖落头上树叶一样,抖落掉了她和岳勇的那场沉闷而无奈的婚姻给她带来的不愉快。管他呢！他已经不在这座小城了。谁知道他什么时候回来呢,等他回来的时候,我也许……

许静如不敢也不愿再往下想了。她又重新抖擞精神,心中的那个欲望使她将一切都抛到脑后,整个人像被风鼓满的桅帆一样,心无旁骛地径直飘向那个令她重新焕发青春的地方,那个令她领悟真味的野玫瑰歌舞厅……

二

此刻大约是晚上八九点钟的样子,街上的行人已经越来越少了。五彩的霓虹灯照射着晚间城市的淡淡雾霭,使空阔的街道变得像一条河一样虚无缥缈。河的两岸黑黢黢危峰耸立,无数个山洞口一般的窗户里透出的灯光像眼睛一样,在惊奇无比地俯视着街河中的那条小白鱼儿,在河浪中激情澎湃逆流而上的白色的倩影。

已经记不清这是第几次去野玫瑰歌舞厅跳舞了。许静如现在只知道那里是她魂牵梦萦青春再现的地方。她在那里忘却了失败的婚姻带给她的失望和迷惘,她在那里找回了少女时代的梦幻,她在那里遇到了令她怦然心动神荡魂摇的东西,她在那里感受到了唤醒她的新生命的火种……

许静如现在回想起来，她开始来野玫瑰歌舞厅跳舞，实际上是一种偶然。但偶然中似乎包含着某种必然。她仿佛命中注定似的要在这里碰上她应该碰上的一切。那是在她和岳勇的婚姻陷入低谷，岳勇随人去深圳打工走了之后，许静如在无所事事，百无聊赖之中，不知怎么忽然想起结婚之前经常去玩的歌舞厅。她不禁一下子兴奋起来，仿佛一瞬间回到了少女时代那种如梦如诗、轻松浪漫的时光。

许静如清晰地记得，她少女时代最轻松最开心的日子，应该是她高中毕业后的那段时光。她记得她好像从记事起就没有怎么快乐过，她觉得似乎从幼儿园起，到后来的小学、初中和高中，她都是在阿姨、老师的谆谆教导与父母的唠叨催逼中走过来的。但是高中毕业之后，突然没有了繁重功课的如山压力，没有了老师和父母追命般的催逼，她一下子轻松舒坦得仿佛就要飘然而飞起来。她不顾父母因她没有考上大学而发出的长吁短叹，整日和一拨儿同样名落孙山的同学没命地泡在歌舞厅里一味疯玩，每天都是不玩到夜里零点以后决不罢休。那是一段多么值得留恋、值得回味的日子啊！然而，她的那段无忧无虑的浪漫时光，后来却被那场无奈而不尽如人意的婚姻阻断了。她现在要做的，就是要把那被失败婚姻阻断的欢欣浪漫找回来。于是，她开始频繁地走出家门，去她家附近的歌舞厅里追寻已逝的青春岁月。

平心而论，许静如刚刚出入歌舞厅重温少女时代旧梦的时候，确实感到了极大的兴奋与快乐。但是渐渐地，她就感到了某种失落。这些歌舞厅大多档次不高，人员混乱冗杂，空气污浊不堪，而且来歌舞厅唱歌跳舞的男男女女大都是结伴而行，要么是朋友、同学，要么是恋人、情人，要么是新婚伉俪，要么是老年伴侣。他们相拥相抱情意绵绵旋转摇曳风情万种，唯有她一个人孤零零地坐在角落里，直看得心里欲热还寒。偶尔，也有一两个男人请她跳舞，但双方形同陌路，男方舞技又差，根本提不起她的兴致，常常一曲没完就分道扬镳了。甚至还有男人认为她是三陪女郎，边跳边对她动手动脚，说些污浊肉麻的绵绵情话，吓得她心惊肉跳惶恐万分，最后只得落荒而逃。

许静如一连换了几个歌舞厅，最终在“野玫瑰”才似乎找到了感觉。

这是一家档次相当高的迪厅。来这里跳舞的人文化品位都很高，连陪舞的小姐都温文尔雅、精致漂亮，让人一进舞厅就觉得眼前一亮，仿佛进入了人间仙境。此外，再加上舞厅里典雅的装饰、金碧辉煌的灯光，那种意韵那种感觉真是震撼而又无法描述。当柔美妙曼的音乐声响起，当迷离诱人的五色灯光旋转起来，就是神仙也要被这如诗如梦的意境迷醉了。

这里播放的都是古今中外的名曲儿，什么《杜鹃圆舞曲》《蓝色多瑙河圆舞曲》《步步高》《旱天雷》《彩云追月》《春郊试马》等应有尽有，而且每放几曲就要来一阵疯狂酣畅的迪斯科。许静如就是在这种酣畅淋漓的扭动摇摆中，忘却了她不如意的婚姻带给她的烦恼与委屈，并在不经意的偶然中，碰上了令她怦然心动魂荡神摇的男人章一平……

三

许静如终于看见她此行的目的地——野玫瑰歌舞厅了。她的心不由得再一次悸动起来。歌舞厅门前那五彩缤纷循环闪烁的霓虹彩灯，似在向她挤眼调情；舞厅里传出的轻歌曼舞的奇妙音乐，像是在召唤她，催促她快些进入那香甜醉人的梦境。她的记忆像一条倒流的河水，哗啦啦地回到了她和章一平初次相见的那天晚上，她的两眼不禁湿润了。

许静如现在依然清晰地记得，她第一次来野玫瑰歌舞厅跳舞的那个晚上的情景。那天，她刚在一曲疯狂的《野人》迪斯科旋律中跳得酣畅淋漓。之后，她汗涔涔地回到座位，要了杯雪碧慢慢地饮着。少顷，一曲优美的华尔兹舞曲响起。一位英俊潇洒的男士飘然而至，彬彬有礼地请她跳舞。许静如抬起头来，不禁吃了一惊：这不是刚才唱歌的那位吗？此人准是文艺演唱团体或者是文化部门的，最起码是受过专业声乐演唱的训练。他的歌唱得多好啊！《霸王别姬》《榕树下》《心太软》《糊涂的爱》《心雨》《长相依》《爱无止境》……他一首接一首地唱，那充满磁性和质感的浑厚嗓音令人怦然心动、神清气爽，每唱完一曲都赢得了一阵热烈的掌声。此时，许静如虽然感觉浑身疲惫，但不忍心拒绝他的邀请，就起身随他跳了起来。许静如万万没有想到，他的舞技居然和他的歌声一样美好。她很快就被他那优美的舞姿、高雅的谈吐和善解人意的骑士风度迷醉了。

本来，许静如的舞技也是不错的，她在她的那些同学、朋友当中堪称舞后，可是她却老感觉跟不上这位骑士的舞步。每当此时，他就会对她歉然一笑，然后适当放小舞步的幅度，并且手上用力，让她自然而然地跟上来。这种骑士式的呵护令许静如十分感动。他身材挺拔伟岸，个子正好比她高出一头，俩人搭档可说是最理想不过的。许静如在他的有力带动下前摇后摆左转右旋，两人心有灵犀配合默契，简直可以说是天衣无缝。她的白色连衣裙和他的天蓝色绅士衫、淡青色直筒裤互相映衬、互为点缀、你缠我绕，在偌大的舞厅里旋起一个又一个优美绝伦的美之涟漪。跳到最后，其他的舞伴都停止了动作，等到阵阵掌声响起时，他们才恍然醒过神来：原来舞厅里只剩下她和他在做舞蹈表演哩！

中场休息时，他要了两瓶冰镇啤酒，两人慢慢地喝着聊着。在许静如的试探询问下，他忧伤地告诉她：他叫章一平，出生于一个县城的职员家庭，现任市文化局艺术科科长兼文化艺术学校副校长。他在单位工作一帆风顺，但在家里却如履薄冰度日如年。他之所以难过是因为老婆是个副市长的女儿。他大学艺术系毕业分配时，曾通过一位亲戚找这位副市长帮忙。谁知这位副市长却看中了他，要他首先答应娶他的女儿为妻。他迫于无奈只得答应。两人结婚后，这位又矮又胖又刁又懒的市长千金，总认为他现在的一切是她老爸的功劳，因而在家里专横跋扈颐指气使，稍不如意就喋喋不休地吵个没完没了，害得他晚上想看点书或写点东西都难以如愿。他实在忍无可忍又不敢和她闹翻,就只好借口工作,逃匿到歌舞厅里消磨时光……

许静如慢慢地啜着啤酒,静静地听着章一平叙说。她的心里不由涌动起一股同病相怜的同情:真想不到如此多才多艺、潇洒俊逸的男士,心中也有这般难以启齿的家愁与苦衷。她似乎已经把他当成了情感上的知己和朋友了。受一种忍禁不住的欲望的驱使,她也向他讲述了她的不如意的婚姻及眼下生活的窘迫。她告诉章一平,她叫许静如,几年前落榜后一直待业在家。她曾经追求过美好的爱情,向往过一种轻松自如、无忧无虑的生活,然而当两位教师出身的老人为她的工作之事碰得头破血流,为她的高不成低不就的婚姻大事愁得双鬓渐白的时候,她不得不放弃了虚妄的幻想,开始变得现实起来。最后在父母的主持下,她选择了岳勇做“朋友”。她之所以同意了这门婚事,完全是从工作考虑:岳勇虽然身体矮胖相貌平平,但其父母却是外贸局的副局长和中层干部。结婚前,岳勇对她信誓旦旦,说婚后一定把她调入外贸加工厂。那是一家效益很好的企业。岳勇高中毕业后就进去上班了,而且很快就当上了财务科科长。结婚后,岳勇兑现了诺言,她如愿以偿地进了那家工厂,一上班工资就五百元。结婚宴席上,同学、朋友都说她算掉进了福窝里了。许静如心里只有苦笑:谁能够知道她心里的苦楚与委屈啊!她事后又想,不管人长得咋样,只要真心待她好就行了,然而她却根本没有想到,结婚之后岳勇竟然会那样对待她。

许静如想到和岳勇结婚之后所受的专制待遇,隐忍不住泪如雨下……

四

野玫瑰歌舞厅里依然乐声如浪欢声如潮,虽然此时来这里玩的人还不是很多,但舞场上的劲歌狂舞已经开始了。球形的吊顶灯款款旋转,向外飞射着忽明忽暗的赤、橙、黄、绿、青、蓝、紫的光环。音箱里正播放着《野狼》迪斯科的强劲旋律。四五对年轻人正在扑朔迷离的色光和节奏明快的音响中忘情地扭动着。场边的休息椅和四周的卡座里,也已经三三两两地坐了不少人。

许静如站在总服务台前,向着舞厅搜寻了一番,怎么没有章一平的影子?她焦急地看了看表,不禁自己笑了:她竟然比预定时间早到了半个钟头!她不由得脸红了:还说自己不能表现出主动呢,这不是主动又是什么?甚至是有些迫不及待的意味了,以至于魂不守舍地看错了时间。所幸没有让章一平看到,要是那样岂不成了他的笑柄?没有办法,只有坐下等啦。

许静如苦笑着摇了摇头,穿过散落放着的座椅,走到舞厅最靠里边的那个卡座。幸好这里还没有被人占去。她喊来小姐,要了两盘瓜子、甜点和两罐雪碧,慢慢地边吃边喝,等着她的心上人章一平。她和章一平,上次就是在这个卡间里谈了很多很多,并由此产生了同情与好感,慢慢发展成了眼下这种关系……

许静如记得那天晚上,章一平就坐在她的对面缓慢而忧伤地讲着。她用两只手的十个指尖,把玩旋转着高脚玻璃酒杯的杯底,静静地听着他的倾诉,并由他的不幸婚姻联想到自己的不幸婚姻,一阵酸楚禁不住涌上心头。玻璃杯中有个女人和她阴郁地对视着,她顿时感到一阵猛烈的心颤:这就是我吗?这个一脸疲惫憔悴,额头和眼角上已生出细微鱼尾纹的年轻女人就是我吗?可是我才刚满二十六岁啊!这都是那场该诅咒的婚姻留给她的印记啊!

许静如那天晚上就这样想起了她的那场不幸的婚姻,就忽然抑制不住地泪如雨下了:那是怎样的一场婚姻啊!简直可以说是不堪回首。许静如扪心自问后承认,假如说结婚之前她对岳勇还有好感的话——因为他毕竟为她找了份不错的工作,那么结婚之后这一点点的好感就逐渐被厌恶销蚀和代替了。她万万没有想到岳勇会是那样一种人,一种对她独断专制、变态肆行的人,比如说婚后岳勇要求她,上班必须一起去,下班必须一起回。他白天不叫她单独外出,晚上就更不准她离开半步了。她以前唱歌跳舞的爱好全被他禁止断绝,只能日夜守在他的身边,供他一个人欣赏和“享用”。偶尔同学来玩,他不凉不热地给人家冷脸。上下班时碰上过去的朋友,过后他都要一一盘问:那人是谁?在哪儿上班?你们过去是啥关系?事后还要逐一对证,弄得同学和朋友们渐渐都不理她了。许静如为此不知和岳勇吵过多少回,但是他每次都是嬉皮笑脸地对她说,这都是因为他特别地爱她。闹到最后她总是被他软磨硬缠得先没了脾气。但有一次许静如实在忍受不了岳勇对房事的要求,就回娘家“避难”。二老问她为了啥,她死活无法说出口来。于是两位老人就“感恩”“报德”地说出岳家的千般好来,再加上岳勇随后提酒拿烟赔礼道歉地活磨死缠,真叫她恼也不是怒也不是,哭也不是笑也不是,最后只得打起白旗缴械投降,乖乖跟岳勇回了家。

许静如认为:她和岳勇的那场不如意婚姻发生根本性转折是在那次“打架”之后。那天晚上岳勇的一记清脆响亮的耳光,使许静如彻底明白了她在岳勇心中的位置,也使她第一次动了真气。那是由一场没完没了的麻将引起来的。岳勇生来没有别的爱好,唯一的嗜好就是打麻将。许静如和他结婚之后,他几乎不隔天地和他那几个狐朋狗友在他们的小客厅里一打就是半夜或通宵。每逢此时,许静如就得默默地守在一边为他们烧茶倒水,半夜还得为他们加餐做饭。那一次,她实在熬不住了,就偷闲去卧室小憩一会儿,谁知竟睡着了。蒙眬之中听得外边叫她添茶,就迷迷糊糊连忙起身,进厨房提了水瓶匆匆去添,岂料想一个不小心添到茶杯之外,溅得牌桌上热水四溢,烫得几个牌友纷纷躲避,把身下的凳子都带倒了。许静如根本没有想到一向对她温和、嬉皮笑脸的岳勇居然会勃然大怒,当众将她一掌扇倒在沙发上。许静如被扇醒了,她好像不认识似的盯了岳勇一眼,然后突然翻身而起,像头母狼似的朝岳勇扑去。两人被拉开后,牌友自然也不欢而散。那天晚上,许静如昏天黑地、伤心至极地哭了一夜,任凭岳勇故技重演百般哄骗她都置之不理。次日上班后,她依然怨恨难平,就偷偷跑到市公疗医院,将已怀了三个月的孩子做了人流。此举的结果可想而知,全家一下子进入冷战状态。岳勇从此对她形同路人。公公婆婆也开始冷淡对她。许静如虽然事后有些后悔,但事已至此,也只好僵持下去了。

让许静如始料不及难以接受的更大的暴风雨接踵而来。首先是外贸形势由晴转阴,外贸局转为公司进行缩编,岳勇的父母相继提前退休,进而是加工厂亏损倒闭,岳勇和许静如双双下岗回家。家里一下子像塌了天,以后的日子怎么过?做生意吧,没有本钱;向父母要吧,抹不下脸。岳勇也不跟许静如商量对策,只是一个劲儿地喝酒打牌长吁短叹。一个辗转反侧的不眠之夜醒来之后,岳勇突然对许静如说,他要去在深圳某公司当副总的同学那里一趟,能干了就在那里待一阵,不能待再回来慢慢想办法。

岳勇真的去深圳了。岳勇前脚走,许静如后脚就欢呼起来:她终于挣脱了束缚与羁绊,获得了绝对的自由自在。她一个人在家里想吃就吃想睡就睡,想怎么样就怎么样。吃够玩够睡够了,忽然想起该给过去的同学、朋友联系一下,没承想得到的全是哼哼哈哈的敷衍应付。于是她就不打了,她知道这几年她和大伙儿生疏了。想回娘家住几天吧,又不想听二老的唠叨,不想看他们的愁眉苦脸,更不想让他们知道她现在的窘状,再叫他们为她操心。可是这无所事事寡淡无味的无聊日子该如何打发呢?许静如就忽然记起了她结婚前经常去玩的歌舞厅,那颗冷寂已久的心又不由自主地搏动起来。天还刚挨黑儿,她就隐忍不住地化了个淡妆,心急火燎地走上霓虹如昼的大街,走进了欢声如潮的舞厅……许静如无论如何都不会想到,她后来在歌舞厅里,会有令她激动不已、喜出望外的梦幻般的奇遇和收获……

在许静如和章一平初次相遇的那个梦幻般的夜晚,他们都将各自的不幸婚姻与窘迫境遇和盘托出后,两人就那么同病相怜意味深长地久久相对无语,然而又似乎有无数的话语想相互倾诉,但又找不到切入话题的突破口。直到舞曲响起,他才邀她又进舞池。

他和她跳了一曲又一曲,不管是华尔兹、伦巴、恰恰、水兵舞还是探戈、迪斯科、踢踏舞,什么都跳。他们就这样一曲接一曲地疯狂地跳着、旋转着、摇摆着,仿佛要把一切的烦恼旋掉摇掉,把一切的苦楚统统扔掉。他们谁也不想停下来,一直跳到舞厅关门,他才把她送回家去……

五

歌舞厅里的迪斯科舞曲停了,随之而起的是那曲舒缓优美的《蓝色多瑙河圆舞曲》。一对对中老年和青年情侣携手进入舞池,开始相拥相抱地摇曳起来。

许静如谢绝了一位男士的邀请,抬腕看了看表,时针正指着九点半。他怎么还不到呢?他说要分秒不差地准时到啊!她有点气恼,甚至闪过一走了之的念头,让章一平也尝尝等人和扑空的痛苦滋味儿!但她最后又忍住了。她想:他也许是临时被什么事情耽误了。他一定会来的,她相信他不会骗自己。他和她已经有了两次约会和深谈,她的直觉告诉她:章一平不是那种无情无义、没肝没肺的男人,而是那种热情正直,敢于铁肩担道义、石榴裙下死的少见的情种。更重要的是,他今晚要告诉她关于她的重要消息,她怎能不等下去呢?她的思绪不禁又回到她和章一平的第二次约会深谈……

那是与许静如和章一平第一次相见时隔不久,她和他就又相聚于野玫瑰歌舞厅。许静如当时觉得,虽然她和章一平只有一次偶然的相遇,却已经相知得犹如老朋友了。他俩第二次会面后没有任何的寒暄,只有两双眼睛心有灵犀地对视一闪,就此时无声胜有声地贯通融洽了。随后,他就牵着她的手进入舞池。就在两人随着缓缓而起的乐曲慢慢起舞时,章一平突然凑近许静如的耳旁悄声说:“许小姐,你今晚真是太漂亮太迷人啦!”

许静如顿感心头一热，不觉一抹绯红飞上两颊。这句话叫她好感动！岳勇就不会说这样的话，结婚几年来他就没有说过一句。哪怕只是一句也好啊！但他没有。许静如更惊异的是章一平的细心：她今晚出发之前的确认认真真地画了粉妆，不是浓妆，而是那种不露痕迹的不细心就看不出来的淡妆，可居然让他看出来了！她佩服章一平的眼力，同时也为自己的美丽依旧、风韵犹存感到自豪。许静如对自己的美丽是最清楚不过的，因为从中学到高中她都是令女同学暗自嫉妒、令男同学竞相追逐的校花。可是谁会料想到，她这朵鲜花会鬼迷心窍地嫁给岳勇那样毫无特点、毫不出众、毫无文化气质的人呢。章一平的一句话竟使她情不自禁地激动起来。她激动地红了面庞，飞了一个媚眼，嗔声说："是吗？"

章一平趁势搂紧了她的腰道："是，并且不是一般的漂亮、一般的迷人，而是那种叫人神清目爽的漂亮，那种叫人想入非非、难以自持的迷人！"

许静如脸上一阵火辣辣的热烫，差点没有晕倒在章一平的怀里。她只是红着双颊狠狠地剜了他一眼道："去你的，狗嘴里吐不出象牙！"就随了他有力的手臂的导引，疯狂般地旋转起来，一直跳到筋疲力尽下场休息。

休息时，他和她仍然是一边啜饮料一边闲聊。喝了一会儿，章一平像是很郑重很认真地对许静如道："许小姐，你实在是太美丽太迷人了！以你这样的身段相貌，以你这样的歌舞才情，要是经过一定的训练，肯定会有所建树的。你嫁给岳勇那样的丈夫真是太可惜了！这些年真不知道你是怎么过来的。"

许静如再一次地感动起来，同时心底又浮起一股浓浓的忧伤。她望着章一平停顿了好久，才泪眼迷离地对他说："原来我心中的白马王子，并不是岳勇那样的人，而是……"她本来想说"就像你这样子的"，可是话到嘴边，又觉太露太直不妥当，就又改成了："唉，不提他了，要是早认识你几年就好了！"

章一平闻言似有所动，就进一步问道：“那你以后打算怎么办？包括婚姻和工作。”

许静如摇头叹道：“不知道。我还没有认真想过。”

章一平问：“你想不想到我们文化艺术学校工作？”

许静如一听一怔，眼里不禁放出光芒，但很快就又熄灭了：“俺哪有那样的福分啊！”

章一平说：“要是有人——愿意帮忙呢？”

许静如一愣：“谁——？”

章一平就轻轻地握住了她平放在茶几上的手：“你若有意，本人定当全力相助。”

许静如听罢此言，简直要承受不住由此带来的喜悦，禁不住一阵春情摇动，脸已红成了一朵桃花，忙站起身朝章一平抱拳施礼道：“若能如此，小妹就先谢谢老兄了！”说罢倒了满满一杯啤酒递了过去。

章一平接过一饮而尽，然后红着眼睛盯着她道：“君子一言，驷马难追。但是事情如果办成，不知你要如何谢我？”

她飞快地瞟了他一眼，立即明白了他的意思，不觉两颊立即火烧火燎起来，就低下头哧哧笑着嗫声道：“这事儿八字没一撇呢，就……等着办成了，我……自有办法谢你！”言毕，秀脸早已涨成了紫茄色。

那天晚上，他们又一直一起跳到很晚。当然，他又亲自把她送到家门口。他拥抱了她，她没有拒绝。因为他在路上告诉她，他回去就去活动她工作的事，等有了眉目，再约她相见。

六

许静如在野玫瑰歌舞厅里足足等了一个钟头，歌舞厅里的舞曲停了又响，响了又停。许静如在响响停停的舞曲声中百无聊赖寂苦难熬。她几次欲走又止，实在不想放弃这次至关重要的约会。就在她实在等得忍无可忍，痛下决心准备起身离开时，她看见章一平满头大汗地从舞厅门口奔了进来。

章一平一见到许静如就把她抱住了:“真对不起,我来晚了!”

许静如故意噘起小嘴儿,假装生气地推拒着:“你是不是忘记今晚的约会了?是不是根本没把我放在心上?”

“看你都想到哪里去了,我真是有特殊情况!”章一平紧紧地抱住许静如,小声而又急切地向她解释着他今晚来迟的原因。他告诉许静如,自从上次两人分手之后,他就一直忙着活动她调动的事。只是中间去南方出了一趟差,他前天夜里才慌慌张张赶回来,回来之后就又赶紧接着做工作,今天晚上还在和局长说她的事儿哩!他没有忘记今晚的约会,更清楚地记得今晚约会的准确时间,但他总得让局长说句囫囵话儿,总得今晚给她一个交代呀!

许静如听到这里,心里的气才消了下去,脸上又现出妩媚诱人的笑靥。她又恨又疼地伸出纤细修长的雪指,在章一平的额上捣了一下,红着脸娇嗔道:“我想你也不至于这样坏!”言罢,两人就下到舞池跳起舞来。

这天晚上她和他只跳了两曲华尔兹,就坐下喝起啤酒来,两人依然是边喝边说。章一平边喝边意气风发地告诉许静如:他已经摸清了文化艺术学校的情况,那里正好有一位辅导少儿舞蹈的老师调走了。他也和文化局领导讲了她的情况,领导也同意让她先去代课。她基本功很好,只要稍加培训就能胜任。他准备马上落实培训的事儿,等在艺校干上一段时间后,调动就是顺理成章的事情了。这些事都包在他身上……

许静如简直要被章一平的喜讯激动死了。一股从没有过的感激之情催动着她,让从来很少喝酒的她频频举杯与他相碰。两人边碰边喝边说,又无比忧伤地谈起了各自的婚姻。章一平说他恨死了他现在家中的那只母老虎,说他要是有像许静如这样的女子相伴终生就死而无憾了,还说等把许静如的事情办成了,他也要去艺校工作,两人要朝夕相伴,携手共创一份辉煌事业……

许静如被章一平的真诚描述感动得热泪盈眶。表面上看,她只是被动地默默听着,实际上她的心里早已变成了大浪涛涛的海洋。她在心里想:我以前咋没有遇到过像章一平这样既多情又热心的男子呢?要是能把岳勇换成章一平就好啦!她甚至脸红心跳地想:只要章一平能够和他的母老虎离婚,她就敢提出和岳勇离婚,然后就去追求章一平,假如她和他能成为一生相守的伴侣,那……许静如在心里笑了,人又摇摇晃晃地站起身来,乜斜着眼笑瞟着章一平,又和他满满地碰了一杯。

那天晚上,她和他就这样碰着喝着说着想着,两人都喝了很多很多的酒,一直喝到舞厅打烊撵人。

七

从野玫瑰歌舞厅里出来,许静如知道自己完全醉了。她简直可以说是半依半靠在章一平的怀抱里,一摇一晃地走回她家所在的那栋破旧不堪的家属楼的。

此时已是夜半时分。世上的万物大都已沉入梦境。两人相拥相抱地站在黑暗里,许久都没有分开。后来,许静如从章一平的拥抱中挣脱出来,醉眼蒙眬地悄声说道:“谢谢一路护花的辛苦。再见!”然后缓转过身,摇摇晃晃地扶栏上楼。

章一平忽然在后面说道:“难道不请鄙人到贵舍一拜?”

许静如站住了,心里一阵欣喜若狂:这正是她此时此刻心中所想啊!于是转身扭头缓声说道:“只要不嫌草舍寒酸,就请屈身上楼!”

章一平得令,随声趋到许静如的旁侧,搀着她的胳膊拾级而上。

进到屋来,许静如就醉倒在沙发上。章一平此刻成了这间房屋的主人,极其麻利地为许静如沏茶倒水擦脸拿枕。然后,自己也倒一杯水慢慢饮着。许久许久,他才长舒了一口气,站起身来对许静如说:“你……休息吧!我,我该走啦!”

许静如闻言，挣扎着爬起来，对着章一平飞快地闪了一眼，脸颊绯红着叹了一口气，捂着额头摇晃到门边，为他缓缓地扭开了锁。章一平迟迟疑疑地看着许静如的脸色，无比沉重地拉开了房门。

许静如如释重负地长舒了一口气。忽然“嘭”的一声，章一平又猛然把门关上，回身一把将许静如抱住了……

八

次日九点多钟，许静如才从香酣的睡梦中醒来。她睁眼摸了摸旁侧，章一平用过的毛巾被上还留着些许的温热，于是，惺忪的双眸餍足地一笑，又咂咂香唇翻身呼呼酣睡过去。

等到许静如睡足睡够彻底清醒过来，已是下午五点多钟。她草草吃了一点儿东西，天色已暗了下来。她忽然生出一种强烈的想再见到章一平的欲望。她想给他家里打电话又不能打，因为他说过，不能打他家里电话找他，他老婆是只母老虎啊！他单位的电话也轻易不能打，而且早已过了下班时间了，只有打他的手机了，却是停机。怎么办呢？去歌舞厅找！他说他有时间，一般都会去野玫瑰歌舞厅玩的。

野玫瑰歌舞厅依然彩灯如霓欢声如潮。一厅的男男女女在迷离闪烁的灯影和曼妙悠扬的旋律中痴迷而忘情地摇摆扭动着。许静如提不起丝毫唱歌跳舞的兴致，一个人呆呆地坐在角落里，不管谁的邀舞一概拒绝，只是心急如焚地等待着一个人的出现。但是令她失望的是，直到舞厅关门都没有看见章一平的影子。

一连三天都是如此。一个阴郁的想法漫上许静如的心头：难道……但随即又被她坚决地否定了，也许是他家里或单位有事，也许是他外出公干了呢？又是三天过去了。备受煎熬的忧郁的许静如再也隐忍不住，就按照章一平所说的单位名称，接连给市文化局和文化艺术学校打了两个电话。对方的回答残酷得令人难以置信：他们的文化艺术学校曾经有这么个代课老师，但他已于几天前办了辞职手续，到海南跟朋友开公司去了。许静如愣怔了片刻,简直有点不相信自己的耳朵。她脑子空白了好一阵,才忽然想起什么似的接着问:“那……他的家属呢?”“他哪有什么家属,听说他结过一次婚,女方是农村的,后来不知咋的又离了……”

许静如病倒了。她是被灵与肉的双重猛击推倒的。那种难以言说的切肤之痛使她惶惶不可终日,夜夜难以成眠。许静如心里一阵阵地发冷发烧,身体迅急地憔悴下去,最后进入一种恍恍惚惚的癔症状态。她一连两天不吃不喝地只顾闷睡。她宁愿就这样不声不响地死去。

第三天清晨,一阵激越的电话铃声将她从混沌中惊醒。许静如像茫茫大海中的溺水者,突然抓到一根救命的稻草一般,一个激灵掀被而起。然而令她失望的是,耳机里传来的是她并不愿意听到的既陌生又熟悉的声音:“我在深圳待着不中,过两天回去,咱再慢慢想办法吧!”

许静如彻底从混沌中清醒过来。她拥着被单呆呆地坐在床头苦思冥想着对策:她这些天来所经历的一切,该不该对岳勇说呢?也许她真的该静下心来,好好理一理自己的爱情轨迹,来一个理性的决断了!

与美女同行

一

接到去桐城出差的任务，已是下午三点钟了，仓促收拾一下行装，就急忙去赶四点钟的末班车。来到车站前正要买票，一辆红白相间的大巴车“吱”的一声停在身旁，穿着时髦、面目秀丽的女售票员探身车外脆声高叫：“去桐城方向的旅客，请赶快上车，车马上就走哇！”

一是图省排队买票的麻烦，二是看卖票的女子还怪入眼。不知咋着就鬼迷了心窍儿，晕晕乎乎就上了这辆大巴车。车上已有稀稀拉拉几个乘客，见我上来，就有人低声说道：“又诓上来一个。”我不解其意，正纳闷儿呢，售票员突然叫道：“师傅快走，‘花狗子’来啦！”

我从车窗伸头向外望，不禁哑然失笑：两名穿橘红马夹的交警，正晃荡着企鹅似的方步从远处赶来。车抖动几下启动了，我赶紧找个座位坐下，一看手表，才三点半钟，还是比国营车早半个钟头呢！

过了车站路，刚上卧龙路，车忽然又拐了回来。初乘私营车，不懂他们的猫腻，不禁疑惑起来：这是干什么呢？后面有人悄声嘀咕：“嫌车上人少，还想再上俩呗！这都转第三圈儿啦！”

我不禁有些不满，忍不住高声问道：“师傅，这车还走不走了，我得赶车啊！”

司机回过头，瞪了我一眼，粗声大气道："一车人都不吭气，就你心急啊？"

我正要跟司机争辩理论，售票员忙绽开如月姣容赔笑说："兄弟，车马上就走，真是对不住啊！俺们要是不拉够数，这趟车就赔钱了哇！"

我不好再说啥了。司机却在前边骂起来："这些坐车的人，不知道死哪儿去了？"

众乘客一片哗然，齐说司机用词不当。司机这才噤声不语了。

车又在车站路上打了个来回，又上了四个乘客，才在众人的催促下不再兜圈儿了。

车过卧龙桥，驶上南唐路，却还是没有跑起来。这段公路属于市郊，有不少人等车。大巴车走走停停，停停走走，热情地招呼每位去桐城方向的旅客。车上渐渐坐满了，过道里也站满了人，售票员仍在门口喊着："再往后走，再往后走，叫这几位乘客上去！"

已经上车的人纷纷抗议："别叫上了吧，再上就挤死人啦！"

我也随着众人喊道："拉不完的客，挣不完的钱，你们别太贪心啦！"

售票员木虎着脸，没有说啥，长着一头卷毛的司机又扭头开腔了："这就是各位的不是了，要是你们在车下，我能不叫你们上来吗？人得讲良心，别得了便宜还卖乖。我们这可是全心全意为人民服务呀！"

正说话间，国营末班车擦身呼啸而过。我一阵后悔：真不如坐国营车了。可事已至此，说啥也晚了。想到此连气都不想生了，只是心情变得十分沮丧，心里对这位刁蛮贪心、油嘴滑舌的司机充满了反感，就连那位可能是他妻子的还算漂亮的售票员，看着也不那么顺眼了。

二

车过汉家镇，下了不少人，车内的拥挤有所减轻。可能是前边站点稀少的缘故吧，司机轻轻地吹起口哨儿，猛地换挡提速，汽车随即吼叫着疯跑起来。

唐河县城到了,乘客们呼呼啦啦下去大半,又上来一群填满了。

最后,上来一位身穿方格儿上衣,拎一个花布兜儿的年轻村姑。村姑上车后,就站车门口。售票员推推她说:“别站这儿,后面找个位儿去。”村姑迟疑地走到后边,却没有找到座位。车上虽然还有座儿,但都不“空”着。有一人占俩的,有俩人占仨的,却都装着眼望窗外,不想再叫多坐人了。

我也跟那些乘客一样,舒舒服服地占着个双座儿,但见村姑一脸尴尬为难样儿,心里一软,就不由自主地让出了一半。村姑感激地瞅我一眼,腼腆地坐在我身旁的座位上。我虽然装着面向车外,但眼睛的余光还是禁不住将这位妙龄村姑粗略地打量了一番:她约有二十六七岁的样儿,鸭蛋脸儿,柳叶眉儿,丹凤眼儿,扎着辫儿,穿着不很洋气,却有一种自然天成的纯净美。

嗨,有这样一位年轻异性在身旁为伴,也是旅途中的一件快事儿。思至此,适才的沮丧荡然全无,心里不由泛起一股融融的暖意。

三

车入桐城地界,驶上了左盘右旋的山区公路。司机放起了轻快的音乐。

乘客们受到音乐的感染,大都摇头晃脑地瞌睡起来。我不禁也有点昏昏欲睡。

正要昏睡过去,我却被一个突然发现的情况赶跑了睡意:一个站在过道里的穿黑西服的青年,正贼溜溜地盯着我身边的村姑看呢!我禁不住心里一紧,不由得顺着他的目光望去,只见村姑携带的布兜儿放在两腿之间,上面还用两手紧紧压住,人却到梦乡漫游去了。

那布兜里装有什么?是钱还是贵重物品?那个穿黑西服的人,是不是盯上了村姑布兜里的东西?我赶忙再将目光移向男青年:天哪!

只见他正伸出两个手指头，偷偷地掏向村姑的布兜儿。小偷儿！我心里大叫一声，一股热血蹿上头顶：常闻汽车、火车上小偷儿成灾，今天终于撞上了。

我该怎么办？一个我说：男子汉大丈夫，路见不平应该拔刀相助；一个我说：事不关己，高高挂起，多一事不如少一事，还是睁一只眼闭一只眼算了吧！我再心情极其矛盾地瞟一眼村姑，她还在秀目微闭地呼呼酣睡呢！一种说不清的东西压倒了心底的自私，焦急中装作不舒服地猛然一晃。村姑似乎受到侵扰，也不由自主地动了一下。小偷儿赶紧将手缩了回去。

我松了口气，抬眼偷望一眼小偷儿。他正对着我嘿嘿冷笑呢！不由得后背感到一阵发冷，但冷了片刻，便又很快热了起来：我乃堂堂国家干部，受党的教育多年，抑邪扶正乃分内之事，你一个区区小偷儿能奈我何？小偷儿看出了我的硬气，低了眉眼朝前挤去。

我心里禁不住笑了：到底邪不压正，正能压邪嘛！

我正自鸣得意地褒奖自己的英雄壮举，却见穿黑西服的人领着一个穿灰便装的瘦子和一个穿皮夹克的胖子又挤了回来。三人停在近旁，一齐对着我冷冷地斜视盯看。

我一下子从头顶凉到脚底：看来今天不是单个的小偷儿，而是一个偷盗团伙啊！我不由猛地记起：在菜市场上看到的一个卖菜的妇女，因偷偷告诉一个买菜的老婆婆，她的口袋被小偷儿掏了，而被小偷儿的同伙打得口鼻流血的惨状；想起报端登载的在公共汽车上发生的某记者为制止歹徒抢劫旅客，而被歹徒毒打致死的悲剧；想起妻子的嘱咐："出门在外别管闲事儿，你万一有个三长两短，我跟儿子可咋办呢？"……刚刚骤起的豪气，顿时泄尽，身子变得稀软无力，不得不收回目光，装作啥都没有看见的样子。但我预感他们不会善罢甘休，就用眼睛的余光，继续监视着他们的动静。

果然，小偷儿们又动手了。这回是穿灰便装的瘦子上阵了。可能是觉得手掏不行吧，只见他掏出一个小纸包，从里面拿出一片剃须刀，然后轻轻去割村姑的布兜儿。我的心不由得一下子提到嗓子眼儿，“怦怦”猛跳着替村姑着急。我真想猛然站起大喝一声，制止小偷儿的恶劣窃行，但却身子稀软站不起来，喉咙干涩发不出声；还想故技重演用身体撞挤村姑，又怕惹恼小偷儿们引火烧身。我正在左右为难时，汽车驶过一道土埂，车身猛地一个侧歪，我抓住稍纵即逝的天赐良机，随着车的晃动突然用劲儿，一屁股将村姑顶离座位。村姑险些跌倒，骤然惊醒了。她一下子发现了布兜上的口子，不禁红着脖子涨着脸地嚷叫起来：“妈呀！有小偷儿啊——”刚喊了一句，就在几道凶光的逼视下闭口了。

村姑的叫声，惊动了车里所有睡着和没有睡着的人。人们一阵骚动，但受“事不关己，高高挂起”的思想的影响，又很快安静了下来，就像什么事都没有发生一样。

我倏地感到一阵悲哀，似乎明白了为什么歹徒敢于在汽车、火车上公开洗劫旅客的原因。我不敢想象：三个小偷儿如果此时动手抢劫村姑的东西，车里会出现什么样的情景？好在司机回头看了一眼，对售票员说了句什么。售票员立即大声喊道：“大家都不要再打瞌睡了啊！各人小心各人的东西。”

三个小偷儿面面相觑，交换了一下眼神，分散了开去。我望望复又坐下惊魂未定的村姑，长出一口气歪靠在座背上。忽然觉得脊背冰冷，伸手一摸，娘呀，适才吓出的冷汗，把内衣都浸湿了啊！

四

车到双河镇，天已近傍晚。下了几个乘客，却没再上人。车上空出了不少座位，站着的人都坐了下来。三个小偷儿也都坐到了前后的座位上。由于车上不挤了，乘客们又都有了防备，小偷儿们失去了行窃的机会，所以车内显得安静多了。

但是，紧接着发生了一件奇事儿，又将这短暂的平静打破了。

事情仍然发生在我身边的村姑身上：也许是因为刚才的过度紧张，导致口干舌燥的缘故吧，她不知何时从布兜里摸出一罐“健多宝”来，刚拉开封盖儿要喝，忽然“哧”的一声，里面喷出一股因颠簸急剧膨胀的泡沫，正巧喷了侧坐在前排的穿皮夹克的瘦子一头一脸。“皮夹克”登时暴跳起来，对着村姑肩部就是一拳，还在口里恶狠狠骂道：“眼瞎了？瞅瞅喷老子一头一脸！”

挨了打的村姑一下子惊呆了，惊惧无措地嗫嚅道：“哦哦，我……只顾使劲，咋会……”

“臭娘儿们，我叫你喝！”“皮夹克”抹了抹脸，劈手将那瓶“健多宝”夺了过去，正要往下摔，却又停在空中嘿嘿笑了，“这娘儿们真有福气，这‘健多宝’还有奖哩！”

“皮夹克”全忘了刚刚的不快，一下把罐上的封盖儿揭了下来，传给附近的乘客们看。我也听说过“健多宝公司”在易拉罐里设奖的信息，忙站起一看，那个“健多宝”封盖儿上果然有个红色的“奖”字。

“先别忙，再瞅瞅罐里。光有‘奖’字不中，如今假的多了，里面有东西才是真的！”乘客中有人大声叫道。

“皮夹克”把饮料倒在地上，果然倒出一个长方形的白色塑料片来。“乖乖，一等奖，八万块哪！”他激动得拿塑料片的手都颤抖起来了。许多乘客围了过来，争相传看那张塑料片儿，边看边发出啧啧的慨叹。

在突兀而至的财富面前，村姑一直就像不相信自己的眼睛一样，傻乎乎呆愣愣地坐着，许久才大着胆子把封盖儿和塑料片从乘客手里抢了回来。她坐下后红着脸对我说：“大哥，你给俺看看是不是真的？”

我疑惑地接过塑料片儿，上面果真清晰地印着几行小字——一等奖　捌万元　领奖时间：2016 年 12 月 31 日前　领奖地点：A 市健多宝集团总公司。这奖无疑是真的了，我也不禁为村姑的好运惊诧了。

车厢里一时议论纷纷，乘客们都说这女人命真好，一下就得了八万元。三个小偷儿头碰在一起，像在紧急商量什么。果然，穿灰便装的小偷儿走了过来，满脸堆笑地对村姑说："这位大姐，跟你商量个事儿行不？"

村姑没有搭腔，只是警觉地瞪着他，双手抓紧布兜儿，害怕似的往我这边靠了靠。

"我给你四万块钱，你把封盖儿和塑料片儿给我行不？"

村姑仍不说话，又将身子往里挪了挪。

"你是嫌给得少吧？其实并不少啦！你别看奖是八万，实际上除掉所得税、各类名目的捐助，外加来回的吃、住、行，能得四万就不错了。再说A市恁远，你能找着地方吗？就算是找着了，领到钱也早被坏人盯上了，保不准命还得搭上哩。虽说我只给你一半，可省了你来回奔波的麻烦，也没了被抢被害的危险，这样的好事儿哪儿找去？"

村姑可能被说动了，想答应又不放心，犹豫一阵又红着脸问我："大哥你说，俺这奖能得多少钱？"

我瞅瞅村姑又望望小偷儿，真不知该咋说好。我认为就算除去税收、捐助和来往费用，最少也能得六万元的。"灰便装"只给四万元，实在太少了些！我想阻止这桩买卖，又不敢直讲出来，只好模棱两可地回道："四万块钱，数也不少，还是你自己拿主意吧。"

"那你真给四万块，我就把东西给你。"听我一说，村姑好像拿定了主意。

谁知"灰便装"又拐了弯子："钱，我可以立马给你，但只有四百元。出门儿谁带恁多钱哩。你要不信，咱到桐城一下车。你在车站等着，我去给你拿钱。咱一手交钱一手交货，你看咋样？"

我心里顿时紧张起来，真怕村姑答应了"灰便装"。这不明明是个圈套吗？到桐城天都黑了，你把东西给他，他不给你钱咋办？闹不好还挨打受侮哩！

想劝阻村姑又不能，正为难着，村姑突然说道："你没有现钱，我不跟你换了。"

五

“灰便装”悻悻地复命去了。我也轻轻舒了口气。

周围的乘客围拢过来,有拿出几百元钱的,有取下手表手机的,都想跟村姑交换。她都摇头不语。三个小偷儿又一齐来到她的近旁,冷冷地阴笑,盯着村姑。乘客们不说话了,收起东西都走开了。

我心里骤然慌乱起来:他们要动手抢劫吗?

村姑也害怕了,突然靠紧我颤声说道:“大哥,俺瞅你是个好人,这两样东西俺不要了,你给俺两三千块钱就中。你看……咋样啊?”

这可是天上掉下来的好事啊!我不禁猛地心跳起来:这一下子就净挣几万元哪!我真想立即跟她成交,可我身上没有两三千元钱。我想说咱到桐城一起下车,再弄钱跟你交换,我这回去桐城就是要账的,可是她会相信吗?小偷儿们会答应吗?

我悄悄扫了一眼小偷儿们,发现三人正冷冷地盯着我看呢。我全身不由一下由热到凉,就是有钱也不敢跟她换了。思虑再三,我只好对她说了没钱交换的实情,她的脸色一下子灰暗下来。

事情发展到了一触即发的对峙状态,车内静寂得令人惧怕。乘客们都跑到了车厢的前部和后部,中间就剩下我跟村姑,被三个小偷儿前后侧三面包围着。我心里紧张极了:身边真要发生抢劫,我该怎么办呢?我也后悔极了,不停地在心里骂自己:谁叫你自作多情心太软,要叫她坐在身边呢。你要也像别人那样不给她让座位,也就不会发生后来的事啦!

但是事情已经这样又有啥办法哩?

我偷眼瞟一下村姑,见她低眉垂首,面如死灰,表情呆滞,满眸含泪,身子还在微微地颤抖,心里不禁又可怜起她来。这村姑也是因福得祸,看来小偷儿们是不会放过她了,即使在车上难以下手,到桐城后她也在劫难逃。我想象着事情可能出现的可怕局面,冷汗又把内衣浸湿了。

六

在这阵紧张的对峙中，司机和售票员似乎也关心着事态的发展。售票员就站在那里一直冷冷地注视着，卷毛司机鸣着喇叭，把车开得飞快，还不时地回过头来观望一下。

车到离桐城十多千米的新集站，天已完全黑了下来。司机见站上无人，正欲高速通过，村姑突然尖声喊道："停一下车，师傅！俺要下车哩！"那声音难听得根本不像是她发出的。

大巴车停了，司机打开顶灯，站起来问村姑："你不是到桐城吗？"

售票员没说话，用眼神儿制止了司机，随手拉开车门。村姑没等小偷儿们反应过来，就冲出包围圈跑下车去。我望着她的背影，不由得长出了一口气，心想她还是极精明的：三十六计——走为上策。这一走就一了百了啦！谁知，车刚要启动，"皮夹克"也突然喊叫起来："等等，我们也要下车！"说着就和"黑西服""灰便装"一起挤向车门。我的心不禁又抽紧了。

"看看车票！"售票员却在门口拦住了。

"看看就看看。""皮夹克"说着，手在口袋里一阵乱翻，可是翻遍了所有的口袋，也没有摸出一张票来。"反正买过票了，谁知又弄哪儿去了？"

"买过的话，就拿出来看看哪！"

"买了就是买了，为啥不叫下车？"

"没票就是没买，凭啥叫你下车？"

"你个臭娘儿们，我……"

"皮夹克"恼了，一把揪住售票员，想把她从门口拽开。售票员一手死抓挡杠，一手插上门销儿，就是不叫他们下去。"皮夹克"恼羞成怒地打个手势，"黑西服"和"灰便装"蹿了上来，一左一右挟着售票员将她拖开。"皮夹克"乘机暴怒地拔下门销儿。车门开了，卷毛司机却手拎一根两尺多长的车摇把儿，铁塔一般堵在车门下面。

“朋友们，是不是想跟我玩花哩？”卷毛司机冷冷地笑着说，随后刺啦一声撕开油乎乎的外衣，露出胸口处儿道紫红色的伤疤。“老子走南闯北见得多了，当兵第二年就空手揍趴过五个玩刀子的小流氓，为这还记过二等功哩！你们在别处做活儿咱管不了，可在我这车上使横就不中！我们可是靠这车养命哩啊！咋样，不服气的话，咱们就下来练练！”

司机油腔滑调地说着，一脸煞气，倒提着车摇把儿走上车来。“皮夹克”登时黄了脸，拉着两个同伙退了好几步。我和车上的乘客都被吓住了，呆愣愣地注视着事情的发展。从人数上看小偷儿们占优势，但他们理亏心虚，精神上先输了一头。卷毛司机虽只是一人，但他侠义在身，凶猛强悍，而且手里还有那根明晃晃的车摇把儿，那可是会夺命的家伙啊！

小偷儿们终于服软了，乖乖地拿出应交的车钱，然后夹着尾巴逃下车去。乘客们都激动万分，只差没喊司机万岁了，都说今儿真玄哪！要不是坐你的车，非要出大事。司机吭吭两声没说什么，回到座位发动了机器。

我自然也改变了对这位司机的看法，觉得他虽然贪图赚钱和油嘴滑舌了一点儿，但心底儿却是不错的。今天坐他的车真是坐对了。也许正是出于此因吧，我也突然不知就里地喊了声：“师傅……”

“咋了，是不是也要下车？”

“不是。我是想那个村姑……他们下车后……”我是想说，那个村姑还没走远，小偷儿们会不会撵上她施暴抢劫呢？只是心里紧张，无法表述清楚而已。

“老兄好心肠哪！”司机笑了笑，思索了一下又说，“不过如今这世道，骗人的事儿太多了。谁知道他们什么关系，是真是假哩？叫我说，这事儿就……”

“那……”我想不到他会说出这样的话。他的话让人胆寒心怵，但我仍不甘心："事情要是真的呢？"

"要是真的，我们也做到仁至义尽啦！"

"可是，我总觉得……"我只说了半句话，后面半句是："应该下去看看，或是到派出所报个案。"但却没有说出来。

"这……"

司机好像犹豫了。其他乘客却纷纷抗议起来：

"走吧走吧，再耽误就半夜啦！"

"管他是真是假哩，跟咱们有啥相干啊？"

我突然感到悲哀极了，为自己，更为全车的乘客。

但是，我又实在放心不下那个刚才下车的村姑。我仿佛听到不远处的黑暗里，已经响起了男人和女人的吵嚷声，似乎看到那个年轻腼腆的村姑，已被歹徒们打倒在地。他们正在抢劫她的布兜里的钱物和兑奖凭证。一股无法抑制的冲动猛然冲上心头，我匆忙对司机说了句："师傅，请稍等片刻！"就不管不顾地冲下车去。

在下车的瞬间，我已经想好了：如果真的发生抢劫事件，我就立即到当地派出所报案，无论如何不能让歹徒们得逞，就算为此而耽误了乘车也在所不惜！

七

车下已是黑漆漆一片，什么东西都看不清楚。

循着声音找了一会儿，才模模糊糊看见几个晃动着的人影儿，细听正是那几个小偷儿和那个村姑的声音。可是，他们争吵的内容却使我坠入云里雾中。

"那个卷毛司机怪恶哩！不胜咱们跟他豁上了，就不信咱仨人整不过他一个。"

"瞧你娃子那个孙猴样儿，你有几个脑瓜子够他那摇把儿敲的？"

"三哥，你一遇真格的就拉稀，你给俺三嫂那一下子咋恁狠哩？"

“我这也是万般无奈不是？你不狠，人家谁信哩？没看一车人都被咱蒙住啦！”

“你都蒙住啥啦？叫我白白挨了一拳不算，几个大男人还硬是交了几十块的车钱。咱们这一趟真是窝囊啊！”

“胜败乃兵家常事，这有啥窝囊的？咱这钱，还不是在唐河集上弄来的，只要算总账赚了就中！”

“三嫂也别生气了，你这一趟也收获不小呀！你都快把同座位那个干部模样儿的迷住了，只可惜你没有把他套住啊！”

“你娃子这臭嘴就会放屁，我瞅那人怪实诚的，兴许是他真没有恁些钱哩！”

“瞅瞅，三哥！我三嫂现在还替外人说话哩，这不是喜欢上他了是咋啦？你今夜黑儿可得让她收收心啊！”

“常二娃儿，我叫你……”

“哎哟，嫂子轻点儿拧，拧恁狠你就不心疼……”

“嘻嘻嘻，哈哈哈……”

吵闹声远去了，我却像一根火炭儿掉进冰窟窿里，“哧”的一声透心凉儿！原来这是一场表演得几乎乱真的骗局啊！我真是一个在生活中太容易相信人，被人欺骗、被人愚弄的傻帽儿呀！

我已经记不清自己是怎么走回去的。回到刚刚下车的地方，怎么也是黑漆漆的一片？那辆方才乘坐的大巴呢？难道我刚刚被人蒙骗了，这会儿又被人抛弃了不成？如果汽车真的开走了，这黑灯瞎火的，到桐城这二十多里路程可咋走啊？

我陷入了彻底的绝望和苦痛之中，正愁着，前边突然嘀嘀两声，汽车车灯大放光明。天啊，原来大巴车没有走哇！

我没命般跌跌撞撞地跑上汽车，卷发司机、售票员和车上的乘客一齐扭过头来，静静地用探询的目光望着我。我不禁一阵悔恨交加无地自容，精神都快要崩溃了，两手用力撑住座背儿才没有倒下去。

“唉，我，我……真不该……谢谢，谢谢各位啦！”

“啥都别说了,咱们都……算啦！大家都坐好,开车了啊!”

年轻司机说完话,轰的一声发动了大巴。汽车猛地一下子冲出两丈多远,乘客们咕咕噜噜被掀倒一大片。

在汽车震耳欲聋的轰鸣声中,我突然辛酸懊悔至极,禁不住涕泪横流……

城市里的狗

一

周建宏不知从什么时候起，成了一个“狗专家”，其对狗的深刻的认知程度，非一般人所能及。这种对狗的非一般人所能比拟的认知程度，来自其与狗的不同寻常的经历。

在周建宏的最初记忆里，农村才是狗聚集的地方。他记得小的时候，在他居住的村子里，几乎家家户户都养有大大小小的狗。那些狗有黑的、白的、黄的、杂色的，有大有小，种类繁多。这些狗无论大或小，其实都是一种土生土长的柴狗。论长相，都千篇一律，没有几个有特点，能给人留下什么印象的；论体形，大小也都差不了多少，再小小不过猫类，再大大不过山羊，而且大都尖头扫尾、木愣猥琐，毫无半点雄壮威武或小巧玲珑之感。

这些柴狗都是农家养来看家用的，白天它们跟着下地干活，夜里就卧在门口看家护院。当然，这些狗也有不下地的，不下地时就夹着尾巴在村子里乱窜。而且，夜里让它们看家也是个形式，只不过有动静的时候，它的叫声能够叫醒沉睡的主人，预防盗贼进院罢了。

周建宏小的时候很怕狗。他怕狗的原因是怕狗咬他。他记得很小的时候，曾经见过一个要饭的腿被狗咬得血淋淋、疼痛难忍的模样；还有一次是娘叫他去邻居家借东西，进邻居家院子的时候那家的黑狗还卧在那里好好的，谁承想出来之后，那只狗却蹿出来，一口咬住了他的裤脚，要不是那家主人喊得快，说不定他那次也被咬得见血哩！

然而，周建宏怕也没有用，白天的时候还好些，看见狗过来远远地躲起来就行了。可是夜里就不行了，你正在村路上行走或正和伙伴们在村场上玩耍哩，冷不防从黑影里呼地蹿出一条狗来，那情形简直要把周建宏的魂儿都吓飞了。所以长期以来，周建宏对于狗这种动物，一直没有什么好印象。

后来，周建宏参加工作进了城，城里的狗没有农村那么多，刚开始也可以说是极少的。周建宏高兴地想，这下子可离狗远了，可不用成天小心翼翼东躲西藏地怕狗了。然而，周建宏没高兴多久就又不高兴了。因为好像一夜之间，城里的狗也忽然多起来了，而且城里的狗和农村的狗相比，是有过之而无不及。这种有过之而无不及，可以说是全方位的。论种类，它们比农村的种系繁多，什么南美狗、东洋狗、西洋狗，什么牧羊犬、黑贝、大丹犬……论长相，无论大狗还是小狗，都相貌堂堂，仪态万方，小者玲珑可人，大者气宇轩昂，全没有农村柴狗那样的畏缩胆怯和尖头鼠脑的邋遢样儿……论待遇，就更是农村柴狗所不能比的了。农村人养狗就是养狗，从来没有把它们当人看，养它们是为了看家护院，它们只能吃人吃剩下的残羹剩饭；可城里人养狗就不一样了，城里人养狗是养爷，许多狗吃得比人都要好。有不少的城里人生活水平也不高，但他们宁愿自己不吃肉，也要省出些钱来，给狗买些鸡心、鸭肝儿之类的好吃的……

周建宏走在大街上，每每看到马路边上有城里的姑娘或者少妇抱着狗，看到身边有中年或者老年的妇人牵着狗，看到街上来来往往的人们自行车篓里卧着狗或者小汽车的座上蹲着狗，看到许多的狗都穿着比自己小时候过年的新衣都要漂亮、光鲜，有花花绿绿的兜肚，有闪闪发光的脖圈儿、脚箍儿，心里就不由生出一种憋气和想跟谁大吵或者大打一架的情绪来。

这都是啥事儿啊！连狗活得都比人还要“人”了！以后的世道还不知道咋着变呢。

二

当然，周建宏上面的想法都是他刚进城不久时的想法。那些想法现在看来都是很幼稚和不成熟的。随着时间的推移，周建宏的那些想法都慢慢地发生了转变或者说是质的变化。说通俗点，也就是对狗的认知，由起初的反感发展成无恨无怨，然后再由无恨无怨转变成发自内心的默许和赞赏。

周建宏在一个不算太忙的文化单位上班，闲暇之时喜欢舞文弄墨写一些小文章，偶尔还能在报刊上发表。也许是构思文章的需要，周建宏还喜欢在无所事事的时候，站在机关的大门口看街上来来往往的车流和人流，他能从人们的衣着和各种各样的表情中，看出许多别人看不出来的东西。也正由于他这种喜欢站在街上看人的习惯，让他在不经意间发现了一种其他人也许司空见惯的现象，那就是现在城市里的狗渐渐地多了起来，而且许多狗的待遇甚至远远超过了豢养它们的人类。正是这样的一个新发现让周建宏灵感突至，挥笔写下了一篇名为《人性、狼性与狗性》那篇关于狗的的文章，没有到它还被某报发表了，这让周建宏本来平静的生活和传统的思想，发生了翻天覆地的变化。

当然，周建宏发表的那篇文章，是一篇说狗不好的文章，大意是说人们现在都喜欢狗而不喜欢狼，这种喜欢与不喜欢从根本上讲，还是来自狗和狼的不同性格。狗的性情温驯忠诚，对主人俯首帖耳，而对非主人或主人的敌人则势如水火，随时准备听从主人的命令对其发起凶猛的进攻。而狼则不同，它性情狡黠暴躁而又阴郁，无论对谁都水火不容存有戒心，并常常对人类或弱小的动物进行出其不意的袭击。狗和狼的这种截然不同的性格，自然而然地造成了人类对它们截然不同的态度,而这种截然不同的态度又造成了两者截然不同的生存境况,这种完全不同的生存境况就造成了世界上的狗越来越多,而狼的数量却越来越少。然而,事实真如上面所说的那样吗?其实这只是一种假象,透过这些假象你再想一想,其实人们内心深处并不喜欢狗,而只是在利用这种天性愚忠的动物;而对于狼,人们则是一种十分矛盾的心理——既喜欢又害怕。不然的话,人们为什么都不愿意被说成狗,而喜欢别人说自己是一只荒原的狼呢?

这篇名为《人性、狼性与狗性》的杂文发表之后,引起了人们的广泛关注,不少人来信或打电话参与讨论。开始的时候,周建宏很激动也很兴奋,想自己的这篇杂文写得够深刻够辛辣的吧,竟能引起这么多人的共鸣!但时间长了,打电话的人渐渐少了,他也就慢慢静下来了:你一篇小文章再辛辣再深刻,能把地球震个洞、把天戳个窟窿吗?可是周建宏无论如何也没想到,他的《人性、狼性与狗性》却引起了一位"狗老板"的注意,并且由于这位"狗老板"的注意,周建宏的命运发生了翻天覆地的变化。

那是一个周末的下午,周建宏刚想随着办公室的伙计们早点下班,没提防一个矮胖的老板模样的人走了进来。

那人进来就问:"周建宏先生在吗?"

周建宏抬头望了他一眼,答道:"你找他有什么事?"

那人说:"我想请他一起坐坐。"

周建宏说:"我怎么不认识你呀?"

那人立即激动地走上前来,不管不顾地抓住周建宏的手,就像样板戏《红灯记》里地下交通员见到李玉和时的那个兴奋样儿,大呼小叫地喊道:"哎呀,我可找到你啦!"把周建宏搞得老半天丈二和尚摸不着头脑。

那人解释了好一阵,周建宏才弄明白,他名叫刘童心,是一个养狗场的老板。因为他看到了周建宏发表的那篇关于狗的文章,觉得是遇到了天下难得的"狗知音",就日思暮念地想与周建宏见面切磋交流,不承想阴差阳错,今日才得相见,万望周建宏能体念渴见之情,同他薄酒一聚。

周建宏想想周末也没什么要紧之事,再看这人如此盛情又非坏人,也就顺水推舟应允了。周建宏后来想想有些后悔:咱凭什么叫人家那么丰盛地招待呢?人家说是薄酒一聚,谁想到酒店一看,却是满满一大桌子美味佳肴,菜是生猛海鲜,酒是百年老窖。粗略算了一下,这少说也得近千元。这近千元的东西,就他和那人两人吃呀!周建宏想这人如此破费,定有什么棘手之事求他。可是他一个副科级干事,能帮人家什么忙呢?然而那人一个晚上只是和周建宏碰杯喝酒,倾诉渴见之情,别的并不多说什么。直到最后散席之时,才道出请客的目的,是想请周建宏去参观一下他的养狗场,并担任他的养狗场的顾问。

周建宏这才放下心来,笑着说:"这好办这好办,等参观罢你的养狗场再说吧!"

三

事后回想起来,周建宏才觉得答应刘童心的要求太轻率了。这是他在参观过刘童心的养狗场之后产生的想法。

那是怎样的一个养狗场啊!该养狗场坐落在离城区约10千米的一个漫岗下面,有几千平方米的规模,小楼平房鳞次栉比错落有致,远远看去就像一个偌大的村庄吗?

走近养狗场大门,周建宏就更惊异了:这个养狗场的门前怎么就像一个热闹繁忙的集市呢?门口停满了各式各样的小汽车、三轮车、电动车和自行车,进进出出的男女老幼,抱着狗的、牵着狗的、驮着狗的、跟着狗的,他们互相打听、互相询问、互相切磋、互相交流,交织出一片繁闹嘈杂的人声。这种热闹非凡的景象,与他所见过的一些简陋的门可罗雀的养狗场形成了极为鲜明的对比。

进入养狗场的院子里,透过熙熙攘攘的人流再看,它实际上就是一个曲径通幽清流环绕的微型广场。广场上青石铺路绿树成荫,走道两旁还有灌木葱葱、花草繁盛的花带,花带里种满了各种各样叫不上名的青枝绿叶姹紫嫣红的花草。广场临近大门的地方,是狗场的两层办公楼和养狗员们的宿舍。再往里就是高低不等、大小不一的狗舍和狗食堂了。

尤其值得一提的是这里的狗舍,它不像一般养狗场那种众狗聚居的狗圈,而是像养狗员宿舍一样的小楼房,不同的只是楼层之间的高度低一点罢了。更让周建宏感到惊奇和不解的是,这个养狗场中狗的品种的齐全程度和不同狗种以及同类狗种之间的待遇居然有着巨大的差异。

先说这里狗品种的齐全程度,完全可以用这样几个字来概括:千奇百怪、无奇不有、纷繁芜杂、名类多多。大的大如牛犊,小的小如松鼠,漂亮的色彩艳丽,难看的丑不忍睹,黑的黑如墨染,白的白似雪团。西洋狗有英、法、德的,东洋狗有日、韩的,就连最不起眼的中国农村的柴狗,这里也有。周建宏曾经到过全国的许多地方,但从来没有看到过这么全、这么多的狗。

再说这里不同狗种和同类狗种待遇的不同,主要反映在狗的产地的不同上。比如说产自美、英、德、法的狗,就可以三到五只住一间狗舍;而来自日、韩的狗,则是七到八只住一间狗舍;至于中国农村的那些柴狗,却是十几只住一间狗舍。同种狗的待遇也不同,这主要反映在狗舍上。比如同是西洋狗,有的四五只一间狗舍,有的两三只一间狗舍,还有的一只一间狗舍;再比如日、韩狗,最好的是两三只一间狗舍,次一点的是四五只一间狗舍,再差的是七八只一间狗舍;我国的柴狗也是依此类推,一间狗舍里狗的数量也多少不等。当然,这些只是周建宏所看到的反映在狗的住宿方面的不同待遇,至于吃食、卫生等方面的不同待遇,就不得而知了。然而,仅仅是反映在住宿方面的待遇就足以令周建宏不解了:这些情况都说明了什么呢?

在参观休息的间隙,周建宏向狗老板刘童心提出了自己的疑问:“你这种整法不是崇洋媚外吗?还有同种狗一间狗舍居住数量不同的安排有什么讲究?"

刘童心听完一愣,随即又腼腆地笑了起来,说:"老兄你敏感了,我这样做其实没有半点崇洋媚外和蔑视中国狗的意思。我只是根据市场规律和人们对各种狗的喜好程度,来确定它们的待遇罢了,其他根本没有想那么多。"

周建宏进一步问:"此话怎讲?"

刘童心敛了笑正色说:"现在生活富裕了,人们都喜欢养狗,对吧?但是人们喜欢养狗并不是喜欢养一切狗而是有选择的。事实是人们喜欢养外国狗,不喜欢养我们国产狗,对吧?尽管我们中国狗的价位很低,而外国狗的价格要高出国产狗的几倍、十几倍甚至几十倍,但人们仍然不惜重金,乐此不疲,我有什么办法呀?我也想多卖一些咱们国产狗,可是人家不买呀!既然如此,我何必在一棵树上吊死呢?我只有根据市场规律和人们的喜好,来安排狗的住宿条件、卫生条件和饮食等各方面的生活待遇了。我不这样做,人家买主不愿意呀!这难道有什么错吗?"

周建宏沉吟半晌,无以应对,只好说:"没什么错。可是同种狗的待遇也不同,这怎么讲呢?"

刘童心想了一阵,说:"其实这也没什么,我只是根据人性,不,是根据狗性的不同,给它们应有的待遇罢了。"

周建宏说:"请解释清楚点。"

刘童心说:"咱这么说吧。我打个比方,就好比咱们人类,同是一个种族的人,总有聪明伶俐的和不聪明伶俐的,总有优秀的和不优秀的。聪明伶俐的和优秀的,总要比不聪明伶俐的和不优秀的混得好些吧!"

周建宏说:"那也不一定,还有出身和机遇的因素呢!"

刘童心说:"一般情况下是这样的。"

周建宏看了他一眼,说:"就算是这样吧,接着往下说。"

刘童心咽了口唾沫继续说道:"在我们人类中,混得好的人与混得不好的人是有差别的，这种差别体现在许多方面，比如说职位、工资、住房、用车等。其实狗类也是如此，狗类也有聪明、优秀和不聪明、不优秀之分，这种聪明、优秀和不聪明、不优秀之间的差别，也应该体现在待遇上。我在住宿、卫生和饮食方面所给予它们的不同的待遇，就是这种差别的具体体现。”

周建宏听到此处，忍不住笑了起来：“你怎么拿狗类和人类比呢？”但又仔细想一想自己的周围，现实生活中的人们也确实如此，就觉得刘童心说的也没有啥不对，就又好奇地问道：“那你怎么分辨狗的聪明、优秀和不聪明、不优秀呢？”

刘童心沉吟片刻说：“区别狗类的聪明、优秀和不聪明、不优秀，这里面的学问很大，路数也很多，我一时给你也说不清楚。但我有一个基本的标准，那就是看它在同类里面是不是最机灵、听话、有亲和力。凡是具备这些条件的狗，我都给它们较好的待遇；具备这些条件的级数越高，我给予它们的待遇就越好。”

周建宏说：“为什么要这么做？”

刘童心说：“说到底还是一个钱的问题。凡是稍微聪明和机灵点儿的狗，买主们给的价钱就较高；明显聪明和机灵的狗，买主们给的价钱就更高。买主们对于聪明和机灵的狗的喜爱，以及对于不聪明和不机灵的狗的不喜爱，就像他们喜欢洋狗而不喜欢中国柴狗一样，这完全是一种习惯和意识的问题，谁也没有办法改变。所以说我这么做，也是不得已而为之。”

周建宏沉默了一会儿又问：“可是，现在的问题是，对于聪明和优秀以及不聪明和不优秀的狗，你能够准确地分辨出来吗？”

刘童心愣了一下，不理解地瞅了瞅周建宏，说：“这有啥分辨不出来的？就我们人来说，谁聪明谁不聪明，谁优秀谁不优秀，咱还能看不出来吗？但要说多准确，我还没有十分把握。所以我……”

周建宏不无揶揄地说：“所以你就找到我，让我给你当‘狗顾问’来了？”

刘童心不好意思地笑了，然后说："是这样的，就是这个意思。你是研究狗性的专家嘛！你看……"

周建宏半晌没有言声。他想说：我算什么专家啊！其实你对狗的了解比我深多了，我哪有资格当你的顾问呢？但他只是这样想，却没有这样说。他没有这样说的原因，一是怕刘童心不快，二是怕小了自己的架子。他想先虚晃一枪答应下来，以后再不承认这壶酒钱，怕刘童心再找上门去，倒显得自己不识抬举，所以就没有立时表示可否。

刘童心见周建宏迟疑，以为他有什么难以开口的想法，就又忙不迭地补充道："我叫你当顾问可不是白当啊！我每月给你两千元辛苦费，你只每个周末来两天，给我讲一讲狗性，帮我总体上招呼一下就行了。你看这样行吗？"

周建宏心理一惊，想："两千元的辛苦费！这可是个比我的工资高一倍的数目啊！而且又没有太具体太难做的事儿，我何乐而不为呢？"但是周建宏却不能马上答应刘童心，因为他怕刘童心看出他的高兴劲儿，而笑话他的小家子气。就皱了皱眉头，面露为难的样子，说："看你真心实意，实在盛情难却，我就答应你吧！可就是有一条，我现在对整个狗场还缺乏深入的了解，我想抽空在这里蹲一阵儿，先摸摸情况再说，你看如何？"

刘童心这才一块石头落了地，憨厚地笑了起来。

四

不知是由于金钱的诱惑，还是真想深入研究一下狗性，反正周建宏是真心实意要做刘童心的"狗顾问"了。可没想到单位却跟他过不去了。周建宏往刘童心的养狗场去了几次之后，分管他们科室的林副局长就找他谈话了。

林副局长说："老兄哇，这些天有人反映，说你上班不及时，想来来想走走，有时候甚至两天不来也不请假，真有这事儿吗？"

周建宏是单位的老人儿了,再加上经常在报纸刊物上发表文章,在社会上多多少少有些名气,一般情况下很少有人用这样的口气跟他说话。尤其是这位分管他们的林副局长,几年前和周建宏还是一个科室共事的伙计呢!当时周建宏和这位领导都是副科长,若按年龄和工作时间先后排列,周建宏还应是林副局长的领导呢!由于年龄相差无几,所以两人特别投缘,相处不分你我,无话不谈。当时周建宏也没有看出这位小老弟在被有什么过人之处,谁承想几年之后,他竟然由副科到正科,最后成为副局长,一跃而成了周建宏的领导。周建宏不得不由衷地佩服这位小老弟的聪明机敏和不显山露水的处世艺术。但是佩服归佩服,若要周建宏也像他那样子为人处世,周建宏却又不屑一顾。所以这位昔日的小老弟在被提拔为周建宏的领导之后,两人无形之中就产生了某种隔阂。尽管林副局长对周建宏依然尊重如常,周建宏对林副局长也像过去一样和颜悦色,但不知为什么,两人见面时再没有了过去那种情投意合无所不谈的感觉了,反而产生了一种话不投机的生疏感。所以这回林副局长找他谈话,周建宏一听就火了,黑着脸说:“谁说的?是谁吃饱了撑得没事干了专门挤对我?”

林副局长就咧开嘴笑了起来,说:“你也别管是谁说的,我也不管你有没有,反正是有则改之无则加勉,以后注意着别太那个就行了。不管咋说咱是老同志了,是老同志就得给年轻人当好表率,做好……”

周建宏不由得更火了,梗着脖子同领导吵起来:“老同志怎么了,老同志也是从年轻时候过来的。我年轻的时候比现在的年轻人表现好多了,可是我……”周建宏想说:可是我得到了什么。就是因为我表现得太好了,就是因为我只会一门心思干工作,而不会像有些人那样揣摩领导心思,溜须拍马讨好逢迎请客送礼拉关系,十几年勤勤恳恳、辛辛苦苦拼命干,到头来不还是老和尚的帽子——平不塌、原地踏步兵一个。但是他只说了一半又不说了。说那些又有啥用呢?事情都已经过去了,说出来更显得你没本事,而且说出来之后,眼前这位昔日的小老弟、今日的顶头上司还不定咋想呢。说不定还以为我是在影射人家呢！算啦，还是自己揉揉肚子咽了吧！

周建宏想到这里什么都不想说了，可是不说点什么又觉得自己输理了，就继续同林副局长争执道："我没请假两天不来又咋啦？咱单位像我这样子的多的是，为啥就没有看见别人，却偏偏看见我啦？再说像咱这样的单位，整天要求按时上下班，都坐在办公室里干什么？要是光坐在这里喝茶、看报、喷闲话儿，还不如出去干点有用的事情哩！"

林副局长这下子不笑了，有些严肃地对周建宏说道："老兄你这样说就不对了。咱们好坏是一个单位呀！是单位总得像个单位的样子吧！如果大家都三天打鱼两天晒网，那还像一个单位吗？要是上级来检查工作怎么办？要是下面的同志来找怎么办？"

周建宏有些语塞了。是啊，如果大家都三天打鱼两天晒网，要是上级来检查工作怎么办？要是下面的同志来找怎么办？但是周建宏又觉得不能语塞，语塞了不就是自己输理了吗？于是就又梗着脖子争辩道："啥子重要单位嘛，人家还来检查呢？咱这样的单位有它五八，无它四十，说不定啥时候国家还把它砍了哩！"

林副局长一听这话真恼了。真恼了的林副局长很严肃地质问周建宏："老周，你说话怎么这么不负责任呢？咱单位要被砍了对你又有什么好处？将来你到哪里领工资？再说咱们这把年纪的人，人家社会上谁要啊！？"

这一次周建宏真的语塞了：是呀，单位真砍了对你有什么好处？你将来去哪里领工资啊？人家领导不愧是领导，领导们考虑问题就是有水平有远见。自己只顾生气了，咋就没想恁多哩？虽然自己有点儿舞文弄墨的专长，时不时能在报刊上发表一些豆腐块儿文章，并且还因此而常常瞧不起那些没有一技之长的领导和同事，但是如果没有了工资，只靠稿费来养活自己能行吗？周建宏不由自主地摇了摇头。

林副局长见周建宏不说话了，知道是说到了他的痛处，就又恢复了原先的平缓语气说道："老兄啊，我说这些都是为你好哇！领导班子会议上已经有人在议论你了，可是除了我这个小老弟，人家谁来提醒你哩!”

周建宏说:“议论我又怎么样?”

林副局长笑着说:“议论得多了总是对你不利吧?”

周建宏冷笑道:“对我不利还能咋着?”

林副局长说:“现在是不能把你咋着,可是时间长了总是不好。你可别忘了过去的教训,那一回考核咱俩的时候,要不是领导班子里对你的议论多,恐怕现在我这个位置就是你的了。”

周建宏不语了,好一阵子不说一句话。他本来已经把当年那件不愉快的事情忘掉了,林副局长却把它又重新提了起来。周建宏的心里不由一阵悸痛:那是一段多么令人伤感而又无奈的记忆呀!那是他上班之后的第六年,老科长到年龄退休,需要从他和现在的林副局长(当时跟他一样是副科长)两人中提拔一个为正科。当时无论是按年龄、按资历、按业绩,还是按考核时群众的投票情况,这个正科长都铁定非他周建宏莫属。可是万万没有想到的是,宣布文件的时候却不是他周建宏,而是当时排在他的后面、现在正在和他谈话的这位林副局长。周建宏百思不得其解:这船到底在哪里转弯了呢?事后很长时间才慢慢传出风声,原来是当时的单位一把手对他看法不好。单位的一把手为啥对他看法不好呢?其根源来自一件根本算不上什么事情的事情:当时那位一把手本来拿的行政工资,看到周建宏他们拿的职称工资高,就也想申报职称,可是申报职称需要论文,那位领导却不会写论文,就屈尊想请周建宏帮忙写一篇。本来这件事情对于经常写写画画的周建宏来说,应该是一件举手之劳而且求之不得的好事儿!你想啊,平时有人想巴结领导,还唯恐巴结不上呢!这一次是领导亲自找上门来,周建宏完全应该二话不说痛痛快快地应承下来才是。可是他千不该万不该,不该对领导说他正在修改《中国戏剧》杂志急要的一个小戏剧剧本,腾不出时间帮领导的忙,看能不能让小林代劳一下?小林是谁呢?就是当时排在周建宏后面的林副科长、现在周建宏的顶头上司林副局长。人家小林怎么样呢?人家很爽快就应承下来了,而且还很谦虚地对局长说:“局长叫我帮忙是看得起我,就恐怕我水平不高,写出来达不到领导的要求。这样行不行,我先把论文写出来,然后有哪些不足再请局长修改,我权当是跟着领导学习哩!”结果怎么样?人家领导不用他周建宏,论文照样写出来了,也发表了,还顺顺当当地晋了职称。这事之后,那位本来对他不错的领导就对他有了不好的看法,说他恃才自傲、不知道天高地厚,是个不识好歹、不可理喻的人。于是后来选拔正科长的时候,领导就从中使了手脚,把这个本来属于周建宏的位置给了小林。

事情过去之后,周建宏想来好悔好气啊!他悔什么呢?悔自己咋恁傻恁笨呢!什么小戏剧剧本,你发表一百个能顶上提拔一级职务吗?职务的高低决定着权力的大小。有的人为了能提拔一级职务和级别,不惜四处走动,请客送礼。周建宏就知道一位朋友,为了从副科升到正科,每年送的礼就达几万元,没钱送的时候就向亲戚朋友们筹措借债,就这样连着送了三年,终于实现了自己的目标。周建宏曾经问过这位朋友,说:“你下这么大的本钱、投这么大的资,就为这么一个小小的级别,值吗?你到底图的是什么?”那位朋友轻松地笑着说:“这有什么奇怪的,你别看我投这么大的资,要不了一年我就全部捞回来了。”周建宏听后吓了一跳,想一想人家那么大的投资都舍得,自己却连一点点的时间和精力都舍不得,真算是傻帽儿傻到家了。天底下还有傻到这个地步的人吗?结果怎么样?自己把眼看就要到手的正科白白地送给了别人。

周建宏气什么呢?气领导,气小林,更气自己。气领导什么呢?气领导你们也太贪心了,你们坐着比我们宽敞明亮得多的办公室,用着比我们高级豪华得多的办公用品还嫌不舒服,还要眼气我们那点儿少得可怜的津贴。那可是我们整天辛苦熬夜坐板凳坐出来的啊!你们的职务工资虽然比我们低了那么一点点儿,可是你们有比职务工资多得多的隐性收入,我们除去工资可是一分钱都没有啊!那他气小林什么呢?气小林你也太不地道了,怎么我一让你就抢风水似的接着了,你要是不接着我不就还得……我要是写了不就没有以后的事儿了吗?气罢小林他又气自己:我真是叫鬼迷了心窍,怎么放着那样的好人不做呢?却白白地叫人家捡了个大便宜。可是话又说回来了,你再悔再气又有什么用,那件事儿都已经成历史了,而历史本来就是一部说不清道不明的滑稽剧啊!周建宏气过之后就又不气了。

现在林副局长旧事重提,再次勾起了周建宏旧日的伤痛,他隐隐约约有些不快,但再不快又有什么办法呢?就略含了幽怨的口气道:“反正我是王瘸子的腿——就这样子了,我就是表现再不好,谁还能把我怎么样?”

林副局长说:“现在是谁也不能把你怎么样,可是你就不想以后再进步啦?”

周建宏苦笑道:“我还能怎样进步呢?”

林副局长说:“比如说你现在是正科级,将来退二线时不想弄个副处什么的?”

周建宏说:“这样的好事能轮到我吗?”

林副局长说:“只要你经常注意自己的表现,还是很有可能的,因为你的资历和成绩是公认的。只是……”

周建宏看着林副局长的脸,听他下面还说什么。林副局长却不说了,而是突然换了个话题道:“先不说这些了,这还不是重要的。我这回找你来,主要是想告诉你另外一件事:有风声说,下一步可能要搞整顿精简了,听说是按年龄一刀切,你的年龄又偏大,这段时间可真得注意一下自己的表现,别到时候……”

听到这里,周建宏笑了,说:“怎么又要整顿精简了,以前不是精简了好几次了吗?每次精简都是简了又增,增了再简,其结果简来简去,机构和人员反而越来越多。这回真要精简,还不是走走形式罢了。再说了,就算是真精简,还能把我们这些搞专业的人精简下去?”

听完周建宏的话,林副局长也笑了,但笑了半截又不笑了,说:“这回精简是来真的了,从中央到地方先上后下,首先从国务院和中央机关开始，然后向省、市、县逐级推进，看来不像是假的，所以我们每个人都得早做准备。至于你说的专业不专业的问题，我看并不重要。因为文化艺术自古以来就不是社会的主流。你以为你是老几呀？离了你，人家就不过日子啦？”

周建宏听完领导的话半晌无语。他想反驳林副局长的话，却又找不到对他有利的论据，因为在社会上所看到和听到的一切，还真和林副局长说的一模一样。再想想自己的年龄，心情不由得暗暗沉重起来。

五

心情变得暗暗沉重起来的周建宏，无形之中就注意起自己的表现来。

周建宏一注意自己的表现，养狗场那边就自然而然去得少了。

他养狗场那边去得少了，刘童心就有了想法。很快，刘童心就打来了询问电话，刘童心在电话中说：“周哥，这段时间你不来这儿了，是不是嫌我给你开的工资少啦？”

周建宏听后赶忙说：“哪能呢，是我这一段时间特别忙，所以就……”

刘童心说：“那好，等你忙过这一段时间，就来正式上任吧。我有好多问题问你呢！”

周建宏说：“好吧，等我忙过这一段时间。”答应完放下电话，周建宏不禁庆幸地想：好歹我这段时间不能去，要是我真去了，人家会讲些什么呢？

就这样过了不长不短一段时间，机关上并没有见到什么整顿精简的动静。

周建宏不禁又放松了，心想：“这精简的事恐怕又是雷声大雨点小。你想想啊，中国的国情就是钱少人多，钱少还是人多造成的。虽说现在的机关存在人员超编,办事效率低下的问题,上边要整顿精简也是对的,但是问题的关键是,你把多余的人往哪里简呢？简到哪里不是还得给他们发工资？如果不发工资这部分人会答应吗？如果不答应那不就还要出乱子吗？这可不是上边的领导们所希望的啊！领导们啥都不怕,就怕哪里出乱子,一出乱子什么都不说啦！看来这回整顿精简一定是哪里又出了乱子,领导们一看见乱子就怕了,就把精简行动不死不活地扔那儿了!”想到此处,周建宏原先紧绷着的心又慢慢放松了。

周建宏的心情放松了,就又不由自主地想起了刘童心请他去养狗场当顾问的事情。他想给刘童心打电话,却不好意思先开口;可是不给刘童心打电话吧,他又觉得烦躁憋闷得特难受。正在左右为难之际,刘童心正好又打电话过来了。

刘童心在电话中说:“周哥,你这两天还忙不忙？不忙了赶紧过来吧。我有紧要问题请教你呢!”

周建宏没等刘童心的话说完,就忙不迭地连声道:“不忙了不忙了,那我明天过去吧!”

六

刘童心的狗场里,依然是一派繁忙的景象。但这种繁忙景象似乎不像往日那样井井有条,好像有一种惶惑不安和心神不定的感觉。

周建宏赶到那里的时候,刘童心正在他的办公室里跟几位买主解释呢。一见周建宏来了,刘童心就急忙撇下买主,拉着周建宏的手说:“哥,我盼星星盼月亮,总算盼到了深山出太阳。你来得好,快给我解决个难题吧!”又回头对几位买主说:“这就是我给你们说的‘狗专家’,你们有啥问题,尽可以给他说,他可以给你们排忧解难的。”说完,他就急急忙忙干别的事去了。

几位买主就撇下刘童心,纷纷对着周建宏询问起来。

一位买主对周建宏说:“本来我想买一只不咬人的哈巴狗,给我的小孙子玩儿的,谁承想它却咬了我小孙子的手指头。要不是我们发现得早,说不定小指头就被咬下来了呢!”

另一位买主说:“本来我想买一只黑贝看门用的,哪知道它却见了谁都是摇头晃脑甩尾巴。这样中看不中用的狗,我要它干什么?”

还有一位年轻女性买主说道:“我买这只卷毛狮子狗,是想叫它陪我说话、逛街、遛弯儿,消磨时光的。可它倒好,一得空儿就往我的怀里钻,还……”女买主话没说完脸就红了,不好意思地将脸扭向门外。

周建宏听着几位买主的发难,心中渐渐明白了问题。就对他们和颜悦色道:“听你们的话,都是对你们的狗不满意,是吧?但是你们到底想怎么样呢?是想将狗退掉呢,还是想……”

买主们说:“想将狗退掉。”

周建宏接着问:“那么,你们对所选的狗的种类也不满意吗?”

买主们说:“不是对狗的种类不满意,而是对买的狗不满意。”

周建宏笑了,说:“这不就结了。你们今天先把狗牵回去,我现在立马就去和老板商量研究,尽量按你们的要求仔细挑选,等到明天你们再来,我保证叫你们都换上称心如意的狗。你们说怎么样?”

买主们也笑了,有的说:“有你这句话,我们就放心了。”有的说:“人家到底是‘狗专家’,说话办事就是和那个场长不一样。要不是看您‘狗专家’的脸面,俺们说啥都不要他的狗了。”说完,就牵着各自的狗回去了。

送走买主们,周建宏急忙去找刘童心。刘童心正躲在一间小屋子里发愁呢!一见周建宏来找他,就抓着他的胳膊问:“那几个买主走了吗?”

周建宏说:“走了。”

刘童心说:“狗也带走了?”

周建宏说:“当然了。”

刘童心说:“你是怎么把他们几个支走的?”

周建宏就把刚才的情形说了一遍。

刘童心不禁欢呼起来，说："你这个'狗专家'果然名不虚传，看来我聘你还真是聘对了。"

周建宏正色道："你也别高兴得太早了。人家明天还来换狗呢！"

刘童心这才止住了笑，说："明天的事明天再说，只要今天他们把狗牵走就行。要是不牵走，那影响可就坏了，保不准影响我多少生意呢！"

周建宏说："那明天他们来了你咋办？"

刘童心愣了愣说："来了就给他们换呗！"

周建宏说："要是换了再不满意呢？"

刘童心怔住了："你是说……"

周建宏一脸认真地说："我看还是先按他们的要求认真挑一挑。"

刘童心犯愁了："咱们怎么挑呢？"

周建宏反问："你以前是怎么挑的呢？"

刘童心说："我以前……就是先看钱数的多少，再问买主的要求，然后按一、二、三等的方法挑选。买主掏的价高，我就挑级别最高的狗；买主掏的价低，我就从第二级中挑选；买主舍不得掏钱，我就从最低一级的狗中挑选。不管买主想要哪种狗，我都如法炮制。"

周建宏问："你觉得这样挑选准确吗？"

刘童心说："一般都很准确的，很少出问题。"

周建宏说："那这一回是怎么回事？"

刘童心说："我也不知道，反正我都是……"

周建宏笑着说："这都是你的经验主义犯的错。"

刘童心说："我的经验主义？难道……"

周建宏说："可能是你的出发点有问题。你那按一、二、三等分级的方法可能也有问题。"

刘童心有些傻了："那你说咱应该……"

周建宏说："按你的分法，一、二等狗是最聪明、最机灵、最听话和比较聪明、比较机灵、比较听话的狗，而三等狗则是最不聪明、最不机灵、最不听话的狗。这一点儿没有错。我也认可。但是需要指出的是，你只看到了事物的这一面，而没有看到它的另一面。你看是不是可以这样讲，狗是一种动物，也是一种事物，是事物就有它的两面性，聪明、机灵只是其中的一面，而另一面是什么呢？是不是就是狡猾、圆滑，善于察言观色、见风使舵呢？也可以换一句话说，聪明、机灵的狗，也就是狡猾、圆滑和善于察言观色、见风使舵的狗。你说是不是呢？”

刘童心更傻了：“按你的意思，凡是聪明、机灵、听话的狗，就都是狡猾、圆滑和善于察言观色、见风使舵的狗，就都是要不成的狗了？”

周建宏说：“话也不能这样讲。其实狡猾、圆滑和善于察言观色、见风使舵也不是什么缺点，它只是和聪明、机灵相对而言。两者实质上是一个意思，只是属于两种不同的范畴，一个是贬，一个是褒；一个是反，一个是正。两者是矛盾的两个方面，又有机地结合成了一个统一体。换句话说，凡是聪明、机灵的狗，就必然是狡猾、圆滑和善于察言观色、见风使舵的狗；凡是狡猾、圆滑和善于察言观色、见风使舵的狗，就必然是聪明、机灵的狗。也可以说狡猾、圆滑和善于察言观色、见风使舵是聪明、机灵、优秀者的一种必要和重要的生存手段。如果说一只狗不狡猾，不圆滑，不善于察言观色、见风使舵，那它就不是一只聪明、机灵的狗，而只能是一只愚笨、迟钝、平庸的狗了。”

刘童心听周建宏说了这么多，才似乎有点醒过劲儿来，忙不迭地催促周建宏说：“嗯，你说得有道理，有道理，再往下面说，再往下面说。”

周建宏说：“咱再说今天来换狗的几位买主吧，他们所要的并不是最聪明、最机灵的狗，而只是最温顺或最凶猛、最忠于职守的狗罢了。而且如果从狗性上讲，这三种类型的狗，却又恰恰不在你所划分的一等狗中，而是有可能在二等或者三等狗中，或者可以说就是在第三类狗中。你一开始就把事情办错了，人家咋能不来换狗呢？”

刘童心心有所悟地说：“照你这么说，我那一、二、三等的分类法，从一开始就弄错了?”

周建宏说:“不,那个分法并没错。只是你在买主买狗的时候,光知道看钱了,却忽视了狗的本性,对号入座时弄错了。”

刘童心心存疑虑地问:“那咱们一会儿选狗,该从哪类狗中选呢?”

周建宏毫不迟疑地说:“这还用问吗?就在第三类狗中挑选准成。”

七

周建宏帮助刘童心顺顺利利地渡过了一道难关,随后就在刘童心的养狗场里美美地做了一阵“狗顾问”。

周建宏每回在刘童心的养狗场里做“狗顾问”,都被刘童心贵宾似的敬着陪着,吃饭“坐上席”,喝酒“五粮液”,吸烟“金中华”,接送“大红旗”。刘童心一有空就叫周建宏给他讲“狗论”,传“狗经”。

周建宏见刘童心实在厚道,也就拿出平生本事,根据狗的特殊种性,结合自己的人生经验,云天雾地,海阔天空,将一部“狗经”讲得天花乱坠,直让刘童心听得五体投地、如醉如痴、不知南北东西,然后就越发对周建宏崇拜敬重了。

周建宏在刘童心那里当“狗顾问”正当得得意,林副局长却又把他紧急叫了回去。林副局长在电话里对周建宏说,老兄你快点回来吧!看来这回是真要精简了,明天机关就开动员会,文件要求全体人员都得参加。你可千万别误了呀!一听这话,周建宏就仿佛从火盆边一下子掉进冷水里,浑身上下顿时来了个透心凉。这回他不敢怠慢了,立时二话不说,连和刘童心都没有来得及说一声,就急急忙忙地回单位了。

果然,第二天的精简整顿动员会按时召开。别的不说,光看会场上气氛的严肃程度,就知道这回机构精简整顿是要来真的了。过去机关里开会,总是松松垮垮、三齐两不齐的,八点开会九点到,十点半就有人溜了号，剩下的人还在下面交头接耳、叽叽喳喳，不是织毛衣，就是唠闲嗑，下面的声音常常比上面的声音还要大。老弄得台上讲话的领导干生气，又不好对这些文艺界的所谓的“家”们发脾气。但是今天的气氛就不同了，今天到会的人员不但齐，而且还满场寂静、鸦雀无声，恐怕会场里掉根针都能听得见。

会议开始先由一把手赵局长宣读上级关于单位机构精简整顿的文件。接着是二把手鲁副局长宣布机关精简整顿的实施方案，无非是学习动员、制订方案、落实整顿、上级验收几个阶段的老一套。最后是三把手林副局长通报本单位这次精简整顿的实施细则，主要是政治表现、工作业绩、工作年限、年龄大小等方面的条条框框。说是先叫大家对号入座，思量思量，也好有个思想准备，当然这也不是最后的定局，大家还可以提出自己的不同意见，以便这个细则更加合情合理、公正公平。文件念完了，会场里立时就乱了，人们这个说：“你们把框框都定好了，还叫我们提什么意见呢？”那个道：“还按啥子工作业绩、政治表现哩，你说谁工作没有业绩、政治表现不好啊？赌按你们定的工作年限、年龄杠杠一刀切了嘛！”局长们说了好几遍，叫下面安静，下面却当作耳旁风，依旧喧哗。赵局长无奈，只好宣布散会，说：“有什么意见下去之后各科室汇总一下，报上来再集体研究。”

从机关里走出来，周建宏就跟着林副局长直接去了他的家。周建宏坐下后，就开门见山地问道：“林局长，你给老兄说实话，你在会上念的细则，是领导班子集体研究的，还是哪一个人决定的？”

林副局长不动声色地看了一眼周建宏，模棱两可地说道：“先不说是集体研究还是个人决定，先说说你对这个细则的看法如何。”

周建宏不满地说：“按你念的那个细则，我不正好在精简之列了吗？”

林副局长说：“也不能绝对这样说，但确实有危险。”

周建宏说：“领导班子都已经定了吗？”

林副局长说：“还没有最后定，但领导班子已经议过两次了。”

周建宏说:“怎么会是这样呢?你事先咋不给我打一声招呼呢?”

林副局长摊开两手说:“怎么没打呢?很早我就给你打过招呼了。可是你全当耳旁风了,这事能怪我吗?”

周建宏说:“我——那你就不能在领导班子会上说说,我……”

林副局长说:“老兄,你还信不过我吗?咱俩谁跟谁呀!我能不帮你说好话吗?我不但说了,还不止一次地说,可是赵局长他……”

周建宏说:“是赵局长不同意我……”

林副局长说:“这事也不能怪赵局长,他作为一把手也为难哪!你想想咱们单位,光超编的就有十几个,这回精简整顿,你叫他怎么办?”

周建宏说:“单位超编是谁的原因?还不是长期以来,你们领导班子造成的吗?”

林副局长说:“不管是谁的原因,现在都已经晚了,都已经形成事实了。已经形成事实的事情谁也没办法。你能把这几年进来的人都退回去吗?再说了,在咱们单位里,就你们这个年龄段儿的人最多,留你一个人,那别人……”

周建宏急了,有些愤愤然地说:“你们就知道我这个年龄段儿的人数多,为啥不比比我们这些人的贡献呢?再说了,就这几个人里面,也还有个谁强谁弱吧!你先说个心里话,在这几个人里边,他们谁有我的成果多,他们谁有我的贡献大?”

林副局长不由得笑了,说:“老兄,怎么又说傻话呢?这个时候谁还说成绩、贡献这些劳什子呢?光按年龄和工作年限切都切不整齐呢,谁还说那么多呢?”

周建宏愣了一阵,说:“难道已是板上钉钉,没有半点回旋余地了吗?”

林副局长道:“话也不能这样说,但是精简比例都是上边定好了的,谁留谁下也都是翻来覆去算好了的,动一个人就要推翻全盘,你想想这事难不难?”

……

周建宏无话可说了，但是无话可说的周建宏心里却憋闷得无比难受。回到家里，他不吃不喝不说话，摔碟子打碗扔东西，无缘无故地朝老婆孩子发脾气。孩子惹不起他，老鼠见猫般躲起来了。老婆却变了脸色，不依他了，说："你在机关里受了窝囊气，冲俺娘俩儿发哪门子火啊？俺娘俩儿又没有招你惹你！有本事你去机关里，谁叫你受了气你朝谁发火啊！"

周建宏架不住了，正要跺脚甩门而出，家里的电话却响了。老婆拿起话筒"喂"了一声，就朝他喊道："给，找你哩！"周建宏只得回身坐下，把话筒接了过来。话筒里传过来一个粗犷的愤愤不平的声音："建宏，他们这样对咱们，你怎么不说话啊？"

说话人是老曹，和周建宏年龄不差上下，按会上念的文件一刀切，和周建宏一样都在下岗之列。此人干行政工作出身，没有什么专业特长，但为人耿直，性情直爽，说话办事风风火火，再加上在办公室副主任的位置上干了八年，办了不少的事情，所以在机关里颇有人缘，平时和周建宏处得也还融洽。两人虽然说不上无话不说，但彼此之间也互不设防，没有什么解不开的疙瘩。这次精简整顿，老曹本来很自信，认为自己是下不了岗的。谁想到会上的文件要一刀切，竟然把他也切下来了，他心里能不急吗？可能正是因为心里急了，才找周建宏商量对策来了。

"我……"周建宏应了一句，却打住不往下说了。他不是不想说，而是不知道该怎么说。再说了，即使他有话说，他能啥都往外说吗？尤其是面对老曹这样的炮筒子脾气、无遮无拦的人。但是对于老曹的好意，他又不能无动于衷毫无反应，于是就沉吟了一下，装作无可奈何地说："事情都已经这样了，咱还有什么话说呢？"

老曹气哼哼地说："什么都已经这样了？在没有形成文件宣布之前，一切都还不算定局，一切都还有改变的可能。我觉得咱们不能就这样挺着，咱们不能就这样任人宰割，咱们得有行动，咱们得想办法推翻他们那个一刀切。"

周建宏说："可是，咱们怎么个推翻法呢？"

老曹说："我看现在是软的怕硬的，硬的怕横的，横的怕不要命的。依我意，咱们就来个又硬又横，上下夹攻，逼着他们改变方针。"

周建宏说："你这个又硬又横、上下夹攻是什么意思啊？你能不能说具体点儿。"

老曹说："这又硬又横其实就是一个'闹'字。这上下夹攻嘛，就是你在上面闹，我在下面闹。我想有咱俩这么上下一闹，说不定事情还真能闹成了呢！"

周建宏听了更迷糊了，说："你叫我在上面闹，我怎么个闹法呀？"

那边的老曹也急了，说："老弟你真是写文章写傻了，连这个都不明白？我的意思就是你发表的文章多，在外面和上面的影响大，你不如就利用这一点，到上面的有关部门反映一下单位的情况，通过上面压单位，或许能改变头头儿们的想法呢！"

"噢，"周建宏明白了，但他没有立即回答老曹，而是故作沉吟地说道，"此事关系重大，只能成功不能失败，老兄容我再想仔细一点好吗？"

老曹在那边火气冲天地说道："那你就再去想吧！反正明天我是要行动了。至于去不去反映情况，你就看着办吧！"说完就挂了电话。

放下话筒，周建宏心里颇有些内疚：人家老曹来找你商量，还不是为了共同的利益嘛！你怎么那么不积极呢？但是反过来再一想，他又不内疚了：老曹他是试探我呢，还是想推死人上树，叫我先去闹，他好在下面见风使舵、见机行事呢？如果我闹成了，他就会随风而上，坐享其成；如果我闹不成，他就会静观其变，干脆不动，说不定还会在下面看我的笑话呢！还是稳妥一点，先看看他老曹动不动再说吧！

第二天上班，周建宏故意去得稍晚一些，想看看老曹那里到底有没有动静。他装作晚上熬夜起得晚了，九点左右才慌慌张张赶到单位。还没进大门，就听到院子里一片吵闹之声。走近一看，只见办公楼前黑压压地站满了伸着脖子看热闹的人。三层楼上赵局长的办公室门前,老曹正红着脖子涨着脸扯着嗓子大叫,几个人都拉扯不住。只听老曹大声嚷嚷道:“叫咱单位里的大伙儿评评理,咱单位的江山是谁打下来的,还不是我们这帮老家伙吗?!现在发展了,家大业大了,就卸磨杀驴了,把我们这些老家伙推上砂锅不管了!我今天先把丑话说前头,要是你们真敢这样办,我们就叫你们领导班子吃不了兜着走,天天别想得清闲,顿顿吃不成安生饭……”

赵局长办公室的门紧闭着,不知赵局长来了没有。周建宏在楼下听着,真为老曹捏着一把汗:赵局长若是没来还好,耳不闻人不怪,老曹这也算眼镜蛇咬住板凳腿——白出出毒气算了。顶多事后赵局长知道了,会有一点儿不舒服,无非寻机找碴儿,给老曹一点儿小鞋穿罢了。可是若是来了呢?那可就糟了。像老曹这样无所顾忌地闹,身为单位一把手的赵局长能受得了吗?他实在受不了了就会破门而出,出来指着老曹的鼻子大骂一通,然后叫人把他赶下楼去。事情若是这样,那可就全完了!一切的预谋和努力都算白费了。当然,也不排除赵局长来了而不敢出来对阵的情形。这里面的原因,其一是他恐怕出来对阵,失了当领导的身份,就让部下随便闹一下,有什么大不了的呢?闹得对,闻过则喜;闹得不对,无则加勉,领导怎能和下边同志一般见识呢?其二是按赵局长的性格说,他也许根本就不敢出来对阵哩!

赵局长的底细周建宏最清楚,按他的性格其实是不适宜做领导工作的,他的性格里有柔忍和软弱的一面,其实就是一个标准的传统型知识分子,搞学问做事业可能是一把好手,但是当领导就勉为其难了。不适宜做领导工作的赵局长之所以能够当上局长,完全是前些年按学历、年龄提拔领导干部政策的结果。当然在现实社会里,类似的事情发生得太多太多了,像赵局长这样阴差阳错歪打正着的事情又算得了什么呢?不管怎么说,事实是赵局长当上局长了。不管怎么说,赵局长就是一直没露面!赵局长一直没有露面,老曹就得以能够一直在那里喋喋不休地吵下去,直到吵得口干舌燥嗓音发哑,才被几个同事拉扯着拽下楼去。

周建宏没有等到老曹下楼就溜了。他没脸见老曹，于是二话没说掉头就走，去市里有关部门领导那里反映情况去了。接下来的几天，周建宏一直都没有上班。他一边在市里有关部门走动，一边静观单位里的变化。

很快，单位里就传来了消息，说一把手老赵突然请假，说最近有点儿身体不适，去省城医院看病去了。二把手老鲁见老赵请假，也请假参加老婆单位组织的旅游，去海南的天涯海角游玩去了。

机关里就只剩下三把手林副局长勉强支撑着。局里的工作除了接送往来上传下达，业务活动基本上停止了。在这个群龙无首、局面动荡、前途未卜的关口上，谁还有心情去为工作舍命拼搏呢？

一切都停滞下来了，整顿精简的事儿也再没有人提起了。

周建宏终于松了一口气。他一边由衷地佩服老曹的勇气，一边暗暗庆幸自己又躲过了一劫。心里一清静，周建宏不由又惦记起刘童心的养狗场来。

八

真可谓是“心有灵犀一点通”。这边周建宏刚刚想起刘童心的养狗场，那边刘童心就打电话过来了。

刘童心在电话里说：“这些天老兄忙啥呢？怎么不到我的场子里来了？”

周建宏忙回道：“前一阵子有些事儿，刚刚梳理清楚些。你那边的情况还好吗？”

刘童心说：“基本还行。就是前两天出了一件蹊跷事儿，叫我百思不得其解。我正想着这两天请你过来解谜呢！”

周建宏说：“什么蹊跷事儿？”

刘童心说：“你过来就知道了。”

第二天,周建宏看单位里一时半会儿没有啥事,就偷闲又去了刘童心的养狗场。在刘童心的办公室里,周建宏听刘童心讲了这样一件稀奇事:他们养狗场对于狗的饲养,基本上采取的是既卫生又科学的笼养制。但有时为了加大狗的活动量,每隔几天也像监狱里的放风一样,把狗都放出来撒撒欢儿。这种放风活动过去一直没有发生过什么事,就是几天前的一次出了点儿意外,一群西亚和国产狗中的二等狗,突然围住本种中的一等狗咬了起来,要不是管理员制止得快,那几只一等狗非被咬死不可。也不知到底是咋回事儿?

周建宏听着刘童心的话,一时也没有弄清咋回事儿。纳闷儿恍惚思虑之间,突然就想到了最近单位里发生的事儿,就灵机一动,装模作样地沉吟了一会儿,然后就胸有成竹地胡侃起来:“此事看似复杂,其实也很简单,问题可能还出在你分类圈狗的方法上。”

刘童心又迷糊了:“此话怎讲?”

周建宏高深莫测地说:“你过去总是按狗的聪明与不聪明、机灵与不机灵,分成三个待遇不同的等级分养,这种方法已经证明是错误的。实际上最聪明的狗,不一定是最机灵的狗;最机灵的狗,不一定是最聪明的狗;而最聪明和最机灵的狗,也不一定是最优秀的狗。也许那些看似不十分聪明、不十分机灵的狗,或者看着不聪明、不机灵的狗,或许是最优秀和最有能力的狗。自古将相出寒门,这句话本来是说人的,但用在狗身上也是合适的。所以你……”

刘童心截住周建宏的话头说:“这个问题我明白了。你快说说跟放风咬架啥关系吧!”

周建宏斜了一眼刘童心,继续慢条斯理地往下说:“据有关研究证明,狗的智商和人类差不远。狗性里面也有许多类似人性的东西。比如说,你把那些看似聪明、机灵但不一定最优秀的狗定为一级,安排到条件最好的房间里,那些看似不很聪明、不很机灵或者不聪明、不机灵但其实最优秀、待遇稍差或者最差的狗,肯定会不服气不满意。这种情况在分级分居的条件下和没有什么诱因的放风时间里,一般不会出现什么意外。但是也有例外的情况，比如说放风的时候，那些看似聪明、机灵但不一定最优秀的并且好处占尽的狗，不知道天高地厚，故意在那些看似不很聪明、不很机灵或者不聪明、不机灵、待遇稍差或者最差的狗面前趾高气扬、寻衅找事，那些看似不很聪明、不很机灵或者不聪明、不机灵但其实最优秀的狗，就会控制不住地将平时积聚的怨气和怒气都发泄出来，就会扑向那些看似聪明、机灵但不一定真正优秀的狗大咬，如不及时制止，就会出现你所说的严重情况。”

刘童心听到这里，简直有点儿手足无措了，心急火燎地追问道：“那你说……咱往后该咋办呢？”

周建宏说：“依我看，你倒不如倒过来试一试。”

刘童心说：“具体怎么个倒法呀？”

周建宏沉吟道：“这个嘛……不行就先把一等狗和二等狗对调一下吧！”

刘童心进一步问：“这样调就行了吗？”

周建宏道：“也不尽然。这只是个大致的分法，具体操作起来还应该更全面更细致一些。比如说我们把原来的一等狗降为二等狗了，并不等于说里面就没有优秀的狗了；同理，我们把原来的二等狗升为一等狗了，也并不等于说里面就全是优秀的狗。其实每个等级的狗里面，都有最聪明、最机灵、最优秀和较聪明、较机灵、较优秀，以及不聪明、不机灵、不优秀的狗。我们把它们分成一、二、三等，只能使每一个等级里面所包含的那一类狗的数量多一些罢了。所以我们再分类的时候，一定要坚持唯等级论和不唯等级论相结合的办法，即坚持按等级分类的同时，还要结合平时的表现综合评估全面考察，尽可能地把最聪明、最机灵、最优秀的狗放在第一等里，把较聪明、较机灵、较优秀的狗放在第二等里，把不聪明、不机灵、不优秀的狗放在第三等里。只有这样，才能做到分级公平、归类合理，让三个类级的狗都无话可说、互相服气；也只有这样，才能使放风时互相撕咬的恶性事件不再发生……”

刘童心还没有听完周建宏的话，就高兴得禁不住嚷叫起来，说："周哥你咋不早说哩！你要是早说了，这里就不会发生放风咬架的事情啦！你说的道理真是对极了，我以前咋就没有想到呢？"

周建宏笑笑说："其实也挺简单的，你过去只是没留意，要留意早把这些道理悟出来了。"

刘童心也笑着说："就我这猪脑子，一百年也悟不出来。亏得遇上了你，要不……哎，周哥你看，咱什么时候重新开始分级哩？"

周建宏说："越快越好，耽搁久了还会出事的。"

刘童心说："那咱明天就开始分吧！"

周建宏松了口气，站起来说："行，就这样吧！时间不早了，我先回去了。"

刘童心急忙走过来拦住周建宏说："我盼星星盼月亮，总算把你盼来了，你就又想走啦？没门儿！起码你得在我这儿住几天，帮我把这件事情弄利落才能走。"

周建宏站着想了想，反正单位上乱成了一锅粥，现在回去也没什么事，在这儿歇两天权当散散心，于是就半推半就地答应了。

接下来的几天，周建宏就一直待在刘童心的狗场里，帮助刘童心重新给狗分笼。这些天可把周建宏给忙坏了。

许多事情从理论上好说，但做起来却很难，比如重新给狗分笼这件事就是如此。你让二等狗往一等笼自然容易，那些二等狗一听指令别提多高兴了，呼啦一下全钻进去了。可是，你叫一等狗往二等笼却很难，那些一等狗谁也不愿意出来，不论你怎样吆喝威吓，它们都赖在一等笼里岿然不动，致使大多数的一等狗和二等狗全挤在一等笼里，造成一等笼里狗满为患、拥挤不堪，狗想转个身都很难，更别说在笼里休息用餐了。

没办法，刘童心和周建宏只得命令工人们，把一等笼里的狗全部赶出来，然后再根据平时观察的结果，从二等狗中挑出最优秀的狗入住一等笼。之后再把两个笼中剩下的狗赶进二等笼。

依此类推,给狗们重新分配三等笼时也是如此。周建宏和刘童心领着工人们,夜以继日废寝忘食,只忙得头昏脑涨浑身酸软,一连忙了十几天,才算把事情干完了。

九

这十几天里,周建宏只顾忙狗的事情,就把自己单位的事儿忘到了脑后。一旦忙完狗事松散下来,才猛然想起好一阵子没给单位联系了,也不知道单位里有没有啥变化。就立马给当年的小老弟、如今在局里独撑局面的林副局长打了个电话探探风儿。

电话接通了。那边的林副局长“喂”了一声,说:“哪位?”

周建宏说:“林老弟,是我。最近单位有什么事吗?”

林副局长一听是周建宏,立即火了,说:“老兄,你这些天跑哪儿了,叫我钻天入地地找不着你。家里也不知道你干啥去了。”周建宏说:“我……我走时没给家里说清楚,再加上手机没电了,所以……”

林副局长怒道:“你现在到底在哪儿?”

周建宏嗫嚅道:“我……的一位朋友有点事儿,我给他帮点儿忙……”

林副局长打断他的话说:“我不听你解释了,也不想知道你在干什么,但是我要告诉你,你现在必须马上给我回单位。”

周建宏问:“现在?马上?有啥关紧事啊?”

林副局长不耐烦地说:“你回来就知道啦!”

林副局长说罢就挂了电话。

周建宏握着话筒,愣了半天没有回过神来。他从林副局长的话音里感到确实有什么关紧事儿,所以放下话筒,不敢怠慢,匆匆对刘童心交代了几句,就急急忙忙朝单位赶。

周建宏一进办公楼就感到气氛与往日不同。前些时候人们上班稀稀拉拉的情形不见了,各个办公室都门庭洞开人员齐整,且都伏在办公桌上不知在忙些什么。周建宏心里一紧,顾不得先回自己的办公室,就径直去推林副局长的门。

林副局长正在写什么,见周建宏进来,忙起身关了门,一脸愠怒地瞪着他,随后从抽屉里抽出一份文件扔给了他。周建宏接过来一看,脑袋立即嗡的一声大了。文件是市机构精简办公室下发给局里的,内容是全市机构精简工作的总体规划和安排,其中还规定了各单位精简之后的机构设置、人员职数,以及完成这项工作的具体日程安排与期限。按照这个安排,本局必须在半个月内按照新的机构设置对原有的机构进行合并重组,并按照新的人员职数和条条框框,对原有人员进行摸底排队对号入座,初步确定上岗和分流的人员名单;一个月内完成全部机构精简工作。

周建宏看过文件好一阵没有说话。文件里规定的条条框框和单位原来定的条条框框差不多,按照这个条条框框他周建宏就玩完了,肯定要划到下岗分流的名单里去了。看来这回要动真格的了,出去治病的赵局长和出去旅游的鲁副局长也都回来了。这几天局里也肯定动起来了。这可如何是好啊?

周建宏放下文件,一脸绝望地对林副局长说:"咱局里进行到哪一步了?"

林副局长幽幽地说:"已经开过两次大会了,目前正在摸底排队对号入座。"

周建宏进一步问:"已经把我列入下岗分流的名单里了吗?"

林副局长说:"还没有最后定。按年龄你肯定要下了,但领导班子会上我一再保你,所以你的去留问题,目前还在挂着哩!"

周建宏心里掠过一丝安慰,忙对林副局长说道:"老弟呀,这回你可得替我说话啊!"

林副局长说:"我要不替你说话,你恐怕早入黑名单了。你放心,我一定会尽全力的。咱俩是多少年的铁哥们儿呀!可是光我用力还不行,关键要看赵局长,人家是一把手,有拍板的权力啊!现在是特殊时期,僧多粥少,竞争都白热化了,老兄,你可得采取措施啊!”

周建宏疑问道:“你是说……”

林副局长说:“干脆我给你说明吧!就这几天晚上,你抓紧抽个空儿,到赵局长家里坐一坐,或许对这事儿有好处。”

周建宏为难道:“我……我这辈子还没给谁送过礼啊!”

林副局长皱眉道:“都火烧眉毛的时候了,你还在那儿清高啥哩?老曹原来比你硬吧,这会儿都在上下活动哩!你还……”

周建宏惊道:“老曹他也……”

林副局长道:“老曹的情况和你差不多,都在可上可下之列。如今看动真格了,也有些害怕了,所以就……”

周建宏犹豫道:“那我……”

林副局长道:“就按我说的,抓紧去办吧!过了这个村就没有这个店了。你先回办公室,我得去开领导班子会了。”

回到办公室,周建宏不禁冷笑起来,心想人心隔肚皮,真想不到老曹这样平日里脾气火爆的人,居然也会没了脾气装孙子哩!人这种高级动物真是看不透啊!也许这就是所谓的人吧!也许这就是老曹的精明练达之处吧!现在的问题是,既然像老曹这样的火性子都低头服软了,你还硬撑个啥呢?

于是,在单位里再见到老曹,周建宏就少了往日的尊重,而是多了一种睥睨的意味儿。老曹见了周建宏,也好像做了什么亏心事儿,不好意思地低了头,背背脸就过去了。望着老曹明显比往日驼了许多的背影,周建宏只觉得他既可怜又好笑。然而睥睨也好,好笑也罢,周建宏回家思忖再三,还是按林副局长说的,利用晚上的时间,到赵局长的家里坐了坐。

周建宏后来回想起来,那天晚上去赵局长家里“坐”的过程,真是遭了罪了。先不说“坐”的那种尴尬和难受,单就说“坐”之前在人家大门口的那个等,就差点儿把周建宏等恼了。周建宏过去没有给领导送过礼,还不知道去送礼的人那么多。尤其是那一晚,去送礼的人简直一个挨一个,在街灯残光的映照下,那一个一个的送礼人或开车或骑车,都是一个弓背弯腰的姿势,脸上的表情也大都阴郁而猥琐。这些表情复杂的面孔,周建宏是多么熟悉啊!如果是在白天,这些面孔又是多么正儿八经啊!可是这两天晚上,他们怎么……周建宏本想笑话人家的,可是笑了一半就不笑了。他想,假如他们不地道,那你自己就地道了吗?你今天晚上是干什么来了?你跟他们还不是一路货吗?你这不是五十步笑百步吗?

周建宏想通了想顺了,觉得给领导送礼不算啥丢人的事,终于能够心平气和地给领导送礼了,却无论如何送不出去了。为啥?就因为周建宏没给领导送过礼,总觉得送礼是一件小身份的事儿,所以别人送礼时都是直进直出直来直去,而周建宏却一路心虚胆小,专在街灯照不到的黑影里走,等走到局长家门口了还不敢进,还要躲在老远的暗处猫一阵,看看局长家里这会儿有没有人出入,生怕万一碰上了熟人尴尬难堪。岂料他这样一犹豫,就把时间和机会让给了别人,别人就在他犹豫的那一刻不慌不忙地进去了。人家进去了,周建宏就进不去了,他只有再等了,只有等到人家出来之后才能再进啊!终于等到有人出来了,可是走近一看,却不是刚才进去的那个人。周建宏走了两步又赶紧退了回来。就在周建宏退回的当儿,又有别人进去了。就这样一等再等,周建宏一直没能走进局长家。直等到最后那个人出来走远了,周建宏才急急慌慌地赶过去,待走近局长家门口,人家恰巧关门了。周建宏好气好悔啊,真想一转身回去了事,可是他只转了一半又转了回去,他想如果这会儿赌气走,今晚岂不是前功尽弃了。再说了,这礼要不送出去,将来真要下岗了,你怨天怨地怨谁去。周建宏想到这里又不气了,只好厚着脸皮去敲局长家的门。门是终于敲开了,但是敲开门之后的尴尬与难堪就可想而知了。周建宏几乎是红着脖子涨着脸随保姆进门的。赵局长一看是周建宏,倒是很有些吃惊和感动的样子,嗯嗯啊啊着倒水递烟却不知道说什么好。周建宏也不知道说什么好,放下东西就窘得头上冒汗了,只说了几句“关心”“关照”

“帮助”之类的客套话。赵局长说的当然也是客套话,大致是“成果很多”“表现不错”“只管放心”“我会考虑”等。

周建宏在赵局长家里只停了不到十分钟就逃了出来。出来后他抹了一把额头上的汗,还在心里骂自己:送个礼,算个什么事儿啊!管他呢,反正这礼是送出去了,他也说得蛮不错,去留就听天由命吧!

十

说话之间一个月时间过去了。虽说只有一个月的时间,但人们却觉得像过了一年那么长。周建宏的感觉亦是如此。一个月之中,周建宏可以说是尝尽了人情冷暖,历经了人魔两界三昧真火的无情锤炼。

这期间,先是林副局长告诉周建宏,赵局长在领导班子会上提到了他,说他虽然年龄偏大,但成果很多,影响较大,是机关的业务骨干,应该重点考虑。然而接着又向周建宏密报,说人员太多,名额太少,怎么分都平衡不过来,你是去是留还很难预测。但是随后又向他传递小道消息,说赵局长考虑到多重因素,决定照顾老同志一定名额,你很有希望,但也无绝对把握,因为你和老曹条件差不多,两个人只能留下一个。直到最后,林副局长才正式告诉周建宏,说终于定下来了,你留老曹下,这是出于综合考虑,因为你比老曹成果多、影响大,当然还有我尽力争取的功劳呢!你就等着请客吧!

周建宏这才一颗心放进肚子里,连声说:“我请客,我请客,不行今晚就请吧!”

林副局长在电话里笑着说:“老兄,你急啥呢,又不是新婚入洞房,现在特殊时期,不可太张扬,还是等名单公布之后再请吧!”

周建宏吃了定心丸,心想:这小林子、林副局长平时为人有些圆滑摸不着边儿,但对我还是不错的,尤其在这种关键时候更是如此。事成了我一定得请人家喝场酒啊!在单位里再见了老曹,也少了原来的睥睨,而是换成了一种理解和宽容,进而又升华为一种心理上的愧疚感:曹老兄,真对不起啊! 这是你先不仁,我周某人才不义的。咱俩条件差不离儿,谁叫你没有我的成果多、影响大呢?

明天就要公布最终的上岗和下岗的名单了,周建宏已经早早地准备好,只等名单一公布,就立马宴请林副局长,最好把老曹也叫上,席间多说些赔不是的话,冤家宜解不宜结啊! 然而让人想不到的是,周建宏还没有请林副局长呢,林副局长却先请周建宏吃饭了。

林副局长是单独请的周建宏。两人坐下后,林副局长话也不多说,只是低着头和周建宏碰杯喝闷酒。周建宏从林副局长的行为举止和与往日不同的表情里,隐隐约约感觉到了他有什么难以说出口的话。林副局长没当上局长时,两人经常在一起喝酒,当然是林副局长请周建宏的多。但是林副局长当上局长后,就很少单独请周建宏喝酒了,即使在工作宴上坐到一起,也不喝闷酒,而是随便碰几杯应付了事。偶有私下小聚,也是几个对劲儿的同事坐在一处,即使此时也不多喝闷酒,而是酒过三巡以后,就划拳猜枚,开始车轮大战。林副局长枚好,又年轻好胜,再加上小兄弟们都让着他,所以往往在酒场上出尽风头大获全胜。一圈人中只有周建宏不让林副局长。周建宏自恃枚也不错,往往要和林副局长厮杀几个回合,两人经常斗得难分难解,博得全桌人一片喝彩之声。今天他是怎么了,有什么话难以说出口吗?他要告诉我什么呢? 难道是……

周建宏想到了最坏处,心里不由得一阵紧缩。但他故意装得很镇定,平静地看着林副局长,说:“老弟今天请我喝酒,一定有什么难以出口的话要说是吗?”

林副局长阴郁着脸道:“是的,也许你已经猜到了。”

周建宏道:“既然我已经猜到了,请你但说无妨。”

林副局长就抬起脸说:“事情最后变了卦,你的名字换成老曹了!”

尽管已经有了预感,但是现在从林副局长的口里说出来,周建宏仍然惊悚不已难以接受,他愣愣怔怔地呆了好一阵,才有些不满地对林副局长道:“你咋不早对我说呢?”

林副局长摇了摇头说："我也是今天下午才知道，老赵在领导班子通气会上宣布的。"

周建宏嗫嚅着问林副局长："事先咋没有一点征兆呢？这到底是怎么回事啊！"

林副局长望定周建宏道："老兄，你给我说实话，前一阵子你是不是到市里有关部门说老赵的坏话了？"

周建宏不由一阵脸红，急忙辩解道："我……没有啊！"

林副局长进一步问："真的没有吗？"

周建宏顶不住了，只得对林副局长解释道："就算我去了，也不是说他的坏话，我是如实反映情况啊！"

林副局长正色道："这就对头了，怪不得散会时老赵说……"

周建宏急问："赵局长说什么啦？"

林副局长迟疑地望着周建宏道："他说……他听说那一次老曹闹事，原来还是你点的火，是你背后撺掇老曹的。真没有想到你是一条背后咬人的狗，而老曹只是一只当面咬人的狗。当面咬人的狗好防也好用，背后咬人的狗就不好防也不好用了。所以他……"

周建宏忍着怒火问："赵局长有没有告诉你，这些事儿都是谁告诉他的？"

林副局长道："没有说，但是你自己还不清楚吗？这事儿还能有谁啊？"

周建宏不由浑身一阵冷："难道又是老曹……"

……

第二天宣布精简结果的时候，不用说周建宏没到场。

周建宏头天晚上和林副局长一起喝完酒，回家就醉成了一摊泥，一晚上躺在床上云里雾里地说胡话，他说："我真是瞎了眼了，以前真是小瞧赵某某了，真没看出他原来是只咬人不出血的哑巴蚊子！你赵某某也是睁眼瞎呀，你实际上把曹某某看错了，当然我也把他看错了，他才真正是一条背后咬人的癞皮狗哇！"把他老婆说得一头雾水，不知道他发的啥神经。

当晚，周建宏就病倒了，浑身酸软火烧热烫，满脑子的迷幻意象和奇思妙想。不知怎么，他忽然又想起了刘童心的养狗场，而且这个养狗场倏忽间变得很大很大，大得将整个城市都覆盖了。傍晚放风的时间，一个一个笼门打开了，一群群各种各样的狗从大门里蜂拥而出，互相追逐、狂吠、撕咬着冲向大街……

周建宏站在狗群的背后，冷笑着看着狗们的厮斗，他发现优秀的狗和老实的狗都占不了上风，唯有那些凶猛残忍、不顾一切地偷着扑上去狠命撕咬的狗，才能够从众狗中脱颖而出，占得先机。周建宏想冲上前去，把那些凶残的家伙制服，但又害怕被它们咬伤致残。恍惚犹豫之间，他发现自己也忽然变成了一只狗，这只狗孤零零地跟在狗群的后边，可怜巴巴地看着它们呼啸着远去，只有无可奈何地哀鸣……

周建宏看着自己的形象忍不住笑了：我可不就是一只被狗群抛弃的、落伍的丧家狗吗？

恍然若梦

一

寒若冰做梦都不会想到，那个可怕的该诅咒的厄运，居然会降落到自己老婆的头上。

那是一个夏末秋初的夜晚。那天晚上所发生的一切，都神秘地预示着将有什么反常的事情发生。事后回想起来，寒若冰清楚地记得，那天晚上的天气变化就显得十分怪异。本来傍晚时分天上还是彩霞满天，灿烂若阳春三月盛开的桃花，可是不知是何缘故，一等寒若冰的老婆上夜班走后，天却突然像性情古怪、满腹阴霾的巫女，蓦地敛去了满面的春晖，换上了一脸浓郁的乌云。霎时间阴风咝咝，电闪雷鸣，还噼噼啪啪落下几滴带着腥味儿的雨珠子。然而半小时之后，天却又撤去满天的阴云，换成无数的星斗。

其实那天晚上，寒若冰并没有十分在意老天的阴谋。当时他有件急事要办。他新写的中篇小说《野村》，眼看就到了杂志社规定的交稿日期，却还有一半没有改出来。所以，老婆上夜班一走，他就手忙脚乱地收拾厨房，催促已上小学五年级的儿子上床睡觉，打算等儿子上床之后，好痛痛快快地干个通宵，把半部没有改好的小说改好。谁料想一向顺从听话的儿子，却突然不听他的话了，还据理力争地说今天是星期六,他可以晚点儿睡觉。他还要看中央电视台播放的少儿电视连续剧哩!

寒若冰耐着性子几番劝说,宝贝儿、乖乖的好话说尽,儿子不但不听,反而越说越犟,直弄得寒若冰气急败坏又无可奈何,不得不诉诸武力解决问题。儿子终于满腹委屈抽噎着上床睡了,然而寒若冰在客厅兼书房的那张书桌前坐下后,却连半点的文思都没有了。等他好不容易调整好情绪梳理好思路,正要铺开稿纸落笔改稿时,房门却被咚咚咚地擂响了。

“谁这么讨厌?像半夜三更失了火似的擂门!”

寒若冰一股怒火骤上头顶,怒不可遏地冲过去拉开房门,却见老婆疯了似的撞进门来,一头扎进卧室,扑在床上嘤嘤地哭了起来。寒若冰不禁心里一紧,满腔怒火变成了惊疑,赶紧随后跟进卧室,扳着老婆的肩头焦急地问:“你怎么了?你到底怎么了呀?”

“我,我怎么了关、你、屁、事!”老婆一个鲤鱼打挺翻身坐起来,秀目圆瞪一字一顿冷冷地说道,然后又伏下身子呜呜地哭了。

寒若冰心里一震:他还从没有见过老婆用这种语气说话呢。他想把老婆拉起来问个究竟。当他把两手伸向老婆胳膊的时候,却突然触电般地呆住了。老婆浑身上下惨不忍睹的景象,让他惊惧万分:她披头散发,一脸泪痕,身上的衣裙被扯拽揉搓得皱皱巴巴、灰迹斑斑,袖口处被撕开了几道长长的裂缝,随身携带的坤包带儿也被扯成了两截儿……寒若冰的脑子嗡的一声炸了:莫非——他不敢再往下想了,只是紧紧地将老婆整个人拥入怀中。

随着老婆断断续续的哭诉,寒若冰的预感终于得到了可怕的证实:因为天气突然变化,领导就叫她们提前下班了。她和同班的几个小姐妹结伴摸黑往家赶,正当战战兢兢地经过地偏人稀的五里桥时,突然遭遇了歹徒的暗算,骑在前边的小姐妹们一声惊叫,四散落荒而逃,走在后面的她,却被连人带车绊倒在地……寒若冰从老婆身上衣裙的破损程度,以及手上的道道伤痕上,完全能够想象得出她同歹徒搏斗的激烈过程。老婆她一个弱女子，怎是疯狂歹徒的对手？寒若冰的眼前，不由得浮现出老婆被歹徒压在身子下面撕扯、扭打、左右翻滚、起伏跌宕的长镜头……他的额头在可怕至极的臆想中，齐刷刷地骤现出一层密密麻麻的冷汗。

寒若冰痴望着仍在怀中哽咽抽泣的老婆，猛然被一阵汹涌激荡的铺天情潮淹没了。

二

寒若冰的老婆叫赵惠，出生于本市的一个工人家庭。数年前，寒若冰大学毕业，像一棵无根的浮萍漂泊到此，经人介绍认识了赵惠。赵惠虽然长相平平，但是身材窈窕，大眼秀眉，属于那种愈看愈耐看的女子。寒若冰与她短暂接触后立马认定，这是一个贤妻良母型的传统女性。

寒若冰是一个农民的儿子，高中毕业之后回乡劳动五年，又上大学四年，参加工作时已近而立之年，所以考虑婚姻问题比较实际。与赵惠认识一段时间后，就很快结了婚。然而，智者千虑必有一失，寒若冰在和赵惠的婚姻问题上，考虑性格人品方面的因素多了一些，却忽略了另一个重要问题——两人身份和职业的不同，这给他们以后的婚姻生活埋下了深深的祸根。

寒若冰的工作是刊物的编辑，吃的是国家的皇粮，而赵惠却是色织厂的工人，拿的是效益工资。当然，两人刚认识时，赵惠还是厂部的宣传干事，两人上的都是白班，没有出现生活节律倒错现象。更重要的是色织厂当时的效益极好，赵惠的工资和奖金加在一起比寒若冰俩月的工资还多。遗憾的是好景不长，色织厂这块肥肉引发了一场社会红眼病，许多亏损企业的干部职工，通过种种途径蜂拥而入，霎时间厂部人员迅速膨胀，和一线工人几乎持平。一线工人开始怠工，导致企业利润直线下滑，很快濒临倒闭。市长闻听震怒，严令精简厂部人员，下岗者全部充实到车间一线。精简的结果可想而知，许多后来靠关系进来的人，仍然稳坐钓鱼台，待在办公室里享清福，而像赵惠这样的老厂干却被撵到了生产第一线。要命的是，赵惠一进车间就得三班倒，这样她就与寒若冰的生活节律发生了严重的倒错。

最先出现的倒错，是在夫妻生活方面。那时，寒若冰和赵惠新婚刚过，正是如胶似漆的当口儿，有时寒若冰心里高兴，晚上又无写稿任务，就想与赵惠重渡爱河。岂料偏遇赵惠上夜班，回来已是午夜时分了，人早已疲惫不堪。一上床，赵惠就星眸双闭，入了梦乡。于是寒若冰满腔的热情顿时大减，只有草草下马收兵了事。为了此事，寒若冰和赵惠没少窝火憋气，但床笫之事不好外扬，就一连数日冷战，二人就像陌路之人。

后来有了儿子，情感发生了转移，寒若冰和赵惠为那事儿怄气的情况少了。但是突然加重的家务劳动，却又使双方的矛盾日益加剧起来。首先是寒若冰吃不住劲了：遇到赵惠上夜班，他得既当爹又当娘，彻夜难眠地给儿子热牛奶换尿布、擦屎把尿哄他睡，常累得心神憔悴眼窝青青，像画了两个黑眼圈儿。上班之后，就惹得一个办公室的吕胖子笑话他，说："若冰老弟呀，以后的日子长着呢！'夜班'千万不可加得太多，身体可是革命的本钱哪！"

寒若冰在单位讨了没趣儿，回家就把气发到了赵惠身上："你下班回来就知道胡吃闷睡，也不多管管你这宝贝儿子！"

谁料想赵惠的火气比寒若冰还大，坐起身一顿迫击炮火："咦，我不吵你就不错了，你倒跟我发起火来了！你要能把我从厂里调出来，叫我光上白班，家务活我保准啥都不叫你干！"

寒若冰无话可说了。他能够说什么呢？赵惠她们的厂子整顿后仍无起色，继续朝倒闭的边缘滑落。有门路的人又开始往外调了，赵惠她们那个车间里就走了好几个。赵惠回家絮絮叨叨地说了好几次，寒若冰都不敢搭腔。寒若冰在机关工作了多年，知道人事调动的艰难，当然更重要的是，他不愿放下文人的架子去找人求人，只是以后再苦再累，都不敢轻易说赵惠什么了。

再后来，实在忙不过来，寒若冰就从乡下将老娘接来，帮他们照看孩子。一室一厅住不开，就叫老娘将就着住在客厅里。老娘是从苦难里走过来的人，委屈一点儿没啥关系。要命的是儿子渐渐大了，再跟大人挤在一起不方便，尤其是偶尔夜里想办那事儿，稍一动作，床就咯吱咯吱响个不停。儿子被晃醒了，就揉着眼问："妈，床咋老是咯吱咯吱响哩？"气得赵惠差点儿没把寒若冰推下床去。

往后，寒若冰夜里再想那事儿，就不顾儿子的抗议，抱他去客厅里跟奶奶睡。可是赵惠却不跟他配合，老是弄得没滋没味。寒若冰一抗议，赵惠就给他脸色看，还对他吵道："寒若冰，我不说你就不错了，你还找我的不是哩！我给你说啊，往后你要是再想了，就自力更生自己解决得了，不要再找我的事儿。我实在是没有心情。你要是想尽兴，就用用劲儿，想办法把我从厂里调出来，到那个时候，我全心尽力配合你，你想咋着都中！"

赵惠这话说得多了，就说得寒若冰灰头土脸直憋气。他就在心里骂赵惠："咋啦，调动工作跟夫妻之事有啥关系？人家恁多人都没有调出来，就都不过夫妻生活了？不管是轻活儿重活儿，如今有活儿干有饭吃就很不错了。你以为你是谁呀？是官门千金还是富家小姐？"

但是，寒若冰只能在心里这样想，却不能也不敢对赵惠这样说。有时候反过来想一想，寒若冰也觉得赵惠挺难的，跟了他也真是没有享啥福。他也真想把她从工厂里调出来，但是觉得太难了，一时又没有很硬的关系和方便的捷径可走，事情就一拖再拖地延误了下来。

直到有一次，两人办过那事儿后，赵惠哭着对寒若冰说："我知道你的心里根本没有我，也压根儿没有真心真意想把我从色织厂调出来。也许有一天，我在五里桥也被歹徒那个了，你才着急忙慌上心。"这句话把寒若冰说得心里一阵发紧，他才开始有点怕了。

五里桥是白河灌渠上的一座小桥，离城五里，地偏人稀，但却是赵惠上班下班的必经之地。此地白天就没有多少行人，晚上就更是人烟稀少了。有报纸报道,此地已经发生过多起夜间抢劫和强奸女工的事件。赵惠她们厂子里的女工,就有好几个先后在此遭遇厄运,因此她们都把五里桥称为“鬼门关”,下夜班常常结伴而行。寒若冰惊恐地想:如果真像赵惠所说,她有朝一日也在五里桥遭遇了厄运,那可如何是好?但是寒若冰事后又想,这样的倒霉事儿,一年也就那么一回两回,那只是几万分之一的概率,怎么就有可能发生在赵惠身上呢?

然而,真是痒处有虱,怕处有鬼。寒若冰担心害怕发生的事情,终于还是发生了。这件事情的发生,把寒若冰逼到了毫无退路的绝地。

在那个羞愧不堪、痛悔交加的不眠之夜即将结束的时候,寒若冰才像刚从一场可怕的噩梦中醒来,愧悔难当地在心中大叫:“连自己的老婆都保护不了,我还算是什么男人?”

说完,寒若冰“咚”的一拳砸在床沿上,将仍在他怀里抽泣的赵惠吓了一跳。

三

寒若冰终于着手考虑老婆赵惠的调动问题了。寒若冰为了解决这个问题,真可谓费尽了心思与气力,动用了所有能够动用的关系,可惜都无满意的结果。

起初,寒若冰想走上层路线,想给赵惠弄一个“铁饭碗”。他以为自己在N市文坛闯荡多年,在社会上多少有些名气,也认识不少上层的领导,并且也从没有找过他们办过什么事儿。这些人中职位最高也最谈得来的是一位市委副书记。这位市委副书记礼贤下士、平易近人,经常拿出自己珍藏的茅台、剑南春、五粮液,邀请N市文艺界的朋友们会餐聚谈,半酣时,甚至同寒若冰这样有一定名气的作家推杯换盏称兄道弟,之间的亲密关系可见一斑。寒若冰想,如果让这位市委副书记帮帮忙,叫他给哪个行政单位说句话,以他的身份和地位,此事保准能够办成。然而,寒若冰没有想到的是,这位兄长加领导还没有听完他的话,脸上的笑容就退去了一半。寒若冰说完,副书记脸上的笑容也全部退尽,最后变成一脸的难色,道:"哎呀,这么大的事儿,你咋不早说呢?这事儿要是放在前两年,我还真是一句话就给你办了!可是现在……不好办了呀!上边刚发了红头文件,规定工人一律不准进机关。弟妹是工人身份吧?是工人身份就难办啦!不是老兄不帮老弟你的忙,是有政策卡着不允许呀!"一句话把寒若冰说了个倒噎气。

上层路线走不通,寒若冰只好退而求其次,去找一位在某局当局长的老乡。该局是个百人大局,与寒若冰所供职的文联同属于上层建筑意识形态领域,局下面有几个事业单位。这位老乡局长跟寒若冰有过师生之谊。当年寒若冰没有考上大学时,他曾是县文化馆的创作组长,一心想借文学创作跳出农村的寒若冰,曾跟着他潜心学习过文学创作。寒若冰想,就凭两人的师生关系,张口请这位局长帮帮忙,即便进不了局机关,也能进哪个下属的事业单位,给赵惠个"泥饭碗",总应该没多大的问题吧!可是寒若冰怎么也想不到,这位老乡局长听完他的话,竟也婉转地回绝了他。这位老乡兼老师的局长说:"小寒哪,你考虑问题也太简单了,我一个人说了不算哪!我们这几个事业单位虽说日子还能过得去,可眼下都严重超编,就这还有几十个人,手里拿着市里市长、书记、部长们的条子想进来哩!我们局领导班子刚刚统一意见达成共识,现在都得给硬顶着,一个都不能往里进。你想想,我咋好开这个口哩?你看是不是先缓一缓,等过了这段时间,有些松动了,咱们再说咋样?"直把寒若冰说得张口结舌无言以对。

最后,寒若冰无奈只好走下下策,去找那些当厂长、经理的朋友们。寒若冰的这些朋友,都是在作家企业家联谊活动和为他们办的《白河》杂志拉赞助的过程中认识的。这些老板平日对寒若冰都是极其尊重的,一见面就是"大作家""大编辑""欢迎作家光临我厂指导工作"地大呼小叫。喝点酒后就更对他佩服得五体投地了,盛赞之词就差没把他捧为本市的文坛泰斗了。寒若冰知道自己有几斤几两,只不过是喜欢文学并在大型文学期刊上发表过几篇小说而已。这些老板们之所以奉承自己,是因为自己的年龄和他们差不多,小说中所描述的时代生活,他们最熟悉,感触最深罢了。尽管如此,他们的奉承还是让寒若冰觉得挺舒服的。寒若冰想,现在如果去找这些老板帮忙,他们肯定不会拒绝的。他觉得不能叫赵惠进行政和事业单位,但是能进一个效益比较好的企业,能有一碗稠饭糊口,也算对她有个交代了。于是,寒若冰就去找他认为效益最好、关系也最铁的一位厂长。他万万没有想到的是,这位老朋友一下子收起了往日的热情,满脸苦衷地两手一摊说:"唉!不是老哥不给老弟你面子。这事要是搁过去,我可以立马给你办,绝不叫你再说第二回。可是如今难办哪!你也知道,现在的亏损企业一抓一大把,下岗失业工人成百上千,市里前几天还在催我哩!叫我兼并两个企业,安排四百名下岗工人。可我不敢哪!我们厂的工人已八百多,这一进就是一千二啊!我们现在的日子还勉强过得去,可要是一进人,那非乱套不可。我现在还在抗着哩!你说我敢叫弟妹进厂吗?这一进还不一下子炸了营。"话说到这个份儿上,寒若冰还能说什么呢。这家好企业的厂长都如此说,再去其他效益不太好的企业还有什么意思呢?

一次又一次的碰壁之后,寒若冰渐渐失去了自信和耐心。有一次,在他认为平时关系还不错的行政单位的领导那里,他被以"工人身份不能进行政编制""事业编制又严重超编"为由再遭拒绝后,出了大门竟压抑不住地搓手顿足大骂起来:"什么不能进、不好进,你们单位的某某某,不是刚刚进去的吗?他们不也都是工人身份吗?他们能进,我老婆为啥不能进?他们有啥特长,有啥能耐?说穿了不就一个是部长的女儿,一个是副市长的儿媳妇嘛。不就是我手里没钱没权,不能给你们送礼,不能给你们办事儿!"

但是这样骂过之后,寒若冰也只是自己出出恶气而已。他还能怎么样呢?他只能痛心疾首地感叹社会中的人情冷暖。你一个穷文人有什么呢?只有一个屁事不顶、半文钱不值的虚名而已。你无权无钱,你能给人家办什么事呢?你不能给人家办事,人家凭什么给你办事呢?

这貌似合理的混蛋逻辑!

在经历了无数次的挫折和失败之后,寒若冰才真正体会到了世态炎凉和文人的悲哀,体会到了所谓“作家”在现实生活中的软弱无力和可怜。在此山穷水尽无路可走之际,寒若冰真是灰心丧气至极。他真想放弃赵惠的调动计划。但是他想起那个令人羞愤不堪的夜晚,想起老婆赵惠仍在那个濒临倒闭的色织厂里度日如年,想起他每次下班回来赵惠那企望和询问的目光,他的心就又沉重起来。他不能就此停下来。他必须一往无前地走下去。

但是,这条路往下该怎么走呢?难道真得走“曲线救国”的道路了吗?

四

“曲线救国”的路线,是寒若冰的大学同学周英明提出来的。

周英明在市教委工作,是寒若冰在这座小城里唯一的大学同学。

寒若冰和周英明毕业于同一所高等学府的同一个系,不同的是周英明属于最后一届工农兵学员,寒若冰则是恢复高考制度之后,凭正规考试录取的第一届大学生。两人是在系里组织的新老生学习交流会上认识的,在校期间就结下了深厚的情谊。

大学毕业后,寒若冰分配到市文联白河杂志社当编辑,而周英明则已经在市郊一所乡村中学当了两年教书匠了。不用说,两人再次相见一见如故,立即形影不离地搅在了一起。平常时间,各人干各人的事情,一到周末,周英明就回到城里,到寒若冰的单身宿舍里找他玩,每次都是两盘凉菜一瓶白酒,边侃边喝,全忘了东西南北黑夜白天,喝到最后,两人就通腿睡在寒若冰那张公家配发的大木床上。

那时,正是工农兵学员受冷落的时候,因此,周英明每喝必醉,一醉就慷慨激昂地猛烈抨击社会的偏见和人世间的不公,常常牢骚满腹地对寒若冰说:“细想想,如今我们这些‘工农兵’大学生,到哪里都是低人一等被人瞧不起,只能到没人愿意去的地方下地狱了。哪像你们这些统招统分的正牌军,想干啥都能够遂心所愿。像你老弟这样一开始工作就专业对口,现在就小有成绩了,将来肯定能弄出个大名堂。想想你们,比比我们,这辈子……”说到伤心处,一米八的男子汉居然弯腰弓脊,像一只大虾米似的伏在桌子上痛哭流涕,弄得寒若冰的心里也经常酸溜溜的,跟着周英明一同难受。

那时,寒若冰也真对自己的工作很满意。许多分配到省城和外地当科员或者领导秘书的同班同学,都写信或者打电话,充满艳羡语气地祝贺寒若冰分到了专业对口的单位,而对自己所分配的工作,则充满了身不由己和无可奈何。同时,寒若冰也对周英明这样的“工农兵”大学生充满了同情。虽然他高中毕业回农村后,也曾被推荐过几次“工农兵”,但都因种种理由被一次又一次地刷回来,因而对容光焕发地走进大学的“工农兵”学员充满了蔑视与敌意。但是今日已时过境迁,他也已经用通过正规高考进入大学深造的壮举,回击了一切,证明了一切。现在再回过头来看这些“工农兵”,就多了几分同情和理解,尤其是对周英明这样已经处得很好的“工农兵”,寒若冰心中的同情成分就更多了。

当时,周英明为了改变自己的处境,就经常写一些文学稿件叫寒若冰帮忙发表。尽管寒若冰认为周英明并不具备写作的才情,大学期间也没有学到什么真正的东西,因而写出的东西不伦不类寡淡无味,但还是以同学情义为重,每篇稿子都尽力去修去改,有时甚至替他重写一遍也在所不惜。后来,大概周英明也觉出自己不是真正弄文学的材料,稿子也就慢慢地写得少了。再后来两人都结了婚,就渐渐断了来往。寒若冰只是间接地听说,周英明找了教委一位主任的千金做老婆,因此他这个快婿很快就调出了那所乡村中学进了教委,不久就提升为市教委人事科副科长。

周英明结婚的时候，没有告诉寒若冰。寒若冰没有怪罪周英明，因为他能够理解周英明当时所作所为的心态与苦衷。寒若冰结婚时，也没有告诉周英明，他没有告诉周英明的原因，是不想惊动任何人。寒若冰深恶痛绝那些结婚的时候将简单的事情复杂化，把人像玩猴儿似的翻来覆去折腾的繁文缛节，在征得赵惠的同意后，两人只是分别请了个假，一起出去旅游了一圈儿，回来给各自单位的同事领导散发点儿瓜子糖果之类，就算把两人的婚事办了。

寒若冰结婚之后，跟周英明之间的联系也渐渐少了。寒若冰只是在街上偶尔碰上周英明几回。周英明的形象果然与过去大为不同：原来电线杆儿一样的细高身材，已经明显发福；过去略有些贫血的尖长脸，有了志得意满的红润；起先夹杂的若干白发也不见了，言谈举止全没了从前的颓废，显而易见有了官员的自信。有一点叫寒若冰感到欣慰的是，周英明还没有忘记昔日的友情，见了面总是紧紧地握着寒若冰的手久久不放，热情地说："若冰老弟，你有时间可得去我那儿玩哪！有什么事儿不用客气，你尽管给我说，能办的我都给你办。"

周英明热情的话语，常说得寒若冰心里热乎乎的。

就是在那次为省里的某同学来此出差而操办的接风会上，他们彼此间互相谈起了毕业之后各自的情况。当时已微醉的寒若冰，忍不住就把赵惠调动工作四处碰壁的事情说了出来。此时，已经升为市教委人事科科长的周英明，听完寒若冰的叙述之后，乌亮的脑壳像只拨浪鼓似的摇个不停，许久才哲人一般缓缓地说道："事情未能办成，是因为他们不想给你真心办事，要是真想办的话，哪个都能给你把事情办成！"

看着寒若冰诧异吃惊的样子，周英明又拍着他的肩膀笑了起来，笑过之后郑重地皱着眉头说："老弟呀，你真是写小说写傻写迷了，咋不懂得社会里的交换原则呢？世界上哪有恁多天上掉馅饼的好事儿？哥说句不好听的话，你也别求爷爷告奶奶白费劲了。照你这整法儿，弟妹一辈子也别想从厂里调出来。我说句实在话,你要真有那个心,就自己先找个有权的单位调出来,等你手里有了权,就根本不用费啥事儿,或许只用说句话,就有人替你把事情办了。"

周英明一番石破天惊的话,把寒若冰说得一愣一愣的。他沉默了好一阵,也觉得周英明说得有道理。可是真要叫他下决心,他还是有些放不下:"我在文联干得好好的,怎么能……"

周英明也严肃起来,一脸认真地对寒若冰说:"说句心里话,原来老哥我也挺羡慕你那工作的,专业对口呀,轻松潇洒呀,还能混个作家的名号儿当当,经常在报纸电视上露露脸儿。可是社会发展到这一步,文联那样的清水衙门还有啥干头儿?你那个作家的虚名儿有个啥用处?你现在那一室一厅的单元房,还没有我住房的三分之一大呢!就这,你老弟还舍不得哩,我看你真是病入膏肓不可救药了。"

寒若冰被周英明说得脸上阵阵发烧,他的心简直就要被周英明给说动了。但是自尊心作怪,他又不能马上同意周英明,就急赤白脸地辩解道:"像我这样只会码文字的穷文人,就是想调,也没有人想要哇!"

周英明立即接口道:"咋没人要?你是大笔杆儿,现如今大笔杆儿可是抢手货。就说我们教委机关吧,眼下有大专学历以上的三十多人,可是能掂笔杆儿写材料的能有几个?每到年头年尾,几十份总结规划上报材料全砸在我一个人头上,逼得我没黑没白地通宵拼命。我正好缺个帮手哩!老弟若是不嫌弃,就来教委咋样?想好了你只用说一声,别的你就不用管了……"

那次聚会后,周英明的话一直在寒若冰的脑子里盘桓。平心而论,寒若冰觉得周英明所说的办法,也许是能将赵惠调出色织厂的唯一的好办法。然而如果真是这样,让他付出的也太多了。寒若冰思前想后权衡再三,还是难下这个决定:赵惠是早晚非得调出来不可,可是他又舍不得文联和刊物。跟那些有权又有钱的行政、司法、金融、税务、电力等单位相比,文联也确是没有什么外快和油水的清水衙门。

但是这里宽松自由、时间充足，是一块修身养性、静心创作的风水宝地呀！数年来自己在这块风水宝地上不辞辛劳挥汗耕耘，已经初有建树小有名气，怎么能够忍心中途改道另辟新途呢？可是他若不动，赵惠怎么办？也许她可能就永无出头之日啦！教委虽说没什么大权，但它经管着千万学子，其重要程度可想而知。他如果不抓住这个机会，以后赵惠会原谅他吗？到底是留是调，让寒若冰好为难哪。

心里实在拿不定主意的寒若冰，回家就把周英明的建议和自己的苦衷都对赵惠讲了。

赵惠听着听着，眼圈儿就红了，没听完就同寒若冰吵起来："寒若冰，你也别感觉太好了，除掉你们那个文人圈儿，谁知道文联是个啥单位？你有个作家的虚名啥主贵，不就是发几篇破文章，出几本破书吗？你出那两本破书谁买谁看哪。瞅瞅你们那些分到省里工作的同学，如今哪个不是厅级处级干部？哪个下来不是车接车送？可你是个啥级别？一个小科长还是副的！咱们都结婚十年了，到现在还住着一室一厅的小单元，屋里头像样的家具都没有。我一年四季在色织厂苦撑苦熬，你都像没事人似的无动于衷。现如今我都被人家那个了，你，你居然还想着你那些屁事儿！我，我跟了你真是倒了八辈子的血霉！呜呜……"

赵惠说到最后，居然伤心地哭了起来。

寒若冰被赵惠的哭诉弄得又恼又急，恼的是赵惠说到了他的痛处，把他所追求和挚爱的事业说得一文不值。这能怨他寒若冰吗？世事不古，如今高贵的精神被贬低到了最最可怜的位置。别人用看乞丐的目光看他，他尚且能够忍受，然而自己的老婆也用这样的言辞伤害他，这就让他难以承受了。

不过反过来看，赵惠说得也没错。世上的事情往往是相依相悖的。就如同刚刚大学毕业的时候，那些分配到行政机关里当秘书、科员的同学，都羡慕寒若冰称心如意地干上了和专业对口的工作。可是到了今天，寒若冰却又羡慕起他们来，心想：假如自己不要求搞文学而也去从政，就凭自己的文字能力和交际水平，最低不也得弄一个正处级当当？若果如此，老婆也许早就从色织厂调出来了。但是事已至此，一切都已晚矣。

再后悔有什么用呢？再后悔也得考虑老婆的调动问题，这是眼下的当务之急、重中之重。而要实现老婆的调动，他又必须先行调动。赵惠的哭诉把寒若冰逼到了悬崖边上。他已经没有退路，也已经别无选择，只有去考虑实施周英明的计划了。

五

寒若冰真的去找周英明了，怀着一种悲壮决绝的心情。

寒若冰去找周英明之前，赵惠忍痛买了两箱健力宝和两条红塔山，叫他做个见面礼。

寒若冰说："我们是老同学了，还带东西干啥呀？"

赵惠道："如今都啥时代了，你还是老掉牙的旧观念。现在办事儿，哪有不上贡的？我们车间里调出去的小姐妹儿，谁个没有花上个万儿八千的啊！你不拿东西，也许周英明不在乎，可是他那个主任千金的太太呢？谁知道她会咋想哩。她要是有想法了，你的事情就办得不顺利。还是带上吧，带上总比不带好。"赵惠这充满老练世故的话语，直说得寒若冰心里一酸一疼的。

寒若冰驮着他和老婆两个月的"工资"，气喘吁吁一身臭汗地骑进市教委家属院。他正要找人打听周英明，却见一群人正围成一个大圆圈儿，在兴致勃勃地看人吵架，就只好暂时站在圈子外面等候。人圈内的空地上，一个粗矮黑胖，约有一米五高，就像一个液化气罐儿似的女人，正又蹦又跳、扯着嗓子拤腰大骂："你娃子不是厉害嘛，那你往厕所里跑啥呢？"

"液化气罐儿"玉手指处，是靠院墙边角的一座公共厕所。公共厕所里传出来一个油腔滑调的男人的声音："我跑进厕所里，是因为我要方便哩!”

“液化气罐儿”气得跺脚大骂:“有能耐就不要耍赖,躲在厕所里算啥好汉?”

公厕里的男人道:“谁耍赖啦?这不是笑话嘛。常言道好鸡不跟狗斗,好男不跟女斗。我这是让着你哩,你知道不知道?”

“我不叫你娃子让我,有本事你给我出来!”

“你进来,你给我进来,有本事你给我进来。”

“液化气罐儿”气得没法儿,只得骂骂咧咧上楼去了。

站在一旁看热闹的人也不声不响地慢慢散了。

寒若冰这才缓过神来,正要找人再问,却见周英明穿着背心短裤,擦着脸上的汗水,迈着方步从公厕里走了出来。寒若冰不由一下子怔在了那里。

周英明也看见了寒若冰。周英明看见寒若冰时也怔了一下,脸颊突然像挨了耳光似的涨红起来。他红着脸跑过来抓住寒若冰的手大叫道:“哎呀,是若冰呀!你几时进的院子,怎么不去家里呀?”

寒若冰明显地看出了周英明的慌乱。他从周英明那与平时的自信从容判若两人的慌乱里,已经准确推断出刚才在公厕里油腔滑调的男人是谁了,也隐隐感觉出刚才在此叫阵的胖女人是谁了。于是急忙欲盖弥彰地解释道:“这不凑巧,我刚进院子,就碰上你了。”

“那你这是……”

“专门来找你呀!”

“找我还带这些东西弄啥?咱们老同学谁跟谁呀!你有事我能帮就帮,帮不了你也不会怪,你咋也学会这一套了呢?得,咱先进家,一会儿你还把东西拿走。”

寒若冰抱着一大包东西,木头人似的跟在周英明后面,吭哧吭哧地往楼上爬,心里忽然生出一种很别扭的感慨:看刚才那个吵架的阵势,那个“液化气罐儿”无疑就是周英明的夫人了。寒若冰无论如何不能想象那个主任的千金,居然会是如此凶神恶煞,如此小儿科水平,更不能想象在外面风度翩翩的周英明，居然会如此“惧内”，在家里如此没有地位。寒若冰原先只是揣度：周英明为了改变自己的环境和命运而违心迎娶的教委主任的千金，不会多如意多漂亮，但也绝不至于如此上不得台面，更没有想到原先挥斥方遒、愤世嫉俗的周英明，在世俗和利益的冲击下，会有如此大的变化。寒若冰觉得，周英明为了改变自己的生活，所付出的代价也太大了。周英明得到了很多，但也失去了很多，不知道这到底划算与否。

寒若冰自然联想到自己与赵惠的结合。寒若冰认为他和赵惠的婚姻，虽然也有某些方面的遗憾，但在人格和地位上是平等的。这一点是周英明的婚姻所不能相比的，也许这就是上天故意安排的一种平衡吧！他心里自忖着。

寒若冰跟着周英明爬到三楼，周英明掏出钥匙开门。门刚被推开，就见一只花拖鞋当胸飞来：“你还回来弄啥？有本事你就在外面住一辈子！”

周夫人——也就是刚才在楼下与周英明干架的矮胖女人，双手抔腰堵住门口厉声叫骂。待看到门外还有一个人时，就“哼”了一声不再说啥，扁平麻脸上的肥肉抖了两下，挤出一个不知是哭还是笑的表情，然后扭着肥大的屁股去了内室。内室里即刻响起叮叮咚咚的流行音乐。

周英明略带尴尬地笑着，引寒若冰进入客厅。寒若冰窘得头上的汗都出来了，心想：“如果赵惠也是这个样子，我该怎么办？这些年，也不知道周英明是怎么过来的。”然而，等寒若冰在客厅里那松软舒适、搭着彩色织花饰物的豪华真皮沙发里坐定，刚才心里冒出的那点可怜的自慰和为周英明而生的愁绪，就全部荡然无存了。

寒若冰望着宽敞明亮、装饰豪华的客厅，转而生出一种难以抑制的悲哀：光这足有三十多平方米的铺着栗色进口高档地板砖的能够举行小型贴面舞会的客厅面积，已超过自家的居住总面积了。除此之外，还有欧洲贵族式的家具，色调素静优雅的壁饰，晶莹华贵剔透的灯饰，檀香木古色古香的博古架，全套进口的家庭影院系列，以及高档电冰箱、空调等家用电器……这些令人眼花缭乱的豪华摆设，使长年累月与世隔绝，只在成摞的稿件和方格稿纸上搜寻探求的寒若冰突然有种刘姥姥初进大观园的感觉：这些东西要值多少钱哪？自己这一辈子都不敢想啊！

寒若冰只顾四下观望遐想，直到周英明给他递茶让烟时才缓过神来。两人简单地谈了当年在一起耳鬓厮磨的情景和各自成家之后的一些情况，然后寒若冰就捧住清香四溢的茶杯，怔怔地不开口了。

周英明知道他有事儿，就开门见山说道："若冰，你有事儿尽管说，咱们老同学还客气啥哩。"

寒若冰这才挠着头皮，极不好意思地结结巴巴、颠三倒四地把他考虑好了想来教委的想法，艰难万分地讲了出来，而且话刚说完，就窘得满脸都是汗了。

周英明听完寒若冰的叙述就笑了，笑着拍着寒若冰的肩膀道："好好好，识时务者为俊杰。老弟你终于从梦里醒过来了。这事包在我身上，别的你就不用管了！"

周英明说罢，又悄声告诉寒若冰："眼下正好有个肥缺。教委招生科科长退二线了，不少人都在想这个位置，眼下正争抢不迭哩！我给老头子讲一讲，不如干脆调你过来顶缺算了，说不准这还是化解矛盾的一个好办法呢！教委就人事科跟招生科是肥地，将来你来了，咱哥儿俩各镇一方，教委就是咱弟兄们的天下了，哈哈哈……"

寒若冰完全记不清楚自己是怎么离开周英明家的。他只顾沉浸在周英明对他允诺的喜悦里，似乎忘记了刚才发生的一切不愉快。后来，好像是周英明起身对他说："若冰，你先坐着喝会儿茶，我去叫你嫂子弄俩菜。咱哥儿俩多年没聚了，今天中午就放开量，来个一醉方休吧！"寒若冰这才想起时间已近中午，就急忙起身告辞。他不想惹那个"液化气罐儿"的麻烦，更不愿意看到她不听周英明的支使而出现的难堪。

周英明果然也不再让，就掂起寒若冰所送的东西往外送他。寒若冰自然坚拒。两人撕扯了好一阵子，方才罢手。寒若冰挤出门外，反身把门碰上，就急急忙忙逃下楼去。

可能是寒若冰太激动了，因为他被事情的出奇顺利，弄得有些忘乎所以，下楼时就飘飘然，忘记了脚下的楼梯，快到二楼时居然一脚踩空，一下子崴了脚脖儿站不起来了。

寒若冰咬着牙蹲在二楼的平台上，嘶嘶地吸着空气中似乎能够止痛的凉气，忍着钻心的疼痛，揉着该死的不争气的脚脖儿。等他揉呀揉啊，一直揉得脚脖儿发麻能够站起行走，并准备继续往楼下走的时候，却听见楼上传出周英明老婆怒气冲冲的声音："周英明，我可给你说，你答应的事儿我可不管！你得自己去找我爸说去。哼，也不想想自己是咋当上科长的，还人儿似的管人家的事儿哩！"

"好了，我的姑奶奶，你小声点儿好不好？寒若冰还没有走远呢，叫他听见了多不好！不管咋着说，我俩是老同学，他有难处了，我能看着不管，能不去帮忙吗？"

"哼，世界上还有三分之二的人在受苦受难哩，你能管得过来吗？光咱们市，现在就有几千名下岗工人没饭吃，你能管得过来吗？"

"哎，事儿跟事儿不同，这事儿能跟那事儿一样吗？"

"嘿，你这老同学也够小气的，送这点儿东西就想办事儿？想得倒还挺美哩！"

"哎呀，就这都算不错了。他那单位清水衙门，没有外快，老婆厂里又发不出工资，你……"

"哎哟，周英明，你快来看哪！这箱健力宝咋是拆过的？里面咋还有俩空罐儿哩！"

"不可能吧，怎么会呢？"

"不信你来看嘛！你看这个、这个，这不是明摆着杵人哩嘛！哼哼，就这还想进教委哩，就叫他等着做春梦吧！"

话说完紧接着"啪啪"两声，是两个易拉罐儿摔在地上的声音。接下来是一阵死一样的沉寂。

寒若冰好像突然想起了什么事儿,他的心一下子变得冰凉冰凉的。

他咬着牙忍着疼,像刚做了贼,怕被人抓住似的一路踉跄下楼去。

六

寒若冰气急败坏地回到家里,赵惠正急切地等着他的好消息。

寒若冰一把将迎上来的老婆推到一边,进屋揪住正准备睡午觉的儿子,厉声问道:“你说,那两罐儿健力宝是怎么一回事儿?”

儿子怔了一下,小脸立即变得煞白,但却仍然强辩着:“啥子健力宝,我,我不知道。”

赵惠也突然变了脸色,身子插进二人中间道:“到底怎么回事儿啊,你说清楚中不中?”

寒若冰不理赵惠,一巴掌将儿子扇倒在地,气喘吁吁地吼道:“快说,是不是你,不说揍死你!”

赵惠扑上来拽住寒若冰的胳膊肘,急赤白脸地吵嚷:“寒若冰,你疯了,到底怎么回事儿?”

儿子被吓哭了,终于抽泣着说:“是,是我偷着喝了。昨天,我看见妈妈买回来两箱健力宝,就以为是给我买的哩!下午上体育课,我害怕天热,就偷偷拿出两罐喝了。可是喝了之后我又怕了,就又把空罐放回去了。”

寒若冰简直气迷了,又是一巴掌抡下去,却打在赵惠的肩膀上。赵惠抢过已被吓哭的儿子说:“寒若冰,你要是有本事,就把俺娘儿俩都打死算了!反正跟着你,俺娘儿俩也受罪受够了。”

赵惠怨恨忧伤地拉着儿子到卧室睡觉去了,留下寒若冰一个人呆坐在客厅里。他慢慢平静下来,心里也有些酸酸的:老婆赵惠是大人,吃点苦受些难还能够忍受过去。可是儿子小小年纪,也真有点儿委屈他了。

寒若冰回想起来,从儿子上幼儿园起,他就教他不和人家比吃比穿,光比谁的学习好。可是,别人家的“小皇帝”“小公主”们都是书包里装着饮料解渴,他却让儿子一天到晚背着一只装开水的“老鳖壶”。儿子多次给他和赵惠提意见,他们都以“艰苦、朴素、懂事、努力”等正面教育的词儿挡过去了。上小学时,这样的情况又维持了一段时间。但是上中学后,儿子说啥也不再背“老鳖壶”了,非要也带饮料不可。因为没有给他买,还哭闹着逃过两回学。

挨过两回揍后,儿子不敢逃学了,可是成绩却慢慢滑了下来。老师几次和寒若冰交换意见,让寒若冰配合学校找一找原因,把孩子的学习撵上去。怎么配合?怎么撵?寒若冰清楚问题的症结所在:是生活水平的差距,直接造成了儿子心中的自卑。这种自卑又导致了他在学习上的无动力和不努力。可是,怎么给他动力呢?按照寒若冰和赵惠的收入,除支付双方父母的生活补贴和支援经济状况还不如他们的弟妹们外,所剩下的就仅够维持他们最基本的生活开支了,哪里还有力量满足儿子的高消费呢?没有他法,就只好还用艰苦奋斗、勤俭节约等搪塞儿子,也不管这些理论到底能对儿子起到多少教育作用。反正儿子的成绩是始终没有多大的提高,也不知道是不是儿子也在搪塞他们。多少年都在这种无可奈何的日子中度过了。他们还真有些对不起儿子。

午休过后,儿子出去玩了。寒若冰就把上午去周英明家的前后经过,仔仔细细地对赵惠说了一遍。赵惠听后久久无语,最后叹了口气说:“也许这是天意,如果不行,就别再费劲儿啦!”

寒若冰有气无力道:“先再等等吧,看看周英明那边给不给咱们回话再说!”

七

事情并没有像寒若冰和赵惠想象得那样悲观。

几天后,周英明忽然给寒若冰传来了好消息。周英明在电话里对寒若冰说:“我给老爷子讲了你的情况和咱俩的关系,他二话没说就答应了。初步确定进招生科,下一步只用给两个副手打个招呼就行了。你那边也该行动了,比如,给你们的头头儿透个气儿,叫他们也有个思想准备,别到时候这边办成了,你那边却不放人了。”

晌午下班回家,寒若冰对赵惠说了周英明在电话里讲的话。赵惠没听完就哭了,哭着哭着又笑了。

八

两天后,寒若冰果真按照周英明的话,去找了文联主席老关,讲了想调离文联的意思,没承想却遭到了老关的坚决反对。

文联主席老关听完寒若冰的话后,像听到什么天外奇闻一般,吃惊地摘下度数很高的老花眼镜,定定地看了寒若冰很久,似乎在思考事情的真假程度。当他确信寒若冰不是在和他开玩笑时,瘦脸一下子拉得很长,说:“若冰,你掏心窝子说话,我老关这些年待你咋样?”

“待我……”寒若冰语塞了,半晌不能回答老关半句话。

平心而论,一开始老关待他寒若冰还真是不错的。想当年寒若冰大学毕业时,因在校期间写过剧本并在全国大学生会演中获过奖项,就被专业对口分配到了文化局戏工室。戏工室当时连他三人,那两位都是老同志。两位老编剧各自恃才相互轻视,水火不容,见寒若冰新来,都想拉他当同盟军。寒若冰不想介入他们的矛盾,又不愿得罪任何一位,整天就像一只耗子夹在风箱里——两头受气,脑子经常处于戒备状态,生怕说话办事哪点儿不妥,让哪位老同志不愿意了，根本无法静下心来创作剧本。此时恰逢机构改革，文联和文化局合在一起，时任《白河》杂志编辑部主任的老关见寒若冰是个写东西的料子，就把他要过来当了编辑。后来，两家重新分开，老关被提拔成文联主席后，就让寒若冰当了编辑部主任。再后来，职称改革，又让他评聘为中级职称。老关对于寒若冰，可以说有知遇之恩哪！寒若冰对于老关，按说只有感激的分儿才对。可是在寒若冰的内心深处，却对老关有股说不出来的怨气。

寒若冰对老关的不满，主要缘于去年发生的一件事。

去年下半年，市职称办依据《白河》编辑部的人员数额及比例，给其下达了一个高级职称指标。按照学历职务及工作业绩，这个指标当属寒若冰无疑，可是老关却背着寒若冰，悄悄给了老吕，让老吕评聘了高级职称。老吕何许人也？即原来的文联办公室主任兼秘书长。老吕曾为老关荣升主席立过汗马功劳，并在报刊上常发表一些豆腐块文章。此公系文联老人儿，去年到了退二线年龄。老关为了顺利完成办公室主任位置的新老交接，就叫老吕评了副高职称。

按道理讲，老吕是不能评聘职称的。文联共有三个科室，办公室、协会部和编辑部。办公室和协会部都属于群团编制，编辑部则属于事业编制，只有属于事业编制的编辑部能够评职称。老关为使老吕能够评职称，事先不同任何人商量，就悄悄将老吕的名字划到了编辑部的名册上，让他当了编辑部主任级协理员。老吕他一个办事员出身，到编辑部能干什么呢？所以上班后啥活儿不干，整天提着个公文包儿来去匆匆，经常是八点上班九点到，十一点就下班回家买面条儿，整个工作都是寒若冰一个人顶着干的。当然，因为老吕是老同志，寒若冰也不好指派人家干什么。反过来讲，你就是指派他干什么，他能干得了吗？

本来，应该晋升高级职称而不让晋升，寒若冰的心里就够憋气了。现在，不该评聘职称的老吕却评了高级职称，而且还插到编辑部里和寒若冰一个水坑里和泥，光站在岸上只看不干，这叫寒若冰如何忍受得了呢？

为了此事,寒若冰没少找老关提过意见。老关却只是埋首喝茶不吭一声,弄得寒若冰没有一点脾气。吵过几次之后,寒若冰也渐渐疲了。他有时真想扔下挑子不干算了,但又都忍住了。他忍住的原因,一是不想让老吕过于难堪,二是不想叫老关太过为难。当然最根本的原因,还是他不想离开文联。事情就这样拖延下来。一直到老婆遭遇意外事件,他才下了调动工作的决定。

老关见寒若冰只是沉默,就焦急地追问说:"你想调动工作,总得有个调动的原因吧?"

"我想走,自有我的难处。"寒若冰不能说明真相,只能这样含糊作答。

"你年纪轻轻的有啥难处?你咋不想你走之后,我所面临的难处哩?"

"你堂堂文联主席,有什么难处呢?我走了之后,不是还有老吕嘛!"

"老吕,他,他能……"

这回轮到老关语塞了。他像是想对寒若冰解释点什么,又似乎无从谈起,急得搓手顿足站起来转悠了好一阵,才又坐下来拍着寒若冰的肩膀,语重心长地对他道:"我知道,你对老吕的安排有意见,这也是不得已而为之的权宜之计呀!再说了,老吕他再有两年就退休了,他退休了,这副高职称的指标不就是你的了。《白河》是咱文联的金字招牌,你走了叫老兄我咋办哩?这不明摆着拆我的台嘛!咱文联也是你写东西的金地呀,换个单位,能有这样舒适宽松的条件?"

寒若冰几乎要被老关的坦诚陈词说动了,许久许久没有出声。他听得出来,老关也是真心真意挽留他。他再次扪心自问:应该咋办?最后心里一热,抬头望定老关慢慢地说:"要是真想不叫我走,得想法子把我老婆调进文联。"

"这……"主席老关再一次语塞了。老关做梦都不会想到,寒若冰会提出这样的条件。

老关站起身来,背起两手在办公室里走来走去,不知道如何回答寒若冰好。他知道寒若冰的爱人在色织厂上班,厂里近来形势不好。也知道寒若冰为爱人的调动费了不少的周折,一直没有满意的结果。更知道没有调成的主要原因,是她的工人身份问题。文联虽是群团,但属行政编制,要求必须是干部身份。编辑部虽是事业性质可以放宽一点,但也必须得有专长,你老婆没啥专长呀！再说,两口子咋能在一块儿工作哩！而且,更重要的是现在文联人数超编,没有半个空位。迟疑再三,老关还是艰难而婉转地把由于上述原因,他的爱人目前还不能调入文联的难处,对寒若冰讲了一遍。

寒若冰听老关讲完,不由得嘿嘿冷笑起来,心想:“难道现有的文联人员中,就没有不是干部身份的？难道就没有超出编制的？既然前车有辙,我这事儿作为后辙,难道就不能……分明还是不想给我办事儿嘛!”寒若冰望着因为艰难的解释而窘得满头是汗的老关,心里忽然生出一种可怜而又讨厌的感觉来。

如果说,他过去对老关还有一种感恩和同情的情分,那么现在他对他只剩下失望和绝望了。

过去,寒若冰虽然也和文联不少同事一样,对其实并没有什么领导才能和突出创作成果,只会不求有功但求无过,稳稳当当按上级精神办事,无论干啥事情都要考虑来平衡去,生怕谁有意见,后来只是因为上边有人打了招呼,又符合年龄、学历等方面的条件,才坐上文联主席宝座的老关,有种发自内心的瞧不起。但是,因为老关对自己有知遇之恩,所以寒若冰对老关还是充满同情,并处处支持他的工作,维护他的威信。

然而此时,寒若冰无比痛苦地想:“我的事情就不说了,我老婆的事儿实在无路可走了,才最后求到你面前,你还是这样‘身份’‘编制’地搪塞我。外边工人身份调进行政机关或者是调进超编事业单位的大有人在,难道他们都不学文件不知道上面的政策吗？跟着这样的‘小脚女人’‘窝囊废’领导还有啥子干头儿啊!”

思绪到此，寒若冰的心里悲凉极了，只好对老关情断义绝："既然这样，那就不用往下说了。反正是不管你同意还是不同意，我都非走不可。放不放人，你就看着办吧！"

说罢，寒若冰起身扬长而去，把身为文联主席的老关气得目瞪口呆，半天没有说出一句话。

九

寒若冰要调走的消息迅速传播开来，就像引爆了一颗重型炸弹，立刻在文联激起轩然大波，远者兴奋，近者惶惑，事不关己高高挂起者则感到十分好奇，纷纷猜测互相打听他此举的原因所在。

编辑部的几位小老弟尤为着急，说："你老兄咋想着调走哩？你走了，我们几个咋整哩？"

办公室和协会部的同事也都打着哈哈问寒若冰："你小子是不是禁不住金钱的诱惑，也想下海经商，当大款？是不是南下广州、深圳、珠海等开放城市，卖文章挣大钱哪？"

大家的话，说得寒若冰心里既感动又难受，但是不管他们说什么，他都只能报以苦笑而不能正面作答。老婆遭遇歹徒的丑事儿，能对他们说吗？他只能哑巴吃黄连，苦水往肚子里流。最后被问烦了，就干脆不去上班了，自己躲在家里看些闲书消磨光阴。

寒若冰的消极表现严重影响了《白河》的正常运转，身为文联主席兼《白河》主编的老关，首先吃不住劲儿了，就带着老吕去寒若冰家里相请。老关对寒若冰说："以前我们领导班子官僚主义，对你们的家庭困难关心不够。因此，文联领导班子研究决定，今后每月发给你家一点适当的生活补助。"

老吕也说："如果老弟真是对我有气的话，我马上可以把职称让给你。不管咋着，也不能叫咱们的刊物受影响啊！"

应该承认，老关和老吕的话都很动情也很实在，但是他们都没有提及赵惠的问题，这个寒若冰要调走的根本原因。因此，寒若冰没有答应他们的相请，只能以“让我再考虑一下”权作应对，拖延时日。

老关他们来过之后，编辑部的几个小兄弟又来过两回，说刊物已陷入半瘫痪状态，老关、老吕两位急得像热锅上的蚂蚁似的，等等。寒若冰既然走心已定，也无心过问刊物的事情，只是在家死挨，静等周英明那边的消息。

十

可是，事情也真是怪了，寒若冰在这边左等右等，周英明那边却像石沉大海一般，彻彻底底地断了音信。

寒若冰几次把电话打到周英明家里或者单位，那边都说不在。赵惠的小脸儿又绷起来了。寒若冰也有些沉不住气了，决定亲自去找周英明问个究竟。

寒若冰这次去找周英明没去家里，他不想再见那位“液化气罐儿”夫人的尊容。寒若冰直接去了周英明的办公室，又碰了个“门鼻儿”，于是就敲开隔壁办公室，打听周英明的去向。隔壁办公室里有四个年轻人，正在玩扑克，其中一位姑娘答道：“跟新主任去郑州开会啦！”

“新主任？”寒若冰心里一惊，急忙又问，“那原来的主任呢？”

“刚宣布退二线啦！”

“退二线？他不是还不到年龄吗？”

四个年轻人都停止了打牌，几双眼睛一齐射出疑惑的目光。寒若冰的脸不觉一红，想：你问恁多干啥？正要撤身走开，一位长得有点像佐罗的小伙子意味深长地说：“还不是为了迎接机构改革吗？这年头儿，人人都削尖脑袋抢官儿当，弄得哪个单位的官儿比兵都多，不叫他们提前退位儿，到精简缩编的时候咋办哪！”

原来如此。寒若冰听完后，连声谢都没道，就心慌意乱地逃到楼下来。下到一楼，两条腿就变成了软面条儿。怪不得周英明没消息了呢,原来是他老岳父退二线了。这下子可全完啦。

寒若冰垂头丧气地走出教委大院,边走边懊丧至极绝望地想:这件事情,咋回去跟赵惠说呢?咋给老关他们交代呢?

十一

那天,寒若冰万念俱灰地走出教委大院,以为事情彻底完蛋了,正发愁回去无法和老婆及文联的其他领导交代呢,不想却在大门外撞上了徐虹。

徐虹看见寒若冰十分意外。她惊异地对寒若冰道:“寒老师,怎么在这儿碰上了?你这是……”

寒若冰看见徐虹也很惊异,惊异得使他暂时忘却了适才的懊恼与失落,有点惊慌失措地对她说:“多年不见了,你在文化局还……可以吧?”

望着寒若冰的窘态,徐虹咯咯笑起来:“我早不在文化局干了。我表舅前年就把我调教委了,如今在成人教育科混着哩!”

“噢,是这样。那你表舅……”

“他是这儿的副主任。”

寒若冰的心突然猛跳起来。他想到他那已经陷入绝境的调动之事,就像溺水的人突然抓住一根救命的稻草一样,痴痴呆呆地望着徐虹,嘴唇哆嗦着想说什么,又似乎无法张口。

徐虹看见寒若冰痴痴呆呆地直望自己,心里不知怎么波澜骤起,脸不由自主地红了起来。她以为寒若冰触景生情,想起了两人之间曾经发生的事情,自己的思绪也情不自禁地箭一样射向久远的岁月……

细说起来,徐虹和寒若冰还有一段极不寻常的情缘。也可以讲,徐虹是除赵惠外,和寒若冰相处较久、了解较深,险些成为婚姻关系的又一位女性。

那是寒若冰刚分配到文化局当编剧的时候,徐虹则是刚招进局里的打字员。徐虹工作之余爱好文学，自从读了寒若冰发表在刊物上的几篇小说后，就也经常学着写些小小说、小散文之类的东西叫寒若冰指教。寒若冰见徐虹写得认真，也就很投入地指导。调到文联后，寒若冰就把徐虹作为重点作者，多次邀她参加笔会，还帮她在《白河》上发表过好几篇散文作品。

寒若冰调到文联后没有住房，就暂时还住在文化局的单身宿舍里。有天晚上，徐虹又来让寒若冰指导稿子。指导完了，徐虹却无要走的意思，摸摸这儿翻翻那儿磨磨蹭蹭，像有啥话要说又无从开口的样子，直到很晚了才下了什么决心似的满脸憋得通红地问道："寒老师，我有句话不知……当问不当问？"

寒若冰一激灵，忙放下书本也开着玩笑说："不知道你想问啥呢？"

"想问……不知道老师现在——有女朋友没有呢！"

"噢——是不是想给我介绍一个呀？"

"嗯嗯，不知老师准备找个啥样的……"

徐虹摆弄着衣角儿，面如桃花地嗫嚅着，说罢星眸一扬，射过来两道灼人的光波。寒若冰是写小说的，自然懂得这眼神的含义，就被灼得不由得脸热心跳起来，忍不住认真地将她整个儿看了一遍。

寒若冰因为自己的老师身份，过去很少对徐虹近距离仔细认真地打量过。今晚一细看，才发现徐虹确实长得很美，桃腮杏口明眸皓齿，削肩细腰秀美修长，简直就是一株刚出水的芙蓉花儿。只是脸上的稚气尚未退尽，还远不到谈婚论嫁的年龄。寒若冰心里这么想着，却不敢说破，怕伤了徐虹的痴心，就委婉地说："我还事业无成，先不考虑这事儿。"

徐虹听了寒若冰的话，绯红的桃腮慢慢透出两片惨白，米粒儿似的小白牙咬着红润的樱唇许久不吭，半晌才缓过劲儿狠声说道："我知道，我有差距的，可是我会努力弥补的。寒老师，你信……我的话吗？"

寒若冰吃惊地望定徐虹，只见她的眼里蓄满了潮水，泛着晶莹明亮的光点儿，那光点儿差点把寒若冰燃烧熔化了。

徐虹说到做到，果然就报考了电大函授。两年拿到大专文凭，又通过统考转了干部。同时徐虹的创作水平也突飞猛进，有两篇作品还上了省级报刊。

从此以后，徐虹对寒若冰的追求就大胆起来，她那水一样清纯、火一样热烈的情感，常常使寒若冰手足无措。可是，寒若冰依然不能接受她的情感。这里面的原因有二：一是仍然认为她年龄尚小，还不到谈婚论嫁的年龄；二是寒若冰已经人介绍认识了赵惠。寒若冰在心里将两人反复相比，受农民家庭出身的影响，他更喜欢赵惠那样温柔贤淑的贤妻良母，而不喜欢徐虹这样不达目的不罢休的女性。

寒若冰不能接受徐虹，但又怕伤害她而不敢直接拒绝，只能采取被动抵御的战术。可是这反而又激起了徐虹更猛烈地进攻。最危险的是那次春天的笔会，徐虹的最后“突击”差点就使寒若冰的男性堤坝彻底崩溃了。

那是徐虹参加的最后一次笔会。

那次笔会结束的当晚，联办单位设宴欢送，多数作者都喝得手舞足蹈地引吭高歌。徐虹没喝几杯，却醉得相当厉害。夜里看电影时，硬是挤在寒若冰的身边，没看一会儿，头就靠在了他的肩上，最后竟然歪倒在他的怀里。寒若冰惶惶地说：“徐虹你喝多了，我喊俩人，送你回去休息吧！”

徐虹伏在他腿上喃喃道：“不，不，要送……也得你送。”

寒若冰看看四周，见众人都沉浸在电影的情节里，他既不忍心打扰别人，又怕引起别人的闲话，就只好自己送徐虹回去了。

徐虹好像醉得很厉害，两条腿都走不成路了，晃晃悠悠地只绞麻花辫儿。寒若冰一手抓住她的胳膊，一手托着她的腰肢，半搀半扶地往住处走。透过薄如蝉翼的连衣裙，温热的青春女性的气息，一浪高过一浪地涌过来，把寒若冰激得昏昏欲醉。他浑身发烧，燥热难耐，但他还是顽强抵抗着巨大的诱惑，坚持把徐虹送回住处。

寒若冰喊来服务员开门，然后拉亮吊灯，把徐虹轻轻地放到床上。

正待起身,想给徐虹倒杯水喝,不想那只勾着他脖子的胳膊却不松开,而且另一只手也勾了上来,两手用力一带,居然将寒若冰拽倒在她的身上。

寒若冰猛地坐起身来,红着脸对徐虹说道:“是我不好,我,我已经有对象了。”

徐虹听罢一怔,脸突然变得刷白,之后哇的一声哭了起来。她哭着爬起身抓住寒若冰,没命地对他又撕又捶。寒若冰一动不动一声不吭地任她捶打撕扯。徐虹最后打累了,终于止住了哭声,手却重新在寒若冰身上游动起来……

寒若冰知道徐虹想要什么,但他却不能给她。他极佩服她一爱到底的勇气,却不愿给她终身的伤害。他认为两性的结合必须以婚姻为前提,没有婚姻的男女之合是非道德的事情。他认为徐虹和他不是一类的人,他不可能选择她这样的女性为终身伴侣,既然不能成为婚姻伴侣,又怎能把一切做尽呢?他强忍饥渴奋力推开徐虹的缠绕,决然地走出门外,任她哭得泪流满面,任她哭得撕心裂肺。

次日下午乘车回城,徐虹两眼红红的,一个人坐在车尾谁也不搭理。一路上,寒若冰都装作视而不见。下车时却故意留到最后,一直把她送到家门口。临别时,想对她说点什么,还没张口,徐虹却抢先对他狠声说道:“寒老师,我永远恨你。”说罢,顾自哀怨冲天地遁入门内,把寒若冰弄得好不狼狈。

自此之后,徐虹就停止了写作。寒若冰再邀她参加笔会,她也委婉拒绝不来了。后来,寒若冰跟赵惠结婚搬到新居,徐虹拿来最后一篇稿子请寒若冰“指导”,借此同赵惠见了一面。走时,徐虹很真诚地握住赵惠的手说:“祝赵大姐和寒老师婚姻美满,白头偕老!”说完两眼红红地扭身而去,让赵惠站在那里傻愣了好一会儿。

不久,寒若冰去文化局办事,就听说徐虹结婚了,男方是市委某位副部长的二公子。但是,不久又听说他们离婚了,离婚的原因是感情不和。从此再没有她的任何消息。

不想数年之后,两人却在这里不期而遇,双方的激动兴奋也就可想而知了。徐虹见寒若冰傻愣愣地痴想不语,想他必有难言之隐,就主动热情地相邀:“寒老师,不上我办公室坐坐吗?”

寒若冰从痴想中醒转过来,不禁老脸一红。这是他求之不得的事情啊！就急忙对徐虹点头应允。

十二

徐虹的办公室就在周英明的上边,室内摆设彰显出女性特有的整洁雅致。两人落座,徐虹沏上茉莉花茶,就开门见山地问起寒若冰来教委找谁,有什么事来。

寒若冰低吟片刻,就极不好意思地将他想调进教委,曾托周英明向其岳父推荐,却没想到老头子退了二线,主任又换了新人,调动之事搁浅的经过,磕磕巴巴讲了个大概。最后才将想请她帮助,托她的表舅向新主任推荐的意思,吭吭哧哧红着脖子涨着脸地说了出来。

徐虹不动声色地听着寒若冰的叙述,脸上由晴转阴又由阴转晴微妙地变化着,直到寒若冰讲完许久,才直直地望着他极诚恳地说道:“像老师这样清高超脱、有名有才的文人,怎么也往我们这样的纯行政单位调哩?说心里话,我其实还是很羡慕你们文联那样的事业单位的,要不是我的文学扔掉时间长了,要不是已经陷进来了,我还想往你们那样的单位调呢！老师你怎么……”

寒若冰听完徐虹的话,不禁摇着头苦涩地笑了。然后又把文联的尴尬情形和老婆的工厂面临倒闭发不出工资、生活难以为继,以及为老婆跑调动处处碰壁,不得已才自己先调的情况讲了一遍,最后叹道:“我如今真是到了山穷水尽的地步。幸亏今天碰上你,要不是就……”

寒若冰讲完,徐虹蹙眉长思久久不语,最后才下了什么决心似的对寒若冰说:“既然如此,也没有其他的办法了。老师放心,你的事就是我的事,我定会竭尽全力的。主任开会回来,我就叫表舅去和他说这事儿。我表舅是常务副主任,他的话会有一定作用的。你回去只管等着,一有结果我就给你准信儿。”

十三

寒若冰按照徐虹的吩咐,就回家耐心候着。几天之后,没有等到徐虹的消息,却意外等来了周英明的电话。周英明在电话里对他说:“我有些天没给你联系,老弟你等急了吧?”

寒若冰毫无怨恨地对周英明说:“我没急呀,啥我都知道了,我不怪你。”

周英明急忙问:“你都知道了?知道了啥呀?”

寒若冰就将听到的周英明岳父退二线的事情简述了一遍。哪想话音刚落,周英明就在电话里大笑起来,笑了足足两分钟,才喘着粗气说道:“若冰,你真是书呆子一个呀!老头子退二线,地球就不转啦?他退二线了,我还可以跟新主任说嘛!这次郑州会议上……”

寒若冰怔了一下,忙打断他的话急问:“新主任的态度咋样啊?”

“当然没啥问题。只是,他想亲自见你谈一次。”

“噢,这……”

“别急,我有安排。后天T县有所希望小学举行落成典礼,县里请新主任前去剪彩。此行本该我陪他去的,我故意推托有事,你陪他去一趟如何?”

“我还没有调去,这样合适吗?”

“咋不合适哩?我已经跟主任谈过你的情况,他对你很赞赏的。他已经同意,你不去可不中啊!”

“可是,我没有一点思想准备呀!”

“这有啥准备的?这事儿对你还不是小菜一碟儿?事情的成功,就差这一步了,回来就可以大功告成啦!就这样定了,后天早上七点钟有车去接你。我还有事,咱们随后再谈吧!”周英明说完,不等寒若冰回话就匆匆挂了电话。寒若冰再去回拨,那边已是忙音了。

寒若冰放下电话,不由好一阵感慨:如今这社会,也就只有同学和战友关系管用了。周英明为他的事情,真可谓锲而不舍竭尽全力啦!寒若冰忽然想到现在社会上流传的“四大铁”:一起扛过枪,一起下过乡,一起同过窗,一起嫖过娼。不禁自己笑了,笑过之后,他忽然又有些后悔,后悔自己不应该那么性急那么沉不住气,那样轻率地托徐虹的表舅向新主任推荐。但是他又想,也许这样会更好些,双保险总比单保险稳当吧!他觉得为难的是,自己还没有调过去,就低三下四跟主任出差合适吗?

赵惠下夜班回来,寒若冰对她讲了周英明的安排,问她:“你看我去不去呢?”

赵惠霎时就红了眼睛,很伤感又很恶毒地回道:“这是你自己的事,去不去你看着办!”

赵惠的伤感语气和恶劣态度,使寒若冰感到沉重的责任和压力。他觉得自己别无选择了。

十四

寒若冰跟着新来的教委主任去 T 县的那天下午,微风习习晴空万里,天气格外好。

他们乘坐的白色奥迪轿车,在高低起伏蜿蜒盘旋的山区公路上疾驰,真像一朵白云在青山绿水间缭绕飘飞。车窗外峻峰危立、层峦叠嶂,满目宜人的青绿,云雾弥漫的深涧里不时传来一阵阵清婉激越引人欲醉的山歌声。

面对如此的美景,寒若冰却无半点赏玩的兴致。他恹恹地靠在后座上,用余光瞟见身旁的徐虹,心里觉得十二分的别扭:周英明可没说她也去呀!

早上乘车时,寒若冰就一眼看见徐虹也在车里,心里不禁一惊:她怎么也去T县啊？

徐虹看到寒若冰上车也很吃惊："寒老师，你也顺车去T县呀？"

寒若冰极尴尬地"哦哦"两声，却无话可以应对。心想：她说我是顺车，那她就是正常乘车了？只是她……寒若冰心存疑问，禁不住接连看了徐虹几眼。

徐虹可能也看出了寒若冰的疑问，也禁不住瞅瞅他，似乎有话要讲，又像无从开口。两人之间十分尴尬，多亏坐在前面的主任心有灵犀，主动地向后扭头插话，才又使气氛活跃起来。

新调来的主任五十岁上下的样子，个子不高却极富态：一张白白胖胖的弥勒佛般的脸儿，一双眯成一条缝的慈眉眼儿，一头染得乌黑发亮的头发，一副慢声细语的低嗓门儿，美中不足的是头顶中间有片"盐碱地"，只好将两边的长发绕过来遮挡一二，看着有种很好笑的滑稽味儿。此时，新主任把盘绕在"盐碱地"上的长发用手拢了一下，很自然地扭过头来笑着道："哎，我咋看着——你俩挺熟噢？"

徐虹的脸就红了，抿了嘴儿笑着回答："那当然喽，当年我学写作，他就是我的老师。"

主任"噢"了一声，又笑了起来，然后又一本正经地说："世上最贵师生情。你的这位老师，今后还得继续多帮助学生哟！"

寒若冰听出主任话里有话，忙嗯嗯应答，笑着点头称是，心里忽然觉得：这个老头儿，看着挺不错的哩！

临近T县，小车驶入一段平谷。司机放起轻柔的乐曲，大家停止了谈论了许久的N市文艺界的一些话题，开始欣赏起优美的音乐旋律。

看着新主任已靠在椅背摇摇欲睡，徐虹突然歪身附在寒若冰耳旁轻声说道："表舅已经告诉我了，那件事情已初定，估计很快就能成。"

寒若冰惊喜得忙睁开眯着欣赏音乐的两眼，望着徐虹那依然很美的苹果脸好一阵感动：她说的情况和周英明的一样啊！看来，为此事她也尽心尽力了。这是旧情在起作用啊！

寒若冰心里一热，情不自禁就抓住了徐虹放在腿上的纤手。徐虹涨红了脸儿，哀怨地狠狠剜他一眼，象征性抽了一下，就又极安详地一动不动了。两人的手在一块儿握了很久很久。

车抵T县县城，县里一干人把他们接进宾馆，简单用过午餐，新主任突然对寒若冰说："小寒，你抓紧时间给我写篇讲话稿子，两千字左右，我下午开会要用呢！"

寒若冰接到任务很不习惯。他在文联何曾有过这样临时的紧急任务？何曾受过这样强制性的不容置疑的命令？但他又不敢有任何的怠慢，他知道这是在对他的文字水平和服从态度的测试！就忍着在文联长期养成的每天午后必睡的习惯，集中精力调动文思，洋洋洒洒写了一篇自以为很满意的讲话稿儿，然后去找主任。

主任正在梳洗，大概是午睡刚起。主任看见寒若冰的稿子，眼睛笑成了一条缝儿，很满意地拍着寒若冰的肩膀说："到底是作家，手挺快呀，一会儿就把稿子写出来啦！好，好，先放这儿，快回去歇一会儿吧！"

交上"试卷"，寒若冰心情轻松地朝住室走。刚要进屋，却见徐虹也拿着几页稿子迎面而来，不觉一怔：主任咋也叫徐虹写讲话稿儿啦？

徐虹见了寒若冰，也是一怔："寒老师，怎么……你没休息？"说完，就匆匆去了主任的房间。

既然叫我写了，何故再要她写？寒若冰进屋猛地关上房门，心里突然觉得很不是滋味儿。

下午，去那所希望小学的路上，寒若冰和徐虹都显得很不自然，两人之间基本上无话可讲。到达目的地，市、县领导受到当地几百名小学生和几千名乡亲的热烈欢迎。尤其是市教委主任那热情洋溢、慷慨激昂的讲话，赢得了群众经久不息的掌声。

在场的人都被这热烈的气氛所感染，到处都是发自内心的笑声。只有寒若冰一个人笑不出来：他听出主任念的讲稿，根本不是他写的。他觉得受到了严重的伤害。他的自尊、他的人格，都受到了极大的侮辱。他隐约觉出,好像有人在暗中跟他作对和竞争。他隐隐约约地感觉出,他的T县之行是个不该有的“错误之行”。

但是,从主任那里似乎没有看出什么来。他对寒若冰仍是乐呵呵的。

主任对他还是挺好的,这是对寒若冰的一点安慰。

十五

离开那所希望小学回到县城,已是下午六点多钟。稍事休息后,就又开始吃饭。由于下午有事,中午用餐简单。所以,县里就把对市里领导的美意与热情,都在晚餐上表现出来了。

晚餐的规格明显提高了,共设酒席两桌。一桌是市教委主任正座,县委宣教书记、文教县长及县教委主任、副主任诸人作陪;另一桌是招待寒若冰、徐虹及司机,由县教委的一群中层作陪。

酒宴开始,“主人们”就发起猛烈的攻势,又是敬,又是碰,几轮下来,“客人们”就都吃不住劲儿了。寒若冰由于长期做编辑工作,缺乏“锻炼机会”,再加心境不好,已经晕晕乎乎,就推让说“不能喝了”。徐虹的脸也红了起来,谁再敬酒就举双手,连说“投降投降”。司机则滴酒未进。这一桌只好停顿下来,那一桌却早已吆五喝六地猜起枚来。

寒若冰无心多喝,就想起身出去躲一阵子,刚离座位,却被那一桌上的主任喊住了:“小寒,快来快来,来替我喝两杯。我这一盘,八个酒输了五个啊!”

寒若冰不得不走过去,咬着牙把满满三杯五粮液灌下肚去。

“张主任,你有保驾护航的怕啥?来来来,继续猜,这一盘你可别让我们刘县长了!”

张主任果然又与文教县长交起手来。

寒若冰在旁边如坐针毡,真是走也不是留也不是。寒若冰清楚自己能喝多少酒，知道自己已经不能多喝了，也看出张主任不能再喝了。他想劝张主任别再猜枚了，却无法找到机会开口。因为张主任的枚技一般，酒兴却已调动起来了，丝毫没有罢手的意思，但他毕竟已半醉，枚技又臭，每盘仍是输多胜少。害得寒若冰每次都得替他喝两个以上。不大会儿工夫，寒若冰就觉得实在喝不下去了。他清楚再喝非当场出酒不可。寒若冰实在忍受不了，真想断然离席拂袖而去。他哪里受过如此的刁难和愚弄啊！然而，在主任和几位"主人"的睽睽注视下，寒若冰又不敢有任何拒绝和推脱的动作。可是，他又真是不能再喝了啊！

就在寒若冰喝也不是走也不是左右为难之际，徐虹不失时机地走了过来。她端起张主任刚刚输下的三杯酒，仰起脖子一饮而尽，然后拉起寒若冰，自己轻盈而坐，接着大方地伸出玉手，对"主人们"朗声说道："我们主任和寒老师都先歇歇，让我跟书记、县长们学学枚！"

众主人一见女士参战，一齐欢声雀跃，纷纷摩拳擦掌与之交手。徐虹居然毫无惧色地两手并出，同时与书记、县长交起手来。也真是神了，徐虹的双手枚竟然出神入化连战连胜，很快把两位地方长官灌成了"晕头鸭子"。

徐虹的精彩表演，让张主任乐得击节拍掌叫好不迭，当然也遭到"主人们"的强烈指责。宣传书记歪头晃脑地大叫："张主任你搞阴谋诡计，用娘子军出奇制胜，这回不算你赢啊！"

文教县长红着脖子涨着脸地指着徐虹说："你半道儿杀出个程咬金，专门收拾残兵败将算啥能耐？下回再来，非跟你单枪匹马杀个你死我活不中！"

徐虹此时也已经喝得一张粉脸灿若桃花，只是嘻嘻笑着却不还嘴儿，气得书记和县长只喘粗气。

主客双方吵吵嚷嚷地离开酒桌，又醉眼蒙眬地进入舞厅。

早有一群年轻漂亮的女服务员候在那里，见客人来了，便一个个躬身相邀旋舞起来。主任和一个服务员跳了一曲，就专找徐虹跳了。

身体肥胖得像狗熊似的喝得醉醺醺的主任,东倒西歪地扭着舞步,弥勒佛般的脸色眯眯地笑着,黏虫一般贴在徐虹的身上。徐虹不但没有半点儿的腻歪,脸上反而溢满自得其乐的笑容。

寒若冰没有跳舞。他谢绝了服务员的邀请,头昏眼花地歪躺在舞厅角落的沙发里,燥热无比地冷视着主任和徐虹以及东道主们群魔乱舞的身影。脑子里乱糟糟地玩味着徐虹在酒宴上的精彩表演。寒若冰不由又想起当年,徐虹不胜酒力温软柔媚的模样,想:是她当时故意装醉,还是如今酒力有了大进?不管怎样,徐虹在寒若冰的心目中,都没有了原先的姣好与可爱。他觉得来时印象颇好的主任,此时也变得十分可憎可恨,甚至连对他们热情周到的东道主们,也都变成了应该诅咒的混蛋。

寒若冰靠在那里心里粗算了一下,今晚酒宴、歌舞的花费,最低也得五千元以上。像T县这样有三分之一人口仍在贫困线下,有千余名适龄儿童失学在家,有半数干部和教师工资不能全发的贫困县,竟然也这样挥金如土,可见这些既得利益者们腐败堕落到了何种程度!他不由又想到下午剪彩时,那些穿着补丁衣裤为他们戴红领巾的希望小学的孩子们,心里骤然腾起一股愤怒:今晚的花费,如果用在那些孩子身上,将是多少人一年的学费啊!他真想跳起来把这群醉眼蒙眬、纵歌曼舞的官僚们痛骂一通。但是他没有骂,即使想骂也骂不成了,因为他突然觉得胃里难受地翻涌起来,不得不急忙咬紧牙关捂着嘴巴冲出门去。

寒若冰跑到不远处的草坪就吐了,直吐得搅肠翻江倒海,把酒宴上吃喝的东西全吐了出来,难受得鼻涕眼泪一齐迸流,痛苦得对着草坪又踢又捶。呕吐过后,感觉稍微好些,但他再不想回舞厅看那些男女群魔乱舞了,就一个人摇摇晃晃先回房间睡了。

次日清晨,寒若冰醒得很早。他知道今天要回N市,但不知是起早走,还是早饭后走。他明白自己的身份,也不想叫人喊他,就想去主任房间问个究竟。寒若冰披上外衣,头重脚轻地开了房门,却猛然雷击一般站住了：主任的房门恰在此时也开了，一个婀娜女子的身影闪出门来，一眨眼之间就不见了。

寒若冰虽然还没完全清醒，却能清楚地认出是徐虹无疑。

十六

寒若冰从T县回来就病倒了。

T县之行就像一场无法阐释的噩梦，超量的酒精和徐虹的“表演”，对他的肉体和精神都造成了极大的伤害。他已经感觉到徐虹去T县是一场蓄意策划的阴谋，而这场阴谋又似乎与周英明有关。

果然，当天晚上周英明就打来电话。周英明在电话里气呼呼地问寒若冰：“若冰，徐虹是不是也去T县啦？”

“是啊，我也感到意外。可是……”寒若冰如实地回答，心里却很惊讶：周英明怎么知道得这么快？

“昨天晚上，她是不是住在主任房里？”

“这……”寒若冰简直是惊诧了：他怎么什么都知道？难道T县有他的眼线？寒若冰迟疑着不想说，他不想伤害徐虹。尽管他认为徐虹已不再可爱，她的某些行为也有些不地道，但是，假若周英明已经知道真相，他不说周英明会怎么想？无奈之下就迟疑含混地说道：“今天早晨，我去找主任，好像看见有个女的从他的房间出来，但到底是不是徐虹，尚不敢肯定。”

“哼，她真是不择手段啊！”周英明在电话里喘着粗气说。

“老兄，你说啥不择手段呢？”寒若冰有些惊异地问。

周英明说：“现在还不好摊开讲，实际上你也应该看出来了。若冰你提供的情况很重要，我会认真对待的。”

寒若冰心里一紧道：“我提供的啥情况？我可是啥也没说，你也不能往外乱讲啊！”

“老弟只管放心好了，你的事情与此无关。我会尽力办的，你只管静候佳音好了。但是,他们的阴谋也休想得逞。”

……

这次通话之后,寒若冰心里一直惴惴不安。寒若冰从周英明的话里听出了一团杀气。

寒若冰已经敏锐地感觉到,周英明和他的老岳父,同徐虹以及她的表舅之间,有着极深的芥蒂。寒若冰不禁一阵感慨:原以为就文联内部文人相轻矛盾复杂呢,谁知道哪个单位都是一个样儿!他现在唯一的希求,就是不介入周英明和徐虹的争斗中去,以便能够平稳地解决自己的调动问题。

停了一阵,寒若冰想再跟周英明谈谈自己的想法,可是却又找不到他了。电话里说,周英明近段就没来上班。寒若冰心里一阵发沉,也只好慢慢等下去了。

十七

这期间,文联主席老关又来家里找过寒若冰一次,来时皮包里装着老吕负责编辑的新一期《白河》的稿子,气呼呼地对寒若冰说:“若冰你瞅瞅,老吕弄的都是啥玩意儿,这咋能拿去发稿哩?”

寒若冰接过来粗略翻了翻,确实没有几篇好东西,大部分都是可发可不发的平庸之作和乱七八糟的关系稿儿。寒若冰不禁嘲弄地笑了,笑过之后又一阵难抑的心痛:这一期《白河》如果就这样发排,刊物不仅降低档次无疑,而且还可能在全市和全省文坛成为笑谈。但是,他既然已经决定走了,刊物今后如何运作,与他还有什么干系呢?寒若冰掩饰着心内的痛苦,轻轻叹息着放下稿子,一脸无奈地默不作声。

老关有点着急了,很动情地对寒若冰道:“就算老兄我求你了,老弟还回去上班行不?再不回去《白河》就不能按期出版了啊!咱文联这块金字招牌,无论如何不能倒啊!而且,我也去职改办活动了,专门给你要了个副高指标,你明年就可以申报了。另外,从下月开始,文联每月给你家一百元的补助。你看这样咋样？——老弟还是回来吧，你就算看我的面子，就算是支持我的工作行不行？”

老关的话，差点使寒若冰掉下泪来。寒若冰清楚，若按老关的办事能力和文联的经济状况，他能从职改办给他要来一个高级职称的指标，能每月给他家一百块钱经济补助，足可见老关是真心实意地留他，是真心实意为他出力办事啊！寒若冰感动得差点就要答应老关了。但他犹豫再三最终还是没有答应。寒若冰不能答应呀！他如果答应了老关，那赵惠的事情就彻底没有希望了啊！再说，他如果回去上班了，又怎么跟周英明那边交代呢？

老关之后，编辑部的几个小兄弟又来过两回，给寒若冰送来了几家刊物的约稿信和《中国青年作家大辞典》编委会的征录通知，以及他的小说集《乡村情感》获省“五个一工程”文学奖的荣誉证书。他们诚恳地对寒若冰说：“至于刊物办好办坏，其实与咱关碍不大。可是，你老兄的创作正如日中天前途无量，无论如何不能放弃啊！就算你调个好单位又能咋样？无非是钱多一点儿，吃好一点儿，但是孙子一样侍候人的滋味，也实在不好受呀！凡事都有其两面性，这步棋你千万可要走好啊！”

小哥们儿的话，差点又把寒若冰说动了，但他咬着牙仍没吭声。好马不吃回头草，开弓没有回头箭。他既然已说要走，怎好再死皮赖脸地回去上班呢？

赵惠有天下班回来，看到了桌子上的获奖证书和信件，就很不高兴地问他：“这是谁送来的？”

寒若冰沉吟片刻，还是直言不讳地把老关和小哥们儿来家的事讲了一遍。

赵惠还没有听完，就流着眼泪骂起来，骂文联的人都是黄鼠狼给鸡拜年——没安好心，骂他们要是他们的女人也不发工资，就保险不来引逗人啦！

寒若冰听得气急，忍不住凶凶地对她吼道：“你别骂了行不行？骂出这样的话,你也不嫌脸红!”

寒若冰一吼,赵惠果然就不骂了,但却又嘤嘤地哭起来。

赵惠哭着对寒若冰道:“寒若冰,我知道,你心里其实还恋着文联,想着你的小说哩!不如你还回文联上班去吧!反正我已经这样了,别人能活,我就也能活啊!”

赵惠的话又把寒若冰说得酸溜溜的,内疚和责任感再次庄严地升上心头,想回文联继续侍弄文学的念头还没有露头儿,就又被打住了。

十八

接下来一段时间是寒若冰最难熬的时光,这使他充分体会到了“度日如年”四字的真切含义。

教委那边联系不上,文联这边也没了消息。寒若冰觉得自己就像是莫泊桑小说《羊脂球》里那个被凌辱、又被她救下的那群混蛋轻慢唾弃的妓女,心灰意冷到了极点。此外,赵惠愁眉苦脸、唉声叹气的折腾也让他觉得忍无可忍。就在他抹下脸皮,决定第三次去找周英明的时候,周英明却不找自来了。

周英明来的那天是个周末,赵惠领着儿子看姥姥去了,就寒若冰一人百无聊赖地盘桓在家。周英明进门就阴沉着脸坐在沙发里一声不吭地光看寒若冰。寒若冰从周英明的怪异里,已经看出事情的不妙,但他强忍着不问,默然地给他倒上茶水,只想等他说出事情的端倪。果然,周英明忍不住开口了:“若冰,你得给我说实话,你调动的事是不是也给徐虹说过,想找她表舅帮忙哩?”

“是的,是有这事儿。”寒若冰心里一抖:他终于知道了。于是,就低了头把事情的原委经过说了一遍:“那天我去找你,听说你岳父退二线了,就认为事情完了。谁知在大门口碰上徐虹,叙谈中知道她表舅是教委副主任,我一时心急,就跟她讲了请她表舅帮忙的话。事后我怕你有啥想法,就没对你说。”

“这就对啦！”周英明点了点头，重重吐出一口浊气，然后痛心地说，“昨天下午政治学习时揭盖儿了，徐虹调人事科任副科长，主持全科工作。我被撵到招生科了。”

“这是真的?!”寒若冰感到猛遭一击，眼前一黑险些晕倒。他虽然已经预感到不妙，但当周英明说出口时，他还是接受不了事实。尤其是周英明到了招生科，他自己的事儿不就完了吗？但他仍渴望周英明能说出点他希望听到的东西来。

周英明接着说：“这首先要怪我们老头子了，他在位时与徐虹的表舅结怨很深。老一代的恩怨，自然波及下辈人，老头子退二线后，我就顺理成章地成了替罪羊。徐虹的表舅把徐虹从文化局调来，就是想让她进人事科的，只是当时未能如愿。张主任调来后，他们认为时机已到，就开始频繁活动。但由于我们这一派的阻力，张主任也一直犹豫不决。谁料想那次T县之行让他们钻了空子。

“那次T县之行，本来我和张主任商量好叫你去的，哪想到徐虹的表舅让徐虹也去了。徐虹的‘表演’你都看到了，她的‘表演’和‘无私奉献’起了决定性作用。张主任回来后就铁心重用她了。但是徐虹的表舅仍不满足，他是想让徐虹把持人事科呀！要实现此目的，就必须把我搬掉。于是，就以‘两人合不来’为由，撺掇主任把我撵到了招生科。我们这一派虽然极力抗争，但是木已成舟，再争也没有丝毫用处了。

“对我来讲，去哪里都无所谓的，反正都是个正科呗！可是我去了之后，招生科职数就满了啊！本来，主任已经同意调你进招生科了，谁知徐虹和她表舅会插这一杠子，把你的事儿给搅黄了。你老弟也真够傻的，徐虹那女人是个啥玩意儿啊？你跟她有多深的关系呀？你叫她帮忙，正好中了他们的奸计，为他们提供了我‘结党营私’的把柄，加快了他们争夺教委人事大权的步伐。她只顾处心积虑，挖空心思办她的事儿哩，哪有真心帮你的忙啊？……”

“这是……”寒若冰还没听完周英明的话，脑子就嗡的一声混沌成了一团糨糊。他像遭了雷击似的傻傻地呆愣着,连周英明给他说的安慰的话和十分遗憾地离开,都没有任何反应。好长时间他才慢慢缓过神来,就像刚刚做了一个噩梦醒来。多日焦虑、期望、兴奋、忧愁、苦闷、激动、煎熬、期盼,都是在白白浪费感情,到头来原来是竹篮打水一场空啊!

清醒过来的寒若冰突然恼怒至极,想:看来事情都坏在徐虹这个女人手里了。徐虹你想进人事科就进呗,为啥要撵周英明去招生科呢?你这不是要故意断了我调动的路子吗?我也真是太傻太憨,太轻信徐虹的话了,怎么就没有把她看穿看透呢?想当初,自己也真是对她太好了,还差点被她的装傻假醉所迷惑,险些被她引诱上钩!早知如今她会这样无情无义,那时真不如趁势……也算平了今日的心头之恨!

寒若冰在心里悲愤欲绝地嘶喊着,忽然又哈哈地怪笑起来。他笑着从橱柜中拿出两瓶剑南春,拧开一瓶就着瓶口,咕嘟咕嘟喝起来。这酒本是准备事情办成后请客庆贺喝的,现在留它还有何用?

寒若冰一口接一口地喝着,顷刻间酒就下去了半瓶。

酒精在胃里开始燃烧起来。寒若冰刚刚感觉到胃里一阵猛烈的刺痛,就又被一阵迅疾而至的强烈眩晕攫住。他踉跄了几下,一下子歪倒在沙发里,迷迷糊糊地睡了过去。

十九

也不知道睡了多久,寒若冰从沉醉中醒来,重又细想起事情的过程和结局,不由心酸伤神泪流满面。

寒若冰正在以泪洗面黯然伤神,没提防徐虹幽灵般闪进门来。

徐虹的突现使寒若冰怒火骤起。他真想把她痛骂一顿,却又因她是个女人开不了口,只有恼怒万分地对她叫道:“你……这会儿还来干什么呢?”

“我来看一个小丑的表演，可惜没能赶上。”徐虹根本没在意寒若冰的表情，做出一副不愠不恼的样子说道。

“小丑？谁是？你不就是……最好的……一个吗？”寒若冰怪声怪气冷笑着说道。他恼怒得简直要控制不住自己的情绪了。

“我？哈哈哈——”徐虹突然冷笑起来，笑罢，喘着气对寒若冰说，“我就知道你会如此看我，也知道老师正恨不得把我撕吃了哩！但是且慢，只请老师先等一会儿，等我把话说完了，老师你要打要骂、要杀要剐，想怎么处置我，我都不吭一声儿！”

穿着一袭白色连衣裙的徐虹轻轻飘过来，坐在和寒若冰只隔一个茶几的沙发里，拿起他喝剩的剑南春连饮三口，然后才望着惊愕迟疑的寒若冰，不紧不慢地开口说道：“我有件事不瞒老师。我表舅把我从文化局调来，就是让我进人事科的。周英明的岳父与我表舅不和，他岳父在位的时候就一直挡着。他退二线后张主任调来，事情才算有了起色。想不到周英明又在中间作梗使坏。那次T县之行他不能去，表舅就让我跟随主任去了，以便使其对我有更深的了解。回来后主任拍板定音，周英明的阴谋才失败了。在此我要申明一点，我的事儿，跟老师的事情并无冲突，表舅为你的事儿，也真是费了口舌，本来张主任都已经答应了，谁知道会发生以后的事儿呢。”

“以后的……什么事儿？”寒若冰一惊，心中的火气顿减三分，忽然急切地想听徐虹的下文。

“去T县的那天看见你，我还以为你是顺路搭车的呢！到那里之后我才明白，你也是被安排去陪主任的。说句不该说的话，我认为这事儿本身就是一个阴谋。老师细想，如今跟领导出外，最主要的任务不就是要替领导倒水拎包儿，写那种公文口号式的讲话稿儿，还有在酒宴上奋不顾身，替领导喝酒保护他们吗？这两点能耐，我从决心从政后，经过努力已基本具备。但是，这却不是经常与文学打交道且极少锻炼机会的老师你的强项。在T县剪彩时，你可能还因为主任用了我的稿子而没用你的，生过我的气吧！你写的稿子我也看了，比我的有文采多了，可是文气太重，实在的东西欠缺，这就是没有采用的原因。试想，老师你稿不能用，酒不能喝，这不是存心让你在主任面前出丑吗？你连这点能耐都没有，主任还要你干啥呢？”

“这……”

“这当然还不是主要的问题。仅就这些还影响不了你调动的事儿。主要的问题是你从T县回来之后，对外散布了让张主任最不能容忍和原谅的言语。老师，可能是看到我跟主任跳舞唱歌，早上又从主任房间里出来，就以为我跟主任怎么怎么了，是吧？这事儿我不怪老师，因为我当时也真有此意。我这也是被势所迫，不得已而为之。遗憾的是张主任那晚喝多了，从舞厅回去就醉成了一摊稀泥，把房间的床铺、地毯都吐得不成样子。我替他收拾了半夜，他到早上还没醉醒哩！就算我有那个心，他也没有那个能力了。老师千不该万不该，不该把认为我们俩有事儿的话张扬了出去。主任知道后，对你的看法就变得很坏。这个态度变化，使你的调动问题发生了无可挽回的逆转。”

“我……”

“另外，我还有个问题不明白：我任人事科副科长对周英明并无影响呀！他为啥要对主任提出去招生科呢？这话是张主任亲口对我表舅讲的。因为招生科刚空出一个职位，我让表舅跟张主任说过叫你去的。但是周英明一去，那里的职位就满了！周英明离开人事科去招生科的理由，是跟我不好相处，可我却认为他是另有所图。为啥？就因为招生科比人事科更实惠呀！只是他这一去就断了你再调进去的希望。我知道你和他的关系，你给我说过调动之事也是先托他帮忙的。可是我就弄不明白，他为啥要节外生枝，断了你调入招生科的后路呢？”

……

“我有个答案，不知正确与否。最近听说有个文件，说以后提拔处级干部，必须要求本科学历。目前，教委的中层干部中，在周英明的这个年龄段里，就数他的学历最高最硬了。但是，如果老师来了，情况会如何呢？他会不会因为你比他的学历更硬、名气更大、影响更广，而认为你将来是对他进一步提拔的最大的威胁呢？也许一开始，他是真心想帮你调动的，只是听说这个文件之后，他才发生了变化。谁知道呢，也许我是臆测吧！我说完了，可能不对，也可能是以小人之心度君子之腹。至于信不信，也全由老师自己了。老师要怎么处置我，我现在悉听尊便……”

徐虹说完了，像口渴似的又拿起茶几上的酒瓶，咕咚咕咚一阵猛饮。然后，静如处子般地望着寒若冰，满脸都是晶莹的泪水。寒若冰默然无语地望着徐虹，望着她满脸泪水却靓丽依旧的脸庞，内心澎湃着苦涩酸辣咸，啥味儿都有的情潮。

寒若冰很想对徐虹说些什么，但却终于什么都没有说，只是痴痴傻傻地看着她幽灵般地飘出门去，晃晃悠悠地飘向远方。

二十

徐虹走后，寒若冰彻底地瘫软在沙发里。徐虹的话像一阵滚滚的闷雷，将他的神智完全摧毁，让他重新坠入无边无际的迷雾之中。徐虹讲的话都是真的吗？如果是真的，那么周英明说的就是假的了？不，不可能。寒若冰无法接受这样的事实。可是徐虹说的又有根有据极其合理啊！

寒若冰又把周英明和徐虹说过的话，在心里分别重复了一遍。周英明的话使他气愤难抑。徐虹的话又使他胆战心惊。周英明和徐虹是相对的两极，这点已经无疑。可是这两个人，哪个对他是实心真情？谁说的话是真的呢？寒若冰拼命想把这个问题弄明白，然而却越想越糊涂，越想越弄不清楚。

想到后来，寒若冰简直害怕极了，无论谁是假的，他都无法理解又不能接受。不管谁真谁假，他都已经被残酷地愚弄了，可怜至极地做了别人权斗的牺牲品啊！

而且下一步呢,下一步他将何去何从?如何向赵惠交代?如何面对文联的同事呢?

寒若冰不敢再往下想了。他只想把这可怕的事情全部忘掉。何以解忧?唯有杜康!他猛地抓起第一个酒瓶,那酒瓶已是空瓶一个了。于是,他又拿起第二瓶酒,拧掉瓶盖就是几口。辛辣的酒液冲下喉管,像带刺的利刃剥刮着喉壁,产生火烧火燎的疼痛。酒液冲进胃里,撕扯揪咬着胃膜,腾起阵阵灼热的烟雾。酒液夹着烟雾进入血管,血液燃烧了,喷射出蓝色的火焰。寒若冰觉得自己在酒的熊熊火阵中飘飞沉浮,脑子开始进入混沌状态。

周英明和徐虹的影子又飘了回来。

周英明指着徐虹说:"若非她从中作梗,你的事儿早已办成了!"

徐虹指着周英明说:"他压根儿就没想给你办事儿,一步一个坑摆着叫你跳哩!"

寒若冰歇斯底里地大叫起来:"你们俩都别说了,叫我把这事儿忘了行不行?"

寒若冰摇摇晃晃站起身,举起酒瓶又是一阵狂饮。

周英明和徐虹的影子消失了。他却感到胃部猛烈地抽搐起来,一阵强烈的恶心将他攫住,五脏六腑扭结一起奔突上涌。他"哇"的一声吐了,酸辣的酒液带着胆汁、胃液、眼泪、鼻涕一起朝外喷流。他痛苦至极难受至极,真想放声大哭一场。可是他突然望着门口,自己强迫自己止住了。

门口闪进来一个女人和一个背着书包的男孩儿。这是赵惠带着儿子从姥姥家回来了。

寒若冰难过地咧了咧嘴,想对赵惠说说结局。赵惠流着眼泪风一般扑过来,扶着他对他说道:"你啥都不用说了。我在外面碰见徐虹,她啥都对我说了啊!"

"好,好,你知道了……就好……"寒若冰结结巴巴地说着,又举起酒瓶喝起来。

“寒若冰,你别喝了,你真是不敢再喝了。”赵惠满脸是泪地颤声叫着,伸手来抢他手里的酒瓶。

“你……少来管我。现在不叫我喝了,早点儿弄啥去啦?不是为你,我……咋能到了这个地步?我……”寒若冰一手攥着酒瓶猛灌,一手狠狠把赵惠推开。赵惠踩在他吐出的秽物上,脚下一滑摔倒了,也把寒若冰带倒在地。

寒若冰又哇哇地呕吐起来,吐出的秽物上带着缕缕的红色。赵惠看见了那鲜艳的红色,吓得忍不住哭出声来。她哭着手脚并用爬起来,疯了似的去夺那个眼看又要空了的酒瓶。两人你夺我拽地撕扯成一团,吓得一直愣在一边的儿子也哭了起来。

“寒若冰,你千万别喝了呀!我知道你心里苦哇,都是我把你逼到了这一步啊!”赵惠抱着寒若冰的胳膊摇晃着,满脸流着泪哭叫着:“这都是我不好哇!我再不提调动的事儿啦!你也消消气儿——还回文联……上班吧!”

“啥?回文联上班?你叫我……咋回文联哪!哈哈哈哈……”

寒若冰突然爆发似的大笑起来。笑声中猛然把手中的酒瓶摔在地上。酒瓶碎了,屋里骤然飞起一阵白色的玻璃碴雨,几块碎片飞向赵惠的面颊,她的脸上登时绽开数朵绚丽的桃花。满面桃花的赵惠似乎没有感觉到脸上的伤痛,双手抱住已经成了木头人的寒若冰,懊悔地、心痛至极地失声哭道:“隔天,我去找……关主席,揽下全部责任。只要你能回去上班,不管咋着,我都认了……”

赵惠没有说完,寒若冰突然狂笑猛止,身子像一截木桩子似的栽倒下去。寒若冰感到浑身瘫软,整个世界都在猛烈地旋转。他觉得脑袋重若千斤,双眼涩困得像坠下的沉重的巨石。他真想就此沉沉睡去,永远都不再睁开因过度劳累而导致散光又高度近视的眼睛。

寒若冰最后一次被一种令人感动的声音惊醒过来,他睁开涩困的眼睛,看见一个满面桃花的年轻女子和一个挎着书包的小男孩儿,正一左一右地伏在他身边,嘴巴张得碗口似的,满面都是滂沱的泪流,两人交错地发出咿咿呀呀断断续续抑扬顿挫的悠扬的哭声……

同时，寒若冰还似乎听见，从不远不近的什么地方，隐隐约约传来一阵急促连续的类似于警报器一样的尖厉的声音。尔后，他的大脑就变成了一片无边无际的混沌空蒙……

人狗之间

听着外面一阵一阵的鞭炮声，老谭愈加烦乱躁动起来。自从过罢小年，老谭的情绪就开始变坏了，他的这种情绪变坏和烦乱躁动，到了晚上尤其严重。

吃罢晚饭，老谭没有像往常那样出去散步，说是看书，便一头扎进书房里，可没看几页就放下了。于是起身来到客厅，抢过老伴儿手里的遥控器，将电视节目一个又一个地换了个遍，到最后又唉声叹气地扔下遥控器，在客厅里困兽似的转起圈儿来。

老伴儿刚把电视转到韩剧频道，还没看上几眼，就被在屋子里转来转去的老谭晃得心烦意乱看不下去了。她本想埋怨老谭几句，又想他这一阵子心烦呢，就瞪了他一眼，幽怨无比地去卧室睡了，留下老谭一个人在屋里，鬼影儿似的晃来晃去。

今天是大年二十九，老谭的烦乱躁动达到了登峰造极的程度。晚饭后，老谭连书房也不去了，就直接坐在客厅里唉声叹气，唉声叹气了一阵，就在屋里兀自转起圈儿。老伴被老谭晃得懊恼至极，只好气鼓鼓地又去卧室睡了。老谭见老伴走了，干脆关了电视，关掉电灯，让自己罩在一片撕不开扯不断的黑暗里。黑暗能使人心静如水。老谭想让自己平静下来，可是又无论如何静不下来。他终于隐忍不住了，蹑手蹑脚走到房门跟前，将耳朵贴到防盗门上，屏气静声地偷听楼道里的动静。一旦听到上楼的脚步声，又急忙将眼睛贴近防盗门上的猫眼儿，看看这个上楼的人是谁……

一连几天，老谭都被这种烦乱、不安、躁动的情绪压迫着。一连几个晚上，他都在这样极其暧昧地偷听、窥探着。然而，令老谭极其失望的是，他一直未能听到他想听的声音，一直未能看到他想看的结果……当然，老谭也多次听到有人上楼的脚步声，但是那脚步不是停在了二楼，就是直接上了四楼，没有一个在他住的三楼停下的……当然，借着楼道昏黄的灯光，老谭也看清了那些经过他所住的三楼，直接走上四楼的人是谁……每次听到看到这样的情景，老谭就不禁愤怒起来：现在的人真是讲实惠啊！都成了用着了抱怀里，用不着了推崖里的孬货了！

老谭无比恼怒地想：这些人过去每年春节前的夜晚，都要成群结队来到他所住的三楼，来到他家送礼看望的，他们恨不得把他家的门槛踢折。可是现在……当然，老谭也明白现在三楼住着的两个人的凄惘境况——秦书记上半年就已经退了二线，自己也将要船到码头车到站，过罢年就要从局长的位子上退下了，人家谁还再拿热脸贴你们的冷屁股？谁还来再稀罕这些已经过期发馊的“凉饽饽”？同时，老谭也能理解人们改换门庭，转而巴结二楼和四楼住着的四位副局长的选择。毕竟秦书记跟自己已经或者马上就不是正局了，我们空出来的两个正局长的位子，肯定要从四位副局长中选拔顶上的，人们不去巴结他们四个，还能去巴结谁？只是让老谭郁闷不解、烦躁气愤的是，市里领导十天前才跟自己谈了话，局里的人怎么这么快就知道了？怎么这么快就见异思迁见风转舵，去投靠别人了呢？这到底是怎么一回事儿啊？

今晚，是老谭最后的希望了。明天就是大年三十了，大年三十晚上要守夜看春晚，无论如何是不会有人来他家登门看望了。老谭怀着这样的希望，又将他这几天晚上所做的功课尽数做了一遍：耳朵贴在防盗门上偷听……眼睛透过猫眼儿窥探……一次又一次的失望之后，老谭忽然感觉极度虚弱和疲累,简直虚弱疲累得浑身酸软,像被抽了筋似的再也站不住,不由趔趄几步颓然倒在沙发上,一股悲凉之气瞬间灌满全身……

此时此刻,老谭真想就此罢休,干脆死心,停止偷窥上床睡觉算了,可是他还是有些不死心。他看了看墙上挂着的夜光表,时间才刚到十点半,他还想再坚持一小会儿,也许……看来机关里的其他人是不会再来了,但是还有一个人——他陈小蒙是完全应该来看他的啊!这个陈小蒙,可是他老谭不顾几个副局长的一致反对,力排众议一手提拔起来的啊!

几个副局长为啥反对提拔陈小蒙,就因为陈小蒙身材瘦小,其貌不扬,长着一副娃娃的脸盘儿,还经常嬉皮笑脸跟人开玩笑,就给人留下一个嘴上没毛办事不牢的坏印象。但是老谭觉得,陈小蒙身材瘦小和娃娃脸儿是天生如此,嬉皮笑脸爱开玩笑是性格使然,不能因为这些就把人一棍子打死,让人永远不得翻身。其实陈小蒙能踢能咬,还有一定的办事能力,稍加修剪还是一个不错的人才。于是,他就坚持将陈小蒙提了起来,并且几年以后,又将他由副科升为正科,成了统管全局日常事务的办公室主任。可以说没有他老谭的慧眼识珠,就没有他陈小蒙受提拔重用,就没有他陈小蒙的今天哪!他陈小蒙怎能不衷心感激他?

自然,陈小蒙是个聪明人,果然知道知恩图报。陈小蒙不仅在单位支持老谭,工作上唯他老谭马首是瞻,而且逢年过节,还坚持一个不漏地来家登门携礼看望他!这几年的春节就没有漏下一个过。可是今年春节,他陈小蒙为啥没来看望他呢?是不是陈小蒙和局里的人都知道他老谭要退二线的消息了?不可能!退一万步讲,即便全局都知道了自己要退二线的消息,其他人不来看望他尚且有情可原,可是他陈小蒙欠自己情太多,他可是不应该不来呀!即使今生今世一辈子,他陈小蒙每年春节都来看望他,这也毫不为过。

老谭沉湎在对往事的回忆里,心里想着陈小蒙,竟然真将陈小蒙盼来了。老谭先是听见几声轻轻的敲门声，赶紧起身打开防盗门，身材瘦小的陈小蒙幽灵一般缩身而入。陈小蒙放下手中的几样礼品，略显不好意思地对老谭致歉道："老局长，您一准心里骂我了吧？骂我过河拆桥忘恩负义了吧？其实，我过罢小年就想来看您了，只是怕局里的人看见了说我，所以……一直拖到今儿晚上，实在不能再拖了，我才……才等到……这么晚，老局长您不会……怪我吧？"老谭被陈小蒙的自责和真诚感动了，哪里还有责怪他的意思呢？只是眼圈一热，迭声地对陈小蒙劝慰道："怎么会，怎么会！我怎么会责怪你呢？我就知道你不会……"说着，热情地将陈小蒙让到沙发上，递烟倒水，嘘寒问暖，然后又激动不已地呼喊老伴："快起来，你看看，谁来咱家了？小蒙又来看我们了。我就说小蒙他不会……"可是不知怎么，老谭却无论如何发不出声音。他心里一急，不由急醒过来：屋里还是一片密不透风的黑暗，哪有半个陈小蒙的影子啊！原来刚刚的一切，都是自己心里所想的一场幻梦啊！

老谭陷进无法排解的绝望里，彻底死心了！他艰难地站起来，活动一下已近麻木的腿和胳臂，拉亮电灯，垂头丧气地正要去睡，忽然听到防盗门上几声轻轻的"嚓嚓"声，几乎就跟刚才梦里听见的声音一模一样。这是……老谭一个激灵，赶紧过去开门，门开之处，一只身体修长、浑身黄金缎子一般的荷兰狗，摇着尾巴钻进门来。老谭突然激动起来：这只荷兰狗，可是跟陈小蒙形影不离的宝贝啊！难道——

老谭由这只黄金缎子一样的荷兰狗，突然联想到陈小蒙的一个嗜好——爱养宠物狗。陈小蒙特别喜爱养宠物狗，刚来局里上班时，就经常带着一只或白或黑或灰的不知道什么名字的宠物狗。陈小蒙上班，就把他的宠物狗拴在机关院子角落里的大树上；陈小蒙下班了，再和他的宠物狗成双成对把家还。为了这事儿，局里的人没少背后戳陈小蒙的脊梁骨。这还在一定程度上影响到陈小蒙的提拔任用。是老谭为他挡住了这些诟病，并在背后找陈小蒙透露了风声，要他在这件事儿上注意影响，掌握分寸。自此之后，陈小蒙上班时不带狗了，但是下班之后仍然我行我素,还经常和他的宠物狗形影不离——陈小蒙由于进单位晚,没在局机关家属楼里住,而是住在解放路的老街巷,老谭周末偶尔去解放路办事儿,老看到陈小蒙带着狗:步行时,手里的一条皮绳儿牵着它;骑摩托车时,就让狗蹲在摩托车的踏板上……这只黄金缎子一般的荷兰狗,是陈小蒙近年来新养的一只品种狗。这几年每次逢年过节,陈小蒙来他家登门看望,都是带着这只荷兰狗,都是这只荷兰狗颠儿颠儿地在前边开路,首先上楼打门。老谭每次听见荷兰狗的打门声,就知道是陈小蒙来看望自己了,于是赶忙开门,果然就看到陈小蒙笑盈盈地站在自己的家门前,当然还有这只不住地对他摇头摆尾亲热不够的黄金缎子一般的狗……

难道——真是陈小蒙来看我了?难道他真的是为了避免被人看见,才专门等到这个时候,就像刚才梦里陈小蒙对自己说的一样?!这只讨人喜爱的荷兰狗,还是像往常那样在前边开路,首先上楼打门的吗?老谭心里高兴着,赶忙将这只可爱的荷兰狗让进屋,然后大开房门,站在门口,静等着或许正在楼下锁摩托车的陈小蒙上楼进屋……然而,老谭等了好一阵,却迟迟不见陈小蒙上楼来。他疑惑地退进屋来,轻轻掩了房门,再看看这只仍在朝他摇头摆尾亲热不够、黄金缎子一般的荷兰狗,没错儿——它就是陈小蒙这几年养的宠物狗啊!既然有这只可爱的荷兰狗前边开路,那陈小蒙就一定在后面呢!只是,现在陈小蒙在楼下干什么?他锁个摩托车能需要多长时间啊!

老谭疑疑惑惑地站在房门口,真是开门不对,关门也不对。开着房门,恐怕被人看见犯疑问:老家伙深更半夜开着门,是不是发了神经病?可是关了门,又怕陈小蒙上到三楼不高兴:你看到狗了还不知道我来了,还故意关了房门,把我晾在外面,要是让人看见了怎么办?这不是故意办我的难堪吗?于是,老谭只好将房门非关非开地留了一条缝儿,自己站在门里隔着门缝儿,耳朵支棱着听着楼道里的动静,眼睛一眨也不眨地望着门外边,准备一旦听到陈小蒙的脚步声或者看到陈小蒙上楼来,就赶紧大开房门,将陈小蒙迎进屋里……

然而,老谭在门里不知道窥视了多久,却始终没听到和看到陈小蒙上楼来。老谭禁不住有点怀疑自己了:难道陈小蒙今晚没有来?可是如果他没来,这只先他而到的荷兰狗咋解释?反过来,如果他来了,这会儿他在干什么?他不来我这儿还能去哪里?

老谭正在疑疑惑惑地瞎想着,他客厅里的电话忽然毫无征兆地响起来。老谭如遇救星,赶忙过去接听,刚"喂"了一声,里面就传出陈小蒙焦急的声音:"老局长,睡了吗?是不是……我那只荷兰狗……跑到你家去了?"

老谭应了一声,尴尬地说道:"是,是啊,在我家。它怎么……"

陈小蒙说:"嗨,是这样……今晚我出去走亲戚,带着它转了一大圈儿,哪想到……路过机关家属院,刚停下跟门卫聊了两句话,它就熟门熟路地跑你那里了。你看这……"

老谭"哦"了一下,迟疑着说:"原来这样……那你这会儿在哪儿?还在家属院门口吗?在的话赶紧进院来,把你的狗领走吧!"

老谭很是不甘心地说完,正要闷闷不乐地压下电话,却突然听见话筒里一阵倒夜壶似的开怀大笑:"哈哈,真是有趣呀,你的狗咋会胡跑到老谭那里了?小陈呐,你的这只荷兰狗真是一只好狗啊!它比你还……哈哈哈,哈哈哈哈……"

老谭握着话筒的手僵住了。那阵开怀的哈哈哈哈的笑声,像一阵铺天而下的焦雷,在老谭的心头陡然炸响。他的整个身子像被雷电击中了一样,呆呆愣愣地戳在那儿一动不动。

老谭听出那个开怀大笑的人,是住在二楼的柳副局长。十天前上边领导跟自己谈话时,就已经征求过他的意见了:让柳副局长接你的班,你应该没有什么意见吧……

老谭感觉再也站不住了,一阵前所未有的虚弱疲惫朝他袭来,似乎自己倏忽间变成了一具刚从沙漠里挖出来的木乃伊,稍微一动就会化为一把粉末,随风飞扬而去……

花癫或者追求爱情的女人

一

人都说男人四十一枝花，女过四十豆腐渣。这只是说的一般现象。也有一些例外的女过四十一枝花的情形，但这种情形很少，而且大多有其特殊的原因。

郑丽丽现在就处于一种女过四十一枝花的状态中。

郑丽丽今年四十一岁。虽然刚过四十岁，但郑丽丽早已花容凋零芳心冷寂了。十多年含辛茹苦地相夫教子，使她那张原本娇如满月有点酷似刘晓庆的花容早早憔悴，岁月的印痕悄悄爬上她俏丽的眉梢，身心的慵懒让她再也无心像当年那般临镜贴花黄了。原本俊俏高挑小白杨一样的窈窕身材，也无法抑制地腰宽体胖起来。郑丽丽也不再像原先那样讲究穿戴了。于是，她姑娘时百灵鸟一样的歌声听不到了，少女时代风摆杨柳似的舞姿看不到了。无论是在单位还是在家里，都很少听到郑丽丽那清脆悦耳的歌声和笑声了。

可是不知道为什么，郑丽丽这段时间却仿佛吃了回春草一般，整个人儿一夜之间突然变得靓丽丰满起来：原本青黄干涩的脸明润了，洇出了胭脂红似的血色；原本僵硬发福的腰身柔软了，在办公室里无事时，竟会忍不住地站起来，两手拤腰扭上一阵迪斯科。无论在家里还是在单位,郑丽丽的笑声和歌声也多了,这笑声和歌声是发自内心情不自禁的。这发自内心的笑声如珍珠落玉盘一样清脆悦耳,这情不自禁的歌声似春水流淌叮叮咚咚沁人心脾,常常是无意识间就自然而然地生发出来了。郑丽丽在单位的异常表现,引起了坐她对面的葛萍萍的注意。葛萍萍奇怪地打量着时而发笑时而哼歌的郑丽丽,意味深长地打趣她:“丽丽姐,你是不是绊跟头发财了?”郑丽丽就止住歌声和笑声,红了秀脸讪讪回道:“净瞎扯,咱会有那发财命?”

葛萍萍索性老了面皮诈她道:“那你是不是遇上了心仪的男人,要找你做情人啊?”

郑丽丽的脸蓦地一下子更红了,大红着脸啐葛萍萍道:“小葛,你这张臭嘴就会瞎编乱造,看我不把你……”

郑丽丽说着就扑向葛萍萍,张牙舞爪着要撕她的嘴。葛萍萍身子蹲到墙角,乱舞着胳膊招架着,口里迭声地喊饶命。郑丽丽哪能饶她!两人随即撕扯到一处,叽叽嘎嘎地又笑又叫,直闹到隔壁办公室里的人抗议了,她俩才平息战火安生了。

岂止是办公室的同事们,就连郑丽丽的女儿和老公,都发觉她忽然变得跟原先不同了。

这几天,已上初中的女儿楠楠下晚自习回来,进家就歪着头跟着郑丽丽,像要发现什么秘密似的不眨眼地看:“妈,你是不是调工资了?”

郑丽丽停住低唱一愣怔:“没有哇!”

楠楠又问道:“那……你是不是在单位评上先进啦?”

郑丽丽就更迷糊了,说:“也没呀,咋了?”

楠楠挠着脖子道:“不调工资,又没评上先进,那到底是——是不是领导找你谈话了,要提拔你哩?”

郑丽丽就脸红耳臊了,拍了女儿一巴掌,嗔斥道:“啥子评先提拔哩,你小孩儿家懂个啥?快给我洗漱睡觉去,少在这儿狗拿耗子——多管闲事儿!”

女儿撇了撇嘴，做了个鬼脸儿，缩着脖子护了脑袋瓜儿，逃进卫生间洗漱去了。

女儿逃走了。丈夫老肖悄无声息地来到身后，拍了拍郑丽丽，让她坐在沙发上，两手轻轻地摩挲着她的肩，嗡嗡地说："别说楠楠了，我都看出你跟从前不一样了。说说看，是不是真遇上啥高兴事啦？"

郑丽丽再一次脸红了。她红着脸扭过头来，对着老肖不好意思地笑了笑，仍然故作平静地回他道："哪有的事儿？还不跟以前一个样儿！"

老肖便不再言语，手上的动作却有了另外的意思。郑丽丽瞧了瞧老肖，心里竟潮热起来。两人不知是谁主动着，你扶我拥地走向卧室。随即，卧室门"咔嗒"一声锁上了。

二

郑丽丽和丈夫老肖，已经好久没有过夫妻生活了。

郑丽丽和老肖好久没有过夫妻生活，不是两人都不想。虽然老肖比郑丽丽大十岁，但锻工出身的老肖身体健壮如牛。郑丽丽就更不用说了，尚在如狼似虎的年纪呢！两人有时也想那事儿，就是说啥激动不起来，总觉得那事儿没意思，谁也不想先开口。一来二去疲沓了，就有了心理上的障碍。于是，那事儿就很少去做了。

郑丽丽和老肖心理上的障碍，说到底根儿还是生在他们的婚姻上。两人的婚姻用现代人的眼光看，肯定不是美满的。为什么这样说？其一是年龄有差异，两人整整差十岁；其二是文化有距离，一个是小学文化，一个是中专学历。这种年龄和文化上的差异，直接造成了郑丽丽心理上的居高临下，以及两人生理上的不和谐。这种状况下的婚姻，能够美满和幸福吗？

可是，就是这样一个年龄和文化上差异极大的婚姻，想当年可是一桩令多少人激动艳羡，报纸上竞相宣传、轰动一时的佳话呢！那一年郑丽丽中专毕业,进工厂正赶上学劳模比学赶帮超,公司里举行劳模表彰会,郑丽丽和几个年轻姑娘负责给劳模们披红戴花。郑丽丽负责的那个劳模就是老肖。当然,当年的老肖不叫老肖,而是叫肖建功。肖建功是一个从中越反击战前线回来的农村兵。很可能他的名字原来也不叫肖建功,而是叫二娃、狗蛋儿之类土得掉渣的名儿,可能是到了部队被首长改成了肖建功,抑或是前线立功之后才改成了肖建功。不然的话,他一个农村复员兵,咋能分到城里当了工人呢!

当然了,当年的郑丽丽并不知道这些事儿。这些事儿都是她和老肖结婚之后慢慢知道的。当年,郑丽丽只知道肖建功是一个大劳模,这个劳模的事迹叫她好感动:肖建功是公司五金厂的铸造工,他的本职工作是压模浇铸。可贵的是他下班之后总在车间、厂区四处转,喜欢捡被人们忽视或者丢弃的钉子、螺丝、废铁片儿,几年时间居然捡了五吨多。他把这些废铜烂铁交到厂里,立时成了公而忘私的大劳模。他的事迹被报纸登载后,立即成了众多姑娘热烈追求的目标。当然了,当年十九岁的郑丽丽,也是这些情窦初开的姑娘中的一个。只因为郑丽丽为肖建功戴过花,肖建功对郑丽丽眉目含笑、娇羞如桃花初绽的模样印象极深,感觉特好,所以最终才选中了郑丽丽。

郑丽丽如愿以偿地嫁给了肖建功,但却伤透了一个年轻人的心。这个年轻人名叫马玉东,是和郑丽丽一个厂的技术员。马玉东追求郑丽丽两年多,眼看就要成功了,最后又鸡飞蛋打了。马玉东痛苦得险些跳了楼。郑丽丽虽然同情马玉东,却对自己的选择不后悔,因为正是她嫁给了肖建功,才使她跳出苦海进了凤凰窝,从铁钉厂调进了公司财务科。现在回想起来,郑丽丽依然清晰地记得,在她和肖建功结婚的典礼上,公司和厂领导对她当时果决的选择所给予的高度评价,以及对她和老肖的婚姻送出的热情洋溢、无比美好的祝福;她依然清楚地记得在围观和看热闹的人群中,那一双近乎绝望的燃烧着愤怒之火的眼神和无数双透射着艳羡与嫉妒的目光。郑丽丽想:当时面对这一切,自己的感受是多么曼妙和美好啊!

遗憾的是，现在回头再看，那场无比荣耀和充满七彩光环的婚姻，却是生活给她开的一个极其残酷和无聊的玩笑。郑丽丽很快就感觉到了这个玩笑在她的心灵深处造成的阵阵悸痛。因为她和肖建功结婚不久，社会就发生了急剧的变化，传统意义上的劳模不吃香了，人们艳羡与敬佩的目光，开始转到了有学历有技术的人身上。肖建功从社会目光的中心和荣誉的峰巅，一下子跌入生活的谷底，成了无人问津的普通人。而当时与郑丽丽失之交臂的马玉东，却很快由技术员升为工程师，之后又调到公司技术科当了科长，最后又由技术科科长升为副经理。这些令人始料不及的剧变，真的叫郑丽丽追悔莫及、心痛如焚。

郑丽丽好悔呀，悔自己当初不该追逐时髦嫁给劳模肖建功。郑丽丽好恨哪，恨自己不该目光短浅不识金镶玉，错失了当时尚不起眼的马玉东。这种无法挽回的悔恨与懊恼严重地折磨着郑丽丽，让她度日如年心灰意冷。她常常无缘无故没事找事，朝肖建功摔碟子摔碗发脾气。肖建功自知理亏心虚，像占了郑丽丽多大便宜似的，小心翼翼地顺着她，忍气吞声地买菜做饭洗衣叠被，什么家务活都不让郑丽丽插手，毫无怨言地伺候她，但始终得不到郑丽丽的一张好脸儿。郑丽丽有时憋不住，就去马玉东的门前转，偶尔碰上马玉东，马玉东也立时冷了脸，全没了当年追她时的那种巴结与殷勤。有时，两人碰了个面对面，实在磨不开面子，马玉东也会公事公办地问她："郑丽丽，你有什么事吗？"那样子、那语气，冷漠得简直形同路人。郑丽丽很快得到新消息，马玉东马上就要结婚了。郑丽丽彻底死心了，从此对马玉东由念变成了恨，而对肖建功却由恨变成了无奈。事情都已经如此了，还能怎么样呢？

俗话说："哀莫大于心死。"已经死心的郑丽丽虽然对肖建功恨之入骨几多愤懑，但已回天无力，只好嫁鸡随鸡嫁狗随狗，无可奈何地跟着肖建功过日子。只不过郑丽丽和丈夫老肖的婚姻生活，全无了当初的热烈与和谐，而是进入了一种死气沉沉憋闷无聊的状态。夫妻之间的那件事儿,个把月有一回。再往后都疲了,甚至半年没一次。最后干脆谁都不提了。

这次郑丽丽能够主动配合他,的确让肖建功好感动。事情做完后,老肖心满意足地入睡了。郑丽丽望着已年近半百满头灰白酣然入睡的肖建功,却突然没来由地哭了起来。

郑丽丽哭着,心里问丈夫:老肖,你知道我为什么要哭吗?你真的知道我近段时间的变化吗?这一段时间发生的事儿,让我怎么给你说啊!

三

郑丽丽最近遇到的事情,连她自己都想不到。

郑丽丽遇到的连她自己都想不到的事情,就是曾经对她一往情深欲死欲活,后来又对她冷若冰霜形同路人的马玉东,现在又突然主动与她和好了。

那是俩月前的一个下午,郑丽丽下班往家走,刚走出公司大门口,冷不防撞上了马玉东。

郑丽丽正要绕开走,马玉东却跟过来问她道:"丽丽,你今天晚上有事吗?"

郑丽丽瞪了一眼马玉东,正要说几句难听话,却见他一本正经的,就忍住了恼怒冷冷问:"有事能怎样,无事又如何?"

马玉东凑近前,道:"没事的话,我想请你吃顿饭。"

郑丽丽警惕地一愣怔:"请我吃饭,就请我一个人?"

马玉东进一步解释道:"不是专门请你的。是来了一帮子老同学,有男有女好几个,当年你都认得的。是他们点名请你坐陪的,你看这事儿……"

马玉东手足无措地搓着手,面露难色地瞅着她。郑丽丽有心回绝他,话没出口心先软了。她和他毕竟好过一阵子,她现在要是不去,他那些同学来了,他不就太没面子了吗?

郑丽丽随马玉东来到金凯悦酒店馨香园雅间,一桌子香气袭人的菜肴已经摆好,但却不见一个人的影子。

郑丽丽问马玉东:“怎么,他们人呢?”

马玉东说:“是呀,他们怎么还没到哇?你先坐着,我问问他们到哪儿了?”说着掏出手机,走到门外去打。

一会儿,马玉东走进雅间,无奈地说:“丽丽,真是不巧。他们的车子在路上抛锚了,说今晚恐怕也难修好。这事可咋办哩?”

郑丽丽说:“他们要是来不了,咱们也走吧!”

马玉东拦住郑丽丽道:“咱们要走了,这一桌子酒菜咋办呢?”

郑丽丽说:“退了啊!”

马玉东说:“退谁呀?”

郑丽丽说:“那……”

马玉东说:“干脆这样中不中,不如咱俩吃了吧!就算我请你吃饭,咱能吃多少吃多少,实在吃不了兜着走。你看……”

郑丽丽看着满满一桌子菜,浪费了实在太可惜,就又慢慢坐下了。

刚动了几下筷子,马玉东又说:“无酒不成席,不如咱俩碰两盅。”

郑丽丽说:“如今不是当年了,我已经不能喝酒了。”

马玉东说:“那你就喝葡萄酒。”说着就让服务员拿了一瓶剑南春、一瓶新疆红,分别倒了两半杯,然后举起那半杯剑南春对郑丽丽说:“来,丽丽,咱俩多年没在一起喝酒了,今天咱俩碰一杯!”

郑丽丽说:“想喝你喝吧,我不能喝。”

马玉东说:“咋,这是毒药?喝一杯能把你毒死!喝不喝你看着办吧!”说着端起那杯葡萄酒叮当一碰,咕咚咕咚两口,竟把那半玻璃杯剑南春喝下肚去,然后杯子往桌子上一放,双目圆睁地看着郑丽丽。

郑丽丽被马玉东那眼神镇住了。那是一种什么样的眼神哪?是逼视?是渴望?是和解?是乞谅?这眼神,她曾经多次领略过。事过多年后,这眼神现在怎么又……

郑丽丽的心里一热，再一次心软了，就也端起新疆红喝了一大半儿。

瞅着郑丽丽没喝完，马玉东也没多吱声，而是抓过酒瓶子，咕嘟咕嘟又倒了两半杯。然后端起白酒看着郑丽丽说："谢谢你，丽丽。好事成双，咱俩再碰一杯！"说罢又端起白酒先喝了。

郑丽丽拗不过，只得又喝了一半。

就这样接续着。一瓶白酒喝完了，葡萄酒也剩得不多了。马玉东嚷着还要叫拿酒，郑丽丽说啥不同意了。两人争执间，四手乱舞，马玉东突然抓住郑丽丽的手，红着眼泪雾迷蒙地对她说："丽丽，你……你让我喝个够。今晚这酒，就是我对你的道歉酒。这些年，我实在是对不住你啊！"

郑丽丽又被马玉东的话镇蒙了，心想：道歉酒？他说这些年对不起我，不知道他是不是心里话。难道太阳真从西边出来了？

"我……我知道你这些年恨死我了，恨我当了副经理就不搭理你了。可是，你咋不反过来想想呢？想当年咱们两个多好啊，好的就要谈婚论嫁了。谁料想你竟突然嫁给了肖建功。我气呀，气你背信弃义甩了我；我恨哪，恨肖建功夺人之爱抢走了你。我三天三夜不吃不喝不睡觉，在宿舍里骂天骂地骂你骂他骂自己：你郑丽丽有什么了不起，天底下好姑娘多得是。你以为我找不来一个爱我的？他肖建功有啥了不起？不就是一个捡破烂的劳模嘛。这劳模让我当我还不当哩！你马玉东也是个窝囊废，搁得住为着一个女人寻死觅活的？是好汉，哪儿跌倒哪儿爬起来，横下心干出一番事业来。于是，我开始奋斗了。我的目标终于实现了，我当上了公司副经理。可是，我，我……"

马玉东抓着郑丽丽的手，突然趴在桌子上哭起来。哭了一阵又仰起泪脸对着郑丽丽哽咽道："那一阵你恨我摆谱冷淡你，其实我看着你的失落样儿，心里别提多疼了。你以为我升官发财娶老婆，心里头一准美死了。实际上我心里苦死了！那女人嘴里说的是爱我，其实看中的是钱和权。结婚后，我工资全部上交还不算，她还经常检查我的公文包,见了钱就一分不剩全收走。她平常好吃懒做不干活,还没事好赌,赢了笑,输了恼,搅得我一天到晚不安生。我原本是为气你才结的婚,谁承想却娶了个……丽丽,你知道我的日子是咋过的吗?”

马玉东如泣如诉的诉说,让郑丽丽眩晕了,心醉了。她望着这个孩子一般抓着她的手哭泣诉说的男子汉,这个高大帅气、潇洒英俊,曾经盛气凌人不可一世,现在却大海虾一般弓身弯背趴在桌子上,向她哭诉衷肠的老情人,她心里也不由涌上一阵阵酸楚。她忽然有些自责起来:他真是对不起我吗?如果说他对不起我,也是我先对不起他呀!若不是我当初突然变卦甩了他,他也许……想当初我俩多好啊!谁承想后来会……他说是为了气我才突然结的婚,看样子也像是那么回事儿。那女人来单位好几回。有一回她怀疑马玉东有外遇,还跑到一把手老贾那里告状哩!哭哭啼啼弄得公司上下都知道了,马玉东差点儿和她离婚。这事儿要搁在我身上,我决不会闹到单位的。我会跟马玉东……你会跟马玉东怎么样?人家跟你啥关系?真自作多情没羞耻!唉……不过,也真够马玉东难受的,谁叫他……不,应该是谁叫我……要是当初……没有当初了。面对他现在这个样儿,我又该怎样应对呢?

郑丽丽跟着自己的思绪走,眼睛不由得也红了,纤手竟也很用劲儿地握住了马玉东的手。两人就这么四手相握四目相望地交流着,谁也不知道时间过了多久,更不清楚后来都是怎么回家的。

自那次邂逅之后,马玉东几乎每周都要和郑丽丽约会一次。郑丽丽也不像初次那样警惕和拒绝了。在这一次一次的约会中,两人消除了误解,释解了怨恨,渐渐地又像当年谈恋爱时那般融洽和谐了。

有一次约会中,两个人又说了一阵各自婚姻的不幸和对对方的挂念与思念,马玉东忽然对郑丽丽大胆地说:“丽丽,你要是不嫁给肖建功就好了。那样我也就不会和那个懒婆娘结婚,受那份洋罪了。要是咱俩能在一起生活,那该多好啊!”

郑丽丽红了脸瞅瞅他,心里像喝了蜂蜜一样甜。她想说:“我何尝不是这样啊!”但是,她说出来的话却是:“一切都晚了,谁想到咱们会犯那样的错误呢?”

“不晚,现在还不晚。”马玉东激动地抓住郑丽丽的纤手说,“只要你说还爱我,我马上就同那个懒婆娘离婚,然后你再跟肖建功分手,咱们不就走到一起了吗?”

“那怎么能成呢?”郑丽丽也感动地握住马玉东的手说,“咱们的孩子都大了,你又是公司副经理,这样做不仅对咱们的家庭都不好,而且对你的进一步发展更不利。咱何必为了个人的私情,弄得满城风雨因小失大呢?咱们只要平时想着对方,这样不也挺好吗?”“那不行。”马玉东双目圆睁,虎视眈眈地盯着郑丽丽说道,“我这个人做事一贯的作风就是,要么就此死心,要么全部得到。我想做的事谁也拦不住。”

“你现在有这个条件吗?你现在是公司三把手啊!”郑丽丽小心地提醒道。“哼哼,这些都是暂时的,我会有这个条件的。”马玉东咬牙切齿地说。然后又对郑丽丽保证道:“到时候我一定叫你属于我。”

郑丽丽又一次地眩晕了。她是被马玉东的那句“我一定叫你属于我”的诺言击晕的。马玉东的诺言是什么?是爱的宣言,是丘比特的神箭。郑丽丽有些把持不住自己了,她隐隐约约觉得自己也是想跟马玉东走到一起的。假如自己和马玉东生活在一起,那感觉会是什么样子呢?肯定与和肖建功在一起不一样。马玉东高大英俊年轻健壮,要是真能跟马玉东生活在一起,那肯定……郑丽丽就这样信马由缰如痴如醉地想着,还没有等她想明白,马玉东就将她抱住了,顺势扑倒在沙发上……

事后,郑丽丽曾在心里一百次地问自己:“我这是不是堕落啊?”但她随即摇了摇头,不是否定,而是说不清楚。然而自此之后,郑丽丽就整个儿变了,变得活泼靓丽容光焕发起来。再见到马玉东,也不像开始那样局促不安了,而是心有灵犀地互相一笑,心安理得地就像什么事情都没发生过一样。回到家里,见了女儿楠楠和丈夫老肖,一种说不清楚是什么的心理作用,也使郑丽丽前所未有地积极表现起来,洗衣拖地，买菜做饭，一边干一边还嘤嘤地哼着小曲儿。难怪对大人一向漠不关心的楠楠，都发现了她的新变化；连平时对她依顺畏惧、敬而远之的老肖，也对她有了亲近的意思和要求。

对于老肖忽至的那要求，郑丽丽自然是腻歪反感一万个不同意，但是一想到近来她和马玉东频繁幽会，就再也不能拒绝老肖了。无可奈何，只好将老肖想象成马玉东，勉强同他周旋应付。

但是，郑丽丽也常常会从这种虚幻的酣梦中惊醒过来。因为她在这时心里就老是想起马玉东咬牙切齿说的那句“这些都是暂时的，我会有这个条件的”。一想起这句杀气腾腾的话，郑丽丽就惊梦而醒了。醒来后心还咚咚地跳，她猜想：马玉东说的话是啥意思？莫非公司要发生什么事吗？

四

郑丽丽的预感一个月后得到了证实。尽管郑丽丽已经有了思想准备，但是后来公司里发生的事情，仍然让她始料不及惶惑不安。

那天郑丽丽起晚了，八点半钟才到单位。走进公司大门，见院子里停了不少的小车儿。她以为又是什么人来公司吃大户呢！郑丽丽知道这些年他们金属公司效益不错，许多上级或同级的单位领导，就时常借检查、指导、参观、取经等名义，三五成群或八九一帮地来公司胡吃海喝一通，以此过过酒瘾解解嘴馋，临走还酒成箱烟成条地拿，并美其名曰“打富济贫”“有福同享”。公司里每年这样的开支，就有近百万元。职工对此有意见，常在下面议论。

职工们的议论让经理老贾知道了，他就在大会上发脾气：“你们在下面叽咕啥子嘛！这其实是我们公司的光荣啊！人家来公司吃咱们的喝咱们的拿咱们的，是看得起咱们哩！如果咱们公司穷得叮当响，吃了上顿没下顿，人家来咱们公司干啥呀？再说了，咱们公司能有今天的好局面，还不是上级领导和兄弟单位支持的结果？要是没有他们的支持，我贾明亮就是有天大的本事，也把咱们公司搞不成这样子啊！大家说是不是这个理儿……”

贾经理发过火之后，人们该议论还议论，只是不再那么认真了。

但是今天，郑丽丽感到气氛不对。以往外面来客，人们都是挤在办公室窗口指指戳戳乱叽咕。可是今天，咋见不到一个人影呢？果然，郑丽丽刚进办公室，楼道里就有人喊起来：“郑丽丽快去会议室，现在就缺你一个啦！”

郑丽丽放下皮挎包，急忙去二楼会议室。会议室里果然已经坐满了人。她不好意思地朝主席台上扫了一眼，不禁更加吃惊了：以往开会公司领导常坐主席台，可今天上面坐的却不是他们，而是公司领导们的上级——市工业局的马局长、局纪委的刘书记和几位她不认识的人。公司的领导除了一把手老贾不在，其余都垂头丧气地坐在下面第一排的位置上。公司的职工都三五一簇地散坐着，正紧张而又神秘地议论着什么。他们的表情告诉她，一定有啥极不寻常的事情发生了。

不出所料，郑丽丽刚找个地方坐下，马局长就宣布会议开始了。他先向大家介绍了主席台上的几位领导：市纪检委崔副书记、市监察局朱副局长、市反贪局文科长、市审计局李科长。介绍完毕，就表情严肃地宣读了一份局委文件：根据群众检举揭发，金属公司存在严重资金流失和领导干部贪污问题。现决定公司领导班子停止工作，接受有关部门隔离审查。各科室除正常工作外，要积极配合上级的审查，主动提供有关情况，保证审查工作的顺利进行。在此期间，公司的工作由纪委刘书记暂时负责云云。

尽管已经有了预感，但马局长宣读的这份文件，还是令人始料不及。马局长念完文件，各位领导依次讲话。可是领导们的讲话完全被下面嘤嘤嗡嗡的交头接耳之声淹没了。郑丽丽一句也没有听清楚他们说了什么。会议就在这种嘈杂兴奋的气氛中结束了。

郑丽丽蒙头转向地回到办公室，后面就紧跟着进来几个人，叫她和葛萍萍找齐三年来的财务账，然后就抱走了。望着这些凶神恶煞如狼似虎的办案人员，郑丽丽不由又想起马玉东咬牙切齿说过的话。“难道是他？”郑丽丽不敢往下想了。

五

接下来的一个星期，是金属公司最不安定的动荡时期。工作虽然照常进行，但人们都是惴惴不安来去匆匆，效率明显不高了。经理老贾不来上班了。其他几位副职来是来了，但都像霜打了一样无精打采，只能待在自己的办公室里无所事事，不敢四处乱说乱动。

审查组在公司设了几个谈话室，中层以下一百多人一一被叫去分别谈话。

财务科就郑丽丽和葛萍萍两个人。葛萍萍先被喊进去谈话，谈了个把钟头才出来，出来后对郑丽丽说：“他们叫你去哩！”

郑丽丽问葛萍萍：“他们都问些啥内容啊？”

葛萍萍低着头不置可否地说：“你去了就知道啦。”

郑丽丽走进谈话室，里面坐了一男一女两个人。这俩人那天开会介绍过，男的是市纪检委崔副书记，女的是市反贪局的文科长。郑丽丽坐下后，崔副书记先问道：“你叫郑丽丽？”

郑丽丽忙应道：“嗯。”崔副书记说：“听说你是个老党员了，应该有很高的政治觉悟。这次我们来你们公司审查领导班子，你要抱着对组织负责和对班子成员个人负责的态度，有一说一，有二说二，实事求是地反映他们的问题。这是组织上对你的要求和考验。”

“我……”郑丽丽嗫嚅着，不敢看崔副书记。郑丽丽想说：“我这个党员算啥嘛！我这个党员还是因为当年我义无反顾地嫁给了肖建功，公司领导才突击发展的。”郑丽丽想着这些，却不敢对崔副书记说。她只能避开这些说问题。可是，领导的问题怎么去说呢？什么是问题，什么不是问题呢？郑丽丽一时拿不准，就避开话题支吾道：“我们一般工作人员，咋知道领导的问题呢？”

“你当了几十年的会计了，咋会不知道他们的问题？”一直埋头记录的反贪局文科长停下笔来发问道，“比如说他们行贿受贿呀，公款吃喝旅游呀，内部乱发奖金呀，白条子入账贪污呀，等等，这些事情他们都没有？”

“我……”郑丽丽心里缩紧了，想：文科长说的那几件，经理们哪个没有？如果这些都违纪，领导们的问题还真不小哩！可是，这些问题谁知道得最清楚呢？除了班子成员，就是我和葛萍萍了。但葛萍萍是贾经理的小情人儿——公司里都是这么说，因为贾经理出去办事老是带着她——她是决不会外传的。班子成员们都占了便宜，谁会往外乱说呢？如果有人会说的话，那就是马玉东无疑了。马玉东真想借这些问题，把贾经理整倒取而代之吗？郑丽丽耳边又响起马玉东的那句话——“这些都是暂时的，我会有这个条件的”。如果真是这样的话，贾经理真就危险了。不过说句良心话，贾经理上任后的这些年，公司的形势变好了，职工们的工资上去了。至于说公款吃喝请客送礼出外旅游这些事儿，如今哪个单位没有？说到底还是为了工作嘛！要说白条子入账变相贪污行贿受贿这些事儿，贾经理白条子入账是不少，但是钱都花到哪儿去了，就谁都说不清楚了。人家贾经理不说，咱能去胡乱问吗？先前的几个会计出纳就是问了这些事儿，被先后调离了财务室，有的还被发配去了螺钉厂。最后调来的葛萍萍，干脆连看都不看了，只管找发票顶上入账就完了。郑丽丽也是睁一只眼闭一只眼，看见了装作没看见。管他呢，反正又不是我的钱。再说了，千里去做官，为的吃和穿。人家当经理的操心受累，为公司职工谋利益，不多吃点喝点图啥哩！

郑丽丽心里这样想，却不敢也不能对文科长这样说。她只能含糊其辞地对文科长说道：“时间长了，许多事情都记不清了。让我回去好好想想行吗？”

文科长无奈地看了看崔副书记，也只好合上本子道：“那……好吧，你先回去吧！”

郑丽丽一连被问了三次。三次她都说时间长了,想不起来了。郑丽丽不敢说肯定的话,更不敢说否定的话。因为贾经理虽然有政绩,但毕竟他有白条子问题。而且谁知道别人会怎么说呢?还有,最后他是倒台还是不倒台呢?无论如何郑丽丽都不能把问题说死说绝。她只能这样模棱两可地支吾拖延。她要给自己留一条退路啊!

其实不独是郑丽丽,公司里的许多人都被叫去问过多次。至于被叫去都问些什么,别人都又说些什么,大家心照不宣,互相又不能乱讲,就不得而知了。

心照不宣也好,不得而知也罢,郑丽丽也不想打听什么。她每天照常上班下班,心里边因为有了自己的主见,心情竟然慢慢地平缓下来,不像刚开始谈话那样紧张了。

六

又是一周过去了。

被叫去谈话的人渐渐地少了,调查小组也由起初的三个人减少到一个人。公司里的人,也都由刚开始时的噤若寒蝉,慢慢转变为蠢蠢欲动,三人一伙五人一群地叽叽咕咕、指指戳戳。

一些流言蜚语开始迅速地在公司里蔓延:有人说调查组抱走了账本,并没有查出什么来;公司里中层以下人员像过筛子一样被问了个遍儿,也没有问出个子丑寅卯;调查组有点泄气了。有人说这回审查领导班子,实际上就是整老贾。老贾得到消息后,立马就跑省里活动了,省里有人给市里打了招呼,市里很有些骑虎难下的味道,如果再查不出什么来,调查组就要借坡下驴撤走了。

听着这些并非空穴来风的传言,郑丽丽又有些担心起来。郑丽丽的担心不是为自己,而是为了马玉东。郑丽丽已经完全弄明白了,这次审查整的就是贾经理,也知道这次行动的发起人就是马玉东。她怀疑老贾也知道整他的人就是马玉东,就不由得担心起来:如果审查之后老贾没倒台,他翻过身来会饶过马玉东吗?肯定不会饶过的。不过,马玉东也不是软柿子。他既然敢发动整老贾,就不会轻易认输,他准会想方设法把老贾逼到死地的。现在就说谁胜谁败还早得很呢!只是这样斗下去,何时是个头儿?这场大火,会不会烧到自己身上呢?郑丽丽又有些紧张和害怕起来。

俗话说:痒处有虱,怕处有鬼。郑丽丽害怕大火烧到自己身上,这火还偏偏往她身上烧。这天下午,郑丽丽刚要下班走人,包里的小灵通忽然响起来。拿出一看是马玉东的号码,心就一下子提了起来。她知道这会儿马玉东呼叫她,一准是有急事儿。果然,马玉东沙哑着声音对她说:"今晚回家有事吗?没有事还到老地方,我在那儿等你,有事情说。"

听着小灵通一连串的忙音,郑丽丽忽然有些恼起来:你以为你马玉东是谁呀!你说一声我就得立马去吗?但是郑丽丽气了一会儿又不气了:马玉东这时候找她,肯定是有火烧眉毛的事儿!就是啊,这个时候除了她,他马玉东有事还能找谁商量呢?

还是两人常去的金凯悦酒店,还是两人常坐的馨香园。郑丽丽赶到那里的时候,马玉东已在那里等她了。

马玉东看见她进来,心事沉重地点点头。郑丽丽就在他对面坐了下来。

两人沉闷地喝了几杯酒。马玉东突然单刀直入地问郑丽丽:"调查组找你谈话,你为啥不检举老贾呢?"

郑丽丽盯了一眼马玉东,并不回答他的话,而是杀了个回马枪:"这次审查贾经理,真是你放的火?"

马玉东很吃惊地瞪了一眼郑丽丽,半天才憋出一个字:"是。"

"你为什么要这样呢?"

"因为他不倒台,我就永无出头之日。"

"此话怎讲?"

"贾经理只比我大四岁,等他后年退二线,我也过了升正处的年龄了。”

“可你只是个三把手，你上面还有一个副书记兼副经理老祁呢！即使老贾下去了，也轮不到你呀！”

“老祁今年五十二，已经不能再提了。只要老贾倒了台，经理就铁定是我的。”

“噢——”郑丽丽轻轻点点头，稍停片刻又说道，“可是，我总觉得你不该，老贾这些年对你不错呢！”

“他对我不错是假象，心里边其实恨死我了。他事事处处压着我，好事都不叫我出面，就因为我比他年龄小学历高，生怕我翅膀硬了超过他。”

“这有什么证据吗？”

“有。咱们公司年年都推荐副处升正处，大家推荐的都是我。后来，局里就想把我提成正处级，老贾就是死活不同意。”

“这些消息都是谁说的？”

“谁说的你就别管了，以后你会知道的。”

“可是，我听说这次整顿并不顺，谈话时大家都不说真话，调查组已经没有耐心了，就要准备撤走了。”

“确实是这样。”马玉东抓起一杯白酒喝下一多半，然后红着眼睛对郑丽丽说，“正因为如此，我才找你帮忙啊！”

“帮忙？”郑丽丽吃惊道，“我能帮你什么忙？”

“消除顾虑，检举老贾。”

“检举老贾？检举什么呢？”

“你在财务室干了十几年，老贾他十年来白条子入账损公肥私，吃喝嫖赌受贿贪污等种种劣迹，你能一点儿不知道？”

“我，我这个人，又笨又不好操心，确实啥都不知道啊！”

“丽丽，说你又笨又不好操心，这只是老贾和大多数人的看法。可是咱俩好了多年，我能不了解你吗？你唬得了别人，能唬得了我吗？你这个人是既胆小又细心，假马虎真细心。我知道你日后怕出事儿，老贾每张入账的白条子,你都在小本本儿上记着呢!”

“你,你是怎么知道的?”郑丽丽一个冷不防,吃惊地望着马玉东。她还真有一个小本本儿,上面确实记着贾经理和其他领导白条子入账的细目呢!她是被前三个出纳的遭遇吓怕了,不得已才留了这一手。这可是她一个人的秘密啊!马玉东他怎么知道呢?

“你别管我怎么知道的,反正真有就是了。”马玉东又喝了一口酒,血红着眼睛对郑丽丽说,“我现在郑重要求你,把你那个小本本儿交给我。”

“交给你?凭什么?”

“为了我。”

“为了你,我就得……”

“当然也是为了你。”

“为了我?为我啥啊?”

“丽丽,你是在故意装傻吗?你真的不恨老贾吗?你想想这十几年,跟你一起进公司的人,还有几个没被提拔啊?十几年来,你为他老贾鞍前马后遮风挡雨,弄虚作假无声奉献,他都给了你什么?葛萍萍比你晚来八年多,现在都快要当财务科科长了,你就真的没有想法吗?”

“葛萍萍当财务科科长?这是真的?”

“千真万确,领导班子会上已经议过了。”

“她怎么能……这世界上还有没有公正?”

“什么公正?权力就是公正。”

“领导班子里面就没人说句公道话吗?连你也……”

“我当然提出过异议,而且只有我提过,但是……”

“那——难道这事儿就没法阻止了?”

“有,办法就是叫老贾下台,而且这是唯一的办法。”

郑丽丽沉默了。她真没有想到老贾会让葛萍萍当财务科科长。她以前只听说葛萍萍是老贾的情人,还真有点不相信呢!现在看来是真的了。此时她心想:即便葛萍萍是你的情人,你老贾也得讲点儿公正,也好遮遮外人眼吧!你这么提拔葛萍萍,就不怕别人说闲话?她葛萍萍凭什么?她不就是年轻一点儿会打扮一点儿吗?论长相论身材她比得上姑奶奶我吗?哼,倒回去十年,我……

唉,这十年是回不过去了。即便能回去十年,你郑丽丽能像人家葛萍萍那样,会装嗲吗?肯定不能吧!人家贾经理会注意你喜欢你,找你做情人吗?呸,即便你贾经理看上我找我做情人,姑奶奶我还不干呢!得,既然你不愿意做老贾的情人,人家葛萍萍愿意呀!人家葛萍萍愿意,你嫉妒吃醋个啥哩!你是在嫉妒老贾待葛萍萍太好了吗?老贾待葛萍萍好有什么错?人家是情人关系呀!是情人关系贾经理咋就不能待葛萍萍好点哩?当然应该好。可是,你贾经理无论咋着待葛萍萍好,也不能把葛萍萍提成财务科科长呀!你把葛萍萍提成财务科科长,我怎么办?

我郑丽丽虽然没本事,但我在公司财务室摸爬滚打无言奉献了十几年,没有功劳也有苦劳,跟我一起进来的还有几个没被提拔?这回提拔财务科科长,无论咋说也应该轮到我了呀!她葛萍萍才来几天哪!我郑丽丽参加工作的时间都快撵上她的年龄了。她要是提成财务科科长了,我郑丽丽往哪里摆呢?

"只有叫老贾下台,才能阻止葛萍萍提科长。"马玉东盯着仍在沉思的郑丽丽,再次重复强调说。

"可是,咱们……不,你真能把老贾整倒吗?"郑丽丽胆怯地抬起头,飞快地望了马玉东一眼说。

"能。我已经在局里和公司的骨干中做了工作,只要大家齐心合力用把劲儿,老贾就肯定倒台了。"

"那……前几天调查组找人谈话,咋没听说有人反映情况呢?"

"谁说没有?情况反映得很多,都掌握在调查组那里呢!说没人反映情况,是调查组恐怕老贾知道真情,故意放出的风儿。实际情况是材料都整理得差不多了,就是缺乏最有力的证据。如果你把那个小本本儿拿出来,那老贾就必倒无疑了。"

"可是,我……"

"我知道你的疑虑。这可以理解,但大可不必。你把小本本儿给我后,我保证给你保密,对完账后就还给你。天知地知你知我知,你有什么可担心的呢?"

"我是……"

"你的想法我知道。我这次铁心整老贾,很大程度上也是为了你。你放心,如果我将来当经理,财务科科长肯定是你的。葛萍萍就叫她做春梦去吧!"

"那我……"

"还有,我想再给你说说咱俩的事儿。"

"咱俩的事儿?"

"我已经想好了。等我当了一把手,就坚决同那个黄脸婆离婚,然后再动员肖建功和你分手。再然后,咱俩就……"

"玉东,我……"郑丽丽没想到马玉东最后会说出这样的话。她情不自禁地迟疑着,畏畏缩缩地伸出两只手,像要抓住什么宝贝似的伸向马玉东。

马玉东顺势抓住郑丽丽的手,急切而又热烈地摩挲着。郑丽丽一阵晕眩,幸福得简直就要晕倒过去了。

七

正所谓山重水复疑无路,柳暗花明又一村。市里联合调查组对金属公司领导班子进行的调查取证工作,本来看似进行不下去了,谁承想一夜之间竟取得了重大进展。调查组宣布调查结束,全部撤离金属公司。一场艰难持续一个月有余的调查整顿终于画上了一个圆满的句号。

很快,市联合调查组和工业局的主要领导再次光临金属公司,在全体职工大会上宣布了调查整顿的结果和对金属公司领导班子的处理决定:第一,经全面调查证实,金属公司领导班子确实长期存在偷税漏税、公款消费、请客送礼、白条子入账、集体贪污等严重经济问题,其主要领导应对此负主要责任。因此,决定免去经理贾明亮同志的职务,并进一步对其进行调查处理。第二,公司党组副书记兼副经理祁云松同志负有不可推卸的责任,决定行政警告一次,保留原职不变。第三,鉴于工作的连续性和前瞻性,任命原业务副经理马玉东同志为经理。第四,其他同志和中层的任职不变。

与刚开始调查整顿时的强烈反应不同,这次决定宣布后,人们没有什么大的波动。该失去的已经失去,也都无所谓了;该得到的也得到了,他们更需要保持谦虚和冷静。

在整个金属公司百余名职工中,唯一表现得与众不同的是郑丽丽。郑丽丽的高兴是发自内心的,但她又不习惯,也不会像马玉东那样有官场经验的人那样,注意收敛和隐藏自己的兴奋。她在心灵深处,也有一丝对于下台经理老贾的隐隐愧疚,但这种愧疚很快就被兴奋淹没了。因为要不了多长时间,她就要荣升财务科科长了。如果不是贾经理倒台,她能有这样的机会吗?有这种机会的只能是狐媚妖艳、善于利用自己的青春之躯迎合讨取领导欢心的葛萍萍。而她郑丽丽则只能忍气吞声地当一辈子财务会计。天底下哪有这等不公平的道理?好在马玉东牵头整倒了贾经理,不然,她郑丽丽何时才有出头之日啊!郑丽丽真是打心眼儿里感激马玉东。

新领导班子宣布后,马玉东又在金凯悦酒店请郑丽丽吃了一次饭。席间,马玉东对郑丽丽说了许多感激的话,并拍着胸脯说,等稳定一段后,他就要开始中层干部调整。他首先要做的,就是要把郑丽丽提成财务科科长,然后再调整其他科室。他要让亲者上,仇者下,让金属公司变成他的天下。

马玉东还向郑丽丽做出了把她提拔成财务科科长之后就和老婆离婚,随后再叫老肖和她分手,然后他就和她结婚的承诺。这一切的一切,怎能不叫郑丽丽高兴呢?在那段时间里,郑丽丽完全沉浸在一种从未有过的兴奋之中。无论是在家里,还是在办公室里,郑丽丽都想放开歌喉,痛痛快快地唱几曲,以抒发抑制不住的喜悦。可是她又忍住不敢,在家里,她怕老肖和女儿说她神经病;在单位,她又怕葛萍萍疑神疑鬼,对下一步的提升产生不利因素。就是现在,葛萍萍就好像已经听到了什么对自己不利的消息,开始对她不理不睬冷眼相向起来。看着葛萍萍正颜厉色的表情,郑丽丽更是打心眼儿里瞧不起她:咋啦,让你当财务科科长你就高兴了,让别人当就不中吗?凭啥好事都让你占哪?

郑丽丽虽然心里这样想,表面上却仍像什么都没发生过一样,像往常一样和葛萍萍嘻嘻哈哈开玩笑。郑丽丽已经把自己当成财务科科长了。在此非常时期,一定要和葛萍萍搞好关系,不然的话,将来好事成真后,两人可怎么相处哇!

八

郑丽丽怀着激动而又迫切的心情,一直等了一个多月,却没有等到她想要的东西。

中层干部开始调整了,最先调整的却不是财务科,而是工会、团委、后勤科、监察室等非要害部门。郑丽丽告诫自己别着急:凡事都是先易后难,真正伤筋动骨的调整还没有开始哩!一直到人事科、业务科、销售科、储运科等重要部门调整完了,财务科还不见任何动静。

郑丽丽这才有些急了:这是怎么回事儿呢?是马玉东有啥难处?她有心去找马玉东问一问,却总见马玉东神色憔悴来去匆匆的样子,就又心软了,想:万事开头难,头三脚难踢。他都忙得头上冒火了,肯定有啥为难的原因,她怎么好再去忙上加忙给他找难题呢?尽管郑丽丽按捺住自己不去找马玉东了,但她仍然坚信马玉东会兑现诺言,让她当财务科科长的,因为她和马玉东已经不是一般的关系了。终于等到财务科科长的人选揭晓了。郑丽丽万万没有想到,宣布的名字竟是葛萍萍。有那么半分钟,郑丽丽都没有反应过来。她以为自己的耳朵听错了。但郑丽丽从坐得离她很近的葛萍萍那得意忘形的表情和周围向自己射来的内容复杂的眼神中,知道这一切都是真的。郑丽丽有些吃惊有些诧异地抬起头,怒目射向主席台,想从刚刚宣读完文件的马玉东那里寻找一点答案。主席台中间的马玉东看见了郑丽丽,但他立即避开了郑丽丽那倒竖着的喷射着怒火的秀目,将目光转到了别的地方。

郑丽丽完全蒙了。她不知道周围究竟发生了什么事儿!会议上还讲了些啥内容,她一点儿也没有听清楚。郑丽丽的脑子变成了一盆糨糊儿,黏稠混沌得撕不开一条缝儿。

会议结束了。人们都四散离去了。郑丽丽却仍然旁若无人地坐在那里一动不动,那神态那表情,真像是一尊临终坐化了的佛陀像。

九

郑丽丽病倒了,躺在家里一连三天不吃不喝。

郑丽丽的丈夫老肖,急得像热锅上的蚂蚁,围着她乱蹦乱跳不知所措。老肖摸摸她的头不冷不热,给她倒水她推过不喝,无论做啥好吃的她都不理不睬。他问她到底是咋回事儿,郑丽丽只是两眼一动不动地盯着屋顶发亮的电灯泡,始终不肯透露一句话。

只有女儿楠楠放学回来的时候,郑丽丽才勉强坐起来同她说上几句话,但也只是嘱咐她快点吃饭快点上学,快点写作业快点睡觉之类的,再多的就没有话了。女儿惊诧地望着她,很想问她怎么突然变成这样了,但又缩缩脖子不敢问,只好放下书包去厨房了。

郑丽丽的心这一回算是伤透了。她说啥也接受不了眼前发生的一切。班是无论如何没脸去上了,只有待在家里没黑没白地蒙头昏睡。可是睡又睡不着,郑丽丽常常在噩梦中惊醒,惊醒后就抓自己的脸颊,扯自己的头发,在心里骂自己浪极了贱极了,为啥要轻信马玉东的谎言呢？自己不仅把一切都给了他,还自作多情心甘情愿当马前走卒,给人家当枪使当猴儿耍。结果怎么样？人家得逞了,政变成功了,却把她像一块用过的抹布似的扔掉了,像一个被玩弄过的贱女人一样毫无半点情意地甩掉了。哼哼,就这你还鬼迷心窍,指望他阻止葛萍萍当财务科科长,然后你好取而代之哩！结果事成之后,人家不还是让葛萍萍当财务科科长吗？你舍了情,舍了心,还舍了身,你都得到了什么啊！郑丽丽在家睡了三天哭了三天,也把自己骂了三天。到第四天头上,郑丽丽再也忍受不下去了。她想,她再这样下去肯定会死的。她已经咬着牙拿定了主意：就是上刀山下火海,不管是去单位找还是在家里堵,她都要找到马玉东。她要让他亲自回答她：这一切的一切,到底都是为什么？

让郑丽丽想不到的是,她还没有去找马玉东,马玉东就先约她见面了。

十

仍然是那个金凯悦酒店,仍然是那个馨香园。与以往略有不同的是,郑丽丽这次与马玉东见面时,已经形如槁木、心如死灰。面对一桌子丰盛的酒菜,她不看不问,只是坐禅一般地呆坐着,双眼死死地望着马玉东,等待他对她说什么。

起初时,马玉东也像郑丽丽一样呆坐着。但是他不敢看郑丽丽的眼,只是左右游移或者局促地低首摆弄着衣角儿。而且,他很快就坐不住了,几次抬起头来,看着郑丽丽,想和她说什么,却张不开口。最后,竟抓起桌子上的“金四特”,拧开瓶盖咕咚咕咚喝了一多半。顿时,马玉东颈红了,脸红了,眼睛也充了血似的全红了。

马玉东血红着眼睛抖动着嘴唇,憋了好半天,才憋出这样一句话：“丽丽,你,你一定恨死我了吧！”

郑丽丽不语，不点头也不摇头，仍然入定似的静静地望着马玉东。

“丽丽，我知道，你一定在心里恨死我了。”马玉东的声音里已经带出了颤颤的哭腔，“你一定认为我是个流氓，是个骗子，是个说话不算话的小人，是个混蛋。我也无数次地在心里骂自己，可是我，我……你咋知道我的难处啊！”

郑丽丽似乎动了一下，但她仍然啥都没有说，依旧静静地望着他。

“丽丽，咱两个好多少年了，你应该了解我相信我。我是真的喜欢你，真的一直爱着你。包括这次大整顿，我也是真心想让你当财务科科长啊！可是，谁知道……”马玉东泪眼迷蒙地望了一眼郑丽丽，无可奈何地摇摇头，继续艰难地往下说，“你知道老贾他下台之后去了哪里吗？他去了咱们市里工业局，当了主管咱们公司的第五副局长啊！”

马玉东说完这句话，“咚”的一拳砸在桌子上，弄得桌上的碟盘飞起来，菜汤四溅满桌流。

郑丽丽随着马玉东的拳头颤了一下，但又随即静下来，不动声色地望着马玉东。

“丽丽，我知道你怨我、气我、恨死我了，可我也是没有办法呀！”马玉东真哭了，几乎是声泪俱下地对郑丽丽说，“老贾他一次又一次地给我打电话，对我说你无论提谁都可以，就是不能提郑丽丽，因为她……她……我实在不能告诉你。我想肯定是你检举他的事让他知道了。可是，这件事他是怎么知道的呢？难道是检查组……不说这些了，还是说财务科科长的事儿。老贾说啥不让提拔你，那还能提拔哪个呢？那不明摆着是葛萍萍嘛！所以我……我真是没办法呀！丽丽，我知道你心里恨死我了，可是老贾当了副局长，他直接管着咱们金属公司啊！这事儿你叫我怎么办？你也得替我想一想，想想我现在的难处啊！”

“丽丽，我知道我对不起你，我知道我愧对于你。你要是恨急了，骂我一顿打我一顿都成。我保证……我求你再等一等，只要等到老贾明年退二线，我一定找机会安排你。我一定……”马玉东哭着说着站起身，一摇一晃地走近郑丽丽，“丽丽，你说话呀！哪怕只是骂我一句也好啊！你就开开金口，骂我马玉东一句吧！”

“咯咯咯！”郑丽丽终于开口了，但却是一阵突如其来的瘆人的笑。这一阵突如其来的瘆人的笑，把马玉东连同雅间的服务员都吓傻了。

十一

事情过去后五天，郑丽丽正式上班了。

那次和马玉东相见后，郑丽丽又在家待了五天。这五天里，丈夫老肖的殷勤劝解和埋怨，还有女儿的疑惑不理解，让她再也待不下去了。在家里待不下去了，她还能往哪里去呢？那只有上班一条路可走了。然而，受过这样强烈刺激的郑丽丽，已经不能正常上班了。

郑丽丽正式上班那天，受到了已经身为财务科科长的葛萍萍的热烈欢迎。葛萍萍热情地拥着郑丽丽，“丽丽姐、丽丽姐”地叫个不停。郑丽丽却静静地推开葛萍萍柔声道：“萍萍，你看我漂亮吗？你看我像刘晓庆吗？”

葛萍萍一愣，忙松开手，定睛一看，郑丽丽还真有点儿刘晓庆的影子呢！就故作吃惊地说：“哎哟！丽丽姐，过去不在意，今儿一细看，你还真就是活脱脱一个刘晓庆第二哩！”

“你要是个男人，会喜欢我吗？”

“我要是个男人，早就把你……”葛萍萍说笑着，又过来抱郑丽丽。郑丽丽却一把推开葛萍萍，哼着小曲儿出门扬长而去。

郑丽丽离开财务室，直奔马玉东经理办公室。马玉东正和几个人说事儿，见郑丽丽进来，就很吃惊地停下来问她：“丽丽，你，你有什么事儿？”

郑丽丽很暧昧地笑了一下，十分优雅地摆了一个模特儿的亮相姿势，柔声曼语地对马玉东说：“马经理，你看我漂亮吗？你看我像刘晓庆吗？你喜欢我这个样子吗？”

马玉东愣了一下，脸随即红了，一时竟不知道说什么好。倒是另外几个人反应快,有两个人站起来,把郑丽丽推出门外道:“马经理正忙着哩!你有事一会儿再来说。”

郑丽丽被推出门外也不恼,只是撇了撇嘴,就哼着小曲儿走下楼去了。

郑丽丽从单位走出来,又直接去了市反贪局和纪检委。她想去见见文科长和崔副书记。她已经对马玉东失去了希望和信任,但她却对文科长和崔副书记满怀信心。他们毕竟是更高一级的领导,是更高一级的领导就更应该主持正义,替她说句公道话。

但是,郑丽丽求见文科长和崔副书记并不很顺利。她没有见着文科长,因为文科长去县里检查工作了。她虽然很偶然地见着了崔副书记,遗憾的是崔副书记已经不认识她了。崔副书记当时正急着出去开会,就匆匆忙忙对郑丽丽说:“你是哪个单位的?有什么事儿最好先写个材料,或者咱们下次再谈。”说罢就匆匆坐车出去了。

事后,郑丽丽并没有写材料。因为郑丽丽不知道从何写起,同时也怕如果写了,材料有可能转到工业局贾副局长和马玉东经理的手里。如果那样的话,她郑丽丽不是故意往枪口上撞吗?

郑丽丽决计不写上访材料,而是要直接面见崔副书记。她相信崔副书记会给她主持公道。因为在她认识的领导中,崔副书记是最大的领导啊!她认为在共产党的官员中,职务愈高水平就愈高,水平愈高就愈主持正义。然而,郑丽丽再去找崔副书记时,却再也见不着了。崔副书记不是开会就是出差,要不就是下县调研或者出国考察,让郑丽丽一次又一次地扑空。尽管如此,郑丽丽却不死心。她坚信只要心诚腿勤,就一定能够感动上天,让她见到崔副书记。对郑丽丽来说,现在崔副书记在她的心里,已经胜过丈夫,胜过情人,简直可以说是她的希望和生命了。

于是,现在每天上午八点钟,人们都能看到一个打扮得花枝招展、长相酷似刘晓庆的女子,准时出现在市委办公大楼门口,不停地向门卫打听崔副书记的行踪。门卫不理她的时候,她就倏地摆出一个模特的姿势，说：“你看我漂亮吗？我像刘晓庆吗？我讨人喜欢吗？”

无论郑丽丽使出怎样的方法，门卫的回答就一个：“崔副书记现在不在单位。”

郑丽丽吃了闭门羹也不恼，只是无所谓地笑了笑，甩了甩飘逸的披肩长发，咕咕哝哝地笑着说：“今天不在，明天我再来！”

十二

现在，郑丽丽已经基本不上班了，或者说一上班就去市委大门口找崔副书记。

丈夫老肖害怕郑丽丽出事，就请了事假，远远地在后面跟着她。双休日时，老肖家里忙，就叫女儿楠楠替他陪着妈妈去市委。

时间长了，市委机关保卫科就对郑丽丽每日必访的行为做出了反应。保卫科把电话打到了工业局，要求把郑丽丽领回去，并保证不叫她再出现在市委门口。因为她的行为、打扮和做派，已经吸引了不少观看的人，造成了市委门口的混乱和极坏的影响。

工业局把电话打给马玉东，马玉东又把郑丽丽的丈夫老肖叫了去，共同商量落实上级指示的办法。马玉东和老肖最后商定：郑丽丽可能患了花癫即爱情精神分裂症，应当立即请精神病院来人收治。一切费用由金属公司全部报销。

也许明天，我们在市委大门口，就再也见不到那个把自己打扮得花枝招展、长相酷似刘晓庆的漂亮女子了。但是，那个女子在人们心中留下的印象，是肯定不会马上消失的。

……

满眸春色

一

肖建平终于下定决心，要对他的女部下兼梦中情人薛玲玲下手了。

肖建平对薛玲玲一直有这样的狼子野心，但却始终怜香惜玉不忍下手。

肖建平和薛玲玲在一个办公室，两人面对面整整坐了八年。八年啊，八年是个什么概念？八年就是中国人民浴血奋战，将日本鬼子从国土上全部赶走的时间哪！在这么漫长的时间里，两个青春男女同坐一室，岂能不发生一点故事？

肖建平和薛玲玲两人，一个三十四五岁年纪，一米七八的个头儿，宽额阔面，剑眉高鼻，说话办事干脆利落虎虎有生气，充满男子汉的干练和阳刚之气；一个二十五六岁的妙龄，一米六六的身高，削肩蜂腰，凸胸翘臀，丹眉凤眼，樱口蒜鼻，走路如春风里的细杨纤柳，说话似暖阳下的莺歌燕鸣，时时处处散发着青春女性特有的温柔与热情。这且不讲，两人还一个正科、一个副科，上班办公，出门办事，真可谓朝夕相处，形影相随。日子久了，两人间不免生出了一些青年男女之间那种说不清道不明的亲昵情感来。

肖建平总觉得和薛玲玲在一起温煦如春，神清气爽，那感觉就是和与其他女性在一起不一样。薛玲玲也有这样的感觉。于是，二人心情高兴时，就情不自禁地开一些无伤大雅但意味深长的玩笑。有时两人出外办事，一起走在大街上，肖建平就会回头对着像尾巴一样跟在后面的薛玲玲说："玲玲，你看街上的行人，怎么老拿眼瞟咱们呢？"

薛玲玲真的就瞧路边的行人，果然有不少人在对着他俩不时地偷眼睃看，就心不在焉道："谁知道他们啥意思呀？"

肖建平就说："他们嫉妒咱俩呢！"

薛玲玲不解："嫉妒咱俩啥啊？"

肖建平说："嫉妒咱俩天造地设、郎才女貌，他们肯定是把咱俩当成小夫妻了。"

薛玲玲就桃色飞上面颊，抡起两只粉拳捶他，说："别半夜做春梦净想好事儿，当心绊跟头磕掉门牙。"

有时上班办完公事，肖建平就喜欢对着桌子对面青春洋溢又妩媚的薛玲玲痴痴地看。薛玲玲发觉了，就用两手或杂志什么的遮了脸，两颊飞红地嗔他："你是不认识我呀，走火入魔一样对着人傻看，你给我老实招来，这会儿又在心里想啥坏？"

肖建平就不好意思地挠起了头，索性涎了脸皮道："我……在想啊，我当初为啥鬼迷心窍，把婚结得那么早呢？若是再等两年，等到你进咱们单位之后，我再谈婚论娶，把你这样的妙人儿据为己有，那才叫终生无憾呢！"

薛玲玲就满面羞恼地跳过来打他，边打边虚张声势地锐声娇叫："肖建平，我叫你狗嘴里吐不出象牙，我叫你……"

肖建平背上挨着捣蒜似的粉拳，心中自是十分惬意，就借坡下驴，举起双手，求饶似的连连告罪："好好好，不说了，我知罪我检讨，我保证今后决不犯这样的错误……"只是此话说过之后，过几天仍然是外甥打灯笼——照旧（舅）。

最有意思的是逢年过节，单位里总要举行歌舞晚会。每逢此时，单位里的人就好点肖建平和薛玲玲的戏曲对唱。肖建平和薛玲玲的戏曲对唱在单位里很有名,是大小晚会必上的节目。两人的对唱始于薛玲玲刚分来单位不久的那次国庆晚会上。当时,刚从省戏剧学院毕业的薛玲玲,已经应众人之请唱了两个豫剧选段,那字正腔圆、音质纯美的科班风范赢得了一阵阵赞美的掌声,大家死活不让她下场,一定要她再唱两段。薛玲玲月容绯红、仪态万方地说:“我一个人再唱就没意思了,看有没有谁上来和我来几段对唱?”大家就公推齐叫肖建平上场。肖建平来自伏牛山深处的农村,学生时代在校、回乡之后在家都办过文艺宣传队,深受河南地方戏曲艺术的熏陶,豫剧、曲剧、越调什么的都能来几段,此时受众人公推叫板,就难拂众议上场和薛玲玲对唱了几段。两人搭配对唱得还比较默契,唱得最好的是豫剧《朝阳沟》里栓保和银环的对唱《上山》选段,还有黄梅戏《天仙配》里董永和七仙女的对唱《夫妻双双把家还》等。谁知这一唱居然唱出了名气,唱成了单位里的保留节目,每逢节日晚会众人必点无疑,非唱不中。对于这样的保留节目,肖建平和薛玲玲自然都是来者不拒。尤其是肖建平,甚至还有些巴不得呢!此时此刻的肖建平,已经由起初之时的不情愿完全转变为一千个一万个愿意了。

肖建平之所以有如此巨大的变化,是因为他发现两人对唱时,本来就青春靓丽、可爱迷人的薛玲玲,显得就更加可爱迷人了。这时的薛玲玲已经不是薛玲玲了,而是剧中人物银环或七仙女了。她所面对的也已经不是肖建平了,而是她的恋爱对象栓保或情郎董永了。这时的薛玲玲已经完全进入了角色,她的举手投足一颦一笑就和平常大不一样了。薛玲玲生在城市,自小受开放文明的熏陶,热情开朗大方,说话办事诚恳妥当,令人常生怜香惜玉之心。完全进入角色的薛玲玲由于剧中人物的特定身份,其可爱程度就更比平时有过之而无不及了,那电火一般灼人的眉目传情,那似娇似嗔似恨的幽怨悱恻,给人的感觉就不仅仅是迷人和可爱了,而是让人心疼、让人想入非非,想把她轻揽怀中……

最令人难以把持的是外出学习或开会,结束时主办方往往设宴送行。肖建平平时豪爽侠气又自恃枚好酒量大,就老喜欢敞开量和对方搏枚斗酒,结果就老是喝得醉醺醺的。肖建平一喝醉,晚上就赖在薛玲玲的房间不走了。一样喝得头重脚轻、两颊绯红的薛玲玲也不撵他,任他在她的房间里云天雾地东拉葫芦西扯瓢。一直磨到零点以后,服务员都进房休息了,肖建平才起身告辞。临出门时,他还不忘和薛玲玲开玩笑,说:“玲玲,你……一个人住这儿不孤单吗?要是孤单你说一声,我就,就不走了,就留这儿陪你算啦!”说罢就瞪圆双眼直勾勾地盯着薛玲玲,一个劲儿地看。

此时的薛玲玲也早已醉得月朦胧鸟朦胧情朦胧爱朦胧了,面对肖建平的挑衅自然也不示弱,就两只纤手拃紧柳腰,小胸脯挺着,星眸圆睁和肖建平对视着,小脑袋斗鸡似的高高扬起道:“肖建平你有这个胆量吗?别看你平日里满嘴哥呀妹呀的情爱物语,实际上你也是有贼心无贼胆,你自己说是不是这样?”

薛玲玲率真而又大胆应战,直弄得肖建平牙根发痒心里发烫,浑身着了火一般灼热难耐。但是到了就要付诸行动的关口,肖建平又犹豫彷徨忍住了。刚开始时他曾想,人家还是一个姑娘啊!她将来还要嫁人哪!自己也不能凭借一时的冲动就对一个姑娘实施暴力,对她造成身体和心灵上的终身伤害啊!后来薛玲玲结了婚,肖建平又思忖:我这样做是不是第三者插足,是不是破坏人家的幸福家庭生活呢?无数次这样的偷情猎艳良机,都让肖建平的优柔寡断和怜香惜玉之心给白白浪费掉了。

白白地失去无数次偷情猎艳良机的肖建平,常常将他被薛玲玲诱惑激发起来的满腔欲望和激情,转移到妻子孙玉敏的身上。孙玉敏在市第二人民医院当护士,常常要值夜班。这就造成了肖建平和孙玉敏夫妻两人的生活节律不协调,夜生活老是我想你不想,你急我不急。渐渐地两人都不积极主动了。但是,每当肖建平和薛玲玲合演完节目回家或者同她一起开会回来的时候,肖建平就和平日不一样了。一回家,他也不管孙玉敏在干什么,总是想方设法让她放下,半强迫半恳求地拥她上床。他看着孙玉敏,脑子里想的却是薛玲玲,那强度那力度就与平日大相径庭。

事后,孙玉敏就拧着肖建平的耳朵问:“你平日里来事儿大都像扶不起来的阿斗,今儿咋变成英雄好汉啦？老实交代吧,是不是看见哪个漂亮妞儿想入非非了,就回家拿我当替代品。你说是不是？”

肖建平就尴尬地挠着头嘿嘿干笑,说:“哪里哪里,我怎敢啊？我连自己的家雀儿都没有本事喂饱,哪里还有精气神儿去外边养野鸟儿呢？”

话虽是这样说,但事后肖建平却常常后悔不迭,总觉得有种言犹未尽的感觉在心头。有时他也想,要是瞅个机会,狠狠心真把薛玲玲……不知道会是个什么感觉。那肯定要比孙玉敏好得多吧！想到这里,肖建平就先笑了:我这是不是昏了头啦！

二

肖建平一直就有对薛玲玲下手的狼子野心,但却一直怜香惜玉不忍心下手。被这个想法折磨得茶不思饭不想夜不能寐的肖建平,现在终于觉得可以无所顾忌地下手了。

那是肖建平被一场突如其来的眼病,反复折腾得在医院里躺了一个多月,刚刚痊愈出院回家,却无论如何在床上躺不住了,就跌跌撞撞心急火燎地早早去了办公室,也不管孙玉敏在后面喊了些啥。

没病的时候天天来单位,倒也没觉得有多依恋,现在忽然离开了个把月,却没来由地突然想念起单位和单位里的同事们来。肖建平今天之所以不声不响来得这么早,无非是想叫黎大明等几个平时处得不错的弟兄大吃一惊。当然内心深处还有一个隐秘的想法,就是想给薛玲玲一个惊喜,说不定薛玲玲一激动,又会像往日那样,蝴蝶一样飘飞着扑上来,又挎膀子又抱胳膊,说不准还会在他脸上哪个地方来一口呢!

肖建平一边心里想着美事儿,一边在办公室里等着薛玲玲。可是肖建平等了很久很久,办公楼里静悄悄地始终不见一个人影儿。看来我是心太急了,来这么早干什么呢?肖建平自嘲地摇头笑了笑,就坐在自己的座位上,百无聊赖地翻看起一个月来堆积的报纸。肖建平看了一会儿就扔下了,干脆趴在办公桌上,痴痴地想起薛玲玲来。真是说曹操曹操就到,肖建平刚刚想到薛玲玲的绝妙之处,就看见薛玲玲风摆杨柳般飘了进来。

薛玲玲还是一副满不在乎高高兴兴的样子,满面春风,星眸闪闪,樱唇吐玉,轻捷如鹿。那神态那表情与平日毫无二致,可是她的脖颈以下……她怎么没穿衣服啊!肖建平惊叫一声,急忙皱眉闭眼,但那最初看到的一切仍在他的脑海里留下了挥之不去的印象:那洁白如雪滑如润玉的肌肤……肖建平不禁浑身燥热起来……燥热的同时又在心里问自己:"她这是怎么啦?这可是局机关哪!不是在你自己家里或者浴池或者宾馆旅社的单人房间,你怎么可以……"肖建平正想着如何提醒薛玲玲一句,却先被薛玲玲大惊小怪的声音惊醒了。

"肖建平你出院了?眼睛全好啦?"

"哦,哦,我……全好了。你……"

薛玲玲走近肖建平,脸儿挨着他的脸,关切地看着他的眼睛说:"好了也得在家歇几天,你急着上班弄啥?"

"我,我来……是想……"肖建平窘得不敢睁眼抬头,只是语无伦次地支吾着,脸却早已燥热得通红。

薛玲玲说:"科里有我顶着,你还不放心?再说,今儿又是星期六……"

肖建平心里一惊,这才想起从家里出来时孙玉敏在后面嚷嚷的话,她当时说的可能就是"星期六"。自己只顾急着走了,怎么没听明白呢?

肖建平一阵懊悔,这才睁开两眼,一看见薛玲玲,不禁又是一惊:

她怎么风衣裙裤,穿得好好的呀?那我刚刚看到的……到底是怎么一回事儿啊?他疑惑地拿刚才朦胧中看到的薛玲玲和现在眼前的薛玲玲两相比照,眼睛就直勾勾地盯着薛玲玲不会转动了。

薛玲玲被肖建平痴痴的眼神盯得不自在,就怀疑自己的身上沾了什么招眼的东西,不由上下左右自我审视了一遍,发现没有什么,就对肖建平嗔道:“你看我做啥,我身上有花儿呀?”

肖建平这才缓过神来,忙恢复了平日嘻嘻哈哈的模样儿,变着怪脸儿说:“没啥没啥,我是一个月不见你,想你想得都快发疯了,见了面恨不得把你看穿看透哩!”

薛玲玲就边打肖建平边说:“我就知道狗嘴里吐不出象牙,你肚里怎么尽是坏肠子啊?”

肖建平这才正儿八经地问薛玲玲:“哎,今儿既然是周六,你来机关弄啥哩?”

薛玲玲不禁也愣了,不自然地笑了笑,说:“哦,你不说我差点儿忘了呢。今天是赵局长叫我加班,说是交代什么总结材料的事儿。我先去见他。你等我一小会儿,咱俩一会儿再聊。你可不准走啊!”说罢一溜小跑上楼去了。

薛玲玲走了。留下的肖建平却犯起疑来:赵局长给你加班任务?有什么任务上班时间不能给,偏要放在星期六?他想起刚才薛玲玲脸上的不自然,心里的疑虑又加重了。难道他俩有啥猫腻,借着周六单独约会?但他立马又自己否定了:不可能。薛玲玲可不是那样的人!

八年来的朝夕相处,肖建平对薛玲玲了解得太深了。薛玲玲这人性情豪爽,快人快语,疾恶如仇,正义感强,平日里对单位里那些邪门歪道的事儿总是嗤之以鼻。特别是对那些企图用自己的青春美色巴结贴近领导,以求获得什么好处的女同事,就更是连正眼都不瞧一下的。还有更重要的,就是这个赵局长在单位威信不高。赵局长是一位军转干部,由副师级降到了正局,单位里的人都很同情他。但同情归同情,水平归水平,赵局长第一学历是职高,第二学历是大专还是个党校的，文字水平就可想而知了。没见他文章写得怎么样，反正念文章老是把字念错，闹出不少的笑话。而且这个人喜欢不懂装懂，本来对局里的业务就是个外行，遇事却好亲自过问，还弄出许多背篙撵船的事儿。背地里经常有人戳他的脊梁骨，说："这样的领导当着啥意思，还不如赶紧退二线，早点回家抱孙子哩！"薛玲玲就几次对肖建平说过这样的话。就凭薛玲玲对赵局长这样的态度，她能跟赵局长有啥事儿？

肖建平想到这一层，心里就稍稍平静了。但是平静了一会儿又不平静了。肖建平忽然又想：薛玲玲不会跟赵局长有啥事儿，却不能保证赵局长跟薛玲玲没啥事儿！要是赵局长对薛玲玲有想法儿，就故意以有加班任务为名，借周六无人之际约薛玲玲前来，进而对她有所图谋也说不定。肖建平想到这里，禁不住自己笑了，人家局长约部下谈情说爱，碍着你哪根筋了，用得着你狗拿耗子——多管闲事吗？尽管如此，肖建平还是不希望这样的事情发生。退一万步说，真是发生了，薛玲玲也会给赵局长颜色看的。肖建平坚信这一点。

心里的石头落了地，肖建平就在办公室里认真等起薛玲玲来。肖建平把刚才浏览过的报纸又浏览了一遍，又翻了一阵桌上的几本杂志和文件，却仍不见薛玲玲回来。肖建平有些焦躁了，真想一走了之。但他又在心里盼望着与薛玲玲畅叙旧情，就又留下了。他百无聊赖地站起又坐下，坐下又站起，最后实在有点累了，就仰在椅子上，一边养神一边等她。奇怪的是肖建平刚闭上眼睛，就迷迷糊糊地看见了薛玲玲。而且薛玲玲此时的影像再次令他大吃一惊：她长发凌乱，满面绯红，眉目扭结而生动，跳跃着不知是痛苦还是兴奋异常的表情……肖建平惊异之中，忙集中精力用心细看，竟又发现薛玲玲的胸部之上，有两只男人的大手……他顺着那两只手继续寻找，居然找到了赵局长那张歪南瓜似的胖脸……看到这里，肖建平突然忍受不住了。他猛然生出一种受伤的痛彻骨髓的感觉。他心里急得直喊：薛玲玲，你怎么不反抗？怎么不狠狠地给他一耳光？但他却发不出一点点的声音。他真想一跃而起飞上二楼去救薛玲玲，但却动不了胳膊腿儿。他急得心里冒火、头上冒汗,直用手拧自己的大腿,疼痛中惊诧地从梦境中猛然醒来。

从梦里醒来的肖建平心神不定,不由得又想起刚才在梦里看到的情景,身上不觉飕飕地发冷,胸口憋闷得十分难受。他不清楚刚才的情景是真的还是梦境。他气恼自己没有超凡的能力,不能将刚才的事情弄个水落石出。如果能弄清楚的话,他肖建平就好办了,是真的,就一走了之,并与薛玲玲情断意绝;是梦境,就留下,因为他还要和薛玲玲重叙旧情哩!两难之下,如何决断?肖建平左思右想拿不定主意,最后好不容易想了个计谋:不如找个理由,先去赵局长办公室探个究竟,然后再做定夺。

就在肖建平拿定主意,准备起身上楼的当儿,薛玲玲却哼着流行小调儿,一脸春风杨柳万千条地下楼了。

三

薛玲玲没进办公室就先赔不是,说:"真是抱歉,建平兄,让你等急了吧?"

肖建平如梦方醒,像是被太阳的强光照着睁不开眼睛,只是掩着脸支吾着说:"哪里哪里,怎么会呢?不过赵局长也真是的,布置个任务咋恁难哪?"

薛玲玲扬了扬手里的几张纸,说:"就是就是,不就是上面要个总结材料吗,都是例行公文,轻车熟路,把以前写的改一改不就行了嘛!可是赵局长他却非要列个提纲不中,什么大一二三四,小一二三四,不懂还假装内行,真叫人烦透了!算了算了,不说这事了。咱们走吧,今天中午我请客,算是为老兄消灾接风!"

肖建平这才抬起头来,朝薛玲玲匆忙扫了一眼。她衣衫整齐,神色自然,不见刚才她跟赵局长零距离接触的一点痕迹。是她事过之后仔细地修饰过了,还是我看到的又是一场虚幻的梦境?肖建平怀疑薛玲玲更怀疑自己。他已经没有心情再同薛玲玲搅闹了，但又无法回绝薛玲玲的盛情，只好像尾巴一样随她去了。

肖建平和薛玲玲就近去了一家名叫寻梦园的酒馆儿，要了两荤两素四道菜和一瓶白酒，就边吃边喝边聊起来。薛玲玲还是无遮无拦快人快语，叽叽嘎嘎地说了许多最近单位里发生的稀奇事儿，什么事业单位改制啦，要中层竞聘上岗啦，各科室推荐竞聘人选啦，咱们科室推荐的是你啦，等等。

相比之下，肖建平却突然有些心情不好。薛玲玲说着，他只是哦哦地应着，同时一杯接一杯地往嘴里灌酒。薛玲玲说那么多，他听清楚的却不多，能听明白的只有一句话：咱们科室推荐的是你。这使他的心里多少有些感动：她还没有忘记八年同坐一室的情分哪！但是感动并不能压抑心中突然泛起的沉重。他的酒反而喝得更猛了。

薛玲玲大概也看出了肖建平突然的变化，话也说得渐渐少了，后来干脆不说了，只是默默地看着肖建平，一杯一杯地陪他喝酒。不大工夫，一瓶酒就尽了。肖建平喊服务员还要拿酒，被薛玲玲坚决拦住了。薛玲玲说："建平兄，咱们不能再喝了，我送你回家休息吧！"肖建平梗着脖子说："谁说不能再喝了？我再喝半斤也没事儿！"薛玲玲说："没事没事，但你眼病刚好，还是少喝为好，就留着以后补吧！"说着就去搀扶肖建平。肖建平两只胳膊扑甩着，身子却随着薛玲玲摇晃着，跟她出了酒馆儿。

若按平时的酒量，肖建平和薛玲玲两人喝一瓶酒绝不会醉。但今天却有些奇怪，两人走到街上就都发现对方喝醉了。薛玲玲指着东摇西晃的肖建平，突然弯腰笑成了一团，说："建平兄，没见你啥时候学过太空舞啊，这会儿咋会跳得这么好？"肖建平也歪头指着薛玲玲说："薛玲玲，没听说你进过模特培训班哪，你猫步咋走得这么棒？"说完，两人都毫无顾忌地又叫又笑，直惹得两边的行人都停下脚步朝他俩看。

人到了这个份儿上，都特别地讲义气。薛玲玲对肖建平说："老兄，你喝醉了，我送你回家。"肖建平说："笑话，天底下哪有女士送男士的理儿，只能男士送女士。”薛玲玲拗不过他，只得叫他送她。

薛玲玲结婚时买的单元房，离酒馆儿几百米，二人很快就到了。进得屋来，不见薛玲玲丈夫。肖建平明知故问道：“老弟最近没回来？”薛玲玲黯然伤神道：“走了两个多月了，光说公司里事情忙，谁知道啥时候回来呢？”说罢长叹一声，给肖建平递烟倒水，然后可能因为燥热，起身脱去了长风衣外套，只穿一件粉色的羊毛衫坐在肖建平旁边，陪他有一搭没一搭地胡乱闲聊。

肖建平坐在沙发上，眼睛一直没有离开过薛玲玲。此时，他看见薛玲玲脱去了风衣外套，露出了凸凹有致的迷人身材，一种熟悉而又陌生、强大而又神秘的女性魔力一下子把他给击晕了。这是无声的召唤，还是故意的诱惑？肖建平只觉心底一阵猛烈地悸动，一种酒后的强烈欲望猛地攫住了他。他突然伸出手臂，一下子就把薛玲玲抱住了，并顺势将她扑倒在沙发上。

这是一种爱情力量的驱使，还是来自情欲报复的怨愤？肖建平自己也说不清楚。反正在他扑倒薛玲玲的那一瞬间，他的脑子里突然再次出现了薛玲玲和赵局长搂抱的画面。

也许是薛玲玲有意如此，也许是肖建平的举动早在她的预料之中，反正在事情突然发生的那一刻，薛玲玲只是象征性地推拒了一下，随即就安静下来了。她就那么一声不吭微闭双眼悄无声息地平躺着，任肖建平紧紧地挤压着她，任他的嘴巴在她的头发、前额、脸颊、脖颈上鸡啄米似的吻个不停。

薛玲玲的沉静鼓舞了肖建平。他的胆子陡然变得更大了。他一只手突然急转直下，摸索着解开薛玲玲的裙钩儿，径直向下摸去……就在此时，不知道为什么，薛玲玲突然爆发了。她一拧身子从肖建平身下挣了出来，边整理着衣裙边红着脸，正言厉色地对肖建平说：“建平兄，咱俩虽然同坐一室八年多，也经常嘻嘻哈哈开玩笑，但我一直对你很尊重。你怎么能……更重要的是现在不比从前了，我已经结婚了。当然你今天酒喝多了，所以我开始都忍了，可是你……”薛玲玲没说完就泪流满面了，捂着脸噔噔噔地去了卫生间，丢下一副呆傻木愣模样的肖建平，丢了魂似的一个人僵坐在沙发上。

就像是一瓢冷水泼在火苗儿上，肖建平此时只觉得脑子里好一阵狼烟窜冒，突然之间就酒醒神清了。他望着负气而去的薛玲玲，好像才明白发生了什么事。他的心里好一阵懊恼，后悔、惭愧、内疚、忏悔诸多情愫潮涌而生："是啊，我怎么能这样啊？人家平日只是开开玩笑儿，你怎么就当真了？就想到歪处去了呢？"一种强烈的负罪感瞬间攫住了肖建平，他只能像一个刚刚进门就被发觉的贼一样落荒而逃。

四

肖建平回到家里，像害了大病一样躺了三天。星期一也没有去上班。

孙玉敏摸了摸他的额头，说："刚刚出院咋又病了？这不冷不热的，到底什么病啊？"

肖建平烦躁地推开孙玉敏的手，说："我病在哪儿你怎么知道？反正不是大病，一时半会儿死不了人。你只管上班去吧！"

孙玉敏碰了一鼻子灰，一脸怪笑地上班走了。留下肖建平一个人躺在那儿，继续蒙着被子呼呼大睡。

其实，这三天肖建平根本没睡着。他到底害的什么病，也只有他自己最清楚。肖建平之所以没有去上班，无非有两个重要原因：第一，那件突发事件刚过，他怕见了薛玲玲难堪；第二，他突发奇想，想把一件事情搞清楚。

三天来，肖建平的脑子里在反复思考着一个问题：薛玲玲明明穿着衣服，他怎么能看见她美妙的玉体？如果说是一种混沌状态下的无序的幻觉，那他为什么看不见别的男人或女人？是薛玲玲的信息传给了他，还是因为他的心里想着她？而且更加难以理解的是，他闭着眼睛的时候（尽管是在混沌状态），看到的是她的裸体，可是睁开眼睛的时候，看到的却是她穿着衣服的样子。这到底是怎么一回事儿？难道说——肖建平脑子猛然一激灵，心想："难道说是……是我的眼睛，经历了这次大病，突然有了特异功能？不，更准确地说，应该是信息捕捉即心灵感应和眼睛的共同作用，使我产生了特异功能。事情是否真的这样呢？"

肖建平一边激动着，一边就突然想了一个办法：何不先拿老婆孙玉敏做个试验呢？

肖建平突然想到这个主意的时候正好是星期天，这天正好孙玉敏上白班。孙玉敏上班走的时候他还在装着睡大觉，等孙玉敏一走，他立即就从床上爬了起来，在床上盘腿打坐凝心聚神，一门心思只想孙玉敏，果然就真的模模糊糊地看见了孙玉敏在病房里忙忙碌碌来来去去的影像。肖建平兴奋得差点儿没有跳起来。

这天，肖建平一天都处在抑制不住的兴奋之中。傍晚时分，一听到孙玉敏下班回来开储藏室存车的声音，肖建平又急忙调神凝息闭目向内，从近距离偷偷窥视孙玉敏。天哪，他也居然真真切切清清楚楚地看见了她那白如凝雪、滑如润玉的曼妙之体！这天夜晚，不用说，肖建平难抑心中的激动兴奋，忽然对孙玉敏百般温柔，极尽缠绵……

次日醒来，孙玉敏又早早上班走了。肖建平洗漱完毕，用罢早餐，然后欣然倒杯热茶坐定，脑子里不由自主又想起和薛玲玲之间的事情来。想了一阵，他自己不禁嘿嘿冷笑起来，自言自语："薛玲玲啊薛玲玲，真是不简单啊。真想不到咱俩一个办公室坐了八年，我竟然被你热情如火、开朗大方的表象迷惑了，居然没有看出你原来是个了不起的人物啊！对孙玉敏的试验已经确凿证明了：那天你同赵局长的秘密幽会是真实存在的，而拿文件写总结只是一个幌子而已。既然如此，那天晚上在你家里，你为什么那样绝情无义地拒绝了我？说什么你已经结婚了，结婚了怎么还跟赵局长鬼混？且不说咱俩有八年同坐一室的情分在，就是论年龄、论能力、论品位，本人也比赵局长有过之而无不及，要知道是现在这样，我早该对你下手了。只怪我心太软，太怜香惜玉了，要不咋会落这个羞辱，落这个遗憾！哼，那天你还说单位要搞中层竞聘上岗，咱们科里推荐的是我哩！保不准你这是此地无银三百两，明里说是推荐我，背地里却想抱赵局长的粗腿，然后把我取而代之哩！既然这样，咱们就骑驴看唱本——走着瞧！”

骂罢薛玲玲，肖建平又在心里骂起赵局长来：真是人心隔肚皮。没想到你赵局长平日里一脸正派样儿，原来却是个偷鸡摸狗的老色狼！

五

星期二这天，肖建平正式上班了。

一个多月之后正式上班的肖建平，自然先到各科室逐一拜访，与同事聊了一些局里的近况和眼病痊愈的细节。正要回到办公室，却碰上他的铁哥们儿黎大明。黎大明悄悄拉住他，说：“你来得真是巧，我正有急事找你哩。”

肖建平问：“什么事儿？”

黎大明说：“下一段时间，局里就要搞中层竞聘演讲了，你可得有所准备哦！”

肖建平说：“我心里有数的。”

黎大明惊异道：“你已经听说啦？”

肖建平点点头说：“嗯。”

黎大明问：“谁说的？”

肖建平说：“薛玲玲。”

黎大明说：“她给你咋说的？”

肖建平说：“各科室推荐竞聘人选，俺们科室推荐的是我。”

黎大明说：“她说的没有错，但也不全是这样子。”

肖建平问：“还有什么出入吗？”

黎大明说：“这次竞聘有规定，推荐和竞聘双轨制，推荐是先行，竞聘是根本。被推荐的人能不能当科长,要看副科里面有没有竞争者,还要参考竞聘演讲之后群众的投票。你可不能掉以轻心啊!”

肖建平心里猛一紧,但仍然故作镇静道:“竞聘还不是走过场,大家心里谁没有数!”

黎大明一脸严肃地说:“话可不能这样讲,现在的情况复杂。你们科室副科两三个,你知道人家心里咋想哩?”

肖建平只觉脑子一阵嗡嗡响,心想:黎大明是局里办公室主任,他说的绝对没有错。既然是这样,那么薛玲玲为什么不说清楚呢?她真的想将我取而代之吗?真的,一定是真的。因为她同赵局长的龌龊丑行已经证明了一切。真是知人知面不知心哪!我无论如何也想不到她会是这样子。

肖建平气鼓鼓地回到办公室,薛玲玲正坐在办公桌前写材料。看见他进来,薛玲玲抬头看看他,想说什么没有说出来,就又低下头忙去了。肖建平也本想说句打招呼的话,或者是一句什么讽刺挖苦的话,却也一时开不了口,于是就只有闷闷地坐下,从抽屉里找出一本杂志看起来。

两人就这样闷闷地谁也不理谁。其间,薛玲玲好像有几次抬起头,偷看了肖建平几眼,似乎想对他说点什么。肖建平心里有气,故作视而不见。薛玲玲就又埋头忙她的事情去了。肖建平心里对薛玲玲鄙视地叫道:“你想对我说什么呀?想说我没有廉耻吗?如果说没有廉耻,也是你没有廉耻在先。你有啥资格说我?”

两人就这样沉闷着,依旧谁也不理谁。实在憋得受不了,就一个一个轮换着跑到别的科室串串门儿,胡侃一通透透气儿,然后回到办公室,紧绷着脸继续闷。

一个上午就这样闷过去了。

下午又继续这样闷过去了。

当晚,肖建平实在憋不过,就约黎大明喝小酒。喝到半酣,晕晕乎乎地就把薛玲玲和赵局长之间的丑事抖搂出来了。

黎大明听后愣了好一阵，说："怎么可能呢？你怎么知道的？"

肖建平梗着脖子说："你还不相信？"于是就把自己眼病好了之后的神奇变化，以及上个周六和薛玲玲在办公室的巧遇邂逅，还有他在假寐之中所看到的一切，都原原本本地给黎大明复述了一遍。

黎大明惊异万分地站起身，绕着肖建平转了好几圈儿，怀疑地盯着他的眼睛看了两三次，说："真想不到你老弟会因祸得福，居然变成了神仙眼了！那件事是真是假先不说，明天早上你要能说出我跟你嫂子今天晚上的细枝末节来，我才真的信你。"

这天夜里，黎大明为测试肖建平眼睛有特异功能的真假，专门打破了一晚一次的老习惯，睡觉前和老婆玩了一次，后半夜又跟她玩了一回，直惹得老婆老大不高兴。

次日晨，黎大明一醒就给肖建平打电话，问："你看见我跟你嫂子有几回？"

肖建平准确无误地答道："勉强算是两回吧！第一回是十点半，用时七分零三秒；第二回是三点差一刻，用时恰好五分钟。咋样啊，服了吗？"

黎大明这才服了肖建平，说："你啥也别说了，我算服你了中不中？我也真是想不到，薛玲玲跟赵局长还有这一腿！要是真是这样的话，那你就得小心啦！"

肖建平说："死猪不怕开水烫，咱骑驴看唱本——走着瞧。这回竞聘如果公平就罢了，假若要是不公平，我非叫他鸡飞狗跳不安生。不过话又说回来，现在还没有开始竞聘，那事儿可得先捂着。老兄，你可千万不能乱说呀！"

黎大明拍着胸脯说："老弟你一千个放心，咱们哥们儿啥关系，你还信不过我？"

六

虽然肖建平和黎大明订立了君子协定，但是星期三上午上班后，肖建平的眼睛有了特异功能，能穿透衣服看见五脏六腑，甚至相隔很远都能看到你在干啥的传闻，还是一阵风似的在机关里传开了。

这一整天的时间里，肖建平几乎不能在办公室里安生坐定。他不是被这个科里的哥们儿拽过去研究眼睛，就是被那个科里的兄弟们拉出去当场试验，他们叫其中的某一个躲出去，然后叫肖建平说他在哪里和干什么，肖建平都一一说准了，他们就欢呼起来，兴奋得就差没有喊他“万岁”了。

与男同事们欢呼雀跃的情形相比，女同事们就显得低调多了。结过婚的女性见到他，说句话就忙低头走过去了，然后躲在远处对着他叽叽咕咕；没结过婚的女性就唯恐躲之不及了，一见他过来了，就赶紧进屋关门，生怕被他看透了身体的秘密似的。连薛玲玲也好像对他有了成见，看见他连头都不抬一下了。

男同事和女同事们的不同态度，让肖建平既兴奋又尴尬，但还是兴奋多于尴尬。因为他认为正是他的眼睛有了特异功能，才让他看到了许多平时看不到的东西，知道了人心叵测和仕途险恶，才对如何保护自己和攻击对方有了充分的思想准备。而对于那些对他唯恐躲之不及的女性们，肖建平真想对她们大喊一声：“可爱的小姐们，你们也别太自我金贵、自作多情了，谁还不知道谁的身上长着啥？就你们那个丑样儿，请我看我还不想看哩。你们哪一个能比得上我家孙玉敏呢？”

对于肖建平，唯一让他不快的，是他黎大明太不够义气了。黎大明太不应该这么快，就把他有了特异功能的事儿透露出去。但他想了想又摇头笑了，无事不找事儿，有事不怕事儿，是真事总得叫人知道哇！所以也就不再埋怨黎大明了。

七

一连几天，肖建平都沉浸在这种哥伦布发现新大陆一般的快乐里。

白天，他继续像众星捧月一样，被他的哥们儿包围着，不厌其烦地按他们的要求，做着远距离或者近距离的透视表演，赢得了他们的赞叹与惊异。

夜里，没有了哥们儿的包围和惊叹，肖建平仍然按捺不住技痒，就突发奇想：既然像赵局长这样平日不苟言笑一本正经的领导，都有寻情觅爱的事情发生，那些性情随和不那么严肃的副职们，也许这样的事情就更多了。此外，还有那些经常把情人、二奶挂在嘴上的男同事和表面上一副淑女样儿，实际上都争着赶时髦儿，比着狐媚风骚地对领导献殷勤的女同事，保不准有多少风流韵事呢！

肖建平这样想着，就一连几天对号入座，将赵局长除外，从其他副书记、副局长，再正科、副科，然后是一般男同事和女同事们，一个一个默念窥视，结果还真发现一些人有婚外情。

第二天上班，再见到单位里的领导和同事，肖建平在同他们见面寒暄或点头打招呼的时候，脸上就多了一层狡黠的不怀好意的讪笑。许多人都被他的笑弄得莫名其妙很不好意思，直在心里骂他神经病！也有黎大明等几个心有灵犀一点通的家伙知道其意，就悄悄地互相戏谑几句。当然，领导们是不会跟他开玩笑的，他们最多只是不知就里地狠狠地盯他一眼罢了。

八

数日之后，局机关中层竞聘演讲的时刻终于到了。

为了慎重起见，局领导专门把这个具有重大改革战略意义的活动安排在星期五下午政治学习时间进行。

这一天,局里所有的人都很激动也很兴奋,因为酝酿已久的关乎许多人仕途进退和切身利益的重要时刻到了。有竞聘任务的忙着在办公室里列提纲,找资料,临阵磨枪。不参加竞聘的则抱着茶杯优哉游哉,四处游荡,三个一群五个一伙地叽叽咕咕,猜测某某是瞎子点灯——白费蜡,某某是命里有福不用忙。

这天上午,肖建平却出人意料地没有来机关。当然他不是故意不来的。这个已经忙碌了半年就要收获的时刻他能不来吗?关键是他吃罢早饭就要上班,孙玉敏的爸妈却突然从城郊看闺女来了,而孙玉敏正巧上白班走了。肖建平只好留下来接待。递烟沏茶,客套寒暄,说罢家长里短,半晌时间已经过了。无奈,肖建平只好给黎大明请了个假,说:“我上午就不去了,在家陪二老说说话儿。”黎大明说:“那只好这样了,但是中午少喝点酒,千万可别误了下午的会。”肖建平连说:“中中中,这个时候我敢误了吗?”话虽这样说了,但是中午吃饭的时候,他见老岳父高兴,就不好拂了老人家的兴致,两个人东拉西扯边喝边聊,先拿半瓶酒不够,就又开了一瓶,硬是喝得又见底了方才打住。

下午两点钟,肖建平收拾完锅碗瓢盆,就急急忙忙往单位赶。他腾云驾雾般来到局机关会议室时里边都已经快坐满了。他见后门口还有个空座位,就在那儿坐下了。会议虽然还没有开始,但是会议室里的气氛比平时热烈隆重多了。主席台上的领导今天到得特别齐,自中间向两边依次排开,分别端坐着赵局长、马副局长、张副书记、崔副书记和办公室主任黎大明。只有赵局长左边的座位还空着,那是二把手吕副局长的座位。赵局长不时焦急地看看表,并和右边的马副局长耳语几句,显然是在问吕副局长怎么回事儿,咋会现在还不见来。主席台下十几排座位密密麻麻地坐满了人,显然大家都已经等急了,都在嘤嘤嗡嗡交头接耳不停地议论着什么,分明像等待要猴儿开锣一样,急等着竞聘演讲的正式开始。

肖建平晕晕乎乎地坐在会议室的后门口,一直满脸是笑地注视着台下交头接耳的群众和台上的一排煞有介事、正襟危坐的领导，心里忽然就没来由地想起这两天夜里他所窥视到的种种景象。尤其是台上的那排领导，如果此时此刻都把他们剥光衣服，完全恢复到和他们的情人幽会时的那副尊容，那该是怎样的景象？

肖建平的目光刚又回到主席台上，吕副局长就夹着公文包，一脸酒气、满脸通红地进来了。吕副局长坐到座位上和赵局长说了一句什么，赵局长点了点头，用力地咳了一声。这说明会议终于要开始了。下面嘤嘤嗡嗡的说话声立即停了。赵局长正要宣布开会，冷不防坐在他右边的马副局长突然探过身子，表情严肃地问吕副局长，说："老吕，你是不是昨天夜里没跟嫂子亲热够，中午又找情人连续作战约会去了？"

吕副局长一听马副局长的话，立即乐了。

吕副局长和马副局长两人长得正相反。马副局长细高干瘦，拘谨内向，很少跟人说玩笑话，唯独就爱板着面孔和吕副局长开些无伤大雅的玩笑；吕副局长则高大魁伟，相貌堂堂，又特别热心，爱打抱不平帮人忙，所以特别有人缘儿，尤其特受女性的欢迎。人们都说他外面有不少的情人。每逢局里开会时，马副局长就老是叫他传经验，说："老吕，你情人那么多，不怕把自己累死呀！倒不如你发扬风格做贡献，给我们一人分一个，最起码也给我们谈谈经验体会吧，让我们也过过情人瘾。"吕副局长也不避讳啥，就反唇相讥挖苦道："这种事也能传经送宝哇！有能耐的话你们也去找！"

今天又遇到马副局长的挑衅，吕副局长又刚刚喝了酒，其反击就更积极和铿锵有力了："老马，你是看见我中午会情人了？看见了又有啥子了不起。你敢说你就没一个？"

马副局长被问住了，坐回位子抵抗着说："我哪儿有哇！我也想有一个，只是还没有找到呢！"

吕副局长就站了起来，接着马副局长的话红着脖子涨着脸地说："老马，你不敢讲真话，你敢说你真的没一个？我，我敢说……你们几个——”吕副局长一一指着主席台上就座的几位说：“哪个敢说没有？不信咱们问小肖，看看是不是这样子。”于是就真的朝着台下喊：“小肖，肖建平，肖建平来了吗？来了就站出来，给我证明一下！”

台下面一下子乱起来。人们都被吕副局长情绪激昂的慷慨陈词逗乐了。赵局长坐不住了，望着吕副局长又是蹙眉又是摇头。几位副职你看看我，我看看你，想说话又不能说，想笑又不能笑，只得板着面孔强忍着，没事人似的正襟危坐。人们被台上领导们惟妙惟肖各不相同的复杂表情逗得哄笑起来，边笑边还不停地把头扭来扭去，寻找着被吕副局长点名的肖建平，真希望他能站出来作个证明呢！

坐在后门口的肖建平也笑了，但他只笑了一下就不笑了，是吕副局长的点名止住了他的笑。可是肖建平没有站起来。他清楚吕副局长说的是真话。他经过几个夜晚的观测，已经充分地证实了这一点。但是他却不能站起来作证明。他明白情人问题属于个人的隐私，不可以在大庭广众之下予以公开。所以，他也和大家一起笑起来，当然笑中有一种无奈的苦涩。他那笑也不是，哭也不是，站也不是，坐也不是的样子让人们笑得更欢了。

这已是开会前的老节目了。平时局里无论大会小会，开始前总要来个这样的小插曲儿。好像不来个这样的小插曲儿，会议就缺少点什么似的。如今人们无论是老乡喝酒、同学聚会、业务洽谈、考评述职，事先都要来一些这样的小节目。大家也早就司空见惯、习以为常了。不然大家一天到晚都是绷着脸噘着嘴，净说些正儿八经、煞有介事的空话套话，这生活还有啥意思啊？

今天的会议虽然意义重大、严肃隆重，但人们还是被马副局长和吕副局长插入的小节目弄得喜笑颜开轻松异常，使原本严肃隆重的会议也显得不那么严肃隆重了。不信的话，你看看主席台上的赵局长，刚才还严肃认真地摇头皱眉脸膛发青呢，这会儿也由黑面金刚变成了弥勒佛。赵局长弥勒佛一般地嬉笑着，用双手拍了拍左右两位副手的肩膀说：“算了，算了，你们要是有本事，去找几个情人都中，反正我这个当兵出身的是没有这本事，也没有这个福分！好了，不说笑话了，咱们现在开会。”台下的人们又随着赵局长的手势和语气，慢慢地安静下来了。

就在这个当儿上，一直晕晕乎乎默默无语地冷笑着的肖建平，却突然从座位上站了起来。他摇摇晃晃，长臂罗汉似的伸出修长的手臂，抖抖地指着主席台上亮声叫道："谁，谁说咱们赵局长没，没情人？我就知道有一个。她就在——咱们机关里。"肖建平的胳膊钟表指针似的移动着，绕着会议室的四周转着圈儿，似乎在专心寻找着谁。此时不知为什么，薛玲玲正好从前面不远处站起来，正扭过头盯着他。肖建平的手就突然指着薛玲玲不动了，嗓子里发出一声尖厉的号叫："就是她——"

这简直是于无声处听惊雷。人们都被这个突然出现的场面惊呆了。寂静，一根针掉到地上都能听见响声的寂静，之后会场就被嗡嗡的议论之声覆盖了。主席台上气氛骤变。几位副职都蒙了，面面相觑左顾右盼，都不知道该怎么办好。赵局长的虚胖脸先是紫红，继而铁青，最后一脸刷白地一拍桌子起身，歇斯底里地吼道："散会，今天的会议不开了！"说罢，气哼哼地背着手下台走了。几位副职你看看我，我看看你，也忙不迭地跟出门去。

台上的人一走，台下就乱了。顷刻之间，几十号人就变成两股水流，很快从前、后两个门中流走了。会议室里只剩下肖建平和薛玲玲两个人了。肖建平蒙眬中看见薛玲玲一脸是笑，风摆杨柳般地朝他走过来。肖建平急忙下意识地站起身，似乎想对薛玲玲说点啥儿，冷不防听到一声清亮悦耳的脆响，脚下一滑，脑袋重重地磕在座椅上，顿时眼前一片空蒙。

九

周六上午，肖建平很晚才从睡梦里醒过来。扭头一看，身边早已空了。再找,床头柜上有张字条儿,上面写道:我和爸妈上街去了,醒了自己弄点东西吃吧!

肖建平头昏脑涨地爬起来,刚想去弄点吃的,客厅里的电话铃就响了。他烦躁地走过去,拿起话筒恶狠狠地"喂"了一声,谁知道电话里的黎大明比他还凶:"肖建平,你小子发啥神经病啊!你昨天下午闯大祸了,把赵局长气得心脏病复发,在医院里抢救了一夜。你知道不知道!"

肖建平一惊道:"昨天下午……我发神经病?我昨天下午把赵局长气病啦?"

黎大明狠声道:"你做都做了,还老和尚戴顶道士帽——假装迷瞪僧哩!"就把昨天下午会议室发生的闹剧,简明扼要地复述了一遍。

肖建平这才如梦方醒,想起了昨天下午竞聘演讲会上发生的一切,以及散会之后他一个人踉踉跄跄不知如何滚爬回家的经过,头上不禁冒出汗来。又有些担心地问:"不知道薛玲玲……怎么样啦?"

黎大明又好气又好笑地揶揄道:"这会儿你关心起薛玲玲来了,昨天下午你干什么去了?她已经给我打电话了,说她想暂时离开单位一阵,去她丈夫在广州的公司散散心。至于说以后回不回来,我看很不好讲。这都是你小子办的好事儿,看你以后……哼!"

肖建平的脑子嗡的一声响,好半天没说一句话。他悻悻地挂了黎大明的电话,又犹犹豫豫地拨了薛玲玲家的电话。铃声响过六下,电话里传出薛玲玲一字一顿咬牙切齿的声音:

肖建平,我恨你!咱们已经同室相处八年,你还不知道我是一个什么人吗?你的眼睛有了特异功能我也听说了,听说后才知道你可能看到了本来不该看到的事情。这件事情不能怪你,因为那都是真的。那天赵胖子找我布置加班任务是真的,他借布置加班任务另有所图也是真的,但却非我情愿的。

也许你当时心里骂我了,骂我为什么不挣扎不反抗。我现在郑重地告诉你，我挣扎了也反抗了，但是根本没有用。也许你还骂我为啥不呼救。我想到了，但我不敢那么做，因为那样做的结果是满城风雨，人人皆知。在我们现在的社会里，受伤害最大的还是我自己！

也许，那天在我家里，可能因为我的最后拒绝而使你记恨在心。但是请你理解我，因为我那天尚存侥幸之心，不想让你发现我跟赵某人之间的龌龊之事，不想因此而破坏咱们之间的情意和我在你心中的美好形象。也许你还怀疑我，可能是在利用和赵胖子亲近为筹码，进而在单位的中层竞聘中和你竞争并取而代之。我在此郑重告诉你，赵胖子确实这样想，但是被我拒绝了。我以我的人格担保，我过去不会，现在不会，将来也永远不会那样做。

我知道你心里喜欢我，喜欢像对待妹妹和情人那样对待我，希望有一天能够与我身心合一。其实我也有这样的想法，而且很早就有了。我一直在静静地等待着，等待你能像爱孙玉敏那样爱我一次。我今生也就知足了。你想知道我为什么一直没有结婚吗？现在我也可以告诉你，因为我一直想着你，找男友都一直以你为标准，找来找去还都不如你。最后定下的这一位，也是无奈中的无奈之举，因为再不定下来，我就要过而立之年了。结婚之后有一阵子，我还一直懊恼着，为啥就找不到像你这样优秀的男人。

其实我一直很后悔，后悔结婚前没有同你翻天覆地地爱一回。很久以前我就有这样的思想准备了，可你一直缩手缩脚不敢大胆行动，难道叫我一个女孩子反过来厚着脸皮找你吗？那个倒霉而又可怕的星期六，你不知出于什么心态终于出手了，可惜的是时机太不合适太不凑巧了。当时我心里真是一千遍一万遍地欢呼，但是却不能完全接受你。事后，我已经在心里打定主意，再选一个合适的机会，认认真真地毫无保留地把我全部交给你。因为这是我迄今为止一直盘桓心头的一个夙愿。

谁知道怎么会发生那样的事情。那天我一听到你说话的声音就蒙了。我已经预感到要发生什么事情了。我清楚下面你要说什么，可是你知道说出来之后的后果吗？我当时站起来，是想阻止你，谁知道你竟然……

是你肖建平把我逼上绝路的。我如果再不走，还怎么在机关里混！我现在走，心里真是不甘哪！可是，不甘心又能怎么样？

也是你把你自己逼上绝境的。请你想一下，假如这次赵胖子心脏病复发没有大碍，他出院后会不会走？如果不走，他能放过你吗？以后有你的好日子过吗？

我就说到这里吧！最后再送你一句话：我曾经喜欢你，尽管理解你，但是还恨你！我恨你——

薛玲玲的话说完了。肖建平却紧握着话筒不放下，连声喊着“喂喂喂”，话筒里的提示音告诉他，方才薛玲玲说的话，仅仅是一个录音。

肖建平突然觉得十分对不起薛玲玲。他想马上找到她，向她忏悔，求她宽恕，对她掏心掏肺地倾诉一切。就是她此刻跑到了天边，他也要找到她。

肖建平不死心，忙凝神入定，闭目远近四处寻觅，想找到薛玲玲现在何处。可是他此刻看到的却是一望无际的漆黑的幽暗。他心想：“我的眼睛怎么啦？特异功能怎么没有了？是不是昨天下午脑袋磕在椅子上，又把我的特异功能磕没了？这是上天的报应吗？这都是怎么一回事儿啊？”

肖建平垂头丧气地倒在沙发上，情绪前所未有地坏到了极点。他恨天恨地恨自己，恨不能明天乘坐京广特快，去广州寻找薛玲玲。至于说如何跟孙玉敏说谎请假，去广州后能不能找到薛玲玲，还有找到薛玲玲之后怎么办，他都没有来得及认真去想。